JOANNA SHUPE

Gentlemen of New York – Emmett

Über die Autorin:

Joanna Shupe hat bereits mit ihrem Debütroman den prestigeträchtigen Golden Heart Award der Romance Writers of America gewonnen und startete damit ihre Karriere als Schriftstellerin. Ihre Romane erscheinen seither in einer Vielzahl von Ländern.

JOANNA SHUPE

GENTLEMEN OF NEW YORK

Emmett

Aus dem amerikanischen Englisch von
Anita Nirschl

lübbe

Dieser Titel ist auch als E-Book erschienen.

MIX
Papier aus verantwortungsvollen Quellen
FSC® C014496
FSC
www.fsc.org

Unveränderte Neuausgabe des bereits unter dem Titel
»Hart wie Stahl – Gentlemen of New York«
erschienenen Romans

Titel der Originalausgabe: »Magnate«
Published by Arrangement with Kensington Publishing Corp.,
New York, NY 10018 USA
Dieses Werk wurde vermittelt durch die
Literarische Agentur Thomas Schlück GmbH, 30161 Hannover

Für die deutschsprachige Ausgabe:

Einband-/Umschlagmotive: © Adobe Stock: Benjamin_State | Nejron Photo
Umschlaggestaltung: Guter Punkt, München
Satz: hanseatenSatz-bremen, Bremen
Gesetzt aus der Adobe Caslon Pro
Druck und Verarbeitung: GGP Media GmbH, Pößneck
Printed in Germany
ISBN 978-3-404-18363-0

2 4 5 3 1

Sie finden uns im Internet unter
www.luebbe.de
Bitte beachten Sie auch: www.lesejury.de

Für Sally und Claire:
Hört nie auf zu träumen.

KAPITEL EINS

Der Mensch kann nicht ohne die Gesellschaft,
und die Gesellschaft kann nicht gewahrt werden
ohne Gesetze und Gepflogenheiten.
AMERICAN ETIQUETTE AND RULES OF POLITENESS, 1883

Seventy-Fifth Street und Fifth Avenue, New York City
Dezember 1887

Wenn Lizzie sich entscheiden müsste, ob ihr Bären oder Bullen lieber waren, würde sie den Bullen deutlich vorziehen. Bären waren zögernd und träge, wohingegen Bullen vorwärtsstürmten und etwas bewirkten. Sie hatte endlich den Entschluss gefasst, sich selbst als Bullen zu sehen, bereit, ihre Hoffnungen und Träume mit allen nötigen Mitteln zu verfolgen.

Deshalb fand sie sich auch an diesem Nachmittag in der größten Villa der Millionärsmeile an der Upper Fifth Avenue wieder. Diese Monstrosität von einem Haus gehörte einem der reichsten Männer der Welt, einem Stahlmagnaten, der sein Imperium, wie man sagte, vor allem durch Risikobereitschaft, Entschlossenheit und einen eisernen Willen geschmiedet hatte.

Und bevor Lizzie sein Haus heute wieder verließ, würde sie ihn davon überzeugt haben, ein weiteres Risiko einzugehen, diesmal allerdings mit ihr.

Ein Geräusch zog ihre Aufmerksamkeit auf sich, und als sie sich umdrehte, betrat ein riesiger Mann das Empfangszimmer. »Miss Sloane, ich bin Emmett Cavanaugh.«

Lizzie verschränkte die zitternden Hände und versuchte, ihn nicht anzugaffen. Natürlich hatte sie die Gerüchte gehört. Cavanaugh war nicht nur der Besitzer der mächtigen East Coast Steel, er war außerdem der Freund ihres Bruders. Dennoch hatten die vereinzelten Häppchen aus Nachrichten und Klatsch und Tratsch sie nicht ganz auf den Schock vorbereitet, ihm tatsächlich persönlich gegenüberzustehen.

Er war *riesig* – ein Berg von einem Mann. Groß und kräftig, mit breiten Schultern, die nur von körperlicher Aktivität herrühren konnten. Die Ausmaße seiner Brust … gütiger Himmel! Sein Schneider musste ihm ein Vermögen für den zusätzlichen Stoff berechnen, der dafür nötig war, ihn einzukleiden.

Er lächelte nicht. Keine einladende Wärme erhellte seine Miene, kein neugieriges Funkeln leuchtete in seinen Augen. Er stand einfach nur da und sah sie an, als nähme er sie ebenso abschätzend ins Maß. Unter der Last dieses Schweigens wurden ihr die Knie weich und der Mund trocken, und Unsicherheit meldete sich als flaues Gefühl in ihrem Magen. Dieser Mann hatte eine Härte an sich, eine kantige Schärfe wie einer dieser neuen Wolkenkratzer, die unverfroren über den alten, eleganten Gebäuden der Stadt aufragten.

»Mr. Cavanaugh«, erwiderte sie und straffte die Schultern. »Danke, dass Sie mich empfangen.«

»Natürlich, obwohl ich mir bezüglich der Regeln dieses Zusammentreffens etwas im Unklaren bin. Normalerweise empfange ich keine unverheirateten Damen in meinem Heim. Soll ich Ihnen Erfrischungen anbieten?«

Ja, sie hatte die Gerüchte gehört, welche Art von Damenbesuch er unterhielt. Durchwegs Schauspielerinnen, und die Liaisons hielten nie lange. »Das ist nicht nötig. Ich verspreche, nicht zu viel von Ihrer Zeit in Anspruch zu nehmen.«

»Dann nehmen Sie doch bitte Platz.«

Lizzie ließ sich auf einem Sessel nieder und musterte ihn unter gesenkten Wimpern hervor, während er sich ihr gegenübersetzte. Sie hatte nicht erwartet, dass er so ... beeindruckend sein würde. Er hatte volle Lippen, und die Linie seines Kiefers war leicht geschwungen. Markante Wangenknochen und etwas längeres, dunkelbraunes Haar. Sein kühnes Kinn zierte eine kleine Einbuchtung, ein Zeichen von Unvollkommenheit an einem ansonsten vollkommenen Profil, und ihr Herz begann, Geschwindigkeit aufzunehmen und heftig in ihrer Brust zu klopfen. Seine Attraktivität machte sie noch unsicherer in Bezug auf sich selbst, in Bezug auf ihre Entscheidung, heute hierherzukommen.

Aber was hatte sie für eine Wahl? Sie brauchte einen Geschäftspartner, einen, der wohlhabend und einflussreich genug war, ihrem Unternehmen Starthilfe zu geben. Mit ihrem Talent für Börsenspekulation konnte sie die Finanzen ihrer Familie retten, wenn man ihr die Chance dazu gab. Leider hatte sich niemand sonst auch nur mit ihr treffen wollen. Emmett Cavanaugh war ihre letzte Hoffnung.

Sie räusperte sich. »Der Grund, warum ich Sie heute aufgesucht habe, ist, dass ich Ihnen ein Geschäft vorschlagen möchte.«

Eine dunkle Augenbraue schnellte hoch. »Ein Geschäft? Interessant, obwohl ich mich frage, warum Sie sich mit dieser Idee nicht an Ihren Bruder gewandt haben. William Sloane besitzt schließlich eines der größten Eisenbahnunternehmen des Landes.«

Ja, die Northeast Railroad Company war eines der größten Eisenbahnunternehmen, und Will fungierte seit dem Tod ihres Vaters als Vorsitzender. Allerdings bezog ihr älterer Bruder Lizzie nie in Geschäftsangelegenheiten mit ein. Er weigerte sich standhaft, irgendetwas ihrer finanziellen Probleme mit ihr zu besprechen, sondern beharrte darauf, alles im Griff zu haben, obwohl sie wusste, dass dem nicht so war.

»Bleib du bei deinen Partys und Theaterbesuchen, Lizzie«, sagte Will häufig. *»Überlass das Geschäftliche mir.«*

Warum konnte sie denn nicht beides tun, so wie Will? Genau diese Einstellung – dass Frauen geistig beschränkte Geschöpfe waren, die finanzielle Dinge nicht begreifen konnten – versetzte sie stets in Wut. Niemand nahm ihre Ambitionen ernst, nicht einmal ihre Freunde. Für sie waren ihre Träume nur eine vorübergehende Laune, die augenblicklich verschwinden würde, sobald sie den richtigen Mann zum Heiraten fand. Umso mehr Grund, ihre Pläne voranzutreiben, rasch und leise.

»Ich habe mit ihm gesprochen, ja, aber er hat sich als schwer zu überzeugen herausgestellt. Ich hoffe, Sie werden aufgeschlossener sein.«

»Nun, das macht mich in der Tat neugierig. Aber was ist mit dem jungen Rutlidge, mit dem Sie so gut wie verlobt sind?«

Wenig überraschend, dass Cavanaugh die Gerüchte über sie

und Henry Rutlidge gehört hatte. Will war ganz versessen auf diese Verbindung, ebenso wie Edith Rutlidge, Lizzies Freundin und Henrys Schwester. Aber Lizzie hatte sich noch nicht entschieden. Henrys Ansichten in Bezug auf Frauen in der Geschäftswelt waren weit davon entfernt, fortschrittlich zu sein.

»Mr. Rutlidge verfügt nicht frei über seine Mittel, fürchte ich, und sein Vater würde dem, was ich vorschlage, niemals zustimmen.«

»Dann darf ich mich wohl geschmeichelt fühlen, dass Sie sich an mich wenden. Sie müssen mir von dieser radikalen Idee erzählen.« Cavanaugh bewegte keinen Muskel, sein Blick war unverwandt, aber zurückhaltend. Sie hoffte, das bedeutete, dass sie sein Interesse geweckt hatte.

»Ich möchte ein Maklerbüro an der Wall Street eröffnen. Ich bin auf der Suche nach einem Geschäftspartner, der mir das nötige Startkapital zur Verfügung stellt. Jemandem, dessen Bekanntheitsgrad hoch genug ist, um mir dabei zu helfen, Kunden anzulocken.«

Kein Zeichen von Belustigung oder Entsetzen zeigte sich auf seinem Gesicht. Seine Miene blieb unergründlich. »Wie Vanderbilt es vor ein paar Jahren für Woodhull getan hat?«

»Ganz genau.« Sie entspannte sich ein wenig. *Er verstand es.*

»Und wer würde die finanzielle Beratung übernehmen?«

»Ich. Ich werde bei allen Transaktionen die Beratung übernehmen. Allerdings habe ich vor, diese Tatsache den männlichen Kunden vorzuenthalten, zumindest so lange, bis sie sich mit der Vorstellung angefreundet haben, mit einer Frau zusammenzuarbeiten.«

Er legte den Kopf schief und rieb sich das Kinn. »Sie spekulieren an der Börse?«

Sie nickte. »In der Tat. Natürlich kann ich selbst keine Transaktionen vornehmen, deshalb habe ich die Absicht, einen jungen Mann einzustellen, der mich auf dem Parkett vertritt.«

Er bedachte sie mit einem langen, unergründlichen Blick. Sie konnte nicht sagen, ob er ihr Vorhaben in Betracht zog oder kurz davor war, in Gelächter auszubrechen.

»Sie gehören einer der ältesten und wohlhabendsten Familien New Yorks an, Miss Sloane. Gewiss können Sie jedes nur erdenkliche Vorhaben selbst finanzieren. Verkaufen Sie ein, zwei Armbänder, um die Mittel aufzubringen. Warum wollen Sie einen Außenstehenden mit ins Boot holen?«

Das war eine heikle, wenn auch nicht völlig unerwartete Frage. Sie konnte Cavanaugh nicht die Wahrheit sagen, dass sie in Bezug auf die Finanzen der Sloanes das Schlimmste vermutete. Ihr Bruder wollte nicht darüber sprechen, aber sie war überzeugt, dass sie in Schwierigkeiten waren. Gemälde verschwanden, Dienstboten wurden entlassen, Aktien verkauft ... Glaubte Will, sie würde das nicht bemerken? Dachte er ernsthaft, sie würde nicht darauf achten? Dennoch waren ihre Angebote zu helfen abgelehnt worden. Also hatte sie beschlossen, es ohne Wills Unterstützung zu tun.

Sie befeuchtete sich die trockenen Lippen und fuhr mit der Antwort fort, die sie vorbereitet hatte, der Antwort, die keine Lüge war. »Ich komme erst an meinem fünfundzwanzigsten Geburtstag in den Besitz meines Treuhandvermögens, bis dahin habe ich nur sehr wenig Geld, mit dem ich arbeiten könnte. Allerdings, selbst wenn ich über das Kapital verfügte, würde ich von meinen Kunden – den männlichen Kunden – nicht ernst genommen werden, bis ich beweise, dass ich Geld erwirtschaften kann.«

»Und ich soll glauben, dass Sie kompetent sind, und Ihnen mein Geld anvertrauen?«

Sie nahm das Bilanzbuch zur Hand, das sie seit vier Jahren führte, den Beweis, dass sie kein dummes Frauenzimmer mit unrealistischen Erwartungen war. Nein, diese Seiten zeugten schwarz auf weiß von ihren unbestreitbaren Fähigkeiten. »Das sind die Aufzeichnungen aller Transaktionen, die ich getätigt hätte, wenn es mir erlaubt gewesen wäre.« Er streckte seine große Hand aus, und sie reichte ihm das Buch. »Ich lese die Börsenberichte, Mr. Cavanaugh. Ich verfolge die Märkte. Sie werden sehen, dass ich eine gesunde Bilanz habe und schwarze Zahlen schreibe.«

»Eine fiktive Bilanz«, merkte er an, bevor er die jüngsten Einträge studierte. »Die meisten davon sind naheliegend, sichere Einsätze, die jeder Händler gemacht hätte.« Er hielt inne. »Was ist das? Ein Blankoverkauf auf Pennington? Haben Sie diesen Kursabfall wirklich kommen sehen, obwohl niemand sonst es tat?«

Es war nicht leicht, sich die Selbstzufriedenheit nicht anmerken zu lassen, aber es gelang ihr. »Während der letzten drei Jahre fiel mir auf, dass sie die Zahlen des zweiten Quartals stets verspätet veröffentlichen. Dadurch fällt die Pennington-Aktie so vorhersehbar um zehn Prozent, dass man die Uhr danach stellen könnte.«

»Woher weiß ich, dass Sie diese Einträge nicht am nächsten Tag vornahmen, nachdem Sie die Zeitungen gelesen hatten?«

Hitze überzog ihre Haut, als wäre sie in heißes Badewasser getaucht worden. »Wollen Sie damit sagen, ich sei eine Lügnerin?«

Die Frage schien ihn zu amüsieren, denn um seine Lippen zuckte es, als er ihr das Buch zurückreichte. »Warum ich?«

Sie zuckte mit den Schultern, in einem Versuch, gelassen zu wirken, obwohl sie das genaue Gegenteil empfand. »Erstens haben Sie die Mittel und den nötigen Einfluss. Zweitens weiß ich, dass Sie sich einmal im Monat mit meinem Bruder, Calvin Cabot und Theodore Harper treffen.« Sie holte tief Luft und gestand die Wahrheit, wobei sie betete, ihn damit nicht zu beleidigen. »Und weder Mr. Cabot noch Mr. Harper wollten mich empfangen, als ich ihnen einen Besuch abstattete.«

»Nun, wenigstens sind Sie ehrlich und geben zu, dass ich Ihre letzte Wahl war«, sagte er trocken.

Dass man Cavanaugh Skrupellosigkeit nachsagte, hatte Einfluss auf die Entscheidung gehabt, ihn sich bis zuletzt aufzusparen. Den Gerüchten nach war er auf den Straßen von Five Points aufgewachsen, hatte sich aus den Elendsvierteln in eine Stahlfabrik hochgekämpft, die er später kaufte, um sein Imperium zu begründen. Anders als die anderen reichen Geschäftsmänner beteiligte er sich nicht an wohltätigen Anlässen und hielt sich vom gesellschaftlichen Leben fern.

Zu ihrer Überraschung erhob er sich mit einer einzigen geschmeidigen Bewegung. »Kommen Sie mit«, sagte er und verließ das Zimmer.

Mit einem nervösen Flattern im Magen folgte sie ihm in den Flur, von wo aus sie tiefer in das protzig eingerichtete Haus vordrangen. Dabei kamen sie an der Eingangshalle vorbei, die über zwei Etagen reichte und über Treppen aus rosafarbenem Marmor mit goldenen Geländern verfügte. Dahinter folgte eine lange Galerie mit Gemälden von holländischen und italienischen Meistern und einer geschnitzten Decke, die mit Fresken und Blattgold verziert war. Wenn sie nicht so nervös gewesen wäre, hätte sie ihre Umgebung womöglich beeindruckend gefunden.

Cavanaugh ging schnell, und Lizzie musste den Saum ihrer Röcke raffen, um mit ihm Schritt zu halten. Gesprächig war er ja nicht gerade. Höflich auch nicht.

Sie hatte keine Ahnung, wohin er sie führte. Zu dem Safe, in dem er sein Geld aufbewahrte? Einer Hintertür, durch die er sie aus seinem Haus warf? Aus irgendeinem seltsamen Grund machte sie sich keine Sorgen um ihre Sicherheit. Er war geduldig mit ihr gewesen, hatte intelligente Fragen gestellt und sich ihre Antworten angehört. Darüber hinaus war er der Freund ihres Bruders.

Schließlich gelangten sie in einen großen Raum mit einem mächtigen Schreibtisch. Reihen von Büchern säumten die Wände, und eine Auswahl moderner Annehmlichkeiten – Telefon, Telegrafiegerät, Börsenschreiber – füllte das, was Cavanaughs Büro sein musste. Der Raum roch nach Zigarren, Möbelpolitur und wichtigen Geschäften. Ein Schauer durchrieselte sie, als sie sich die Geschäftsabschlüsse und das Vermögen vorstellte, deren Zeuge dieser Raum geworden war.

»Colin, lassen Sie uns bitte allein«, sagte Cavanaugh, woraufhin ein junger Mann an einem kleineren Schreibtisch in der Ecke aufstand. Er trug eine Nickelbrille, und die Augen hinter den runden Gläsern blickten neugierig, als er hinaus in den Flur eilte. Lizzie nahm an, dass nicht viele Frauen je die Schwelle dieser männlichen Domäne überschritten hatten.

Cavanaugh ging zum Börsenschreiber, der ratternd einen langen, weißen Streifen ausspuckte. Er riss das Papier ab, kehrte zu ihr zurück und reichte ihr den Streifen. »Lesen Sie vor. Die letzten fünf Aktualisierungen.«

Sie atmete tief durch, ließ sich auf einem Sessel nieder, legte ihr Bilanzbuch ab und strich den dünnen Streifen Papier zwischen ihren Fingern glatt. Cavanaugh setzte sich ebenfalls, wodurch er es ihr ersparte, sich den Hals verrenken zu müssen, um ihn anzusehen. »Deere and Company runter um sieben drei achtel. State Street Corporation zwei Punkte rauf. Seneca Textilien runter um zwölf Punkte. PPG Industries sechs ein achtel Punkte rauf. Kimberly-Clark drei fünf achtel rauf.«

»Sehr gut«, sagte er, obwohl er kaum beeindruckt klang. »Aber das Geschick liegt darin, den Streifen zu interpretieren. Also sagen Sie mir, basierend auf dem, was Sie gelesen haben, was würden Sie Ihren Kunden raten?«

Sie brauchte nicht einmal darüber nachzudenken. »Ich würde ihnen raten, Seneca Textilien zu kaufen.«

»Warum, wo sie doch seit September beständig sinken?«

»Weil in drei Monaten Ostern ist, und in ein paar Tagen werden die Damen damit anfangen, ihre Hüte, Kleider, Handschuhe und dergleichen zu bestellen. Außerdem weiß ich, dass Seneca bald verkünden wird, dass sie einen exklusiven Vertrag abgeschlossen haben und demnächst dieselbe Honiton-Spitze importieren werden, wie Queen Victoria sie bezieht.«

Cavanaugh wandte den Blick ab, die Stirn gerunzelt. Sie blieb völlig reglos, während sie ihn beobachtete und auf seine Entscheidung wartete. Seine kräftigen Finger strichen über die raue Haut seines Kiefers, und ihre Aufmerksamkeit wurde auf die kleine Einbuchtung in seinem Kinn gelenkt. Sie stellte sich vor, sie mit dem Finger nachzuzeichnen ...

»Nicht übel, Miss Sloane. Ganz und gar nicht übel. Aber meine Antwort muss dennoch Nein lauten.«

Emmett musterte sie aufmerksam, während die Nachricht in ihr Bewusstsein drang. Gott, sie war wunderschön. Wie konnte ein Bastard wie Will Sloane eine so atemberaubende Schwester haben?

In ihrem hochgeschlossenen, blau-weiß gestreiften Oberteil und dem dazu passenden Rock besaß Miss Sloane eine kühle, unnahbare Schönheit, völlig anders als die Sorte Frauen, mit denen er für gewöhnlich Umgang pflegte. Sie hatte die makellose Haut, die man nur in der obersten Schicht der Gesellschaft fand – bei Menschen, die niemals arbeiteten, auf Feldern schufteten oder in der Hitze einer Stahlfabrik schwitzten. Emmett fühlte sich schon schmutzig, wenn er ihr nur gegenübersaß.

Dennoch geriet sein Blut in Wallung. Wie auch nicht? Blondes Haar, perfekte Haltung, schiefergraue Augen – bei der schönen Miss Sloane würde sich sogar ein Toter wieder regen.

Und wie sie diesen Börsenstreifen gelesen hatte, mit so viel Geschick und Selbstvertrauen, hatte ihm fast den Boden unter den Füßen weggezogen. Seit Fannie Reid, der Besitzerin des erfolgreichsten Bordells von Five Points, war er keiner Frau mehr begegnet, die so schnell im Umgang mit Zahlen war.

»Entschuldigen Sie, sagten Sie Nein?« Ihre blonden Brauen zogen sich zusammen, und er verspürte das lächerliche Bedürfnis, die winzigen Falten glattzustreichen, die es wagten, ihre makellose Stirn zu verunzieren. »Warum?«

Er zwang sich, ihr in die Augen zu sehen. »Ich habe aus zwei Gründen Nein gesagt. Erstens habe ich kein Interesse daran, eine Wertpapierfirma zu besitzen. Und zweitens, obwohl es scheint, als hätten Sie ein Händchen fürs Spekulieren, kann ich nicht ersehen, dass das eine gute Idee wäre. Dennoch wünsche ich Ihnen Glück.«

Als ihre Schultern sich versteiften, wusste er, dass er sie beleidigt hatte. »Ich habe mehr als nur ein ›Händchen‹ dafür. Warum denken Sie, dass ich keinen Erfolg haben werde?«

Wie sollte er ihr klar machen, dass man mit Talent allein in der Geschäftswelt nicht weit kam? Wichtiger waren Gerissenheit, Skrupellosigkeit und ein großzügiger Vorrat an Gefälligkeiten, die man spontan einfordern konnte. Diese Frau war viel zu wohlerzogen, um auf der Straße mit dem anderen Ungeziefer zu spielen.

»Die Welt, in die Sie sich begeben wollen, ist ein schmutziges, mörderisches Geschäft. Ich glaube nicht, dass Sie die Nerven dafür haben.«

Ihre Lippen pressten sich zu einem schmalen weißen Strich zusammen. »Und woher wollen Sie wissen, wofür genau ich die Nerven habe?«

Sie gab nicht klein bei, also war Miss Sloane vielleicht stärker als sie aussah. Dennoch hatte sie keine Ahnung, worauf sie sich einließ, falls sie diesen wahnsinnigen Weg weiterverfolgte. Bestechung. Lügen. Betrug ... Gott, er hatte heute bereits zwei Politiker gekauft – und der Tag war erst zur Hälfte vorüber. Keine Frau, besonders keine, deren Familie sich bis zu den niederländischen Grundherren von Neu-Amsterdam zurückverfolgen ließ, sollte in diesen schmutzigen Gewässern schwimmen.

»Sicher weiß ich es natürlich nicht«, gestand er. »Aber ich habe die starke Vermutung.«

»Eine Vermutung basierend auf meinem Äußeren. Auf meinem Familiennamen.«

Das war keine Frage, aber Emmett hatte das Gefühl, ihr die Wahrheit schuldig zu sein. »Ja. Das Leben am Washington Square wird Sie nicht darauf vorbereitet haben –«

Wut erblühte auf ihren Wangen und färbte ihre makellose Haut in einem gedämpften Rotton. »Sie haben keine Vorstellung von meinem Leben oder davon, worauf ich vorbereitet bin. Ich weiß ebenso viel über Wertpapiere wie jeder Mann. Frauen sollten sich so etwas nicht bieten lassen müssen von ... von ...«

Sie brach ab, und Emmett konnte die Augen nicht von ihr losreißen. Wütend war sie regelrecht atemberaubend. Emmetts Körper fing an, zu reagieren, aber das letzte, was er gebrauchen konnte, war Steifheit in seiner Hose. Mit Mühe kehrte er zur Unterhaltung zurück. »Von?«

»Von Männern wie *Ihnen!* Sie sind genauso engstirnig wie mein Bruder.«

Emmett runzelte die Stirn. Gott wusste, dass er nichts mit Will Sloane gemeinsam haben wollte. Emmett verabscheute ihren Bruder mit allem, was er hatte, und das war eine Menge.

Er musterte die entschlossene Haltung von Miss Sloanes Schultern. Das resolute Funkeln in ihrem festen Blick. »Warum?«, fragte er schließlich.

»Warum was?«

»Warum wollen Sie das tun? Ihnen muss bewusst sein, dass das nicht einfach werden wird. Sie werden wahrscheinlich von der vornehmen Gesellschaft gemieden werden, sobald die Sache bekannt wird. Und wer sollen Ihre Kunden sein?«

»Man wird mich nicht meiden, nicht, wenn ich mich beweise. Und das ist der Grund, warum ich einen bekannten Namen an der Tür brauche, einen, den die Leute zu Beginn akzeptieren werden. Was meine Kunden betrifft, werden es anfangs hauptsächlich Frauen sein. Verkäuferinnen, Lehrerinnen, Witwen, Damen der Gesellschaft. Und Damen mit ... anderen Einnahmequellen.«

»Prostituierte, meinen Sie.« Allmächtiger, ihr Bruder würde seinen versnobten, blaublütigen Verstand verlieren, wenn er das wüsste. Langsam begann Emmett, dieses Mädchen zu mögen.

Sie errötete, wich jedoch nicht aus, sondern antwortete: »Ja, auch die. Aber ein erfolgreicher Geschäftsmann als Gesicht der Firma wird andere Männer ermutigen, ihr Geld ebenfalls zu investieren. Ich brauche eigentlich nur Starthilfe. Mein Geschlecht wird nicht von Bedeutung sein, sobald die Firma Profit abwirft.«

Er bewunderte ihre Überzeugung, fragte sich aber, welche Gründe dahintersteckten. Waren die Sloanes in irgendeiner Art von finanziellen Schwierigkeiten? Warum sonst sollte sie hier sein, so begierig darauf, sich zu beweisen, anstatt die Sache allein auf die Beine zu stellen? Die Vorstellung ließ Emmett beinahe das Wasser im Mund zusammenlaufen. Er hatte schon lange ein Auge auf Sloanes Northeast Railroad Company geworfen. Das Eisenbahnunternehmen zu besitzen, das seinen Stahl durchs Land transportierte, würde Emmetts Gewinne beinahe verdoppeln.

Und diesen Sloane mit seinem Stock im Arsch zu Fall zu bringen, während er seiner Schwester dabei half, sich an etwas Skandalösem zu betätigen? Nahezu unwiderstehlich.

Dennoch hielt ihn irgendetwas zurück, unter anderem seine eigenartige Reaktion auf ihre Gegenwart. Sein Bauchgefühl sagte ihm, er solle sich unbedingt von dieser Frau fernhalten – und er vertraute stets auf sein Bauchgefühl.

»Mir gefällt Ihre Entschlossenheit«, gestand er. »Aber –«

»Warten Sie!«, platzte sie heraus. »Ich habe eine Idee. Lassen Sie uns eine Wette abschließen. Sie geben mir einen bestimmten Geldbetrag, und wenn ich ihn an der Börse nicht innerhalb von drei Monaten verdoppeln kann, sind Sie vom Haken.«

Bevor er sich eines Besseren besinnen konnte, fragte er: »Wie viel?«

Sie zuckte die Schultern. »Das überlasse ich Ihnen. Fünftausend vielleicht?«

Er bewunderte ihren Kampfgeist, also spielte er mit. »Zu wenig. Sagen wir zehn.«

»Schön. Und wenn ich es verdopple, dann bekomme ich die zwanzigtausend und weitere fünfzig, um meine Firma zu gründen.«

»Unsere Firma«, korrigierte er. »Und Sie bekommen nur drei Wochen. Nicht drei Monate.« Unnütz, es ihr leicht zu machen.

Die Kinnlade fiel ihr herunter. »Drei Wochen! Ich kann unmöglich –«

»Dann haben wir nichts weiter zu besprechen.« Er stand auf und kam um seinen Schreibtisch herum. »Guten Tag, Miss Sloane.«

»Also schön! Drei Wochen von heute an.«

Er verkniff sich ein Schmunzeln. Sie würde auf jeden Fall an ihrem Verhandlungsgeschick arbeiten müssen. Er schob die Hände in die Hosentaschen. »Verraten Sie mir etwas.«

»Ja?«

»Was ist für mich dabei drin?«

»Nun, Geld natürlich.«

»Geld habe ich zur Genüge. Da werden Sie mir schon etwas Besseres bieten müssen.«

Das traf sie unvorbereitet, und sie begann, auf ihrer Unterlippe zu kauen. »Ich … Für Sie ist nichts weiter als Uneigennützigkeit und Geld drin, fürchte ich.«

»Das eine unattraktiv und das andere völlig unnötig. Was

sonst?« Er trat näher zu ihr und stellte erleichtert fest, dass sie nicht vor ihm zurückwich, wie andere Frauen es in der Vergangenheit getan hatten. Als er den schweren Schreibtisch umrundet hatte, lehnte er sich an die Kante und überkreuzte die Beine. »Zum Beispiel, was geschieht, wenn Sie scheitern? Dann habe ich zehntausend Dollar verloren.«

»Ich habe nicht genug Geld, um es Ihnen zurückzuzahlen, zumindest noch nicht.« Sie stockte, dann hellte sich ihre Miene auf. »Aber ich kann es Ihnen in Northeast-Aktien zurückzahlen. Aus meinem Treuhandvermögen.«

»Aktien kann ich mir kaufen, wann immer ich will.«

»Das sind Vorzugsaktien. Mein Vater hat das Unternehmen nur wenige Jahre vor seinem Tod gegründet, und er hat welche für mich in einem Treuhandfond angelegt. Ich bin sicher, dass ich genug Aktien habe, die ich auf Sie übertragen lassen kann, sollte ich scheitern. Was ich nicht tun werde.«

Emmett hätte schwören können, dass er seinen Herzschlag in den Ohren pochen hörte. Northeast hatte seit acht Jahren keine Vorzugsaktien auf den Markt geworfen. Ihr Besitz versprach nicht nur höhere Dividenden an den Gewinnen des Unternehmens, solche Aktien konnten ihm möglicherweise auch Stimmrechte einbringen. Will Sloane würde sich in die Hosen machen, wenn er das herausfand – nicht, dass Emmett Elizabeth irgendetwas davon verraten würde.

»Warum warten Sie dann nicht bis zu Ihrem fünfundzwanzigsten Geburtstag, um Ihre Firma zu gründen?«

»Weil ich das Warten leid bin. Weitere vier Jahre wären unerträglich.«

Etwas an ihrer Antwort kam ihm komisch vor. Die Frau würde in ein paar Jahren ein großes Treuhandvermögen erben, warum also nicht warten? Ein weiterer Hinweis darauf, dass im Hause Sloane nicht alles in Ordnung war.

Verdammt, er fand Gefallen an diesem Besuch, vermutlich mehr, als er sollte. Er mochte sie; es erstaunte ihn, wie sehr.

Sie beide hatten wenig gemeinsam – seine Jugend im Schmutz von Five Points könnte sich nicht stärker von ihrer privilegierten Erziehung unterscheiden –, aber sie hatte Kampfgeist, ein unerschütterliches Verlangen, Erfolg zu haben, genau wie er, als er angefangen hatte.

Schade, dass sich ihre Wege nicht wieder kreuzen würden. Sie konnte diese Wette unmöglich gewinnen, nicht in einer so kurzen Zeitspanne. Was bedeutete, ihr Bruder würde nie von ihrem Besuch erfahren. Es sei denn ...

»Sie unterbreiten mir ein verlockendes Angebot, Miss Sloane. Nun, würden Sie gern mein Gegenangebot hören?«

»Ein Gegenangebot?«

»Ja, etwas, das ich im Gegenzug von Ihnen möchte.«

Sie verschränkte fest die Finger, beinahe wie um sich zu wappnen. »Und was wäre das, Mr. Cavanaugh?«

»Ich möchte, dass Sie mit mir zu Abend essen.«

»Zu Abend essen?« Runde graue Augen verengten sich argwöhnisch. Die Frau hatte keine Ahnung, wie man seine Emotionen verbarg. Wirklich, die Wölfe an der Wall Street würden sie mit einem einzigen Happs verschlingen. »Wann?«

»Freitag, bei Delmonico's.«

»Das kann ich unmöglich tun. Was würden ...«

Als sie den Satz nicht beendete, vervollständigte er: »Ja, was würden die Leute sagen? Ein Juwel der feinen Gesellschaft isst mit einem wie mir zu Abend. Könnte die Stadt mit einem solchen Skandal umgehen?«

»Sie verspotten mich.«

»Mitnichten, Miss Sloane. Ich möchte mit Ihnen zu Abend essen. Sind Sie kühn genug, oder möchten Sie lieber vorher Ihren Bruder fragen?«

Das hatte die gewünschte Wirkung. Sie straffte die Schultern, fest entschlossen zu beweisen, dass sie eine moderne, unabhängige Frau war, die niemandem Rechenschaft schuldete. Emmett konnte sich die Unterhaltungen im Hause Sloane lebhaft vorstellen. Sie musste ihren Bruder in den Wahnsinn treiben. Noch ein Grund, sie zu mögen.

»Schön. Welches Delmonico's?«

»An der Twenty-Sixth Street natürlich«, antwortete er ruhig.

»Natürlich«, wiederholte sie in süffisantem Tonfall. Er wusste, warum ihr das missfiel. Die Örtlichkeit garantierte, dass die ganze New Yorker Gesellschaft sie zusammen sehen würde. Die Nachricht würde Sloane zu Ohren kommen, noch bevor das Dessert abserviert worden war. »Im Hauptspeisesaal, nehme ich an.«

Er nickte. »In der Tat. Soll ich den Bankscheck ausstellen? Haben wir eine Abmachung?«

Sie schluckte, Unsicherheit in den Augen, und jäh erfüllte ihn der verzweifelte Wunsch, sie möge Ja sagen. Eindeutig wegen des Verlangens, Sloane zu quälen – nicht wegen der Vorfreude, ihren vollen, köstlichen Mund beim Essen zu beobachten.

Schließlich fuhr ihr Kopf hoch. »Wir haben eine Abmachung.«

Freude und Erleichterung sprudelten in Lizzie empor, als sie das Cavanaugh-Anwesen verließ. Sie hatte es tatsächlich geschafft. Ein unterzeichneter Bankscheck ruhte nun in ihrer kleinen Tasche, der erste Schritt in ihre neue Zukunft. Natürlich hatte sie ihn nicht überzeugt, ihre Firma direkt zu unterstützen, aber es war ein Anfang.

Sie zweifelte nicht an ihrer Fähigkeit, die Wette zu gewinnen, selbst wenn er den Zeitraum dafür auf beinahe nichts verkürzt hatte. Sie konnte es schaffen – nein, sie *musste* es schaffen. Nicht für den Namen oder das Vermächtnis der Sloanes, oder auch nur für ihre und Wills Annehmlichkeiten, sondern für die hunderten von Bediensteten und Angestellten von Northeast Railroad, deren Lebensunterhalt von den Sloanes abhing. Zwei Mitglieder ihrer Dienerschaft waren bereits entlassen worden, und Lizzie würde alles tun, was in ihrer Macht stand, um weitere Entlassungen zu verhindern – selbst wenn das bedeutete, mit Emmett Cavanaugh zu Abend zu essen.

Ihr Brougham befand sich immer noch dort, wo sie ihn zurückgelassen hatte, an der Seventy-Fifth Street, wo neugierige Blicke ihn weniger wahrscheinlich erspähen würden. Als sie näher kam, öffnete Brookfield, ihr Kutscher, die Tür des Einspänners. »Sie haben Gäste, Miss.«

»Gäste?«

Brookfield errötete leicht. »Es tut mir leid. Ich habe nicht gesehen, wie sie sich hineingeschlichen haben, Miss, und als ich sie bemerkt habe, wollten sie nicht wieder gehen.« Er öffnete die Tür, und zwei junge Mädchen starrten aus den Tiefen der Kutsche zu ihnen heraus. Beide hatten hübsches, zu Ringellöckchen frisiertes dunkles Haar und trugen aufeinander abgestimmte gelbe Kleider. Die beiden sahen beinahe wie Zwillinge aus, aber

Lizzie konnte erkennen, dass eines der Mädchen ein wenig älter war. Sie schätzte sie auf nicht älter als zwölf oder dreizehn.

»Hallo«, sagte sie, während sie in die Kutsche kletterte und sich auf die leere Bank setzte.

Beide Mädchen grinsten. »Sie sind hübsch«, sagte eines von ihnen.

»Sehr hübsch. Ihr Kleid gefällt mir«, sagte das andere Mädchen und deutete auf Lizzies Ensemble. Es war eines von Lizzies liebsten Tageskleidern, aus blau gestreifter französischer Seide, und bestand aus einem spitzenbesetzten Oberteil mit Schneppe und einem Rock mit zwei Volants und drapiertem Cul de Paris. Sie hatte so gut wie möglich aussehen wollen, wenn sie Cavanaugh traf.

»Dankeschön. Allerdings bin ich neugierig zu erfahren, wer ihr seid.«

»Wir sind Emmetts Halbschwestern. Ich bin Kathleen«, sagte das älter aussehende Mädchen. »Aber alle nennen mich Katie.«

»Ich bin Claire. Darf ich Ihren Hut anfassen?«

Cavanaughs ... Halbschwestern? Lizzie erholte sich rasch von ihrer Verblüffung, lehnte sich leicht zu dem Mädchen vor und beugte den Kopf. »Ja, natürlich. Das ist eine Straußenfeder. Wie findest du sie?«

»Sie ist so weich«, hauchte das Mädchen. »Danke.«

»Gern geschehen. Mir gefällt sie auch.« Lizzie richtete sich wieder auf. »Also, wie alt seid ihr, Katie und Claire?«

»Ich bin dreizehn. Claire ist vierzehn Monate jünger als ich.«

»Oh«, erwiderte Lizzie. »Es muss schön sein, eine Schwester so nah am eigenen Alter zu haben.«

Obwohl Lizzie ihren älteren Bruder zu schätzen wusste, hatte sie sich immer eine Schwester gewünscht. Zum Kleidertauschen, Geschichten miteinander teilen, über junge Männer reden ... Eine Schwester wäre eine Freundin und Vertraute gewesen, die die einsamen Jahre des Heranwachsens ein wenig leichter gemacht hätte. Will hatte so viel für sie getan, aber seine Verpflichtungen in Bezug auf die Firma und den Abschluss seiner Ausbildung hatten ihm nicht viel Zeit für seine jüngere Schwester gelassen.

»Das ist es auch, besonders da Mama starb, als ich geboren wurde«, antwortete Claire.

Lizzie wurde es eng in der Brust. Sie wusste nur zu gut, welches Loch die Abwesenheit einer Mutter im Herzen eines kleinen Mädchens hinterließ. »Das tut mir leid. Meine Mutter starb auch, als ich noch klein war.«

Beide Mädchen sahen sie mit ernstem Verständnis an. »Erinnern Sie sich noch an sie?«, fragte Katie.

»Nur sehr wenig, fürchte ich.« Lizzie war vier gewesen, als Caroline Sloane im Kindbett gestorben war, zusammen mit dem Baby. Sie konnte sich daran erinnern, abends das lange, blonde Haar ihrer Mutter gebürstet zu haben. Es existierten noch die Schemen einiger anderer kurzer Momente – ein liebes Wort oder ein Kuss auf die Stirn –, aber nie so viele, wie sie sich wünschte. Will hatte Lizzie mit den meisten der Erinnerungen versorgt, indem er ihr oft Geschichten von ihren Eltern erzählt hatte. Tat Emmett dasselbe für seine Halbschwestern?

Lizzie konzentrierte sich wieder auf die jungen Mädchen. »Ich bin sicher, eure Mutter hat euch beide sehr geliebt.«

Katie lächelte. »Brendan erzählt uns ständig von ihr.«

»Brendan?«

»Unser anderer Halbbruder«, erklärte Katie. »Wir haben alle denselben Vater. Emmett ist der älteste, dann Brendan und dann wir. Emmett und Brendans Mutter ist auch gestorben. Bevor unser Vater unsere Mutter geheiratet hat.«

»Wir verbringen viel Zeit mit Brendan. Emmett ist für gewöhnlich zu beschäftigt für uns.« Claire schaukelte mit den gestiefelten Füßen, da ihre Beine zu kurz waren, um den Boden der Kutsche zu erreichen. »Er arbeitet die ganze Zeit.«

Das konnte Lizzie sich gut vorstellen, wenn man Wills hektischen Terminplan bedachte. Imperien leiteten sich nicht von alleine. »Wie lange lebt ihr schon bei euren Brüdern?«

»Ich war fast drei. Claire war gerade ein Jahr alt geworden.«

Also hatte Emmett, damals ebenfalls noch ein junger Mann, die kleinen Mädchen aufgenommen und die Verantwortung für sie übernommen. Was war mit ihrem Vater passiert?

»Wo wohnen Sie?«, fragte Claire Lizzie. »Wir haben früher in der Nähe des Union Square gewohnt, aber Emmett hat vor ein paar Jahren dieses große Haus gebaut, und dann sind wir hierhergezogen. Dieses Haus ist so gigantig. Es hat achtundsiebzig Zimmer.«

»Gigan*tisch*«, korrigierte Lizzie. Eine kurze Unterhaltung mit diesen beiden kleinen Mädchen hatte mehr Informationen über Cavanaugh geliefert als die Zeitungsberichte eines ganzen Jahres. »Das ist sehr groß. Aber es muss Spaß machen, so viel Platz zu haben. Ich wohne am Washington Square mit meinem Bruder.«

Katies Augen wurden groß. »Der Park dort war früher mal ein Friedhof. Haben Sie Geister? Wir wollten schon immer mal einen Geist sehen.«

»Ich habe noch keine Geister gesehen, aber ich habe auch

noch nicht wirklich nach einem gesucht. Vielleicht möchtet ihr mich ja einmal besuchen, dann können wir zusammen auf Geisterjagd gehen.«

Beide Mädchen strahlten mit hoffnungsvollen Mienen. »Wirklich?«, fragte Katie. »Meinen Sie das ernst, Miss Sloane?«

»Absolut«, antwortete sie und erkannte, dass sie es wirklich so meinte. Eine Geisterjagd mit zwei reizenden jungen Mädchen klang nach einer Menge Spaß. Vielleicht konnte sie ihre Freundin Edith überreden, sich ihnen anzuschließen. »Ich werde mit eurem Bruder darüber sprechen. Übrigens, habt ihr Mädchen eine Gouvernante? Falls ja, dann könnte ich mir vorstellen, dass sie schon nach euch sucht.«

»Ja. Aber wir haben uns hinausgeschlichen«, sagte das ältere Mädchen.

»Sie glaubt, wir üben Musizieren. Ich spiele Klavier und Katie die Klarinette.« Claire imitierte mit den Fingern das Anschlagen von Klaviertasten.

»Wird sie sich denn keine Sorgen machen, wenn sie entdeckt, dass ihr verschwunden seid?«

Katie zog eine Schulter hoch. »Wahrscheinlich, aber wir mussten einfach herunterkommen und nachschauen, wie Sie aussehen.«

»Emmett bekommt nie Besuch von Damen«, erläuterte Claire und fummelte dabei an der Satinschleife an ihrem Kleid herum.

»Na ja, keine solchen Damen wie Sie«, fügte Katie hinzu, und die beiden kicherten.

»Mädchen«, tadelte Lizzie, obwohl sie sich Mühe gab, nicht zu lachen. »Das Privatleben eures Bruders geht nur ihn etwas an. Ihr solltet gar nicht wissen, welche Art von Damen er empfängt.«

Katie verdrehte die Augen. »Jeder weiß, dass Emmett sich nur mit Schauspielerinnen trifft. Wir lesen jeden Tag die Klatschspalten. Brendan sagt, das ist, weil –«

Die Tür wurde aufgerissen, und die imposante Gestalt von Emmett Cavanaugh erschien. Mit grimmiger Miene blickte er in Richtung seiner jüngeren Halbschwestern und verschränkte die Arme vor der Brust. Angespannte Stille senkte sich herab, und Katie und Claire duckten sich in die Samtpolster der Sitzbank. »Mädchen, geht zurück ins Haus«, sagte er schließlich. Seine Worte waren winzige weiße Wolken in der kalten Luft.

»Aber Emmett –«, hob Katie an, doch die harte Stimme ihres Bruders unterbrach sie.

»Sofort, Katie.«

»Heißt das, du gibst uns heute Nachmittag keinen Schwimmunterricht?«, fragte Claire. »Bitte, nimm uns nicht die Schwimmstunden weg, Emmett.«

Lizzie blieb beinahe der Mund offen stehen. Cavanaugh brachte seinen Schwestern das Schwimmen bei?

Er hob einen Finger und zeigte auf seine Schwestern. »Wenn ihr tut, was Mrs. Thomas sagt, und ihr heute nicht noch einmal entwischt, dann bekommt ihr noch eine Unterrichtsstunde. Abgemacht?«

»Abgemacht!«, antworteten die Mädchen schnell. Dann murmelten sie Lizzie höfliche Abschiedsworte zu und hasteten aus der Kutsche. »Auf Wiedersehen, Mädchen«, rief Lizzie ihnen hinterher, als sie ausstiegen.

Sie verschwanden hinter Cavanaughs breitem Rücken, dennoch behielt er seinen kühlen, ausdruckslosen Blick auf Lizzie gerichtet. »Ich entschuldige mich für meine Schwestern.«

»Das hat mich nicht gestört. Sie waren neugierig auf mich.«

Sie konnte nicht widerstehen, hinzuzufügen: »Sie sagten, Sie bekommen nie Damenbesuch.«

In diesem Moment kam ein kalter Windstoß auf und zerrte an seinem dunklen Haar und dem Jackett. Er bewegte sich nicht, sondern stand einfach nur hochaufgerichtet da wie eine unerschütterliche Naturgewalt. Zu stark, um sich je zu beugen oder zu brechen. Sie erschauderte.

»Das kommt daher, dass die meisten Damen es besser wissen.« Ohne ihr eine Gelegenheit zum Antworten zu geben, trat er zurück. »Bis Freitag, Miss Sloane.«

KAPITEL ZWEI

Reichtümer sind erstrebenswert, aber schon so mancher, der über Geld verfügte, war nicht in der Lage, Zutritt zur guten Gesellschaft zu erlangen.

AMERICAN ETIQUETTE AND RULES OF POLITENESS, 1883

Der knappen Anweisung folgend, die am Tag zuvor überbracht worden war, betrat Lizzie am Freitagabend um acht Uhr das Delmonico's. Charlie Delmonico begrüßte sie herzlich an der Tür.

»Miss Sloane.« Der junge Mann strahlte. »Willkommen zurück.«

»Hallo, Charlie. Ich bin zum Abendessen verabredet mit –«

»Mr. Cavanaugh, ja«, sagte er. »Alles ist vorbereitet, und Mr. Cavanaugh ist bereits angekommen. Ich bringe Sie an Ihren Tisch.«

Lizzie nickte, während sie versuchte, ihren nervös flatternden Magen zu beruhigen. *Es ist nur ein Abendessen*, sagte sie sich. Obwohl sie sich immer noch nicht denken konnte, warum

Cavanaugh mit ihr dinieren wollte. Was erhoffte er sich davon?

Irgendetwas sagte ihr, dass er nie etwas ohne Grund tat.

Während der letzten drei Tage hatte Lizzie ihre Nase in Aktienberichten vergraben und über einer Strategie gebrütet, wie sie Cavanaughs Geld verdoppeln sollte. Sie brauchte mehr Zeit, aber es bestand keine Chance, dass Cavanaugh ihre Wette verlängern würde. Der Mann hatte den Ruf, so unnachgiebig wie Granit zu sein, und sie nahm an, dass es leichter wäre, Grand Central Depot nach Weehawken zu verlegen, als ihn dazu zu bringen, seine Meinung zu ändern.

Charlie führte sie tiefer in den vertrauten Speisesaal, einen Raum, der dafür entworfen war, den vornehmsten New Yorkern zu gefallen. Dunkle Mahagonimöbel glänzten im weichen Licht der Kristallleuchter, die Decke war mit beeindruckenden Fresken verziert, die eines italienischen Meisters würdig waren. Große Fenster bildeten den Rahmen für die sich wiegenden Bäume und die gelben Gaslaternen des Madison Square, eine Aussicht, die in der ganzen Stadt ihresgleichen suchte.

In der Mitte des Raumes erhob sich ein Mann, und Lizzies Herz begann zu rasen. Sie hatte Emmett Cavanaughs Wirkung völlig vergessen, die pure Eindringlichkeit seiner hochaufragenden Gestalt und seines attraktiven Gesichts. Seine breiten Schultern waren nach neuester Mode in einen schwarzen, schoßlosen Smoking gehüllt. Eine weiße, einreihige Weste spannte sich über seine gewaltige Brust, während seine weiße Fliege und der Hemdkragen einen Kontrast zu seiner gebräunten Haut bildeten. Das hier war kein Mann, der für Vergnügen und Müßiggang lebte und sich in seinem Club die Zeit vertrieb, während die Welt auf seine Launen wartete. Das hier war ein Mann, der sich nicht vor harter Arbeit scheute, der sich nahm, was er wollte und es mit seinen eigenen bloßen Händen schmiedete. Das bewunderte sie. Beneidete ihn sogar ein wenig darum.

Ihre Augen verschmolzen mit Cavanaughs obsidianschwarzem Blick. Er sah nicht zur Seite, sondern beobachtete sie mit einer unergründlichen Eindringlichkeit, die sämtliche Luft aus dem Raum zu saugen schien. Beinahe wäre sie gestolpert, schaffte es aber irgendwie, auf den Beinen zu bleiben, als sie zum begehrtesten Tisch in der Mitte des Raumes neben dem kunstvollen Marmorspringbrunnen gingen. Wo alle sie sehen würden.

»Miss Sloane«, begrüßte Cavanaugh sie und zog ihren Stuhl für sie heraus. Hatte sie da ein wenig Erleichterung auf seinem Gesicht entdeckt? Sie konnte nicht sicher sein, aber diese Spur von Verletzlichkeit machte ihn … menschlicher. Falls er je lächelte, würde sie womöglich auf der Stelle ohnmächtig werden.

»Mr. Cavanaugh.«

Sie ließ sich auf ihrem Stuhl nieder, wobei sie sorgfältig darauf achtete, ihre Tournüre nicht zu zerdrücken, während er ihr den Stuhl zurechtrückte.

»Ich dachte nicht, dass Sie kommen würden.« Er winkte einem Kellner, der sich in der Nähe bereithielt.

Seine dunkle Stimme gefiel ihr. Sie war heiserer als die von Will, jedes Wort mit gebieterischer Präzision ausgesprochen.

»Warum hätte ich nicht kommen sollen? Ich habe gesagt, dass ich mit Ihnen zu Abend essen würde. Und ich halte meine Versprechen.«

»Überraschend für eine Sloane«, murmelte er so leise, dass sie vermutete, dass es nicht für ihre Ohren bestimmt gewesen war.

»Was soll das –«

»Champagner, Miss?« Ein Kellner erschien mit einer teuren Flasche in der Hand, und Lizzie musste sich ihre Fragen verkneifen, während ihre Gläser gefüllt wurden.

Als sie wieder allein waren, erhob Cavanaugh seine Champagnerflöte. »Auf Möglichkeiten.« Die Worte in Verbindung mit seiner grimmigen Miene ließen ihr den Mund trocken werden. Sprach er von ihrem Geschäftsvorhaben?

Sie hob ihr Glas. »Auf Möglichkeiten.« Hastig nahm sie einen Schluck und fokussierte den Blick dabei auf die gegenüberliegende Wand anstatt auf ihn.

»Ich hoffe, es stört Sie nicht«, sagte er. »Ich war so frei, unser Menü bereits zu bestellen. Ich dachte, das würde Zeit sparen.«

»Ich nehme an, das ist sinnvoll, aber was hätten Sie getan, wenn ich zu Hause geblieben wäre?«

»Höchstwahrscheinlich alleine gespeist. Haben Sie in Betracht gezogen, nicht zu kommen?«

»Natürlich nicht.« Eine Lüge. Sie hatte während der letzten Tage mindestens ein dutzend Mal daran gedacht zu kneifen.

Um seinen Mundwinkel zuckte es, eine schlichte Geste, die seine harten Züge weicher wirken ließ und ihn noch attraktiver machte. »Wenn Sie vorhaben, in die Geschäftswelt einzutreten, Miss Sloane, dann müssen Sie lernen zu lügen.«

Der Ratschlag ärgerte sie. Zuerst war er überrascht gewesen, dass sie ihr Wort gehalten hatte, heute Abend mit ihm zu speisen. Und nun ermutigte er sie zu lügen. War er wirklich so zynisch? »Das mögen Sie vielleicht für wahr halten, aber ich ziehe es vor, Ehrlichkeit in allen Dingen zu praktizieren.«

»Ist das so?« Als sie nickte, beugte er sich vor und senkte die Stimme. »Haben Sie Ihrem Bruder gesagt, dass Sie sich heute Abend mit mir treffen? Oder Rutlidge?«

»Zufällig war Will diese Woche unterwegs, und Mr. Rutlidge habe ich nicht gesehen.«

»Und alle Kommunikationsmöglichkeiten, die Ihnen zur Verfügung stehen, sind ...« Er wedelte mit der Hand, als suchte er nach dem richtigen Wort. »Defekt?«

Ihre Wangen wurden heiß, und Gereiztheit durchströmte sie. »Warum wollten Sie mit mir zu Abend essen, Mr. Cavanaugh? Was erhoffen Sie sich davon?«

»Gesellschaft?«

»Weil es Ihnen an weiblicher Aufmerksamkeit mangelt?« Sie trank ihren Champagner aus und stellte das Glas auf den Tisch. Sofort erschien wie aus dem Nichts ein Kellner, um es wieder zu füllen. »Es fällt mir schwer, das zu glauben.«

Hatte das wie ein Kompliment geklungen? Beinahe zuckte sie zusammen. Champagner neigte bedauerlicherweise dazu, ihre Zunge zu lösen.

Er neigte den Kopf zur Seite und musterte sie. »Und da dachte ich, Sie wären zu beschäftigt damit, die Börsenberichte zu lesen, um den Klatschspalten Beachtung zu schenken.«

»Ich lese sie nicht. Die Klatschspalten, meine ich. Aber man hört Gerüchte.«

»Gerüchte sind oftmals unwahr – sei es an der Börse oder in der Presse.«

»Also treffen Sie sich nicht mit dieser Schauspielerin, Mrs. Rose?«

Seine Gesichtszüge entgleisten kurz, und er öffnete leicht den Mund, fing sich aber rasch wieder. »Ich befinde mich eindeutig im Nachteil. Wie es scheint, wissen Sie einiges über mich, ich jedoch nichts über Sie. Abgesehen von Ihrer Familie und Ihrem Interesse an der Börse, natürlich.«

»Was würden Sie denn gern wissen?«

»Werden Sie Henry Rutlidge heiraten?«

Sie holte tief Luft und griff nach ihrem Champagner. Die perlende Flüssigkeit schmeckte stark und süß und verlieh ihr Mut. »Es gibt viele, die denken, dass ich es sollte.«

»Ja, aber was denken Sie, Miss Sloane?« Seine Augen, beinahe schwarz im schwachen Licht, verrieten nichts, keinen Hinweis darauf, was er dachte.

Unbehaglich rutschte sie auf ihrem Stuhl herum. »Ich werde noch viel mehr Champagner brauchen, bevor ich diese Frage beantworte.«

Der erste Gang wurde serviert, ein Teller mit frischen Bluepoint-Austern. Nachdem alles aufgetragen war, fragte der Kellner: »Haben Sie sonst noch einen Wunsch?«

Cavanaugh hielt Lizzies Blick fest. »Ja. Wir brauchen noch eine Flasche Champagner.«

Emmett kippte noch mehr von dem widerlich süßen Getränk hinunter und versuchte, seine lüsternen Gedanken zu zügeln. Elizabeth Sloane gegenüberzusitzen entwickelte sich zur schlimmsten Art von Folter. Sie war nicht einmal der Typ Frau, den er bevorzugte. Er mochte derbe, rohe, lüsterne Frauen, die ebenso gut im Geben wie im Nehmen waren. Aber ihr dabei zuzusehen, wie sie Austern aß und sich dann den salzigen Geschmack von den vollen Lippen leckte, war auf so unschuldige Weise erotisch, dass er den Blick nicht davon losreißen konnte.

Eine törichte Idee, im Hauptsaal zu sitzen. Er hatte geglaubt, je mehr Leute sie zusammen sahen, desto besser. Aber jetzt wünschte er sich, sie wären allein.

Und dann würdest du ... was tun? Du wirst sie nie haben, Cavanaugh.

Diesen Abend trug sie ein Kleid aus dunkelgrünem Samt mit einem hochgeschnittenen Kragen, um das wunderschöne helle Gold ihres Haars zu betonen. Sie zogen von überall im Saal die Blicke auf sich – die Gäste waren zweifellos neugierig, warum die beiden miteinander speisten. Die goldene Schönheit und der Gassenjunge. Sollten sie doch reden; so würde die Nachricht Sloane schneller zu Ohren kommen. Beinahe hätte Emmett gegrinst. Was würde er nicht darum geben, das Gesicht ihres Bruders sehen zu können, wenn er davon erfuhr.

Jeder kam bei diesem Plan auf seine Kosten. Sloane wäre verärgert, Emmett würde es genießen, ihn zu verärgern, und Miss Sloane bekam die Chance, ihre Wertpapierfirma zu gründen. Ganz zu schweigen davon, dass Emmett mehr über die finanzielle Stabilität von Northeast Railroad erfahren würde. Die Sache hatte keine Nachteile, es sei denn, man zählte seine verwirrende körperliche Reaktion auf ihre Gegenwart dazu. Er hatte nicht erwartet, irgendetwas für sie zu empfinden, aber jedes Mal, wenn er ihre grauen Augen funkeln sah, jedes Mal, wenn sie ihn anlächelte, war es wie ein Faustschlag in seinen Magen.

Er musste sich einfach nur stärker bemühen, die Reaktion seines Körpers zu ignorieren. Im Lauf der Jahre hatten verschiedene unangemessene Damen eine Anziehung auf ihn ausgeübt, und er hatte erfolgreich dagegen angekämpft. Diesmal würde es nicht anders sein.

Mit der Gabel schob er sich eine Auster in den Mund und

genoss den glitschigen, salzigen Geschmack, der seine Kehle hinunterglitt. Als er sich den Mund mit der Serviette abwischen wollte, bemerkte er, dass sie den Blick auf seine Lippen geheftet hatte und eine leichte Röte ihre Wangen färbte. Gütiger Gott, war das ... seinetwegen? Sein Körper spannte sich an, und das Blut pochte ihm in den Lenden. Der Raum hätte in Flammen stehen können und es hätte ihn nicht gekümmert, denn alles um ihn herum hatte aufgehört zu existieren. Alles bis auf sie.

Sie brach den Blickkontakt als Erste ab und senkte den Kopf, um auf ihren Teller zu starren, und Emmett kippte den Rest seines Drinks hinunter, im verzweifelten Versuch, sich abzukühlen. Was machte diese Frau nur mit ihm?

Sie räusperte sich. »Ist es wahr, dass Sie die Stahlfabrik kauften, in der Sie früher gearbeitet haben?«

Endlich ein Thema, das jedes Interesse an ihm vernichten würde. Seine Vergangenheit stand normalerweise nicht zur Diskussion, aber sie musste sie offensichtlich hören. »Ja, das habe ich. Schockiert Sie das?«

»Nein.« Geziert tupfte sie sich den Mund mit der Leinenserviette. »Ich finde es faszinierend. Würden Sie mir die ganze Geschichte erzählen? Zweifellos steckt mehr dahinter, als das, was ich gehört habe.«

Faszinierend? »Ich bin mir nicht sicher, ob das ein passendes Tischgespräch ist.«

Sie legte den Kopf schief. »Würden Sie sich lieber über das Wetter unterhalten? Oder vielleicht über die neueste Mode auf der Ladies' Mile?«

»Gott, nein«, murmelte er. »Ich war zwölf, als ich nach Pittsburgh ging.«

»Und Sie sind in Downtown Manhattan aufgewachsen?«

»Ja.« Er biss die Zähne zusammen. Dieser Teil seines Lebens war tabu, ganz egal, wer fragte.

»Und Sie haben Arbeit in einer Fabrik gefunden. Wie war das so?«

Er überlegte einen Moment lang. »Mörderisch. Zwölf-Stunden-Schichten, sieben Tage die Woche. Keine Pausen, oder auch nur Zeit, um zu essen. Woran ich mich am meisten erinnere, ist der Schweiß. Sie können sich nicht vorstellen, welche Hitze in einem Stahlwerk herrscht. In den ersten drei Monaten, die ich dort gearbeitet habe, habe ich fast zehn Kilo verloren, was ziemlich viel für einen spindeldürren Zwölfjährigen ist.« Den ganzen Tag lang war ihm der Schweiß Arme und Beine entlanggelaufen und hatte sich in seinen Stiefeln gesammelt. Seitdem hasste Emmett das Gefühl, wenn ihm Schweiß an Haut und Kleidern klebte.

»Wie kam es dann dazu, dass Sie das Werk gekauft haben?«

»Ich wurde verletzt, und das Unternehmen gab mir eine kleine Entschädigung, die ich mehrmals erfolgreich investiert habe. Ich kam nach New York, fing an, auf dem Markt mitzuspielen. Innerhalb von vier Jahren hatte ich genug, um das Werk zu kaufen.«

»Und East Coast Steel war geboren.«

Der Tonfall ihrer Stimme, er klang wie Bewunderung … obwohl es eigentlich Abscheu hätte sein sollen. Sie hatte etwas wahrhaft Hässliches und Widerwärtiges in seiner Vergangenheit romantisch verklärt. Wenn sie auch nur eine Ahnung von den Dingen hätte, die er in seinem Leben getan hatte, die er gesehen hatte …

Der Kellner kam mit einem weiteren Gang, diesmal gebackenem Lachs in Dillsauce. Emmett gab vor, sich mit seinem Essen zu beschäftigen, während seine Gedanken sich überschlugen.

Elizabeth Sloane verwirrte ihn völlig. Warum war es ihr nicht unangenehm, mit ihm zu essen? Sie hätte doch wenigstens eine Bestandsaufnahme des Raumes machen sollen, um zu sehen, wer morgen den Klatsch verbreiten würde. Aber er hatte nicht bemerkt, dass sie ihre Mitgäste auch nur ein einziges Mal gemustert hätte. Stattdessen hatte sie an seinen Lippen gehangen und ihn mit Fragen zu seiner Vergangenheit bombardiert. Was zum Teufel geschah hier?

Er hatte sich noch nie in Menschen getäuscht. Die Fähigkeit, andere einzuschätzen, zu wissen, was sie dachten, hatte ihn zu einem vielfachen Millionär gemacht. Er wusste, was Investoren hören mussten, damit sie ihr Geld herausrückten. Oder was man Arbeitern sagte, um einen Streik zu vermeiden. Warum also wurde er ausgerechnet aus einer High-Society-Prinzessin nicht schlau?

Er suchte nach einem unpersönlichen Gesprächsthema. »Wie wäre es, wenn Sie mir von Ihren Fortschritten bei unserer Wette erzählen? Ich bin neugierig, wie es Ihnen in den ersten Tagen ergangen ist.«

»Ich habe das Geld noch nicht investiert. Ich habe an einem Plan gearbeitet.«

»Aktien brauchen Zeit, sich zu entwickeln, das muss also bedeuten, Sie hoffen, eine kurzfristige Kursschwankung auszunutzen.« Er stieß einen leisen Pfiff aus. »Sie sind entweder sehr zuversichtlich oder sehr töricht.«

»Die Zeit wird es zeigen.« Sie schenkte ihm ein rätselhaftes Lächeln und nahm einen Bissen Lachs. Wie hypnotisiert sah er zu, wie sie sich das Stück in den Mund schob und wie dann ihre rosige Zunge hervorschnellte, um die Dillsauce aus dem Mundwinkel zu lecken. Seine Lenden wurden schwer und seine Hose eng. *Jesus, Maria und Josef.* Hatte sie irgendeine Ahnung davon, wie erotisch so eine Geste wirkte?

»Was ist der größte Betrag, den Sie je an einem Tag an der Börse verdient haben?«, fragte sie und lenkte ihn damit glücklicherweise ab.

»Fast fünfhunderttausend. Aber das war bei der Panik '73.«

Sie machte große Augen. »Das ist beeindruckend. Sie müssen ziemlich viel über Aktien wissen.«

»Ja.«

»Was für eine Verletzung war das?«

Emmett runzelte die Stirn. »Wie bitte?«

»Die Verletzung in dem Stahlwerk, die, derentwegen Sie die Entschädigung erhielten. Was war es?«

»Wie neugierig«, murmelte er. »Sind Sie sicher, dass Sie nicht anstreben, eine zweite Nellie Bly zu werden?«

Sie warf ihm ein verärgertes Lächeln zu. »Ich nehme an, Sie haben mir gerade auf höfliche Weise mitgeteilt, dass mich das nichts angeht.«

Besser, sie fand es jetzt heraus, um sämtliche falschen Vorstellungen auszuradieren, die sie von ihm hatte. Er stützte die Ellbogen auf die Armlehnen und legte die Fingerspitzen aneinander. »Ich wurde verbrannt. Eine Kette, die ein Stahlrohr über mir hielt, riss, weil das Rohr nicht genug Zeit gehabt hatte, ordentlich abzukühlen. Als das Rohr herunterfiel, landete es auf meinem Rücken.«

Ihre Augen wurden groß und füllten sich mit Mitgefühl. Bevor sie irgendetwas sagen konnte, fuhr er fort: »Wissen Sie, ich habe die anderen Männer zur Eile gedrängt. Meine Schicht war fast vorüber, und es gab da ein Bordell, keine Meile vom Stahlwerk entfernt. Ich war begierig darauf, wieder zu dem Mädchen zu kommen, das ich ein paar Nächte zuvor hatte. Also überzeugte ich die anderen, dass die Kette halten würde, damit sie sich beeilten und das Rohr schneller bewegten. Und als die Kette riss, starben zwei Männer.«

Sie versteifte sich, und das Mitgefühl in ihrer Miene war nun nur noch eine Erinnerung, dennoch hatte er nicht die Absicht, aufzuhören. Er hob sein Champagnerglas und ließ den Inhalt kreisen. »Die Gewerkschaft nahm an, dass die Anlagen des Unternehmens schuld an dem Unfall wären, und erkämpfte mir eine kleine Entschädigung. Ich nahm das Geld. Ich nahm es und sagte kein Wort darüber, wie der Unfall zustande gekommen war, dass er meine Schuld gewesen war, weil ich nichts sehnlicher wollte, als aus diesem Stahlwerk herauszukommen.«

Manchmal konnte er ihn immer noch spüren, den Schweiß. Wachte mitten in der Nacht darin gebadet auf. Nein, er empfand keinerlei Bedauern, aus diesem Stahlwerk herausgekommen zu sein, oder wegen der Dinge, die er seitdem getan hatte.

Nachdem er den Rest seines Champagners hinuntergekippt hatte, stellte er das Glas mit einem dumpfen Laut auf den Tisch. »Versuchen Sie nicht, mich zu etwas zu machen, das ich nicht bin, Miss Sloane.«

Sie schluckte, bevor sie krächzend hervorbrachte: »Und was wäre das, Mr. Cavanaugh? Was genau mache ich Sie?«

Er beugte sich vor und hielt ihren erschrockenen Blick fest. »Nett.«

Unangenehmes Schweigen breitete sich aus, und die Geräusche des Speisesaals erklangen um sie herum. Lizzie konzentrierte sich auf ihr Essen und versuchte, Cavanaughs Warnung aus dem Kopf zu bekommen. Zweifellos hatte er versucht, sie mit seiner Geschichte abzuschrecken, aber das Gegenteil war der Fall. Der Mann hatte viele Schichten, und alle davon waren faszinierend komplex. Er hatte Fehler, genau wie die übrigen Sterblichen auf Erden, aber es waren diese Fehler, die sie enthüllen und studieren wollte wie die Aktientabellen, die sie liebte.

Und das beunruhigte sie. Ihr Ziel war es nicht, all die verschiedenen Facetten von Emmett Cavanaugh zu ergründen, sondern die Finanzen ihrer Familie zu retten.

Ihr Blick flog im Raum umher, während sie versuchte, ihre Gefühle wieder in den Griff zu bekommen. In der Nähe der Fenster entdeckte sie zwei ältere Damen, die fürchterliche Klatschmäuler waren. Ihre dreisten Blicke waren auf Cavanaugh geheftet, während sie einander zuflüsterten. Beide trugen deutliche Mienen der Missbilligung zur Schau, und Lizzie wurde an seiner Stelle wütend. Er hatte heute Abend nichts Ungehöriges getan, um die Kritik dieser Frauen zu verdienen.

Dann sahen die Damen sie an, und sie konnte ihnen quer durch den ganzen Saal vom Gesicht ablesen, was sie dachten. *Ist das Elizabeth Sloane? Warum um alles in der Welt diniert sie mit ihm? Haben Sie bemerkt, dass sie ihm nicht einmal Aufmerksamkeit schenkt, wie unwohl sie sich zu fühlen scheint?*

Sie straffte den Rücken. Sie wollte nicht, dass irgendjemand Mitleid mit ihr hatte oder glaubte, sie wäre gegen ihren Willen hier. Zugegeben, er hatte ihr in der Angelegenheit kaum eine Wahl gelassen, aber das brauchte niemand zu wissen. Darüber hinaus war Cavanaugh ein vollkommen respektabler Tischgefährte gewesen.

Sie tat, was ihr nach Jahren der Erziehung durch Gouvernanten und Benimmlehrer in Fleisch und Blut übergegangen war: Sie setzte ein Lächeln auf und brachte eine Unterhaltung in Gang. »Sie haben einen Bruder, soweit ich weiß.«

Diese Frage schien Cavanaugh aus seinen Gedanken zu reißen. Er entspannte sich auf seinem Stuhl, und seine Lippen krümmten sich. »Ja. Brendan. Er ist Arzt.«

»Ich kann sehen, dass Sie ihn gernhaben.«

»Das stimmt. Er ist unglaublich klug. Schindet sich beinahe jeden Tag bis auf die Knochen, wenn er in den rauesten Teilen der Stadt praktiziert.«

»Er findet es sicher bereichernd«, meinte sie.

»Das nehme ich an, obwohl ich ihn immer wieder daran erinnere, dass er nicht zu arbeiten braucht und sich den Ärger sparen könnte.«

»Das könnte er, aber manche Leute ziehen es vor, zu arbeiten.«

»Ich nehme an, Sie fallen ebenfalls in diese Kategorie.« Er trommelte mit den Fingern auf die Tischkante und sah sie forschend an. »Warum Aktien?«

Sie zuckte die Schultern. »Ich mag die Aufregung, das Risiko. Und ich hatte schon immer einen Sinn für Zahlen. Tatsächlich sind meine besten Erinnerungen die an meinen Vater, wie er mir beim Frühstück die Aktienkurse vorliest.«

»Wie alt waren Sie, als er starb?«

»Sieben.« Ein vertrauter Schmerz schwoll in ihrer Brust an. »Ich erinnere mich noch daran, nicht geglaubt zu haben, dass er wirklich fort war. Selbst als ich seine Leiche sah, wartete ich immer noch darauf, dass er aufstehen und mir sagen würde, es sei alles nur ein gewaltiger Scherz. Ich fürchte, ich war ziemlich anstrengend für den armen Will.«

Aus irgendeinem Grund ließ das Cavanaughs Mundwinkel zucken. »Das kann ich mir vorstellen. Sie sind klüger als andere Frauen, waren es wahrscheinlich sogar damals schon.«

Sie atmete scharf ein und nahm das unerwartete Kompliment tief in sich auf, wo Unsicherheit und Selbstzweifel gediehen. Niemand hatte sie je klug genannt – niemand außer ihrem Bruder, obwohl er das Wort benutzte, um ihre Ambitionen zu entmutigen. Will neigte dazu, Dinge zu sagen wie *»Du bist zu klug, um in die Geschäftswelt zu gehen«* und *»Lass deine Intelligenz von einem Ehemann mit Geld würdigen«*.

Es bedeutete etwas, dass Cavanaugh sie für klug hielt.

Sie nahm ihr mit kaltem Champagner gefülltes Glas und versuchte, sich nicht anmerken zu lassen, welche Wirkung er auf sie hatte. »Ich weiß nicht, ob ich besonders klug bin. Vielleicht einfach nur waghalsig.«

»Waghalsigkeit ist nie etwas Schlechtes.« Etwas an seinem Tonfall, an der Art, wie die tiefen, heiseren Worte aus seiner Brust grollten, sorgte dafür, dass ihr heiß wurde. Flirtete er mit ihr? Nein, das musste sie falsch gedeutet haben. Er bevorzugte Schauspielerinnen, wie jeder wusste.

Sie versuchte, die Unterhaltung wieder in sicheres Fahrwasser zu lenken. »In Geschäftsangelegenheiten, Mr. Cavanaugh?«

»In allem. Aber es gibt einen Unterschied zwischen Waghalsigkeit und Dummheit.« Sorgfältig legte er Messer und Gabel auf seinem mit Goldrand verzierten Teller ab. »Und ich denke, Sie können mich ruhig Emmett nennen, zumindest während des Dinners.«

»Das wäre wohl kaum schicklich.«

Cavanaugh sagte nichts, sondern streckte nur eine große Hand nach seinem zierlichen Champagnerglas aus. Seine Haut war rau und gebräunt, mit braunen Härchen auf den Knöcheln. Starke, tüchtige Hände, die anders waren als alle, die sie bisher gesehen hatte. Sie fragte sich, wie sie sich wohl anfühlen würden, ob sie zärtlich wären.

»Erinnern Sie sich noch daran«, fragte er, »was passiert ist, als Sie und Ihre vornehme Gesellschaft fest entschlossen waren, die Neureichen aus der Academy of Music herauszuhalten?« Er nahm einen Schluck und lehnte sich auf seinem Stuhl zurück. »Alva scharte alle zusammen, die je ausgeschlossen worden waren, darunter auch ich, und trieb das Geld auf, um die Metropolitan Opera zu bauen. Und was ist nun aus Ihrer kostbaren Academy geworden? Eine Varietébühne.«

»Und worauf wollen Sie hinaus?«

»Worauf ich hinauswill, Miss Sloane, ist, dass Ihre Regeln keine Chance haben, ganz gleich, wie verbissen Mrs. Caroline Schermerhorn Astor sich das wünschen mag. Geld gewinnt immer, und zu viele von uns Unerwünschten haben es inzwischen.«

Lizzie wurde gereizt. Es ärgerte sie, dass er sie mit dem Rest der alten Familien in einen Topf warf, die so verzweifelt den Status Quo aufrechterhalten wollten. »Das sind nicht meine Regeln. Ich war nie dafür, die Vanderbilts aus der Academy herauszuhalten – nicht, dass ich irgendetwas damit zu tun hatte, wenn man bedenkt, dass ich damals *fünfzehn* war. Die Welt verändert sich, und wenn Sie glauben, ich würde das nicht begrüßen, dann kennen Sie mich kein bisschen.«

Seine Augen funkelten, und er kniff die Lippen zusammen,

als wäre er amüsiert, versuchte aber angestrengt, es nicht zu zeigen. »Ist es so schwer zuzugeben, dass ich recht habe?«

»Na schön. Emmett«, schnauzte sie gedämpft.

Er gab einen kurzen Laut von sich, und sie vermutete, dass es ein Lachen sein könnte, wenn auch ein eingerostetes. Ein wenig wie die Angeln einer Tür, die lange nicht geöffnet worden war.

»Sie wollten, dass ich mich zum Narren mache.« Als sie den Rest ihres Champagners hinunterschluckte, drehte sich ihr der Kopf. Wie oft war ihr Glas nachgeschenkt worden?

»Nein«, erwiderte er. »Ich wollte auf die Absurdität hinweisen, mich weiterhin Mr. Cavanaugh zu nennen.« Sein Gesicht wurde weicher, und ihre Brust weitete sich vor Schwindelgefühl. Liebe Güte, er war attraktiv. Kein Wunder, dass Schauspielerinnen ihm zu Füßen lagen.

»Ich habe eine weitere Frage an Sie.« Er beugte sich vor und senkte die Stimme. »Warum wollen Sie sich hinter dem Namen eines Mannes verstecken, wenn Sie Ihre Wertpapierfirma gründen? Sie sind eine Sloane. Ich würde meinen, Sie könnten alles tun, was Sie wollen, und niemand würde Ihnen etwas verwehren.«

Die Bemerkung ließ sie beinahe bitter auflachen. Er wäre überrascht, wie viel ihr verwehrt wurde, sowohl wegen ihres Ranges als auch wegen ihres Geschlechts. Selbst wenn Frauen an der Wall Street willkommen wären, würde keine von ihnen aus den alten Familien der New Yorker Gesellschaft stammen. Junge, unverheiratete Frauen aus Lizzies Kreisen konnten nie tun, was sie wollten. Nichtsdestotrotz durfte dieses Unterfangen nicht scheitern – die Zukunft der Sloanes hing davon ab. Wenn also kurzfristige Täuschung dabei half, erfolgreich zu sein, dann würde Lizzie nicht zögern.

»Es ist nicht erwünscht, dass Frauen meiner Herkunft arbeiten. Wir werden dazu erzogen, einen Ehemann zu unterstützen und einen Haushalt zu führen. Es ist genau so, wie Sie anfangs angenommen haben: Mein Leben hat mich auf nichts weiter vorbereitet als auf Partys und Kleideranproben. Aber ich muss mehr tun – ich *kann* mehr tun. Die Gesellschaft wird lernen, das zu akzeptieren, nachdem ich mich bewiesen habe.«

»Also werden die Investoren glauben, die Ratschläge, die Sie ihnen geben, kämen von mir?«

»Nicht ganz«, sagte sie. »Sie müssen nur glauben, dass Sie am finanziellen Erfolg der Firma beteiligt sind. Dass ich Ihr Ohr habe. Den Rest erledige ich.«

Ein Schatten fiel auf ihren Tisch. »Hallo, Lizzie.«

Rasch zog Lizzie sich zurück und stellte fest, dass Henry Rutlidge leicht wankend neben ihr stand. Seine Augen waren rot gerändert und sein glattes braunes Haar zerzaust. Ganz zu schweigen davon, dass er nach Alkohol roch. War er betrunken? »Mr. Rutlidge. Sie kennen Mr. Cavanaugh, nehme ich an.«

»N' Abend, Mr. Cavanaugh«, begrüßte Henry ihn munter.

Emmetts Lippen kräuselten sich. »Rutlidge.«

»Ich war gerade im Fifth Avenue Hotel«, nuschelte Henry, »und hatte ein paar Drinks, da haben meine Freunde und ich beschlossen, hier zum Abendessen vorbeizuschauen. Konnte es kaum glauben, als ich hörte, dass du auch hier bist – und dazu noch mit Cavanaugh. Ich sagte: ›Ich muss hingehen und Lizzie vor diesem Aufschneider retten!‹« Er wandte sich Emmett zu. »Nichts für ungut, Cavanaugh.«

Emmett kippte den restlichen Champagner in seinem Glas hinunter. »Oh, schon in Ordnung.«

Lizzie runzelte die Stirn, sowohl über Henrys Beleidigung

als auch über Emmetts kaum verhohlene Abneigung. Das hier könnte ein böses Ende nehmen. »Es geht mir gut«, sagte sie leise zu Henry. »Ich muss nicht gerettet werden. Mr. Cavanaugh und ich essen nur miteinander zu Abend. Vielleicht solltest du nach Hause gehen, Henry.«

Unvermittelt klammerte er sich an den Tisch. »Hoppla. Der Raum hat angefangen, sich zu drehen. Spürst du das, Lizzie?«

»Sie sind *betrunken*, Rutlidge«, sagte Emmett langsam. »Das Drehen spürt niemand außer Ihnen.«

»Kommen Sie schon, Cavanaugh. Alkohol ist Ihnen doch nicht fremd.« Henry beugte sich dicht zu Lizzie und sprach mit einem lauten Flüstern. »Er hat eine Zeit lang in der Old Brewery gelebt, habe ich gehört. War in einer Gang. Ein richtiger Gauner war er.«

»Das wäre eine ziemliche Leistung, wenn man bedenkt, dass die Methodisten das Gebäude ein paar Jahre vor meiner Geburt übernommen haben«, erwiderte Emmett trocken. »Aber ich bin sicher, ich könnte mich noch an den einen oder anderen Trick aus meiner Zeit downtown erinnern, falls Sie daran interessiert sind, mir nach draußen zu folgen.«

Oh, um Himmels willen! Das letzte, was sie gebrauchen konnten, war eine Schlägerei mitten im Speisesaal des Delmonico's. »Mr. Cavanaugh, danke für das Abendessen. Ich denke, es wäre am besten, wenn ich Mr. Rutlidge nach Hause bringe.«

Emmett biss die Zähne zusammen, und Lizzie flehte ihn mit den Augen um Verständnis an. Sie kannte Henry schon ewig, dennoch hatte sie ihn noch nie so gesehen. Wer wusste, wie viele Beleidigungen er Emmett noch entgegenschleudern würde, bevor die Dinge eine katastrophale Wendung nahmen?

Emmett winkte einen Kellner herbei. »Ich bringe Sie beide in meiner Kutsche nach Hause.«

»Nein, das ist nicht nötig«, erwiderte sie hastig. »Ich bin vollkommen in der Lage, ihn in eine Mietkutsche zu setzen.«

»Nichtsdestotrotz wäre es mir ein Vergnügen, Miss Sloane.« Sie öffnete den Mund, um abzulehnen, aber sein kalter, dunkler Blick hielt sie auf. Sein Tonfall duldete keinen Widerspruch, als er sagte: »Und ich bestehe darauf.«

KAPITEL DREI

Männer streben die wesentlichen Prinzipien an,
aber alle Feinheit und Eleganz gesitteter Manieren
kommt durch die Frau.
AMERICAN ETIQUETTE AND RULES OF POLITENESS, 1883

Auf der Heimfahrt verlor Henry das Bewusstsein und verhinderte so zum Glück jede weitere Interaktion zwischen den beiden Männern, was Lizzie erleichtert aufatmen ließ. Aus Emmetts angespanntem Kiefer schloss sie, dass er immer noch ziemlich wütend war – nicht, dass sie es ihm verdenken konnte. Henrys Erscheinen und seine betrunkenen, unhöflichen Bemerkungen hatten auch sie aufgebracht. Aus irgendeinem Grund war Henry entschlossen gewesen, Emmett so lange zu beleidigen, bis dieser eine Reaktion zeigte, was keinen Sinn ergab.

Diese neue Seite an Henry beunruhigte sie. Er war normalerweise so umgänglich und liebenswürdig. Sie hatte ihn aber auch noch nie betrunken erlebt.

Da Henry ausgestreckt auf einer Seite der prunkvollen Kutsche lag, waren Emmett und Lizzie gezwungen, nebeneinander auf der anderen Seite zu sitzen. Mit seinen breiten Schultern und langen Gliedmaßen nahm Emmett einen großen Teil des Platzes ein. Sie versuchte, Abstand zwischen sie zu bringen, aber sie konnte nirgendwo hin.

Er starrte aus dem kleinen Fenster, abwesender, unnahbarer als zuvor. Eine unglaubliche Kluft hatte sich zwischen ihnen aufgetan, und sie stellte fest, dass sie eigenartig begierig darauf war, den Abstand zu überbrücken.

»Es tut mir leid, dass unser Abend ein vorzeitiges Ende gefunden hat«, sagte sie.

»Tut es das?«

»Natürlich. Ich würde es nicht sagen, wenn ich es nicht so meinen würde.«

Als er sich umwandte, verriet seine Miene nichts. Er hatte seine Gefühle völlig unter Kontrolle, und sie konnte ihn nicht einschätzen. »Ziehen Sie es wirklich in Betracht, diesen Schwachkopf zu heiraten?«

»Er ist kein Schwachkopf. Und ich habe ihn noch nie zuvor berauscht gesehen. Er ist kein Gewohnheitstrinker.«

»Oh ja«, bemerkte Emmett und verdrehte ungläubig die Augen. »Zweifellos war das irgendeine Art von Feier. Für Männer wie ihn gibt es immer etwas zu feiern.«

Sie warf einen Blick auf Henrys schlafende Gestalt. Er sah so kindlich und jung aus wie der Henry, den sie aus ihrer Kindheit kannte. »Er ist kein schlechter Mensch.«

»Zweifellos – bis der Alkohol zu wirken beginnt. Elizabeth und Henry«, betonte Emmett theatralisch, als stünde er auf einer Bühne. »Sie sollten ihn heiraten. Sie wären die Lieblinge der New Yorker Gesellschaft.«

»Das ist ein schrecklicher Grund, jemanden zu heiraten.« Lizzies Meinung nach sollte der einzige Grund, jemanden zu heiraten, Liebe sein. Und so gern sie Henry auch hatte, sie liebte ihn nicht. Das allerdings ging Emmett Cavanaugh nichts an.

»Ich dagegen kann mir keinen besseren denken.«

»Dann sind Sie ein Zyniker«, erwiderte sie.

»Das bin ich in der Tat. Neben anderen Dingen.«

»Zum Beispiel?« Er antwortete nicht, sondern starrte nur auf sie herab. Also stieß sie ihm den Ellbogen in die Rippen. »Nun kommen Sie schon. Ich verrate Ihnen meine Fehler im Tausch gegen Ihre.«

Selbst im schwachen Licht konnte sie sehen, dass sein Mund zuckte. »Haben Sie mich gerade mit dem Ellbogen gestoßen, Miss Sloane?«

Sie tat es nochmal. »Nein.« Er zuckte überrascht zusammen, und sie musste sich auf die Lippe beißen, um nicht loszukichern.

Sein Blick heftete sich auf ihren Mund, wo ihre Unterlippe gegenwärtig zwischen ihren Zähnen gefangen war. »Gehen Sie noch einmal mit mir essen«, sagte er mit diesem rauen, heiseren Tonfall, der es in ihrem Magen flattern ließ.

»Warum?«

»Um unsere Wette zu beschließen. Wir werden entweder auf Ihren Sieg anstoßen oder Ihren Kummer ertränken.«

»Oh, ich werde nicht scheitern.«

»Dann ist Arroganz also einer Ihrer Fehler?«

»Sagt der Mann, der glaubt, nur Männer hätten die Nerven für – wie nannten Sie es noch gleich? – dieses ›schmutzige, mörderische Geschäft‹«, versetzte sie.

»Ich fange an zu verstehen, warum Rutlidge trinkt«, meinte Emmett trocken.

Wieder stieß sie ihm den Ellbogen in die Seite, diesmal etwas kräftiger. »Nehmen Sie das zurück. Henry und ich sind nur Freunde.«

»Miss Sloane, wenn Sie mich noch einmal anrempeln, dann fürchte ich, wird das Konsequenzen haben.«

Lizzie glaubte ihm kein Wort. Seine dunklen Augen funkelten, und er sah aus, als stünde er kurz davor, tatsächlich zu lächeln. Der Himmel stehe ihr bei, wenn er tatsächlich lachen sollte.

»Welche Art von Konsequenzen?«, platzte es aus ihr heraus, bevor sie sich eines Besseren besinnen konnte. Sie reizte ihn, ohne zu bedenken, was passieren könnte. Und dennoch schien sie sich nicht daran hindern zu können.

In diesem Moment trafen sich ihre Blicke, und sämtliche verfügbare Luft wich aus der Kutsche. Schatten spielten über sein attraktives Gesicht und betonten die kleine, köstliche Einbuchtung an der Spitze seines Kinns. Ein Kribbeln kroch über ihre Haut, und sie konnte den Blick nicht abwenden. Seine Lippen waren voll, wenn er nicht gerade finster oder grimmig dreinsah, und sie fragte sich, wie sie sich wohl auf ihren Lippen anfühlen würden. Sie hatte in ihrem Leben erst zwei Männer geküsst, einer davon Henry, aber kein Kuss hatte sie dazu gebracht, den Kopf zu verlieren, nicht wie die Romane versprachen, dass es sein würde, wenn man in den Armen eines Mannes lag.

Irgendetwas sagte ihr, dass Emmett anders war, dass dieser Mann eine Frau den Kopf verlieren lassen konnte. Also machte ihr das Angst ... oder verlockte es sie über jede Vernunft hinaus?

Er beugte sich vor, unglaublich langsam, und sie hielt den Atem an, völlig reglos. Sie waren einander so nahe, dass sie die Spur von Stoppeln an seinem Kiefer sehen konnte, während ihr ein schwacher Hauch von Wolle und Zigarrenrauch verführerisch in die Nase stieg. *Bitte küss mich. Nur ein einziges Mal, damit ich weiß, wie es sich anfühlt.*

Unvermittelt rumpelten die Räder über eine Bodenwelle, die die Kutsche erschütterte, und Henry schnaubte laut. Emmett und Lizzie fuhren auseinander, und der Augenblick war vorüber.

Während er sich wieder zum Fenster wandte, versuchte Lizzie ihr rasendes Herz zu beruhigen. Gefühle für diesen Mann zu hegen war eine äußerst schlechte Idee. Sie kannte ihn kaum. Und er war zu ... energisch. Sie wollte jemanden, der verständnisvoll und friedlich war. Umgänglich. Der ihr Luft zum Atmen geben würde. Weiß Gott, ein Mann mit Emmett Cavanaughs Ruf, er wäre eine Lokomotive, die alles in seinem Weg niederwalzte.

Die Kutsche wurde langsamer, als sie in Gramercy Park ankamen. Lizzie streckte die Hand aus, um Henry sanft auf die Wange zu klopfen. Ihr Freund regte sich nicht, nicht einmal, als Emmett die Tür öffnete. »Henry, wach auf. Du bist zuhause.«

»Gestatten Sie.« Emmett stand draußen vor der Kutsche. Er beugte sich hinein, packte mit einer großen Hand Henrys Knöchel und zog heftig daran. Mit einem erschütternden Plumps rutschte Henry auf den Boden der Kutsche, und Emmett zog ihn weiter zur Tür. Dann bückte er sich und warf sich Henry wie einen Sack Mehl über die Schulter.

Mit offenem Mund hastete Lizzie hinter ihnen her. Emmetts Kutscher, ein gedrungener, muskelbepackter Mann, öffnete das schmiedeeiserne Tor zur Vordertreppe, und Emmett stieg mühelos die Stufen empor, als schleppte er keinen großen Mann auf seiner Schulter. Er hämmerte an die Eingangstür, dass das Holz unter der Wucht der Schläge dröhnte.

Price, der Butler der Rutlidges, kam an die Tür. Der Diener wirkte nicht im Geringsten überrascht, einen bewusstlosen Henry an der Türschwelle vorzufinden. »Kommen Sie bitte herein«, sagte Price zu Emmett.

Lizzie folgte Emmett nach drinnen, und sie gingen in das kleine Empfangszimmer, das Henrys Mutter für enge Freunde benutzte. »Legen Sie ihn hier hin, wenn Sie so freundlich wären.« Price deutete auf ein Sofa.

Emmett ließ Henry ohne große Umstände auf das Möbelstück fallen. Dann richtete er sich auf und sah Lizzie an, eine stumme Frage in den Augen.

»Ich werde die Köchin wecken, damit sie etwas Kaffee kocht«, sagte Price in den Raum und verschwand.

Emmetts dunkler Blick blieb weiter auf Lizzie gerichtet. Sie dachte an den Moment in der Kutsche zurück, als er sie beinahe geküsst hätte. Oh, wie sehr sie es sich gewünscht hatte, obwohl sie wusste, dass es Wahnsinn war. Waghalsig und allem widersprechend, was man ihr eingeschärft hatte: dass es Irrsinn war, Männer zu küssen, die man kaum kannte. Eine sichere Methode, sich die Zukunft zu ruinieren. Sie hatte Henry nur zwei Mal geküsst, und sie kannten sich schon ihr ganzes Leben lang.

Diese ... Anziehung zu Emmett Cavanaugh war gefährlich. Und nun mit Emmett in eine Kutsche zu steigen, allein, würde nur noch mehr Verlockung bedeuten.

»Ich sollte bleiben und mich vergewissern, dass es ihm gut geht«, sagte sie leise.

»Natürlich.« Emmett nickte knapp, seine Miene eine Maske der Höflichkeit. »Dann wünsche ich Ihnen eine gute Nacht.« Seine langen Beine trugen ihn rasch aus dem Zimmer. »Emmett«, rief sie ihm hinterher, und er blieb an der Türschwelle stehen. »Danke für das Abendessen.«

»Gern geschehen«, erwiderte er über seine Schulter. Er verschwand, und bald darauf schloss sich die Eingangstür, was Lizzie erlaubte, zum ersten Mal an diesem Abend tief durchzuatmen.

»Ah, du bist zurück.«

Emmett reichte dem Butler seinen Zylinder und Gehstock und hob den Blick in die Richtung, aus der die Stimme gekommen war. Sein Bruder Brendan kam die Treppe heruntergehumpelt, dabei stützte er sich schwer auf das Geländer, um sein linkes Bein nicht zu stark zu belasten.

Brendan, fünf Jahre jünger als Emmett, war als kleiner Junge von einem Fuhrwerk überrollt worden. Emmett hatte ständig mit der Bande der Popes sein Unwesen getrieben, um seinem Vater aus dem Weg zu gehen, der zu viel trank und gern Gebrauch von seinen Fäusten machte. Ohne jemanden, der sich um ihn kümmerte, war der sechs Jahre alte Brendan eines Nachmittags losgezogen, um Essen zu stehlen, ausgerutscht und unter einen vorbeifahrenden Wagen geraten. Er hatte Glück, dass er noch lebte, hatten sie damals gesagt ... aber nicht so viel Glück, beide Beine noch vollständig gebrauchen zu können.

Obwohl Brendan inzwischen Arzt war – ein Absolvent der Harvard Medical School –, ließ der Schmerz in Emmetts Brust, das erdrückende Schuldgefühl angesichts des Leidens seines Bruders, niemals nach. Es war Emmetts Aufgabe gewesen, Brendan zu beschützen, und er hatte versagt. Ihre Mutter war kurz darauf verschwunden und vier Jahre später in San Francisco gestorben – nicht, dass Emmett es ihr verdenken konnte, fortgegangen zu sein. Patrick Cavanaugh war ein grausamer Bastard gewesen.

Von jenem Tag an hatte Emmett geschworen, alles zu tun – betteln, betrügen oder stehlen, falls nötig –, um seinen Bruder aus Five Points herauszubekommen. Dieser Entschluss hatte sich nur noch gefestigt, als Emmetts zwei Halbschwestern geboren wurden. Seine drei Geschwister würden weder Schaden noch Hunger leiden, nicht solange Emmett noch einen Atemzug tat.

Brendan erreichte den Fuß der Treppe, ein Lächeln auf dem Gesicht. »Heute irgendwelche Unternehmen vernichtet?«, fragte er neckend.

»Nur zwei«, antwortete Emmett völlig ernst.

»Gott, du sagst die Wahrheit. Ich bin froh, dass ich nie gegen dich antreten muss. Außer beim Billard natürlich. Kann ich dich zu einem Spiel überreden?«

»Mr. Cavanaugh.« Colin James, Emmetts Sekretär, schritt zügig den Flur entlang. Vierundzwanzig Jahre alt und blitzgescheit stellte Colin eine feste Einrichtung im Haus dar und wohnte in einer der Gästesuiten, da Emmett dazu neigte, rund um die Uhr zu arbeiten. »Ich habe Ihre Nachrichten für Sie, Sir.«

Emmett nahm die Telegramme und Zettel entgegen und überflog sie. Nichts, das nicht warten konnte. »Morgen«, sagte er Colin, »möchte ich, dass Sie jemanden finden, der uns die

Gewinn- und Verlustrechnung von Northeast Railroad besorgen kann. Ganz gleich, was Sie dafür bezahlen müssen. Ich habe das Gefühl, das Unternehmen könnte reif sein, gepflückt zu werden. Das ist dann alles für heute Abend. Wir machen morgen früh weiter.«

»Sehr wohl, Sir.« Mit einem breiten Lächeln auf dem Gesicht rannte Colin wie ein Besessener die Haupttreppe hoch.

»Er ist vernarrt in eine Verkäuferin drüben bei Lord & Taylor«, murmelte Brendan, während er Colin nachsah. »Ich glaube, er geht heute Abend mit ihr tanzen. Ich habe angeboten, ihm ein paar Schritte zu zeigen, aber ...«

Brendan kicherte amüsiert, aber Emmett konnte keinen Anlass für Heiterkeit erkennen. Wenn er die Augen schloss, sah er immer noch den kleinen, kaputten Körper seines Bruders auf dem Bett vor sich. »Brendan ...«

»Das war ein Scherz, Em.« Brendan schlug Emmett auf die Schulter. »Du bist zu ernst. Komm schon. Lass uns ein wenig spielen.«

Emmett spürte, dass sein Bruder nicht lockerlassen würde, also machten sie sich auf den Weg ins Billardzimmer, einem von Emmetts Lieblingsorten im Haus. Hier waren keine Kosten gescheut worden. Ein fünfflammiger, gasbetriebener Kronleuchter erhellte den riesigen Billardtisch im Rokoko-Stil, ein einzigartiges Stück mit kunstvoll geschnitztem Unterbau aus Walnussholz und einer Oberfläche aus mit grünem Fries überzogenem Schiefer. Der geflieste Mosaikboden – aus einem Palast in Italien importiert – war verstärkt worden, nur um den massiven Tisch zu tragen. Die Wände zierten rote Tapeten mit goldenen Akzenten, und die Möbel hatten fernöstliches Flair. Brendan nannte das Zimmer oft die ›Opiumhöhle‹.

»Wie waren deine Patienten heute?«, fragte Emmett seinen Bruder.

»Krank.« Brendan stützte sich auf seinen Queue, ein geschliffenes Kristallglas voll Whiskey in der Hand. »Ich habe dir ein wenig Gin eingeschenkt.«

Emmett bedankte sich murmelnd, während er ebenfalls einen Queue auswählte. Aus den Augenwinkeln sah er Kelly hereinmarschieren. Kelly war Emmetts Kutscher und Leibwächter sowie die einzige Person, der Emmett vollständig vertraute – und das nur, weil beide zusammen in Five Points aufgewachsen waren. Sie hatten sich aus einem der höllischsten Dreckslöcher der Erde herausgekämpft, und es gab nichts, was der eine nicht für den anderen tun würde.

»Wo warst du heute Abend?«, fragte Brendan Emmett. »Unterwegs mit deiner Mrs. Rose?«

»In Schwierigkeiten gebracht, das hat er sich«, antwortete Kelly. »Mit einer gewissen Miss Elizabeth Sloane.«

Brendan stieß einen leisen Pfiff aus. »Elizabeth Sloane? Nicht die Art Frau, die du sonst bevorzugst, nicht wahr, Em?«

Als Emmett nicht antwortete, drängte Kelly: »Na, nur zu. Sag es ihm schon.«

»Es ist geschäftlich«, erwiderte Emmett, während er einen Queue in die Hand nahm und sein Gewicht prüfte. »Ich unterstütze ihre Firma.«

»Beim Dinner.« Kelly schenkte sich ein Glas frisch gepressten Orangensaft ein und setzte sich. Kelly trank niemals Alkohol, nicht mehr seit sie Five Points verlassen hatten. Emmett starrte ihn nur finster an.

»Dinner!«, rief Brendan aus. »Also, das ist eine Überraschung.«

Emmett arrangierte die Kugeln auf dem Tisch und hob das Dreieck an. »Du stößt an.«

Brendan trat an den Tisch, brachte sich in Position und stieß den Queue nach vorne. Ein lautes Klacken, und die Kugeln schossen über den Filz. Zwei gingen in die Löcher, eine halbe und eine volle. Brendan wählte die halben für sich und setzte zu einem weiteren Stoß an. Er versenkte eine Kugel, verfehlte die nächste.

Emmett trat an den Tisch, während Brendan zu seinem Drink und der vorangegangenen Unterhaltung zurückkehrte. »Also, warum bringt dich ein Dinner mit Elizabeth Sloane in Schwierigkeiten?«

»Ich nehme an, ihr Bruder wird das eine oder andere zu Bishops Dinner heute Abend zu sagen haben«, meinte Kelly. »Wenn man bedenkt, dass den Bruder wütend zu machen überhaupt erst der Grund war, mit ihr auszugehen.«

Kelly war der einzige Mensch, dem Emmett erlaubte, den alten Spitznamen aus seiner Jugend zu benutzen, Bishop. Kelly benutzte den Namen aus Gewohnheit, aber Emmett war nicht stolz auf die Art und Weise, wie er ihn sich verdient hatte. Er ignorierte die beiden und konzentrierte sich darauf, die vollen Kugeln zu versenken.

»Aber das würde Emmett nie tun. Er würde nie aus Gehässigkeit eine unschuldige Frau benutzen. Oder, Em?«

Emmett konnte Kelly, der genau wusste, wozu Emmett fähig war, nicht einmal ansehen, also behielt er seinen Blick auf den Tisch gerichtet, während er eine zweite Kugel einlochte.

»Du bist doch nicht vernarrt in sie, oder?«

Emmett hielt inne, um seinen Bruder finster anzufunkeln. »Mach dich nicht lächerlich. Selbst wenn ich das wäre, was ich nicht bin, wäre es Zeitverschwendung.«

Brendan und Kelly wechselten einen raschen Blick, der Emmett die Zähne zusammenbeißen ließ. »Weil sie eine Stufe über dir steht? Ein Mädchen mit Elizabeth Sloanes Geld und Stammbaum kann sich vermutlich aussuchen, wen immer sie will«, sagte Brendan. »Und mir gefällt die Vorstellung, sie zur Schwägerin zu haben, zunehmend.«

»Niemand hat auch nur irgendetwas von Hochzeit gesagt, Bren. Außerdem kennst du sie doch nicht einmal«, knurrte Emmett und stieß seinen Queue nach vorne. Er traf zwei Kugeln und verfehlte die Tasche.

Brendan schlenderte heran, er war an der Reihe. »Ich brauche sie nicht zu kennen. Was zählt, ist ihr gesellschaftlicher Rang. Hast du daran gedacht, was in drei Jahren geschieht, wenn Katie in die Gesellschaft eingeführt werden will? Oder das Jahr darauf, wenn Claire es ihr gleichtut? Bis dahin ist nicht mehr viel Zeit, Emmett. Wie willst du die Gesellschaft dazu bringen, sie zu akzeptieren?«

»Es schert mich einen Dreck, ob die Gesellschaft sie akzeptiert oder nicht«, schnauzte Emmett und griff nach seinem Gin. »Und ich habe eine saftige Mitgift, die sagt, dass sie sie akzeptieren werden.«

»Erzähl das Alva Vanderbilt«, murmelte Kelly.

Bereits zum Stoß über den Tisch gebeugt hielt Brendan inne und richtete sich dann wieder auf. »Kelly hat recht. Geld kann keine Akzeptanz erkaufen, nicht bei diesen Leuten. Und es sollte dich kümmern, ob Katie und Claire gemieden werden oder nicht. Weil du sie gut verheiraten willst, an Männer, die für sie sorgen, und zwar«, mit einer ausladenden Geste wies er auf den Raum, »so. Oder willst du sie auf der Lower East Side haben, wo sie stehlen und sich abrackern, um Essen auf den Tisch zu bringen?«

Die Vorstellung, dass seine Halbschwestern auch nur eine Sekunde lang kämpfen mussten, schnürte Emmett mit eiserner Faust die Brust zu. Er erinnerte sich noch gut an die Unsicherheit, den Hunger und die Wut des täglichen Lebens in den Elendsvierteln. »Sie sind beide eigenständige Erbinnen. Genauso wie du nie zu arbeiten bräuchtest, falls du je zur Besinnung kommen solltest.«

»Ich weiß, und wir alle wissen deine Großzügigkeit zu schätzen. Aber ob es dir gefällt oder nicht, ihre Ehemänner werden alles an Geld kontrollieren, das Katie und Claire besitzen. Was passiert, wenn sie sich in den falschen Mann verlieben, anstatt einen zu wählen, den du gutheißt? Die Zeitungen sind voller Männer, die ihr Vermögen verloren haben.«

»Das musst du Harvard lassen«, sagte Kelly und benutzte dabei seinen Spitznamen für Brendan. »Was er sagt, ergibt eine Menge Sinn. Elizabeth Sloane bietet dir Zugang zu Mrs. Astors Kreis.«

Emmett hatte sich nie um Caroline Astor oder ihren kostbaren ›Kreis‹ geschert. Was zählte, war das Geschäft. Er war stets freundlich zu den Männern der High Society, freundlich genug, um im Lauf der Jahre einige Geschäfte mit ihnen auf die Beine zu stellen. So war das nun mal. Emmett kümmerte sich um finanziellen Gewinn, niemals um die gesellschaftliche Seite der Dinge. Und er würde verdammt noch mal jetzt nicht damit anfangen.

»Ich würde einer Verbindung zwischen einem der Mädchen und irgendeinem gottverdammten Narren, der darauf aus ist, ihr Geld zu verprassen, niemals meinen Segen geben. Und selbst wenn ich es täte, würde ich ihn mit einem Ziegelstein verprügeln, bevor ich zulasse, dass ihr Geld den Bach runtergeht.«

»Was Claire oder Katie zweifellos zu schätzen wüssten.« Brendan warf Emmett einen amüsierten Blick zu. »Du bereitest dich besser schon mal darauf vor, Em. Sie lesen jeden Tag die Gesellschaftsseiten. Jeden. Tag. Sie planen schon die Gästeliste.«

Emmett wollte nicht an Debüts und Hochzeiten denken. Die Mädchen waren zu jung, um Gottes willen. Er konnte sich noch daran erinnern, wie sie in seinem ersten Haus drüben in der Nähe des Union Square herumgekrabbelt waren.

Aber Brendan hatte recht, verdammt. Emmett hatte nicht an die Zukunft gedacht. Er hatte vorgehabt, beim Dinner etwas zu erfahren, einen Einblick in Sloanes finanzielle Lage zu bekommen, aber dann war er so von Elizabeth geblendet gewesen, dass er selbst das vergessen hatte.

Er kippte den Rest seines Gins hinunter. »Warum heiratest denn du Elizabeth Sloane dann nicht? Oder eine andere wie sie?«

»Sicher. Alle Frauen wünschen sich einen fußlahmen Arzt, der sich immer noch von seinem älteren Bruder aushalten lässt. Spätestens zum Frühstück werde ich eine Frau gefunden haben.«

Emmett sah seinen Bruder aus schmalen Augen an. Brendan war klüger als sie alle zusammen. Nach seiner Verletzung war er ans Haus gefesselt gewesen, wo er seine ganze Zeit mit Lesen verbracht hatte. Aber Emmett war nicht so dumm, mit ihm zu streiten; sturer Stolz lag ihnen im Blut.

Genauso, wie er wusste, dass er keine Frau aus der feinen Gesellschaft heiraten würde. Weder jetzt noch später.

»Konzentrier dich wieder aufs Spiel, Brendan. Ich habe Arbeit zu erledigen.«

Die Tür zu Emmetts Arbeitszimmer öffnete sich, und Kelly steckte den Kopf herein. »Sloane ist gerade vorgefahren. Willst du ihn sehen?«

Befriedigung durchströmte Emmett. Vierzehn Stunden. Es hatte nur vierzehn Stunden gedauert, bis die Nachricht von dem Dinner Will Sloane zu Ohren gekommen war und ihn zu einem Besuch veranlasst hatte. Nicht übel, wenn man bedachte, dass Sloane gestern noch in Boston gewesen war.

»Oh ja«, antwortete Emmett seinem langjährigen Freund. »Ich will ihn definitiv sehen. Colin, gehen Sie sich ein wenig die Beine vertreten.«

Emmetts Sekretär nickte und erhob sich von seinem Schreibtisch, um in den Tiefen des riesigen Hauses zu verschwinden. Emmett widmete sich wieder seinen Berichten, obwohl er sie kaum wahrnahm.

Er hatte vergangene Nacht kaum geschlafen, weil er an Elizabeths Gesicht in der Kutsche gedacht hatte. Er wusste, wenn eine Frau geküsst werden wollte. Wenn ihr Blick verträumt wurde und sie sich die Lippen befeuchtete. Wenn sie einen Mann ansah, als hinge ihr nächster Atemzug davon ab, dass sein Mund dem ihren begegnete. Elizabeth Sloane, von den Washington Square Sloanes, hatte ihn auf genau diese Weise angesehen – selbst nachdem sie erfahren hatte, was er im Stahlwerk getan hatte. Unglaublich. Es ergab keinen Sinn.

Gott, wie sehr er sie wollte. Er begehrte sie mit demselben unerbittlichen Drang, mit dem es in seinen Eingeweiden gebrannt hatte, aus den Elendsvierteln herauszukommen. Aus dem Stahlwerk. Mit derselben Entschlossenheit, die dafür sorgte, dass er jeden Morgen bei Sonnenaufgang auf den Beinen war, um noch mehr Reichtum anzuhäufen und dafür zu sorgen, dass seine Familie nie wieder Armut erfahren musste.

Wenn er seinen niederen Instinkten nachgegeben hätte, Gott allein wusste, was womöglich geschehen wäre. Er hatte noch nie eine Dame der vornehmen Gesellschaft geküsst. Benutzten sie ihre Zungen? Zweifellos hätte sie ihn geohrfeigt. Zur Hölle, wenn er an ihrer Stelle gewesen wäre, hätte er sich selbst geohrfeigt.

Am Ende machte es keinen Unterschied, was er begehrte. Er würde die Anziehungskraft zwischen ihnen ignorieren, wie er sie bei zahllosen anderen Frauen ignoriert hatte, die ihn als erstrebenswerten Gewinn betrachtet hatten. Emmett wusste genau, was er war, und da war kein Hauptgewinn unter den teuren Maßanzügen und dem ansprechenden Gesicht.

Die Tür schwang auf, und Kelly kam herein. »Mr. William Sloane«, verkündete er angemessen, als wäre er ein Butler und kein ehemaliger Faustkämpfer.

Sloane stürmte herein. Emmett hatte den Mann noch nie so unordentlich gesehen. Sein blondes Haar, normalerweise perfekt zurückgekämmt, war völlig zerzaust, und er trug immer noch seine Kleider vom Abend zuvor. Mit grollender Miene machte er einen drohenden Schritt auf Emmett zu. »Meine Schwester? Haben Sie überhaupt keine gottverdammten Skrupel, Cavanaugh?«

Rasch stellte sich Kelly zwischen Sloane und den Schreibtisch, eine unüberwindbare Mauer, die Sloane nie zum Einsturz bringen würde.

Sloane hielt seinen wütenden Blick weiter auf Emmett geheftet. »Pfeifen Sie Ihren Wachhund zurück, Sie Ganove, und stellen Sie sich mir wie ein Mann.«

Kelly warf einen Blick über seine Schulter, und auf ein knappes Nicken von Emmett zog er sich zurück, verließ den Raum und schloss die Tür leise hinter sich, obwohl Emmett wusste, dass sein Freund sich nicht weit entfernen würde.

Emmett lehnte sich zurück. »Würden Sie sich gern setzen?«

»Nein. Was ich gern tun würde, ist, Ihnen ins Gesicht zu schlagen.«

Emmett unterdrückte ein Lächeln. »Sie können es gerne versuchen, Sloane, aber ich würde es Ihnen nicht raten.«

»Ja, wir alle wissen, dass Gewalt Ihnen nicht fremd ist. Denken Sie, ich weiß nicht über Ihre Vergangenheit Bescheid? Warum man Sie Bishop genannt –«

Emmett sprang auf und schlug mit den flachen Händen auf den Tisch. »Vorsicht. Sie passen besser auf, was'se als Nächstes sagen.« Er hörte seinen sprachlichen Ausrutscher, den kehligen Tonfall und die Aussprache seiner Jugend, hervorgerufen von der Wut, die nun in ihm brannte. Er zwang sich, tief durchzuatmen und sich zu beruhigen. Er musste Sloane als Ebenbürtiger gegenübertreten.

»Sonst was?«, schoss Sloane zurück, die Nasenflügel gebläht. »Wenn Sie denken, ich habe vor Ihnen oder Ihrem Raufbold da draußen Angst, dann irren Sie sich gewaltig.«

»Ist das so?«

»Haben Sie sie ... angerührt?«

Emmett ließ sich auf seinem Stuhl nieder und faltete die Hände. Er hatte sie nicht angerührt, aber Elizabeths schönes Gesicht schwebte durch seinen Verstand, ihre Haut gerötet und ihre vollen Lippen glänzend im schwachen Licht der Kutsche. Oh, er hatte darauf gebrannt, sie zu berühren. Hungerte immer noch danach, selbst heute Morgen noch. Nicht, dass er sie haben könnte. Aber leider besaß das Glied eines Mannes nicht die Gabe der Vernunft.

»Sind Sie deshalb so aufgebracht? Besorgt, ich könnte Ihr kostbares holländischstämmiges blaues Blut befleckt haben?«

Sloane schloss die Augen, als hätte er Schmerzen, und seine Brust hob und senkte sich schwer. »Wenn Sie sie angerührt haben, werde ich Sie mit bloßen Händen umbringen. Ich mag vielleicht nicht mit den Popes auf der Straße groß geworden sein, aber ich werde dafür sorgen. Haben Sie mich verstanden?«

»Wie gewalttätig. Sie stecken voller Überraschungen, Sloane«, erwiderte Emmett süffisant.

»Sie spielen absichtlich mit ihr und versuchen, ihren Ruf zu ruinieren, wegen des kleinlichen Wunsches, sich an mir zu rächen. Und das alles nur, weil ich vor ein paar Monaten von einer einzigen Abmachung zurückgetreten bin. Herrgott!« Sloane warf die Hände in die Luft. »Sind Sie wirklich so verrückt?«

Emmett stellte sich Elizabeths schmelzend graue Augen vor, wie sie sich im Gaslicht in flüssiges Silber verwandelten. Jetzt wünschte er sich, er *hätte* sie geküsst, nur damit er Sloane diese Tatsache ins Gesicht schleudern könnte.

»Ich weiß, es mag Ihnen schwerfallen, das zu glauben, Sloane, aber nicht alles dreht sich um Sie. Vielleicht mag ich Ihre Schwester wirklich.«

Sloanes Lippen wurden schmal. »Sie sind gar nicht zu Gefühlen fähig«, spuckte er aus. »Sie haben kein Herz. Kein Gewissen. Keine Moral. Aber täuschen Sie sich nicht: Ich werde Sie zur Verantwortung ziehen, falls ihr Ruf darunter leidet. Sie wird nicht in ein unehrenhaftes Licht geworfen werden, weil Sie hoffen, meine Familie zu beschämen.«

Emmett klappte die silberne Zigarrendose auf seinem Schreibtisch auf und nahm eine der besonderen H. Upmanns heraus, die er aus Havanna importierte. Mit dem Zigarrenschneider aus Platin schnitt er ein Ende ab. »Ihre Schwester hat mich aufgesucht. Hätte ich sie abweisen sollen? Hat man euch vornehmen Knickerbockern beigebracht, so eine Dame zu behandeln?«

Sloane umklammerte die Rückenlehne eines Stuhls, die Stirn gerunzelt. »Meine Schwester hat Ihnen einen Besuch abgestattet? Hier? Was wollte sie?«

»Eine Dinnerbegleitung?«

»Nein. Dafür hat sie Rutlidge und eine beliebige Anzahl anderer Männer, die ...«

»Besser geeignet sind?« Emmett entzündete ein Streichholz und hielt es ans Ende der Zigarre. Er sog den Rauch in den Mund, genoss das scharfe, nussige Aroma, und stieß ihn wieder aus. »Kommen Sie schon, sagen Sie, was Sie wirklich meinen, Sloane.«

»Ja, besser geeignet als Sie, Cavanaugh.« Sloane zeigte mit dem Finger auf Emmett. »Ich werde Sie mit allem, was ich besitze, zu Fall bringen, wenn es sein muss. Sie ist alles, was ich an Familie noch habe, und ich beabsichtige, sie mit jemandem zu verheiraten, der für sie sorgen wird und sie respektiert. Nicht an einen Mann, der sich in der ganzen Stadt mit jeder Frau herumtreibt, die eine winzige Rolle in einem Varietétheater hatte.«

Emmett seufzte und nahm einen weiteren Zug von seiner Zigarre. Diese Unterhaltung wurde langsam ermüdend. »Sie könnten alles, was Sie haben, nehmen – und sich sogar noch etwas borgen – und könnten mir trotzdem nichts anhaben. Und das wissen Sie.« Die Zigarre zwischen die Zähne geklemmt stand er auf und schob die Hände in die Hosentaschen. »Sie haben Ihren Standpunkt klargemacht, Sloane. Und jetzt hören Sie auf, mir auf die Nerven zu gehen, und schieben Sie Ihren privilegierten Hintern wieder zurück nach Downtown.«

Sloane schäumte vor Wut, und seine Augen verengten sich zu Schlitzen. »Ist es denn verwunderlich, dass man Sie nicht akzeptiert? Dass Sie nicht in der Lage waren, sich den Zugang zur Academy of Music oder dem Union Club zu erkaufen. Dass Sie nie zu den exklusiven Partys eingeladen werden. Es gibt Dinge, die Sie mit Ihrem Geld nicht kaufen können. Und meine Schwester ist zufällig eines davon. Halten Sie sich verdammt noch mal von ihr fern.«

Sloane fuhr auf dem Absatz herum und riss die Tür des Arbeitszimmers mit solcher Wucht auf, dass sie gegen die Wand schlug. Kelly erschien, und Sloane stieß gegen seine Schulter, als er sich an ihm vorbeidrängte. Mit seiner gedrungenen, robusten Statur aus Stahl wankte der Kutscher nicht einmal, und Sloane stürmte davon.

»Er schien mächtig sauer zu sein. Schätze, wir werden nich' so bald auf deine Hochzeit anstoßen.« Kelly schloss die Tür und schlenderte herein. Er machte es sich in einem Sessel bequem und legte die Füße auf Emmetts Schreibtisch.

Emmett rollte die Zigarre zwischen den Fingerspitzen und stieß einen Mundvoll Rauch aus. »Ich mache mir keine Sorgen wegen Sloane.«

»Aber du kannst seinen Standpunkt nachvollziehen. Du hast Schwestern. Du weißt, wie du dich fühlen würdest, wenn jemand mit ihnen spielen würde, Bish.«

»Ich spiele nicht mit ihr.«

Kelly zog eine Augenbraue hoch. Er brauchte es nicht einmal auszusprechen, so gut kannten sie einander.

»Na schön. Aber ich werde tun, was ich verdammt noch mal will, ob Sloane es gutheißt oder nicht.«

»Geht es wirklich nur darum, Sloane eins auszuwischen? Und bevor du versuchst, dir eine Lüge einfallen zu lassen, mein Freund, darf ich dich dran erinnern, dass ich euch zwei gestern Nacht zusammen gesehen hab.«

Es war nichts passiert. Das konnte Emmett wahrheitsgemäß behaupten, aber Kelly wäre das egal. Kelly würde nur die Tatsache anführen, dass Miss Sloane weit über den Frauen stand, mit denen Emmett normalerweise herumtändelte. Als wäre Emmett sich dessen nicht schon schmerzlich bewusst. »Wann habe ich dich je gebeten, dich in mein Privatleben einzumischen?«

»Das hast du nicht ... aber das hat mich auch vorher nie davon abgehalten. Sei lieber vorsichtig. Mit der könntest du dir noch Ärger einhandeln.«

KAPITEL VIER

Es gibt keine vollkommenen Manieren
in Abwesenheit guten Geschmacks.
AMERICAN ETIQUETTE AND RULES OF POLITENESS, 1883

Ein Klopfen erklang an der Tür von Lizzies Ankleidezimmer, und sie hatte gerade noch Zeit, ihre Aktienberichte und Notizen zu verstecken, bevor ihr Bruder hereinplatzte.

»Will!«, rief sie aus und zog den Spitzenvorhang ihres Ankleidetisches zu. »Du bist zurück.«

Ihr Bruder hatte ein seltsames Leuchten in den Augen, als er sich herunterbeugte, um sie auf die Wange zu küssen. »Hallo, Lizzie. Es tut mir leid, dass ich so hereinplatze, aber ich muss mit dir sprechen.«

Er wandte sich ab, und sie verspürte einen Stich von Besorgnis. Er sah fürchterlich aus. Und war das Whiskey, was sie in seinem Atem gerochen hatte? Warum fingen alle Männer in ihrem Leben plötzlich mit dem Trinken an?

»Ist etwas nicht in Ordnung?«

Will lehnte sich an die Wand neben ihrem Ankleidetisch und verschränkte die Arme. Seine ernste Miene erinnerte sie an den Tag, an dem er sie dabei erwischt hatte, dass sie die Bücher ihres Tutors gegen Aktienberichte ausgetauscht hatte. »Wie ich gehört habe«, setzte er an, »hast du Emmett Cavanaugh diese Woche einen Besuch abgestattet.«

Oh. Also ging es hier um das Dinner. In ihrer Sorge darüber, dass Will ihre Aktienrecherche entdecken könnte, hatte sie das ganz vergessen. »Ja, das habe ich.«

Er wartete, dass sie es genauer ausführte, und als sie das nicht tat, drängte er: »Darf ich fragen, warum du deinen Ruf auf so leichtsinnige Weise aufs Spiel setzt?«

»Neugier«, log sie. »Schließlich ist er einer deiner Freunde.«

»Freunde?« Will verzog leicht den Mund. »Warum um alles in der Welt glaubst du, wir seien Freunde?«

Also mochte Will Cavanaugh nicht. Damit hatte Lizzie nicht gerechnet. »Du triffst dich einmal im Monat mit ihm und diesen anderen beiden Männern zum Dinner.«

»Woher weißt du von diesen Treffen?«

Sie schnaubte verächtlich. »Als ob ich dir das verraten würde.« Nicht nötig, die Entlassung ihres Kutschers zu riskieren. Aber sie hatte schon vor Ewigkeiten von den Abendessen im Knickerbocker Club erfahren, zu denen Emmett Cavanaugh, Calvin Cabot, Theodore Harper und ihr Bruder sich monatlich trafen.

Will hob die Hand, um sich die Augen zu reiben.

»Will, du siehst müde aus. Vielleicht solltest du –«

»Lizzie, bitte. Diese Treffen ... Du solltest nicht von ihnen wissen. Niemand sollte von ihnen wissen. Dabei geht es nur um Geschäfte. Verstehst du das?«

Geschäfte. Sloane-Geschäfte, was bedeutete, sie gingen ihn etwas an, nicht sie. Ein vertrauter Schmerz flammte in ihrem Bauch auf. *Feiere Partys, Lizzie. Geh in die Oper. Überlass die ernsten Angelegenheiten mir.*

»Ich habe niemandem davon erzählt, falls das deine Sorge ist. Obwohl ich nicht verstehe, warum diese Treffen geheim gehalten werden müssen.«

»Weil es eben so ist. Warum warst du einverstanden, mit ihm zu Abend zu essen?«

Je mehr Zeit verstrich, desto mehr Geheimnisse enthielt Will ihr vor. Er war ständig auf Reisen, sagte ihr selten, wohin, ganz zu schweigen von seinen Ausflüchten in Bezug auf ihr finanzielles Wohlergehen. Das Geschäft stand an erster Stelle für ihn – nicht sie, die einzige Familie, die er noch hatte.

Nun, sie hatte ihre eigenen Geheimnisse.

»Weil er mich darum gebeten hat.«

»Du tust gerade so, als sehntest du dich verzweifelt nach Gesellschaft. Was ist mit Rutlidge? Hast du daran gedacht, wie sich dein Herumtollen mit Cavanaugh auf deine Beziehung zu ihm auswirkt –«

»Henry und ich sind Freunde, Will. Nichts weiter. Ich weiß, du möchtest mich verheiratet und nicht mehr in deiner Verantwortung haben, aber Henry ist nicht der richtige Mann für mich.«

»Lizzie, du bist einundzwanzig. Wenn ich dich verheiraten wollte, hätte ich das schon vor Jahren getan. Nichtsdestotrotz kannst du nicht ewig warten. Rutlidge ist eine gute Partie. Ich mag ihn, und ich glaube, er hat dich gern.«

Sie konnte sich beim besten Willen Henrys Gesicht nicht ins Gedächtnis rufen. Alles, was sie sehen konnte, waren Emmett

Cavanaughs dunkle, eindringliche Augen in der Kutsche am vergangenen Abend. Er hatte sie beinahe geküsst, sein heißer Blick war nicht von ihrem Mund gewichen. Wie hätte es sich wohl angefühlt? Sie wettete, der Kuss wäre rau und wild gewesen, genau wie der Mann selbst. Sie unterdrückte ein Erschaudern.

»Vielleicht will ich überhaupt nicht heiraten.«

Will schenkte ihr ein schwaches, mitfühlendes Lächeln. »Du bist einfach nur dickköpfig. Natürlich willst du heiraten. Einer von uns muss für die nächste Generation Sloanes sorgen.«

»Das liegt in deiner Verantwortung, da meine Kinder keine Sloanes sein werden. Und ich sehe nicht ein, warum ich heiraten muss.« Sie legte den Kopf schief. »Hat das irgendetwas mit den Gemälden und Aktien zu tun, die du verkauft –«

»Nein«, schnitt er ihr das Wort ab. »Ich möchte, dass du versorgt bist, weil ich die Hälfte der Zeit fort bin, und ich mache mir Sorgen um dich, ganz allein in diesem großen Haus. Und falls mir etwas zustoßen sollte ...« Er seufzte und fuhr sich mit der Hand durchs Haar. »Ich muss wissen, dass du versorgt bist. Mutter und Vater hätten das für dich gewollt.«

Die Erwähnung ihrer Eltern hing schwer zwischen ihnen, eine Erinnerung an die Trauer, die sie als Geschwister miteinander geteilt hatten. Nach dem Tod ihres Vaters vor vierzehn Jahren hatte Will in jungem Alter so viel übernommen. Lizzie wollte ihm nicht noch mehr aufbürden. »Ich werde darüber nachdenken«, sagte sie ausweichend.

»So ist's brav.« Er kam zu ihr, zog sie hoch und umarmte sie. »Ich möchte, dass du glücklich bist, Lizzie.«

»Dann gib mir das Geld, mein eigenes Maklerbüro zu gründen.«

Er zog sich zurück und warf die Hände in die Luft. »Das schon wieder! Du kannst nicht arbeiten wie irgendeine gewöhnliche Verkäuferin. Du bist eine Sloane, um Himmels willen. Denk an deinen Ruf. Was würden die Leute sagen?«

»Will, ich weiß, dass das Unternehmen in Schwierigkeiten steckt.« Ihr Bruder zuckte zusammen, aber sie fuhr fort. »Es gibt Dinge, die du mir nicht erzählst. Bitte, lass mich dir helfen. Ich kann –«

»Auf keinen Fall.« Er schob die Seiten seines Jacketts zurück und steckte die Hände in die Hosentaschen. »Darüber haben wir doch schon gesprochen. Alles ist bestens. Es gibt absolut nichts, worüber du dir Sorgen machen müsstest. Lass es gut sein, Lizzie.«

Er log. Das wusste sie instinktiv. Doch jedes Mal, wenn sie ihm einen Beweis dafür lieferte, hatte er eine Erklärung parat.

Aber egal. Die Sloanes würden nicht bankrottgehen, nicht wenn Lizzie etwas dagegen tun konnte. Im Geiste spekulierte sie schon seit Jahren. Und nun würde sie diese Fähigkeit nehmen und in viel größerem Stil für andere investieren und einen hübschen Prozentsatz davon für ihre Bemühungen einbehalten.

»Also«, fuhr Will fort, als er zur Tür schritt. »Ich habe Rutlidge eine Nachricht geschickt und ihn gebeten, uns heute Abend beim Dinner Gesellschaft zu leisten. Wenn man euch zusammen sieht, wird das dabei helfen, diese gotterbärmliche Cavanaugh-Sache hinter dir zu lassen.«

Sie dachte kurz daran, sich zu weigern, da Will kein Recht hatte, Dinnerpläne zu bestätigen, ohne sie zu fragen, aber stattdessen platzte sie heraus: »Warum kannst du Mr. Cavanaugh nicht leiden?«

Will hielt inne und drehte sich um. Seine Miene war hart.

»Er gehört zu der schlimmsten Sorte Mann. Selbstsüchtig und kalt. Wenn du nur einige der Dinge wüsstest, die er getan hat, um vorwärtszukommen ...« Will schüttelte den Kopf. »Und diese Parade von Frauen ... Gütiger Gott. Halte dich von ihm fern. Ich will dich nicht einmal in der Nähe von Emmett Cavanaugh haben.«

Er öffnete die Tür. »Ich kann nur dankbar sein, dass ihr beide im Hauptsaal gespeist habt. Wenn er dich in ein Séparée gebracht hätte, hätte ich ihn töten müssen.« Will schloss die Tür, und seine Schritte verhallten im Flur.

Lizzie trommelte mit den Fingern auf den Tisch. Sie war entschlossener denn je, ihre Wette mit Cavanaugh zu gewinnen. Zu gewinnen bedeutete, ihre eigene Firma zu gründen, und sobald sie anfing, Gewinn zu machen, konnte sie Will dabei helfen, Northeast Railroad wieder flott zu machen und ein paar der Haushaltsausgaben zu übernehmen. Und mit Cavanaugh als Geldgeber würden andere Investoren bald folgen, davon war sie überzeugt.

Sie griff unter ihren Ankleidetisch und holte ihre Notizen hervor. Sie brauchte einen Plan, um Emmetts Geld zu investieren. Weniger als drei Wochen waren schwerlich genug Zeit, eine große Summe zu verdoppeln. Es würde eine gehörige Portion Glück nötig sein.

Und sie konnte es sich nicht leisten, zu scheitern.

Ein paar Tage später, während heftiger Januarwind durch die Wall Street peitschte, beobachtete Lizzie einen jungen Mann mit rotbraunem Haar, der aus dem Restaurant im Mills-Gebäude kam. Der Mann war Robbie, einer der Aktienhändler, deren Dienste Will an der Börse in Anspruch nahm. Lizzie beabsichtigte, Robbie zu überreden, auch ihre Transaktionen zu tätigen.

Sie zog ihren Mantel enger um sich und eilte ihm nach. »Robbie?«

Er fuhr herum und setzte sich den Hut auf den Kopf. »Ja?«

»Ich bin Miss Sloane, William Sloanes Schwester.« Sie streckte ihm die Hand hin, die er zögernd schüttelte. »Könnten wir uns in meinen Brougham setzen und uns unterhalten?«

»Ich denke schon. Ist Mr. Sloane dort drin?« Er warf einen hoffnungsvollen Blick zur Kutsche, die am Bordstein wartete.

»Heute nicht. Ich möchte nur einen kurzen Moment Ihrer Zeit in Anspruch nehmen.« Ohne ihm Gelegenheit zu geben, sich zu weigern, hakte sie sich bei ihm unter und zog ihn zur geschäftigen Straße.

Sobald sie in der Kutsche saßen, sagte sie: »Mein Bruder ist sehr zufrieden mit Ihrer Firma, und ich habe mich gefragt, ob Sie bereit wären, mir in einer kleinen Angelegenheit behilflich zu sein.«

»Einer kleinen Angelegenheit?«

»Ja, sehen Sie, ich habe eine große Summe Geld, die ich an der Börse investieren möchte. Ich weiß, für gewöhnlich handeln Sie mit meinem Bruder, aber ich hoffe, Sie sind offen dafür, auch mit mir Geschäfte zu machen.«

»Sie brauchen mich, um einen Auftrag für Sie zu erteilen?«

»Ja. Selbstverständlich kann ich es nicht selbst tun.«

Mit argwöhnischem Blick rieb er sich das kantige Kinn. »Warum lassen Sie es nicht über Ihren Bruder laufen, wenn ich fragen darf? Die Wall Street ist kein Ort für eine anständige Dame, Miss.«

Die Spitzen ihrer Ohren wurden heiß, und sie kämpfte ihre Verärgerung nieder, bemühte sich, ruhig zu bleiben. »Sind Sie nicht gewillt, mein Geld zu nehmen, nur weil ich eine Frau bin?«

»Geld von einer Frau zu nehmen ist kein Problem für mich, Miss Sloane. Ich möchte nur nichts tun, was Ihren Bruder verärgern könnte.«

Sie konnte seine Bedenken verstehen, da Will vor Kurzem seine bisherige Wertpapierfirma gefeuert hatte. Aber Lizzie hatte nicht die Absicht, Will von dieser Transaktion erfahren zu lassen – zumindest jetzt noch nicht. »Lassen Sie meinen Bruder meine Sorge sein.«

Er trommelte mit den Fingern auf seine Knie. »Also, wie viel Spielgeld haben Sie zur Verfügung?«

»Zehntausend.«

»Das ist ein hübscher Batzen Scheine. Ich denke da an eine der Ölgesellschaften wie Pacific Coast. Die erzielen beständige Gewinne. Ihr Bruder –«

»Entschuldigen Sie, aber ich habe keine Zeit für beständige Gewinne. Ich muss dieses Geld in weniger als drei Wochen verdoppeln.«

»Weniger als drei Wochen!« Mit offenem Mund zuckte er zurück. »Da brauchen Sie ein Wunder, Miss Sloane.«

»Ich dachte an einen Blankoverkauf. Erinnern Sie sich noch an das Regional-Telegraph-Gerücht im November?«

Er lachte leise. »Natürlich. Damit habe ich fast tausend Dollar eingesackt.«

»Das kann ich mir vorstellen. Muss ein wilder Tag auf dem

Parkett gewesen sein.« Sie hätte alles dafür gegeben, dabei sein zu dürfen. Kurzfristige Kursschwünge dieser Art waren selten und etwas Wunderschönes – solange man nicht auf der Verliererseite stand.

»Oh ja.« Er sah sie einen Herzschlag lang an. »Ich bin nicht sicher, ob ich Ihnen auf so kurze Zeit einen großen Gewinn garantieren kann. Aber ich werde mein Bestes geben.«

»Ich hätte gern, dass Sie noch damit warten, zu investieren. Nur bis wir eine Gelegenheit für einen großen Gewinn sehen.« Sie nahm den Scheck aus ihrer kleinen Handtasche. »Hier ist das Geld.«

Er nahm das Stück Papier entgegen und steckte es in die Innentasche seiner Jacke. »Also soll ich das hier einstweilen einfach nur aufbewahren?«

»Ja. Ich werde mich bald wieder bei Ihnen melden.«

»Ich nehme an, Sie werden Ihren Bruder um Rat fragen, worin Sie investieren sollen.«

Die Andeutung war klar: Eine Frau konnte unmöglich versiert genug sein, um sich mit Aktien auszukennen. Lizzie sehnte sich danach, Robbie zu korrigieren, ihm zu sagen, dass sie höchstwahrscheinlich ebenso viel wusste wie er, wenn nicht noch mehr. Aber er würde beizeiten noch von ihren Fähigkeiten erfahren, vorausgesetzt er scheute sich nicht, mit ihr Geschäfte zu machen.

Also würde sie das Spiel einstweilen mitspielen. »Ja, natürlich«, log sie. »Ich habe vor, bei der nächsten Gelegenheit mit ihm zu sprechen.«

Wie jeden ersten Donnerstag im Monat wandte sich Emmett Cavanaugh in eine Gasse abseits der Thirty-Second Street und betrat die geschäftige Küche des Knickerbocker Clubs. Die vier Männer trafen sich immer hier, auf neutralem Territorium, wo das Risiko, entdeckt zu werden, gering war. Nicht seine bevorzugte Örtlichkeit – der blaublütige Club hatte ihm einst die Mitgliedschaft verweigert –, aber die anderen drei hatten dafür gestimmt, also spielte Emmett mit.

Es machte kaum einen Unterschied, wo sie sich trafen, solange sie ihr kleines Ränkespiel fortsetzten. So liefen Geschäfte nun mal – richtige Geschäfte jedenfalls. Die Männer, die heute hier anwesend waren, waren Visionäre, mit genug Macht und Geld, um die Zukunft zu gestalten. Und Emmett wollte sicherstellen, dass dies in seinem Sinne geschah, weshalb er nie ein Treffen versäumte. Wer wusste schon, welche Entwicklungen angestoßen werden könnten, wenn er nicht da war, um seine Interessen zu wahren?

Die Kellner und Köche ignorierten ihn, als er über den weiß gefliesten Boden marschierte. Das Personal war zu gut ausgebildet, um zu gaffen – nicht, dass Emmett sich darum geschert hätte. Sobald er die Dienstbotentreppe hochgestiegen war, ging er zu dem privaten Speisezimmer am Ende des Flurs. Ein Kellner in schwarzem Jackett öffnete wortlos die getäfelte Tür für ihn. Emmett reichte ihm seinen Gehstock, Hut und Mantel.

Harper war bereits anwesend. »Cavanaugh«, sagte der Mann und erhob sich, um Emmett die Hand zu schütteln. Theodore Harper war ein Finanzgenie und eine ernst zu nehmende Größe an der Börse. Seine New American Bank war eine der mächtigsten der Welt und Geldgeber für viele von Emmetts Unternehmungen.

»Guten Abend, Harper«, erwiderte Emmett, als die beiden sich entspannt auf ihren Stühlen am großen, mit Leinen gedeckten Esstisch niederließen. Ein Kellner stellte ein Glas vor Emmett auf den Tisch, seinen bevorzugten Drink aus gekühltem Gin, einer Spur Wermut und einem Stück Orangenzeste. Er hatte es weit gebracht seit den Tagen in der Ragpicker's Row, dachte Emmett, wo purer Gin das höchste der Gefühle gewesen war.

Emmett nippte an seinem Drink und genoss das Brennen von Wacholder und Zitrus, als er seine Kehle hinunterrann. »Wo sind Sloane und Cabot?«

»Cabot ist von irgendwo aus dem Westen unterwegs ins Grand Central Depot«, antwortete Harper. Calvin Cabot war der Herausgeber von drei der mächtigsten Zeitungen des Landes. Harper ließ den Bourbon in seinem Whiskeyglas kreisen. »Aber er hat telegrafiert, dass er kommen wird. Warum Sloane sich verspätet, weiß ich nicht. Er kommt für gewöhnlich früh.«

Vielleicht kam Sloane nicht. Der Mann war wütend gewesen, als er am Samstagmorgen in Emmetts Haus gestürmt war. Bei der Erinnerung daran musste Emmett beinahe lächeln. Sloane konnte ein scheinheiliger Scheißkerl sein, und Emmett war mehr als einmal die Zielscheibe für Sloanes Zorn gewesen. Er wollte verdammt sein, wenn er eine Gelegenheit verstreichen ließ, den elitären Bastard zu verärgern.

»Wie geht es Mrs. Harper?«, fragte Emmett. Harper hatte vor Kurzem zufällig eine junge Frau in einem Zug nach St. Louis kennengelernt und rasch geheiratet. Emmett mochte die junge, aber vernünftige Frau sehr.

Harper ließ sein seltenes Grinsen aufblitzen. »Wunderbar, danke. Hält mich immer noch auf Trab. Sie will wieder an der

Parfümtheke arbeiten, nachdem das Baby geboren ist.« Er schüttelte den Kopf. »Ich werde womöglich Hoyt's aufkaufen und den verdammten Laden schließen müssen, nur um sie zu Hause zu behalten.«

Emmett lachte. »Wäre vielleicht keine schlechte Investition. Ich denke schon eine Weile daran, mich in ein Kaufhaus einzukaufen.«

In diesem Moment ging die Tür auf, und ein perfekt geschniegelter William Sloane trat ein. Harper erhob sich und schüttelte Sloane die Hand. Emmett blieb sitzen und kippte noch mehr Gin hinunter. Falls die Geringschätzung Sloane ärgerte, ließ er es sich nicht anmerken. Keiner der beiden Männer nahm den anderen zur Kenntnis.

Ein Kellner brachte ein Glas Rotwein an Sloanes Seite, während dieser sich zur Kerze auf dem Tisch vorbeugte, um sich eine Zigarre anzuzünden. »Kommt Cabot?«

»Ja, er sagte, dass er hier sein würde«, antwortete Harper, dann blickte er zwischen Emmett und Sloane hin und her. »Sprechen Sie beide nicht miteinander?«

Emmett sagte nichts, und Sloane blies einen langen, dünnen Rauchfaden aus. »Machen Sie sich nicht lächerlich.«

Die Tür flog auf, und die große Gestalt des stets gehetzten Calvin Cabot erschien. »Entschuldigen Sie, dass ich zu spät komme«, stieß er hervor.

»Wir wollten gerade erst anfangen«, erwiderte Emmett und erhob sich, während Handschläge ausgetauscht wurden.

»Gut.« Cabot ließ sich auf einen Stuhl fallen, und ein großes Whiskeyglas wurde ihm gereicht. »Sloane, ich hörte, Sie haben wieder ein richtiges Problem mit der Gewerkschaft in West Virginia.« Vor etwas über zehn Jahren hatte es in der Gegend einen ausgedehnten Eisenbahnerstreik gegeben, und es hieß, die Arbeiter mobilisierten sich erneut.

»Ich weiß. Morgen fahre ich dorthin.« Sloane griff in seine Tasche und zog ein Stück Papier heraus. »Hier, das würde ich gern von Ihnen gedruckt haben.«

Cabot schob den Zettel ein, ohne einen Blick auf den Inhalt zu werfen. »Also gut. Bevor wir anfangen«, er hob sein Glas und nahm einem tiefen Schluck, »mir ist zu Ohren gekommen, dass Cavanaugh sich mit Ihrer Schwester zum Dinner getroffen hat, Sloane ...«

»Ich würde gern zum Geschäft kommen«, schnauzte Sloane. »Manche von uns haben noch etwas anderes vor.«

Cabot wechselte einen Blick mit Harper. Anspannung lag in der Luft wie Schweißgeruch in einem Tanzsaal. »Sicher, wenn Sie es so haben wollen. Wer möchte anfangen?«

Während die Gespräche voranschritten, wurden Forderungen in den Raum geworfen und Zugeständnisse gewährt. Emmett akzeptierte Cabots Anfrage nach billigem Baumaterial drüben in San Francisco und Harpers Wunsch, die Aktien eines Chemieunternehmens zu drücken. Als sie zu Sloane kamen, wandte der sich zum ersten Mal an diesem Abend direkt an Emmett. »Ich habe beschlossen, mich nicht an dem Gebäude am Pier an der Ninety-Sixth Street zu beteiligen.«

Harper und Cabot verstummten, und die Temperatur im Raum fiel.

»Sie können keinen Rückzieher machen«, sagte Emmett mit eisigem Tonfall. »Das haben wir schon vor Ewigkeiten beschlossen, und der erste Spatenstich ist in weniger als drei Wochen.«

»Nun, jetzt ziehe ich meine Zustimmung wieder zurück.«

»Das ist die zweite Abmachung seit August, aus der Sie sich

zurückziehen«, bemerkte Emmett mit leiser, harter Stimme. »Ich denke, Sie schulden mir eine Erklärung. Falls das etwas damit zu tun hat, was letzten –«

»Ich muss Ihnen gar nichts erklären.« Sloane drückte seine Zigarre in einem Kristallaschenbecher aus. »Meine Gründe gehen Sie verdammt noch mal nichts an.«

Emmett kochte vor Wut. Er ballte die Fäuste. Dieses Geschäft war seit achtzehn Monaten in Vorbereitung ... und Sloane zog sich einfach aus einer Laune heraus zurück? Oder schlimmer noch, als Vergeltung dafür, dass Emmett mit seiner Schwester zu Abend gegessen hatte?

Natürlich war das Projekt am Pier kostspielig. Wenn Sloane in finanziellen Schwierigkeiten steckte, dann könnte das erklären, warum er sich daraus zurückziehen musste. Emmetts Stimmung hob sich beträchtlich. »Dann liegt es mir fern, Ihnen im Weg zu stehen. Schließlich sind wir alle hier, um einander zu helfen.«

Dann äußerte Emmett seinerseits, was er von den anderen Männern brauchte: Cabots Hilfe beim Aufdecken von Informationen über einen Politiker; Harpers finanzielle Unterstützung bei einem Ferienort-Projekt an der Küste von Jersey; Sloanes Einfluss im Rathaus, um Genehmigungen günstig bewilligt zu bekommen.

Nachdem man mit allem übereingekommen war, wurden Handschläge ausgetauscht. Sloane verschwendete keine Zeit bei seinem Aufbruch und eilte rasch hinaus, aber Cabot und Harper blieben beide noch zurück und versuchten augenscheinlich, Emmetts Stimmung zu beurteilen.

»Sie haben Sloanes Neuigkeit bezüglich des Piers gut aufgenommen.« Harper leerte sein Glas und stellte es ab. »Ich wollte schon Wetten abschließen, wer von Ihnen als Erster zuschlägt.«

»Das wäre kein Wettkampf.« Cabot schüttelte den Kopf. »Cavanaugh würde Sloane in Stücke reißen.«

Emmett wusste, dass sie ihn für einen Schläger hielten, nur eine Stufe über der schmutzigen Gosse, in der er geboren worden war. Der Ruf folgte ihm überallhin, besonders da Emmett nicht viel unternommen hatte, um ihn zu widerlegen. Warum sollte er auch, wenn der schlechte Ruf ihm so dienlich war? Nur sehr wenige waren dumm genug, ihm in die Quere zu kommen.

Sicher, vor fünfzehn Jahren wäre das hier vielleicht in einer Gasse mit Fäusten geregelt worden. Aber diese Tage lagen nun hinter ihm. Größtenteils.

»Elizabeth Sloane.« Cabot stieß einen Pfiff aus. »Ich hatte keine Ahnung, dass Sie in diesen Kreisen verkehren, Cavanaugh.«

»Das tue ich auch nicht«, erwiderte Emmett. »Und ich habe meine Gründe, Sloane bezüglich des Piers nicht herauszufordern.«

»Ja, zum Beispiel ein zweites Abendessen mit seiner Schwester«, kicherte Cabot und stieß Harper mit dem Ellbogen an.

Emmett lächelte nur geheimnisvoll. Sollten sie doch denken, was sie wollten, während er ein wenig tiefer bei Sloanes Finanzen nachbohrte. Die Gründe würden bald genug ans Tageslicht kommen.

Von außen war die Metropolitan Opera, von manchen ›die gelbe Backstein-Brauerei‹ genannt, ausnehmend hässlich. Die Fassade im Palazzo-Stil reichte bei weitem nicht an die schönen italienischen Renaissance-Gebäude heran, die als Vorbild gedient hatten. Anstatt die klassischen europäischen Bauten zu ehren, ähnelte das Opernhaus an der Ecke Broadway und 39. Street einer Fabrik.

Das Innere allerdings war herrlich, anders als alles andere in New York. Das helle und sonnige Interieur strotzte vor Akzenten in Gold und Elfenbein um eine Bühne herum, die größer als jede andere auf der Welt zu sein schien. Gemälde überzogen die Decken, und lebensgroße Statuen der acht Musen zierten das Proszenium.

Aus ihrer gut positionierten privaten Loge in der unteren Ebene, auch das ›diamantene Hufeisen‹ genannt, musterte Lizzie am Freitagabend die Menge der Opernbesucher im Licht der Gaslampen. Da waren viele bekannte Gesichter, darunter Edith Rutlidge, die vier Logen entfernt mit ihren Eltern saß.

Emmett Cavanaugh war einer der ersten Investoren des Opernhauses gewesen, dennoch hatte sie ihn noch nie bei einer Vorstellung hier gesehen. Trotzdem hatte ein kleiner Teil von ihr gehofft, er würde bei der heutigen Aufführung von Wagners *Siegfried* erscheinen. Lizzie selbst war nur hier, weil Will darauf bestanden und gesagt hatte, sie müssten den äußeren Schein wahren nach ›diesem katastrophalen Dinner mit Cavanaugh.‹

Lizzie war anderer Meinung. Sie dachte gerne an das Dinner letzte Woche zurück. Emmett war ein faszinierender Mann, gewiss interessanter als die pausbäckigen Society-Schnösel mit dicken Schnurrbärten, die sie umgaben. Ihm war im Leben nichts geschenkt worden, und doch hatte er sich alles genommen. Was trieb einen so komplizierten Mann an?

Dann war da noch der Augenblick, als er sie beinahe geküsst hätte. Sein Blick in der Kutsche war unverwandt und raubtierhaft gewesen. Kein anderer Mann hatte sie je auf solche Weise angesehen, als wäre sie ein Festmahl und er am Verhungern. Obwohl es schamlos von ihr sein mochte, das zuzugeben, aber sie wünschte sich, er hätte diesen Kuss in die Tat umgesetzt. Wünschte sich, er hätte sie eng im Arm gehalten und seine Lippen auf ihre gepresst. Seine Zunge in ihren Mund gleiten lassen …

Hitze strömte durch ihre Adern und wärmte sie am ganzen Körper, und sie benutzte ihren Fächer aus Straußenfedern, um ihre Haut zu kühlen. Die Bewegung zog die Aufmerksamkeit ihres Bruders auf sich. Er beugte sich zu ihr, eine blonde Braue fragend hochgezogen.

»Ist dir unwohl?«

Nein, ich verzehre mich nach einem Mann, den du offensichtlich hasst.

»Ich brauche ein wenig frische Luft«, flüsterte sie und erhob sich. Er machte Anstalten, ebenfalls aufzustehen, aber sie tätschelte seine Schulter. »Bitte, bleib sitzen. Ich besuche nur für ein paar Minuten die Damengarderobe.« Lizzie raffte die Röcke ihres Opernkleids aus elfenbeinfarbenem Satin und verließ die Loge an den anderen Gentlemen vorbei, die Will an diesem Abend eingeladen hatte. Geschäftsfreunde, hatte er zu ihr gesagt. Wenig überraschend, da das alles war, wofür ihr Bruder sich interessierte.

Sie durchquerte den kleinen Salon hinter ihrer Loge und trat dann in den Korridor. Hinter der Logenebene befanden sich die

Garderoben für die Damen und die Raucherzimmer für die Herren. Lizzie ging zum nächstgelegenen Garderobenraum, in der Absicht, sich ein kühles Tuch in den Nacken zu legen.

Als sie eintrat, befanden sich dort drei Damen mittleren Alters, die eifrig miteinander plauderten. Lizzie erkannte in ihnen die Ehefrauen von Männern, die erst vor Kurzem ihre Vermögen gemacht hatten – einer mit einem Telegrafenunternehmen, einer im Transportwesen und ein anderer mit einer Mine irgendwo im Westen.

Sie nickte ihnen grüßend zu und ging weiter zu einem kleinen Ankleidetisch, wo sie ein bereitstehendes Dienstmädchen um ein kühles Tuch bat. Während Lizzie wartete, zog sie ihre Handschuhe aus. Die beengten Räumlichkeiten machten es unmöglich, die laufende Unterhaltung nicht zu belauschen, nicht, dass die Frauen sich irgendwelche Mühe gegeben hätten, leise zu sein.

»... und dann habe ich ihm gesagt, dass wir kein Porzellan besitzen, das schick genug ist, um Mrs. Astor damit zu bewirten.« Das kam von Mrs. Connors, deren Mann der Präsident von Gotham Telegraph war.

»Welche Mrs. Astor?«, fragte die Frau des Minenbesitzers.

»Machen Sie sich nicht lächerlich«, warf die dritte Frau gereizt ein. »Waldorfs Frau hat wohl kaum dasselbe gesellschaftliche Gewicht wie Caroline Astor. Aber warum müssen Sie sie bewirten? Ich dachte, ihr Mann hätte Mr. Connors einen Besuch abgestattet.«

»Ja, das hat er. Hat sich regelrecht hereingeschlichen«, sagte Mrs. Connors gerade, als Lizzie ein kühles Tuch von dem Dienstmädchen entgegennahm. »Wollte keinen großen Wirbel machen, sagte er. Können Sie sich das vorstellen, Backhouse keinen Wirbel machen? Der Mann verlässt niemals seine Jacht, deshalb war ich natürlich schockiert, ihn zu sehen. Aber nun, da er uns einen Besuch abgestattet hat, dürfte es sich gewiss als nicht schwer erweisen, ihn davon zu überzeugen, seine Frau mitzubringen.«

Lizzie hätte am liebsten laut geschnaubt. Die Etikette verlangte, dass die Dame von höherem gesellschaftlichem Rang zuerst einen Besuch abstattete, doch Caroline Astor machte nicht viele Besuche. Als amtierende Matriarchin der New Yorker Gesellschaft hatte sie das kaum nötig. Sie besaß einen großen Freundeskreis, einen, der Neureiche oder Geschiedene nicht miteinschloss.

»Also, was wollte Astor denn von Ihrem Mann?«, wollte eine der Frauen wissen.

»Ich habe keine Ahnung. Er hat sich mit Mr. Connors und einem der Gotham-Anwälte getroffen. Sie haben sich stundenlang im Arbeitszimmer abgeschottet.«

Lizzie blinzelte, und das Tuch in ihrer Hand war vergessen. Warum sollte Mr. Astor heimlich dem Präsidenten von Gotham Telegraph und dessen Anwalt einen Besuch abstatten? Gotham war unglaublich profitabel; ihre Aktien waren in den letzten vierzehn Monaten zweimal geteilt worden. Connors hatte das familiengeführte Unternehmen vor zwei Jahrzehnten gegründet, genau als der Telegrafenboom einsetzte. Er hatte zwei Söhne, die den Berichten zufolge übernehmen würden, sobald Connors das Unternehmen nicht mehr beaufsichtigen wollte.

Also welchen Zweck hatte der Besuch gehabt? Es kursierten keine Gerüchte über einen Verkauf, aber wenn die Händler auch nur vermuteten, dass Astor überlegte, in Gotham zu investieren – oder es aufzukaufen –, dann würden die Aktien steigen, vielleicht genug, um Emmetts Geld zu verdoppeln.

Alles, was Lizzie brauchte, war der richtige Moment, ein paar Stunden, in denen die Aktien sprunghaft steigen würden und sie schnell kaufen und wieder verkaufen konnte. Das Gerücht brauchte nicht einmal notwendigerweise wahr zu sein. Die Wall Street handelte mit Vermutungen und Andeutungen. Wenn sie einen großen Anteil der Gotham-Aktien kaufen konnte, bevor irgendwelche Gerüchte über einen Verkauf in Umlauf kamen, dann würde sie gewaltigen Gewinn erzielen.

»Weswegen sie sich auch immer getroffen haben, es hat Mr. Connors jedenfalls in Feierlaune versetzt«, sagte seine Frau. »Er hat mir gesagt, ich solle schon einmal anfangen, meine Frühlingsreise nach Paris zu buchen, und dass er dieses Jahr endlich in der Lage sein werde, mich zu begleiten. Ich sage Ihnen, der Mann war seit unseren Flitterwochen nicht mehr mit mir auf Reisen.«

Die Puzzlestücke begannen sich in Lizzies Verstand zusammenzufügen. Connors musste Gotham an Mr. Astor verkaufen – und etwas auf die lange Bank zu schieben war nicht Mr. Astors Art. Er konzentrierte sich lieber auf Jachten und Pferderennen als aufs Geschäft, also nahm sie an, dass der Handel bald verkündet werden würde. Sie musste es nur schaffen, nächste Woche genug Aktien zu kaufen, bevor ein wohlgesetztes Wort im richtigen Ohr sich wie ein Lauffeuer an der Börse verbreitete. Sobald der Preis der Gotham-Aktien hoch genug stieg, konnte sie wieder verkaufen und Emmetts lächerliche Wette gewinnen. Freudige Erregung sprudelte in ihr empor, sodass sie die Füße nicht mehr stillhalten konnte.

»Lizzie! Ist dir nicht gut?« Edith Rutlidge erschien, und ihr silbernes, mit Perlen besticktes Kleid raschelte, als sie näher kam.

Edith war zwanzig, unverheiratet und Lizzies engste Freundin. Die beiden hatten sich als kleine Mädchen in Newport kennengelernt, obwohl Lizzie kein genaues Datum mehr nennen konnte. Es schien so, als wären die Sloanes schon immer mit den Rutlidges befreundet gewesen. Dank ihrer engen Freundschaft mit Edith waren während Lizzies Debüt Spekulationen aufgekommen, die sie mit dem ältesten Sohn der Rutlidges, Henry, in Verbindung brachten – Spekulationen, die Lizzie bei jeder Gelegenheit so gut wie möglich entkräftete.

»Ich habe dich aufstehen sehen«, sagte Edith stirnrunzelnd. »Da habe ich mir Sorgen gemacht.«

Lizzie erhob sich, unfähig, ein Grinsen zu verbergen. »Es geht mir sehr gut.«

Edith legte den Kopf schief und musterte sie mit abschätzendem Blick. »Bist du sicher? Du benimmst dich in letzter Zeit sehr merkwürdig.«

»Merkwürdig, inwiefern?«

»Du bleibst öfter zu Hause. Weist Besucher ab. Dinierst mit Neureichen.«

Lizzie verschluckte sich und hustete dann, um es zu vertuschen. »Es war nur ein einziges Dinner. Unter den ungehinderten Blicken der anderen Gäste noch dazu. Wohl kaum etwas, das der Rede wert wäre.«

»Beliebst du zu scherzen? Alle sprechen diese Woche von nichts anderem mehr. Es heißt, dein Bruder sei zu Cavanaugh gegangen und habe ihn geschlagen.«

Lizzie taumelte vor Überraschung leicht zurück. Das hatte Will doch nicht wirklich getan … oder etwa doch? Er hatte an jenem Morgen fürchterlich ausgesehen, mit zerzaustem Haar und rot geränderten Augen, aber Will wurde selten wütend oder laut. Sie konnte sich nicht vorstellen, dass er so etwas Unzivilisiertes tun würde. »Du weißt, dass Will das nie tun würde.«

»Das habe ich auch allen gesagt. Dein Bruder ist der steifste Mann, dem ich je begegnet bin. Es ist, als hätte er von Geburt an einen Stock im ... na ja, du weißt schon.«

Obwohl Lizzie ihren Bruder vergötterte, konnte nicht einmal sie diesen Punkt bestreiten. »Lass uns zurückgehen, ja?«, sagte sie. »Ich möchte den letzten Akt nicht versäumen.« Sie hakte sich bei Edith unter und führte sie zum Ausgang.

Als sie an der kleinen Gruppe Frauen vorbeikamen, die immer noch in der Garderobe miteinander plauderten, blieb Lizzie stehen. »Entschuldigen Sie, Mrs. Connors?«

Die ältere Frau blickte hoch. »Hallo, Miss Sloane. Miss Rutlidge.«

»Ich wollte Ihnen danken«, sagte Lizzie zu ihr.

Verwirrung trübte Mrs. Connors wettergegerbtes Gesicht, und sie umklammerte ihre lange Perlenkette. »Wofür denn?«

»Dafür, dass Sie heute Abend in die Oper gekommen sind.« Die Bemerkung würde für niemand anderen als für Lizzie einen Sinn ergeben ... Aber die meisten Menschen verstanden sie ohnehin nicht. Was machten da schon drei weitere? »Und ich würde mich geehrt fühlen, wenn Sie und Mr. Connors meinem Bruder und mir demnächst einmal beim Abendessen Gesellschaft leisten würden. Vielleicht sollte ich Mrs. Astor ebenfalls einladen, um Sie ihr vorzustellen.«

Mrs. Connors wirkte geschockt, sprudelte jedoch hervor: »Was für ein freundliches Angebot von Ihnen, Miss Sloane. Das wäre mir eine große Freude.«

»Mir ebenso. Ich werde mit meinem Bruder sprechen und Ihnen bald einen Besuch abstatten. Guten Abend, meine Damen.«

Als sie zurück zu ihren Logen gingen, murmelte Edith: »Ich wusste gar nicht, dass du Mr. und Mrs. Connors so zugetan bist.«

»Nach dem heutigen Abend bin ich ihre größte Verfechterin.«

KAPITEL FÜNF

Ein wahrer Mann ist der,
der nie Grund zum Anstoß gibt.
AMERICAN ETIQUETTE AND RULES OF POLITENESS, 1883

Die Vordertür schwang auf, und Emmetts Butler Graham erschien. »Willkommen zurück, Sir.« Als Emmett sich auf den Weg zur Tür machte, eilte ein Diener an ihm vorbei, um die Reisetaschen aus der Kutsche zu holen. »Ich hoffe, Sie hatten eine angenehme Reise.«

Emmett hatte die letzten paar Tage in Pittsburgh verbracht. Die Expansion seines größten Stahlwerks hatte sich diesen Winter verzögert, die Bauarbeiten schritten nicht annähernd so schnell voran, wie sie sollten – und Emmett erfuhr bald warum. Der Vorarbeiter hatte Schmiergeld von einem Beamten der Stadt Pittsburgh angenommen, um den Bau zu verzögern, was er nach ein wenig kreativem Zwang seitens Emmett auch zugegeben hatte. Dann hatte Emmett besagten korrupten Beamten ausfindig gemacht, der schnell einlenkte und Emmetts

Sichtweise annahm. Aus einem Fenster im dritten Stock zu baumeln hatte für gewöhnlich diese Wirkung.

»*Angenehm* ist nicht das Wort, das ich benutzen würde, Graham.« Emmett schritt über die Schwelle in die Eingangshalle. Er reichte dem Butler seinen Derby und Gehstock, dann streifte er seinen Mantel ab. »Rogers soll mir ein frisches Hemd ins Arbeitszimmer bringen«, sagte er ihm, dann durchquerte er den Flur.

»Sehr wohl, Sir. Mr. Colins erwartet Sie bereits.«

Wenn Emmett kurze Reisen unternahm, zog er es vor, das alleine zu tun, was bedeutete, dass Colin zurückblieb, um sich in Emmetts Abwesenheit um die Dinge zu kümmern. Der junge Mann war tüchtig und direkt, zwei Eigenschaften, die Emmett bei einem Angestellten schätzte.

Sein Sekretär wartete im Arbeitszimmer, einen Stapel Telegramme in den Händen. »Ich habe hier mindestens zehn Dinge, die Ihre sofortige Aufmerksamkeit erfordern«, erklärte Colin ohne Umschweife.

Emmett streckte die Hand aus, und Colin legte gehorsam den Stapel Nachrichten hinein. Während Emmett sie überflog und dabei nach Wichtigkeit ordnete, erschien Rogers, sein Kammerdiener, mit einem frischen Hemd.

Emmett schlüpfte aus seinem Jackett, hängte es über die Rückenlehne eines Stuhls und fuhr fort, die Telegramme durchzusehen. »Colin, ist es dir gelungen, diese Gewinn- und Verlustrechnungen von Northeast zu bekommen?«

»Ist das schon wieder Blut auf Ihrer Seidenweste?«, fragte Rogers scharf, als er Emmetts goldene Taschenuhr und die Kette entfernte.

»Keine Predigten, Rogers. Wenn Sie die Flecken nicht entfernen können, dann kaufen Sie eben eine neue, um Himmels willen.«

Mit missbilligender Miene machte sich der Kammerdiener daran, die besudelte Kleidung einzusammeln.

»Nein, Sir«, antwortete Colin auf Emmetts vorherige Frage. »Ich arbeite immer noch daran, sie zu besorgen.«

»Arbeiten Sie härter«, befahl Emmett. »Oder engagieren Sie einen Pinkerton-Detektiv, damit das erledigt wird.«

Colin nickte im selben Moment, in dem Brendan hereingeschlendert kam. »Willkommen zurück, Em«, sagte sein Bruder. »Wir hatten dich schon heute Morgen erwartet. Hattest du Schwierigkeiten bei der Abreise aus Pittsburgh?«

»Mir war nicht bewusst, dass du so darauf branntest, mich zu sehen. Aber ja, es gab eine Verzögerung auf den Schienen. Kühe, glaube ich.«

Brendan ließ sich in einen Sessel fallen und lehnte seinen Gehstock an die Schreibtischkante. »Dann fürchte ich, hast du einen noch längeren Abend vor dir. Mrs. Rose hat heute Vormittag aus dem Theater angerufen, um sich zu vergewissern, dass du sie heute Abend immer noch zum Dinner ausführst.«

In ein frisches Hemd gehüllt streckte Emmett die Arme aus, damit Rogers die Manschettenknöpfe befestigen konnte. »Dinner? Hatte ich für heute Abend Dinnerpläne gemacht?«

Colin wirkte ebenso verwirrt. »Nein, Sir. Ich habe kein Dinner für heute Abend in Ihrem Terminkalender.«

Brendan hob abwehrend die Hände. »Ich bin nur der Bote. Sie sagte, es wäre sehr wichtig, dass du dich um neun im Sherry's mit ihr triffst.«

»Na schön.« Er hatte Mae seit drei Wochen nicht gesehen, und vielleicht würde eine Nacht in ihrem Bett endlich die Erinnerung an Elizabeth Sloane auslöschen. Mae zog es vor, im Sherry's zu dinieren, das sich rasch zum beliebtesten Restaurant der Stadt entwickelte. Das kleine Lokal an der Ecke Thirty-Eighth Street und Sixth Avenue bot anständiges Essen und spektakulären Service. Louis Sherry scheute keine Mühen, den Wünschen seiner Gäste entgegenzukommen, und Mae liebte die Aufmerksamkeit.

»Schicken Sie ihr Blumen, und sagen Sie ihr, dass ich dort sein werde«, wies er Colin an, während er seine Hosenträger überzog. Rogers streifte eine grün gemusterte Weste über Emmetts Schultern und trat vor ihn, um die Knöpfe zu schließen.

»Nicht nötig«, sagte Brendan leichthin. »Ich habe bereits für dich bestätigt.«

Emmett wollte Brendan gerade sagen, dass er sich gefälligst um seine eigenen verdammten Angelegenheiten kümmern solle, doch dann fiel ihm plötzlich wieder etwas ein. Heute war Dienstag, der letzte Tag der Wette. Emmett griff nach seiner Taschenuhr, dann erinnerte er sich daran, dass er gerade seine Kleidung wechselte. »Wie spät ist es, Colin?«

»Kurz nach vier.«

Die Börse hatte vor einer Stunde geschlossen. Hatte sie es geschafft?

Sie hatten geplant, heute Abend miteinander zu essen. Zumindest hatte er Elizabeth gebeten, ihn erneut zu treffen, und sie hatte eingewilligt. Es war allerdings durchaus möglich, dass sie es vergessen hatte.

Er sollte sie nicht treffen. Es war sinnlos. Sie war nicht der Typ Frau, den er bevorzugte. Schauspielerinnen, Huren, Sängerinnen ... Mit denen konnte er umgehen. Frauen, die Lust auf eine gute Nummer hatten und nichts Ernsthaftes wollten.

Elizabeth Sloane schrie geradezu nach etwas Ernsthaftem. Sie war keine Frau, die zwischen den Laken herumtollte und dann fröhlich ihrer Wege ging. Gott, vermutlich wäre sie schockiert, wenn er zum ersten Mal seinen Schwanz herausholte – ganz zu schweigen von seinem vernarbten Rücken.

»Colin, schicken Sie ein Telegramm an Miss Elizabeth Sloane am Washington Square. ›Kann Sie heute nicht treffen. Telegrafieren Sie morgen Ihr Ergebnis. Hochachtungsvoll, etcetera, etcetera.‹« Sein Sekretär nickte, während er rasend schnell auf seinen Block kritzelte.

»Das werde ich schicken«, bot Brendan an und erhob sich geschmeidig mit Hilfe seines Gehstocks. »Ihr beiden habt viel Arbeit aufzuholen, und ich habe sonst nichts zu tun.« Er nahm Colin den Zettel aus der Hand.

»Du bist heute untypisch hilfsbereit.« Emmett musterte seinen Bruder argwöhnisch. »Ist irgendetwas passiert, von dem ich wissen sollte?«

»Nein. Ich versuche nur, mich hier nützlich zu machen.«

Rogers hielt einen braunen Gehrock hoch, aber Emmett winkte ab. »Nicht nötig. Ich werde so gegen halb acht oben sein, um zu baden und mich fürs Dinner umzuziehen.« Erleichtert, sich wieder annähernd wie ein Mensch zu fühlen, ließ er die Schultern kreisen.

Gerade als er sich setzen wollte, platzten Katie und Claire in einem Wirbel aus Beinen und Unterröcken ins Zimmer. »Emmett!«, riefen sie, als sie auf seinen Schreibtisch zustürmten. »Du bist wieder da!«

Grinsend schob er die Hände in die Hosentaschen. »Hallo, Mädchen. Wie ich sehe, seid ihr Mrs. Thomas wieder mal entwischt.«

»Wir mussten nachsehen, ob du uns etwas mitgebracht hast«, sagte Katie, die nun ungeduldig von einem Bein aufs andere trat. »Hast du?«

»Wir wollen Süßigkeiten!«, verkündete Claire an der Seite ihrer Schwester. »Du hast uns Süßigkeiten versprochen.«

»Ja, das habe ich. Aber nur, wenn ihr Mrs. Thomas brav gehorcht habt.«

»Haben wir!«, sagten beide laut.

Langsam zog er die Hände aus den Hosentaschen, und die Augen der Mädchen wurden von Sekunde zu Sekunde größer. »Diesmal war ich in einem neuen Laden, der Clark Company. Die machen etwas, das nennt sich«, er öffnete die Hände, »Clark-Riegel.« Die Süßigkeit war in eine dunkelrote Verpackung gehüllt, auf der der Name in gelben Buchstaben prangte. »Ich glaube, der wird euch schmecken.«

»Es tut mir leid, Sir«, erklang eine kurzatmige Stimme von der Tür. Mrs. Thomas, die Gouvernante, hielt sich am Türrahmen fest, ihre Frisur war von der Jagd hinter den Mädchen her zerzaust. »Sie hatten mir versprochen, dass sie bis nach dem Abendessen warten würden.«

Sofort hob Emmett die Arme mit den Süßigkeiten außer Reichweite der Mädchen. »Katie. Claire. Habt ihr Mrs. Thomas angelogen?«

Katie wich seinem Blick aus, und Claires Lippen begannen zu zittern. »Wir konnten nicht mehr warten«, jammerte sie. »Nimm uns nicht die Süßigkeiten weg!«

»Ihr dürft die Süßigkeiten haben, aber ihr bekommt beide eine zusätzliche Stunde Musikunterricht, weil ihr gelogen habt. Abgemacht?«

»Abgemacht!«, riefen sie, und er reichte ihnen die Süßigkeiten. Die Mädchen schnappten sich die roten Verpackungen und flitzten hinaus in den Flur.

»Du bist so ein wehrloses Opfer«, sagte Brendan lachend.

»Hast du nicht irgendetwas anderes zu tun?«, schnauzte Emmett seinen Bruder an. »Leben retten vielleicht?«

Kapitulierend hob Brendan die Hände. »Dann lass ich dich mal allein. Viel Spaß heute Abend.«

Nicht in der Lage, stillzusitzen, trommelte Lizzie mit den Fingern auf den mit Leinen gedeckten Tisch. Sie war früh im Sherry's angekommen, weil sie zu aufgeregt war, um zu warten. Selbst ihre Beklommenheit darüber, in einem kleinen Séparée zu essen, konnte ihre Freude nicht trüben.

Sie hatte es geschafft. Sie hatte Cavanaughs Wette gewonnen, sein Geld verdoppelt und würde bald ihre eigene Wertpapierfirma gründen. Die Brust drohte ihr vor lauter Glück zu platzen.

Schwindlig vor Freude hatte sie an diesem Vormittag einen Anruf zu Emmett durchstellen lassen, um die Verabredung zum Abendessen zu bestätigen. Sie wollte die gute Nachricht persönlich überbringen. Emmett war nicht verfügbar gewesen, aber sein Bruder Brendan hatte sich sehr hilfsbereit gezeigt.

»Oh ja«, hatte Brendan über die Leitung gesagt. *»Emmett hat mir selbst gesagt, dass er beabsichtigt, sich um neun Uhr mit Ihnen zu treffen, Miss Sloane. Sagte, er freut sich schon darauf.«*

Anscheinend hatte Emmett auch dieses private Séparée organisiert. Was hatte diese Geste zu bedeuten? Der Himmel wusste, dass sie seit jener Nacht hundertmal über diesen Beinahe-Kuss in der Kutsche nachgedacht und sich gefragt hatte, wie es sich anfühlen würde, seinen Mund auf ihrem zu spüren. Und nun würden sie den Abend hier verbringen, ganz allein. Ihr Bruder würde natürlich vor Wut schäumen, aber Lizzie kümmerte sich nicht um ihren Ruf. Nichts konnte ihr diesen Abend verderben.

Der rote Samtvorhang wurde zur Seite geschoben, und Emmett trat ein. Er blieb wie angewurzelt stehen, fast, als wäre er überrascht, ging dann aber weiter auf sie zu. Lizzie hielt den Atem an. Er sah riesig aus in seiner schwarzen Abendgarderobe, geradezu überlebensgroß. Kantiger Kiefer, kräftige Wangenknochen, lange Wimpern, und dieses verteufelte Grübchen in seinem Kinn. Ihre Haut wurde heiß, und ihr Magen flatterte. Der Mann war verheerend für die Frauenwelt.

Lizzie stand auf und strich ihr von Worth entworfenes Abendkleid aus violetter Seide glatt. Sie bemühte sich so sehr, ihr breites Lächeln zu zügeln, dass ihr vor Anstrengung die Wangen schmerzten. Es wäre albern, aber sie hatte das seltsame Verlangen, zu ihm zu laufen und sich in seine Arme zu werfen, um die Euphorie mit ihm zu teilen, die in ihr explodierte.

»Miss Sloane.«

»Mr. Cavanaugh.«

Er verschränkte die Hände hinter dem Rücken und musterte sie, sein obsidianschwarzer Blick dunkel und eindringlich. »Ihre Augen funkeln. Darf ich annehmen, dass Sie gute Neuigkeiten haben?«

Das Lächeln brach sich Bahn, und sie klatschte in die behandschuhten Hände. »Ich habe es geschafft! Seit gestern steht Ihre Investition bei zweiundzwanzigtausendneunundzwanzig Dollar und dreiundsechzig Cents!«

»Und das auch noch einen Tag früher. Ich bin beeindruckt, Elizabeth.« Seine markanten Züge wurden weicher, was ihn unglaublich attraktiv machte. »Das ist ein Grund zum Feiern.«

Er ging zurück zum Vorhang und sprach mit einem Kellner im Flur. Sie nahm ihren Platz wieder ein und machte sich daran, ihre violetten Handschuhe abzustreifen. Emmett kehrte zurück und nahm seinen Platz ein, der gefährlich nah an ihrem gedeckt war. Tatsächlich strahlte das ganze Arrangement zusammen mit den Kerzen eine unverhohlene Atmosphäre von Intimität aus.

Es war ihr egal. Der heutige Abend gehörte der Heiterkeit. Sorgen waren für Morgen.

»Sie müssen mir verraten, wie Sie das gemacht haben«, sagte er und rückte näher zu ihr. Ein kräftiger Oberschenkel schob sich in die Nähe ihres Knies, und Lizzie spürte, dass ihr Mund trocken wurde.

Zum Glück erschien der Kellner und begann, Champagner einzuschenken, was Lizzie Gelegenheit gab, sich wieder zu fangen. Emmett übte eine äußerst eigenartige Wirkung auf sie aus.

Als sie wieder allein waren, nahm er ein gefülltes Glas und reichte es ihr, dann hob er sein eigenes zu einem Trinkspruch. »Auf unsere Partnerschaft.«

Lizzie strahlte. Schwer zu glauben, dass sie bald ihre eigene Wertpapierfirma besitzen würde – nun ja, zur Hälfte besitzen. Dennoch würde sie die Gelegenheit haben, ihre Gaben auf praktische Weise zu nutzen, nicht nur als Übung für sich selbst. Finanzielle Sicherheit lag zum Greifen nah. »Auf unsere Partnerschaft.«

Sie tranken, dann sagte Emmett: »Werden Sie mir verraten, wie?«

»Gotham Telegraph.«

Seine Augen weiteten sich. »Der gemunkelte Verkauf an Astor. Beeindruckend. Das hatte niemand kommen sehen.«

»Ich weiß. Ich war zur rechten Zeit am rechten Ort, um eine wichtige Information zu belauschen.«

»Ach ja?«

»Ja. Manchmal erzählen Frauen unschuldige Dinge aus ihrem Privatleben, die dazu verwendet werden können, den Aktienwert eines Unternehmens einzuschätzen.«

Er betrachtete sie mit so eindringlicher Konzentration, dass sie sich beinahe unter seinem Blick gewunden hätte. Sie konnte nicht erraten, was er dachte. Gerade, als sie ihn fragen wollte, sagte er leise: »Sie sind etwas gänzlich Unerwartetes, Elizabeth.«

Seinem ausdruckslosen Tonfall und der ernsten Miene konnte sie nicht entnehmen, wie er das meinte. »Ist das gut oder schlecht?«

»Das habe ich noch nicht entschieden.«

Der Augenblick dehnte sich aus. Ihre Blicke verschmolzen miteinander, ihr Atem ging schneller, und die Luft schien plötzlich knapp zu werden. Ihre Gesichter waren einander so nahe, dass sie jede einzelne der dunklen Wimpern sehen konnte, die seine Augen umrahmten, die Spur von Bartstoppeln entlang seines Kiefers. Sie spürte eine seltsame Spannung von ihm ausgehen, eine kaum gezügelte Energie, die den Raum erfüllte.

Ein Kellner kehrte zurück, diesmal mit dem ersten Gang, und sie griff nach ihrem Champagner, um ihn hinunterzustürzen. Erneut Austern, bemerkte sie in einem Versuch, sich auf etwas anderes als den unergründlichen Mann neben ihr zu konzentrieren. Die Teller waren arrangiert, und Emmett murmelte dem Kellner etwas zu, worauf dieser versprach, augenblicklich wiederzukommen.

Die nächsten Augenblicke waren dem Essen gewidmet. Lizzie genoss die Austern und versuchte, nicht über Emmetts Nähe nachzudenken, oder darüber, wie sich ihre Arme bei jeder Bewegung beinahe streiften. *Mehr Champagner sollte helfen*, dachte sie und griff nach ihrem Glas.

»Haben Sie schon darüber nachgedacht, wo Sie Ihr Büro einrichten werden?«, fragte er.

Überrascht stellte sie das Glas ab. Sie hatte noch nicht über die praktischen Aspekte nachgedacht, wie etwa ein Büro oder das Einstellen von Mitarbeitern. Die Wette zu gewinnen hatte all ihre Gedanken eingenommen. Zweifellos hatte ihr Bruder in den Büroräumen von Northeast Railroad noch Platz übrig, aber sie konnte sich nicht vorstellen, Will jeden Tag nur wenige Schritte entfernt zu haben. Er würde sich einmischen, versuchen, die Führung zu übernehmen.

»Nein, habe ich noch nicht. Dumm von mir, nehme ich an, aber ich war so auf die Wette konzentriert. Ich werde ein Büro in der Nähe der Börse mieten müssen.«

»Ich habe reichlich verfügbaren Platz in meinem neuen Gebäude in der Beaver Street.«

»Oh, ich weiß nicht –«

»Ich bestehe darauf. Wenigstens bis Sie anfangen, Gewinn zu erwirtschaften, und es sich leisten können, selbst ein Büro zu mieten. Das Gebäude ist komplett mit den neuesten Annehmlichkeiten ausgestattet.«

Der Kellner erschien, stellte ein mit klarer Flüssigkeit gefülltes Kristallglas neben Emmetts rechte Hand, und verschwand wieder. Lizzie sah zu, wie Emmett einen tiefen Schluck nahm.

»Ist das Wasser?« Mit einem Nicken wies sie auf sein Glas.

Sein Mundwinkel hob sich. »Nein, das ist Gin.«

»Dürfte ich mal kosten?«

»Haben Sie Gin schon einmal probiert? Ich wette, den serviert man auf keiner Ihrer schicken Partys.«

»Vielleicht sind schicke Partys deshalb so unglaublich langweilig.« Sie streckte die Hand aus. »Bitte, Emmett. Ich dachte, wir würden feiern.«

Sie sah ihm unverwandt in die Augen, selbst als er grimmig die Stirn runzelte. Aus irgendeinem Grund wollte sie mehr über ihn erfahren, so viel von Emmett Cavanaugh wissen, wie sie nur konnte.

»Das tun wir auch. Hier.« Er drückte ihr das Glas in die Hand. »Bitteschön, sehen Sie, wie das gemeine Volk trinkt.«

Das Glas fühlte sich kühl in ihrer Handfläche an, als Lizzie es an den Mund hob. Der Geruch war stark und blumig. Hochprozentig. Sie setzte den Rand des Glases an die Lippen. Es hatte etwas Erregendes an sich, ihren Mund dorthin zu legen, wo der seine eben noch gewesen war, und die verhangene, eindringliche Weise, wie er sie ansah, ließ ahnen, dass er möglicherweise dasselbe dachte.

Ermutigt nahm sie einen kräftigen Schluck. Die kalte Flüssigkeit brannte in ihrer Kehle, ein Fluss aus Feuer, der alles auf seinem Weg zum Magen versengte und ihr den Atem raubte.

Eine große Hand klopfte ihr auf den Rücken, und das Glas verschwand aus ihrem Griff. »Atmen Sie, Elizabeth«, befahl seine tiefe Stimme, und sie holte keuchend Luft. Ihre Lunge sog verzweifelt den Atem ein, während ein Schauer durch ihren Körper lief.

»Mein Gott«, keuchte sie. »Wie können Sie das ertragen?«

»Ich bin es gewohnt.« Er setzte das Glas an seine schönen Lippen, und plötzlich war der Drink vergessen, und ihre Gedanken kehrten zum Küssen zurück. Das Brennen in ihrem Magen breitete sich aus, um andere Bereiche in Brand zu stecken, als sie dabei zusah, wie er schluckte und die kräftigen Muskelstränge seiner gebräunten Kehle sich über dem weißen Hemdkragen bewegten. Das Auf und Ab der Einkerbung in seinem Kinn hypnotisierte sie wie eine Schlange im Korb eines Schlangenbeschwörers.

»Sie sollten aufhören, mich so anzusehen.«

»Wie denn?« Sie stützte das Kinn in die Hand und den Ellbogen auf den Tisch und beugte sich zu ihm.

»Als wollten Sie, dass ich Sie küsse.«

Der Gin musste sich mit dem Champagner verbündet haben, um ihre Zunge zu übernehmen, denn sie platzte heraus: »Und Sie wollen mich nicht küssen?«

»Falsch.« Seine Augen glühten, als er mit dem Daumen sanft über ihre Lippen strich. »Für dieses Privileg würde ich alles geben, was ich besitze. Aber dann gäbe es kein Zurück.«

Lizzies Haut fing Feuer, kribbelte und prickelte vor Rastlosigkeit unter seiner zarten Berührung. Das inbrünstige Pochen ihres Herzens hinter Fischbein und Baumwolle hallte in jeder Pore und Zelle wider, so laut, dass sie sicher war, dass er es hören konnte. Er sah auf ihren Mund, während die raue Kuppe seines Daumens weiter die Kontur ihrer Lippen nachzog.

Er riss sich als Erster wieder los und griff nach seinem Glas, und sie stellte erfreut fest, dass seine Hand leicht zitterte. Er war so kühl, so gefasst, bis auf dieses leichte Zittern seiner Hand. Konnte man ihn aus der Reserve locken? Konnte sie ein Stück der schweren Rüstung durchbrechen, mit der er sich zu umgeben schien?

»Alles, was Sie besitzen? Ich hörte, das ist eine Menge.«

Sein Mund zuckte, und er trank einen weiteren Schluck. »Das ist es.«

»Dann fühle ich mich geschmeichelt.«

»Das sollten Sie nicht.« Hart stellte er das Glas ab. »Sie sollten sich von Männern wie mir fernhalten.«

Sie zog eine Schulter hoch. »Ich bin mir nicht sicher, ob das möglich ist. Ich war noch nie gut darin, zu tun, was man mir sagt.«

Flirtete sie mit ihm? Noch eine weitere Überraschung, was Elizabeth Sloane betraf.

Es war ein Schock gewesen, sie heute Abend hier vorzufinden. Brendan hatte ihm definitiv einiges zu erklären. Emmetts Bruder war die einzige Erklärung für Elizabeths Anwesenheit in dem privaten Séparée. Aber so verärgert Emmett über Brendans Einmischung auch war, er war auch eigenartig erleichtert. Er hatte Mae nicht sehen wollen. Nein, die Frau, die er begehrte, saß direkt vor ihm.

In einem verzweifelten Versuch, sein wachsendes Verlangen abzukühlen, griff er nach seinem Gin. Elizabeth war schön, zugegeben. Und intelligent. Damit hatte er nicht gerechnet, mit dieser schnellen Auffassungsgabe. Die meisten Frauen ihrer Sorte beschäftigten sich nur mit Partys und Klatsch. Elizabeth war anders, und er hatte sich schon immer zu Einzigartigkeit hingezogen gefühlt, zu Dingen, die sich von der Masse abhoben.

Dennoch war sie wie ein Geschenk, das zu hübsch war, um es zu öffnen. Jemand, der zu zerbrechlich und rein für einen Mann wie ihn war, einen Mann, der mehr namenlose Frauen gevögelt hatte, als er zählen konnte.

Warum also lechzte er nach ihr wie ein grüner Junge? Er wusste es besser. Das hier würde nirgendwohin führen.

»Wie war es in Pittsburgh?«, fragte sie.

Er runzelte die Stirn, da er sicher war, seine Reise heute Abend nicht erwähnt zu haben. »Woher wissen Sie, dass ich in Pittsburgh war?«

»Ihr Bruder hat es mir gesagt, als ich angerufen habe.« Sie wischte sich den makellosen Mund mit der Leinenserviette. »Er wirkt sehr nett.«

Nett war nicht, wie Emmett Brendan im Augenblick beschreiben würde. »Seine Patienten sind jedenfalls dieser Meinung. Und meine Reise war … produktiv.«

»Ich war noch nie in Pittsburgh. Will fährt allerdings gelegentlich dorthin.«

»Es würde Ihnen gefallen. Sind Sie schon einmal in den Westen gereist?«

»Nein, obwohl ich schon immer San Francisco sehen wollte. Mit den Hügeln und dem Wasser soll es wunderschön dort sein«, sagte sie, und ihre Augen wurden weich und verträumt wie silberne Wolken. Heilige Hölle, er konnte den Blick nicht von ihnen losreißen, während Lust tief in seinen Eingeweiden aufloderte. Ein Mann konnte in diesem wirbelnden grauen Nebel ertrinken, und er fragte sich, wie die Farbe sich wohl verändern würde, wenn sie erregt war.

Gewaltsam richtete er den Blick wieder auf seinen Teller, schluckte und versuchte, seinen Körper wieder unter Kontrolle zu bekommen. »Ich war letztes Jahr dort. Allerdings hatte ich nicht viel Zeit, die Sehenswürdigkeiten zu genießen. Tatsächlich habe ich kaum mein Hotel oder die Baustelle verlassen.«

»Oh, Emmett. Das ist furchtbar schade.« Unvermittelt umklammerte ihre Hand seinen Unterarm auf dem Tisch. Sie erstarrten beide, wenn auch wahrscheinlich aus unterschiedlichen Gründen. Er blinzelte und starrte wie gebannt auf ihre nackten, schlanken Finger auf seinem schwarzen Jackett. Ihre Körperwärme drang durch den dünnen Stoff an seine Haut.

Eine Röte schlich sich über ihr Gesicht, als ihr bewusst wurde, was sie getan hatte, und er fragte sich, wie viel ihre Kühnheit mit dem Champagner zu tun hatte, den sie getrunken hatte. Nicht, dass ihn das kümmerte. Ihm gefiel ihre Hand dort, wie sie ihn berührte. Es gefiel ihm sogar sehr. Also hielt er still und wartete. Das Feuer, das sich in ihrem Blick spiegelte, diese staunende Verwunderung über das, was auch immer zwischen ihnen war, sandte einen glühenden elektrisierenden Schlag durch seine Adern, geradewegs in seine Männlichkeit.

Er sah, dass sie schluckte, und sie setzte an, sich zurückzuziehen. »Es tut mir leid.«

Seine andere Hand fing ihr schmales Handgelenk ein und hielt sie fest. »Nicht. Ich mag Ihre Hand dort.«

»Das sollten wir nicht.«

»Wann haben Regeln Sie je aufgehalten, Elizabeth?«

»Höchstwahrscheinlich öfter, als Sie glauben würden«, flüsterte sie, bevor ihr Blick auf seinen Mund fiel. Sie leckte sich über die Lippen, und Emmett verlor den Kampf.

»Lügnerin«, murmelte er und überwand den Abstand zwischen ihnen.

Er wusste, er sollte aufhören, oder zumindest zärtlich vorgehen, aber kaum berührten seine Lippen die ihren, war es, als breche ein Damm in seinem Innern. Verlangen fuhr heftig in seine Lenden, und er hatte keine Kontrolle über seine Reaktion auf diese allererste Kostprobe von ihr. Süß. Und rein. Wie Regen, der einem nach einem langen Tag in der stickigen Hitze den Schmutz vom Körper wäscht.

Mehr, flüsterte sein Verstand.

Er umfasste ihr Kinn, die rauen Finger auf zarter Haut ausgebreitet, und versiegelte ihren Mund fester mit seinem. Auf ihren weichen, üppigen Lippen lag der berauschende Hauch von Champagner und dem Gin, den er ihr nie hätte gestatten sollen. Diese Kombination hätte ihm als Erinnerung dienen sollen, wie verschieden sie waren, welche Kluft sie voneinander trennte, aber er fand sie berauschend. Eine fremdartige Mischung zweier Dinge, die nicht zusammengehörten, und doch unbestreitbar köstlich waren.

Oh, lieber Herr Jesus, sie erwiderte seinen Kuss.

Schnell übernahm der Instinkt die Kontrolle. Er teilte ihre Lippen mit der Zunge und tauchte tief ein. Kostete die warmen, feuchten Tiefen ihres Mundes. Ihre Zunge hieß ihn mit kühnen Schlägen willkommen. Sie war nicht schüchtern, und ihr Eifer wirkte wie ein Streichholz an trockenem Zunder und verbrannte ihn von innen heraus bei lebendigem Leib. Ihre leichten Atemstöße, das Gefühl ihrer geschmeidigen Zunge, die über seine glitt ... Er drang tiefer, wollte in dieser samtigen Tiefe versinken, sich von ihrer Köstlichkeit einhüllen lassen.

Eine kleine Hand umklammerte seine Schulter und hielt sich daran fest. Zog ihn näher. Hochgefühl flutete seine Adern, und noch mehr Blut rauschte zwischen seine Beine. Er knabberte an ihrer vollen Unterlippe in dem Bedürfnis, sie zu zeichnen, dem

Bedürfnis, seine Zähne in ihre vollkommene Haut zu versenken.

Sie keuchte auf, und als ihre Münder sich wieder trafen, öffnete sie sich sofort für ihn, und ihre Zunge war ebenso ungeduldig wie seine. Er fühlte sich fiebrig, eine alles verzehrende Hitze hüllte seinen ganzen Körper ein. Gott, was würde er nicht darum geben, ihr die Röcke zu lüften, sie auf den Tisch zu heben und in sie zu dringen. Niemand würde es erfahren. Er hatte den Kellnern gesagt, sie sollten das Essen servieren und dann nicht wiederkommen, bis er sie rief. In diesen Séparées konnte alles passieren – und das tat es für gewöhnlich auch.

Mit dem Fuß zog er ihren Stuhl näher heran, dann legte er eine Hand an ihre Taille. Sie war so klein, so zierlich im Vergleich zu seiner riesigen Hand – nicht, dass ihn das davon abhielt, sie zu berühren. Er musste sie spüren, sich jeden Zentimeter von ihr einprägen.

Als ihn die Ungeheuerlichkeit dessen, was gerade geschah, durchzuckte, hielt er inne. Nicht nur, dass er sie unangemessen behandelte, sie befanden sich außerdem an einem halböffentlichen Ort. Warum zur Hölle hatte er damit angefangen?

Er riss sich los und holte tief Luft. Mit glasigen, verträumten Augen sah sie ihn an, und das Staunen auf ihrem Gesicht brachte ihn beinahe dazu, sie gleich wieder zu küssen. Der Drang, sie erbeben zu lassen, zu hören, wie sie seinen Namen schrie, zwang ihn beinahe in die Knie.

»Es tut mir leid«, sagte er rasch. »Ich hätt' die Situation nich' ausnutzen dürfen.«

Sie blinzelte ein paarmal, und ihm wurde bewusst, dass er in seine alten Sprachmuster zurückgerutscht war. Verdammt. Er räusperte sich und wollte von ihr fortrücken, doch mit der Hand, die immer noch auf seiner Schulter lag, hinderte sie ihn daran. Ihr Blick fiel auf sein Kinn. Zarte Finger berührten langsam die Einkerbung dort. *Das Mal des Teufels* hatte sein Vater es genannt. Fasziniert zeichnete Elizabeth das Grübchen nach. »Ich habe mich gefragt, wie sich das anfühlt«, flüsterte sie.

Was zur Hölle? Sie hatte über sein Kinn nachgedacht?

Ihre Finger glitten über seinen Kiefer, hoch zu seinen Koteletten und streiften sein Ohr. »Hören Sie noch nicht auf. Küssen Sie mich nochmal.«

»Warum?«

»Weil Sie recht haben. Von Regeln habe ich mich noch nie aufhalten lassen. Bitte, Emmett.«

Jäh nahm er ihr Gesicht in die Hände und fand ihren Mund. Nur noch einen weiteren Kuss, dann würde er aufhören. Eine weitere Kostprobe von ihr, bevor er sie nie wiedersah. Sie stöhnte leise, ein sehnsüchtiger Laut tief in ihrer Kehle, und er hörte sich selbst als Antwort darauf knurren. Als ihre Zunge auf seine traf, ließ diese schlichte Berührung einen Blitz der Lust in seine Lenden schießen. Er war härter als Stahl, und seine Männlichkeit bettelte darum, aus seinen Kleidern befreit zu werden.

Sie wand sich, und er zog sie enger an sich, bis ihre vom Korsett geschnürten Brüste seine Brust streiften. Seine Hand wanderte nach unten, in der Absicht –

»*Gottverdammt!* Nehmen Sie die Hände von ihr, Cavanaugh!«

KAPITEL SECHS

Sieht man sich gezwungen, anderer Meinung als andere zu sein,
sollte man sich von Vernunft und Mäßigung leiten lassen.
AMERICAN ETIQUETTE AND RULES OF POLITENESS, 1883

Elizabeth schrie auf und fuhr zurück, und Emmett drehte sich gerade noch rechtzeitig um, um Will Sloanes Faust zu sehen – unmittelbar bevor sie sein linkes Auge traf. Sein Kopf flog unter der Wucht des Schlags zurück, dass der Stuhl wackelte. Mit einem Aufschrei packte Elizabeth ihren Bruder am Arm, während Emmett auf die Füße sprang. Sein Blickfeld war verschwommen, aber das war nicht das erste Mal, dass er einen unerwarteten Schlag abbekommen hatte. Weit gefehlt – und was auch geschah, er rappelte sich jedes Mal auf, um zurückzuschlagen.

Sloanes Gesicht war rot vor Wut, und er atmete schwer, aber Emmett schenkte ihm keine Beachtung. Elizabeth war kreidebleich vor Anstrengung, ihren Bruder zurückzuhalten. »Treten Sie zur Seite, Elizabeth, bevor Sie verletzt werden«, befahl er.

»Und Sie wagen es auch noch, sie beim Vornamen zu nennen!« Sloane warf sich erneut auf ihn und brachte Emmett aus dem Gleichgewicht, sodass die beiden krachend auf den Tisch stürzten. Essen, Porzellan und Glas regneten zu Boden. Sloane landete einen weiteren Schlag, diesmal in Emmetts Bauchgegend, bevor Emmett selbst ein paar ausgesuchte Treffer landete. Sloane versuchte, Emmett die Finger um den Hals zu legen, also packte Emmett seine Arme, während sie auf dem Boden miteinander rangen und darum kämpften, die Oberhand zu bekommen.

Und dann endete der Kampf. Starke Arme hoben Sloane in die Luft.

»Wurde auch langsam Zeit«, brummte Emmett, als er mühsam auf die Beine kam. Kelly grinste nur, während seine muskulösen Arme mühelos einen sich heftig wehrenden Will Sloane in Schach hielten.

Rasende Wut hatte sich in Sloanes Züge gegraben, während er versuchte, sich aus Kellys Griff zu befreien. »Lassen Sie mich los, Sie Schwachkopf.«

Louis Sherry stürzte durch den Vorhang herein und nahm mit weit aufgerissenen Augen die Zerstörung in sich auf. »Gentlemen, gibt es ein Problem mit Ihrem Mahl?«

Die Erkenntnis, dass sie Publikum hatten, schien Sloane dazu zu bringen, sich zusammenzunehmen. Er hielt still, seine Nasenflügel blähten sich, aber ansonsten wirkte er ruhig. Kelly warf Emmett einen fragenden Blick zu.

Emmett nickte knapp, und Sloane wurde freigegeben.

»Ihr Idioten!« Elizabeth marschierte auf sie zu. »Ihr hättet beide verletzt werden können.« Selbst wütend war sie vollkommen. Die Frau strahlte Schliff und Vornehmheit aus, so schön, dass sie selbst die prunkvollste Dekoration in den Schatten stellte. Und Emmett hatte sich prügelnd auf dem Boden gewälzt wie der Strolch, der er war.

Nun, besser, sie sah sein wahres Ich jetzt. Das würde jede Zärtlichkeit, die der Kuss geweckt haben mochte, im Keim ersticken.

»Lizzie, geh und warte in meiner Kutsche.« Sloanes harter Blick durchbohrte Emmett, als er sprach. »Ich möchte ein Wort mit Cavanaugh wechseln.«

»Nein«, schoss sie zurück. »Will, du kannst mich nicht aus dem Zimmer schicken wie ein widerspenstiges Kind. Ich werde nicht zulassen, dass ihr einander weh–«

»Ich möchte mit ihm reden.«

Sie reckte das Kinn vor. »Dann rede. Ich werde jedenfalls nicht gehen.«

»Lizzie, steig in die gottverdammte Kutsche!«, brüllte Sloane.

Bevor Emmett wusste, was er tat, hatte er Sloane bereits an der Kehle gepackt. »Hüten Sie Ihre Zunge«, knurrte er mit seiner bedrohlichsten Stimme, das Gesicht nur Zentimeter von Sloanes entfernt.

Sloane gab nicht nach, die Lippen zu einem dünnen Strich zusammengepresst. Einen langen Moment lang starrten die beiden einander kampfbereit an, ohne zurückzuweichen. Eines musste Emmett ihm lassen: Sloane war entweder unglaublich mutig oder unglaublich dumm. Nicht, dass der Mistkerl eine Minute in Emmetts alter Gegend überlebt hätte.

Schließlich verzog der andere Mann spöttisch das Gesicht und stieß Emmetts Hand beiseite. Er drehte sich zu seiner Schwester um und legte den Arm um ihre Schultern, um sie zum Ausgang zu führen. Sloane sagte etwas zu ihr, aber der gedämpfte Tonfall war zu leise, als dass Emmett es verstehen konnte.

Emmett versprach, für den Schaden aufzukommen, dann winkte er Louis Sherry fort. Nun, da Sloanes anfängliche Raserei vorüber war, konnte Emmett sich sehr gut vorstellen, was als Nächstes kam – und für diese spezielle Unterhaltung benötigten sie kein Publikum.

»Willst du, dass ich bleibe, Bish?«, fragte Kelly ihn leise. »Dafür sorge, dass er dir nicht noch einen Schwinger verpasst?«

Emmett schüttelte seine pochende Hand. Er hatte ein paar gute Treffer gelandet, wenn man bedachte, dass er unvorbereitet erwischt worden war. Hoffentlich schmerzte Sloanes Kiefer morgen höllisch. »Nein, nicht nötig. Warte einfach im Flur.«

Elizabeth war aufgebracht und flüsterte schnell auf ihren Bruder ein, worauf Sloane ablehnend den Kopf schüttelte. Die Frau hatte Feuer. Sie mochte das Gesicht eines Engels haben, aber ihr Rückgrat war aus purem Stahl. Emmett gefiel das. Sehr sogar.

Er hatte einen flüchtigen Blick auf diese Hitze werfen dürfen, als er sie vorhin geküsst hatte. Es hatte ihm beinahe den verdammten Schädel weggeblasen. Wo hatte eine Knickerbocker gelernt, wie eine Revuetänzerin zu küssen?

Es war nicht so gewesen, wie er erwartet hatte, nicht im Geringsten. Er war darauf vorbereitet gewesen, behutsam zu sein, sie langsam aufzutauen. All die aufwendigen Schutzmauern niederzureißen, die sie vor Männern wie ihm schützten. Aber da waren kein Eispanzer zu knacken, keine hohen Mauern zu erklimmen gewesen. Stattdessen hatte sie hell und heiß gebrannt, elektrische Hochspannung in seinen Armen. Ein Stromschlag, der in längst abgestorbene Gebiete seines Inneren vordrang.

Schwer zu sagen, ob er auf dieses Gefühl zu oder weit, weit davon fortrennen wollte.

Kelly stieß ihn mit dem Ellbogen in die Rippen. »Du weißt, was er sagen wird, oder? Diesmal wirst du keine Wahl haben.«

»Es gibt immer eine Wahl«, murmelte Emmett, während er vorsichtig die wunde Haut um sein linkes Auge betastete. Morgen würde er ein gewaltiges Veilchen haben. »Verzieh dich, Kelly.«

Kichernd verschwand Kelly durch den Vorhang. Elizabeth und ihr Bruder schienen zu einer Art Übereinkunft gekommen zu sein, denn sie nickte. Sloane trat einen Schritt zurück, und Elizabeth hob das Kinn. »Danke für das Abendessen, Mr. Cavanaugh«, sagte sie von der anderen Seite des Raumes.

»Es war mir ein Vergnügen, Miss Sloane.«

Mit einem letzten Blick auf ihren Bruder rauschte sie in einem Flüstern von Seide aus dem Zimmer. Und so blieben Emmett und Sloane allein zurück mit einer Unterhaltung, die keiner von beiden führen wollte.

Emmett fand einen Stuhl unter den Trümmern im Raum. Er nahm eine Zigarre aus der Innentasche und kappte gerade das Ende, als Sloane sich einen zweiten Stuhl aufstellte. Offensichtlich war Mr. Washington Square bereit, sich zivilisiert zu benehmen.

»Haben Sie noch eine?«, fragte Sloane, als er sich schwer auf seinen Stuhl fallen ließ.

Die Zigarre zwischen die Zähne geklemmt fischte Emmett eine zweite aus seiner Tasche, zusammen mit dem Zigarrenschneider. Sloane bedankte sich und nahm beides entgegen.

Emmett fand eine Kerze auf einer Anrichte, zündete seine eigene Zigarre an und hielt dann Sloane die Flamme hin.

Sobald Sloanes Zigarre brannte, lehnten sich die beiden zurück und pafften. Die Stille dehnte sich aus, während das Zimmer sich mit herbem Rauch füllte. Emmett konnte Sloanes Wut gut verstehen, aber er wollte verdammt sein, wenn er sich für das entschuldigte, was heute Abend in diesem Raum vorgefallen war.

»Sie werden sie heiraten müssen«, sagte Sloane schließlich.

»Auf gar keinen verdammten Fall – und tun Sie nicht so, als wäre das eine gute Idee.«

»Es ist eine schreckliche Idee, aber ich habe keine andere Wahl. Morgen früh wird sie ruiniert sein. Jemand hat mir eine Nachricht geschickt, in der stand, dass Sie beide hier sind. Es ist also nicht so, als wäre es ein Geheimnis.«

»Das ist wohl kaum mein Problem.«

»Ich fürchte, das ist es doch. Kein anständiger Mann wird sie jetzt noch haben wollen, und sie wird für den Rest ihres Lebens mit einem Skandal behaftet sein. Das werde ich nicht zulassen, Cavanaugh. Sie werden ihr gegenüber das Richtige tun.«

Emmett gefiel es nicht, wie sich sein Bauch vor Schuldgefühl zusammenzog. »Sonst?«

»Sonst werde ich von unserem Pakt zurücktreten. Ich werde mich Carnegie und Morgan anschließen. Den Rest meines Lebens damit verbringen, Sie zu ruinieren. Sind Sie bereit, alles zu verlieren? Denn ich schwöre, dass es darauf hinauslaufen wird. Sie, Ihr Bruder, Ihre beiden Schwestern ... Nichts wird übrigbleiben, wenn ich mit Ihnen fertig bin.«

»Sie glauben, dass Sie das könnten?«, spottete Emmett.

»Falls es dazu kommt, ja, das glaube ich. Anfangen werde ich damit, Cabot und Harper zu zwingen, sich für eine Seite zu entscheiden. Sie werden Ihnen beide nicht die Stange halten, nicht wenn sie erfahren, dass Sie Lizzie in ein privates Séparée gebracht haben, um sie zu ruinieren.«

Emmett erwartete von niemandem Loyalität – eine bleibende Folge der Umstände seines Aufwachsens –, aber er war nicht besorgt wegen Sloane. Geschweige denn wegen Cabot und Harper. Sie konnten es versuchen, aber sie würden ihn nie ruinieren.

Und es würde jetzt nur wenig nützen, zu erzählen, wie dieses private Dinner zustande gekommen war.

»Ihre Schwestern sind jetzt wie alt?« Lässig strich Sloane sich die schwarzen Hosen glatt. Emmett sagte nichts, sondern biss nur die Zähne zusammen, während Sloane fortfuhr. »Die älteste ist dreizehn, glaube ich. Nicht lange, bis Sie sich durch Kleideranproben in Paris für ihre Debüts quälen müssen. Wie, denken Sie, wird die Gesellschaft sie aufnehmen, falls Sie beschließen sollten, Lizzie heute Abend den Rücken zu kehren?«

Ohnmächtige Wut peitschte durch Emmett hindurch und legte sich um seinen Hals. Sloane hatte sich auf den einzigen Bereich verlegt, auf den Emmett keinen Einfluss hatte. Den einzigen Deal, in den er sich nicht einkaufen konnte, den einzigen Arm, den er nicht verdrehen konnte. Und wie sollte er Claire und Katie nur erklären, dass ihre Zukunft durch seine Dummheit zerstört worden war? Er war in eine verdammte Ecke gedrängt worden, und das gefiel ihm nicht. Überhaupt nicht.

»Für den Fall, dass Ihnen die Antwort noch nicht klar sein sollte, erlauben Sie mir, Ihnen zu versichern, dass ich persönlich jedem Haus von Bedeutung zwischen der Eightieth Street und Battery Park einen Besuch abstatten werde, um sicherzustellen, dass die Cavanaugh-Mädchen niemals akzeptiert werden. Nirgendwo.«

»Das fühlt sich sehr nach Erpressung an.«

»Das kommt daher, dass es Erpressung *ist*.« Sloane ließ die Aussage wirken. »Und Ihre Reserviertheit lässt es so scheinen, als wäre meine Schwester inakzeptabel oder abstoßend«, sagte er mit von Ärger durchzogener Stimme. »Wir wissen beide, dass das nicht der Fall ist, ebenso wenig ist es das, was Sie empfinden. Ich habe Sie beide zusammen gesehen, schon vergessen? Sie können sich verdammt glücklich schätzen, sie zu bekommen.«

Glücklich war nicht das Wort, das im Augenblick in Emmetts Kopf widerhallte – und er war noch nicht völlig in die Ecke gedrängt. »Falls ich es tatsächlich in Betracht ziehe, sie zu heiraten, was bieten Sie mir in Sachen Mitgift an?«

Er konnte beinahe hören, wie Sloane mit den Zähnen knirschte. »Ich gebe Ihnen keinen gottverdammten Cent.«

»Ich möchte Northeast-Aktien.« Sloane öffnete den Mund, um zu widersprechen, aber Emmett fügte hinzu: »Fünfundzwanzigtausend Anteile.«

Lachend warf Sloane den Kopf in den Nacken. »Sie haben wirklich Nerven. Auf gar keinen Fall werde ich Ihnen das geben. Nur Verwaltungsratsmitglieder haben so viel.«

Emmett blies eine lange, dünne Wolke weißen Rauchs aus. »Wenn Sie in die Aktien nicht einwilligen, werde ich Ihnen nicht verraten, wo Sie Cabot heute Abend finden. Was bedeutet, Sie bekommen die Ankündigung der Verlobung nicht mehr in die Morgenzeitung. Die Nachricht von diesem Dinner wird noch vor Mittag in der ganzen Fifth Avenue die Runde gemacht haben.«

Sloane stieß einen kreativen Fluch aus, der sogar Emmett überraschte. »Zehntausend Anteile«, biss der andere Mann mühsam hervor. »Sind wir nun fertig, Sie gieriger Bastard?«

»Fünfzehntausend und wir sind fertig – nicht, dass Elizabeth je einwilligen wird.«

Sloane paffte seine Zigarre. »Falsch. Sie hat in der Angelegenheit keine Wahl. Nicht nach dem heutigen Abend.«

Lizzie saß zusammengesunken in Wills Kutsche, und die Demütigung fraß sie regelrecht auf.

Ihr Bruder war soeben Zeuge geworden, wie sie Emmett geküsst hatte. Leidenschaftlich geküsst, um genau zu sein. Sie hatte praktisch auf dem Schoß des Mannes gelegen, als Will ins Zimmer gestürmt war. Absolut beschämend.

Und die beiden Männer hatten miteinander gekämpft und dabei fast das Zimmer zerstört. Hatte sie Will je so außer sich gesehen?

Sie hasste es, ihren Bruder enttäuscht zu haben, den Menschen, der sie stets beschützt und für sie gesorgt hatte. Der sie als Kind aufgemuntert hatte. Jedes Jahr an ihrem Geburtstag mit ihr nach Newport gefahren war. Und heute Abend Zeuge ihres schändlichen Benehmens mit Emmett Cavanaugh geworden war.

Ihre Lippen waren geschwollen, beinahe konnte sie Emmetts Mund immer noch auf ihnen spüren. Der Kuss war intensiv gewesen. Atemberaubend. Der Stahlmagnat mochte kalt und unnahbar wirken wie ein Mann aus Stein, aber in diesen wenigen Momenten war seine Fassade gebröckelt. Sein Atem war heiß gewesen, und seine Berührung hatte sie selbst durch Schichten aus Kleidung hindurch gebrandmarkt, während seine warme und verführerische Zunge in ihren Mund geglitten war. Sie war vollständig in seinen Bann gefallen – und in diesem Moment war ihr Bruder hereingestürmt.

Wie hatte sie so dumm sein können? Schlimm genug, dass sie mit Emmett in einem Séparée diniert hatte. Ihn zu küssen war noch hundertmal schlimmer. Und es würde sich unmöglich geheim halten lassen, nicht nach dieser Schlägerei. Sie hätte in dem Moment gehen sollen, in dem sie erkannt hatte, dass sie nicht im Hauptsaal speisen würden.

Sie warf einen Blick auf die Fassade des Sherry's, durch die großen Fenster zu den Tischen, an denen fröhlich gekleidete Gäste ihren Abend genossen. Lizzie erkannte ein paar von ihnen und fragte sich, ob die Neuigkeit über Emmett und sie bereits die Runde machte.

Lass mich mit ihm reden, Lizzie, hatte Will zu ihr gesagt, als er sie aus dem Séparée geführt hatte. *Vertrau mir, dass ich das in Ordnung bringen werde.*

Was hatte er damit gemeint, ›in Ordnung bringen‹? Was besprachen die beiden Männer dort drinnen?

Eine Gruppe von Leuten ergoss sich aus dem Eingang auf den Bürgersteig. Dann folgte Will direkt hinter ihnen, das Gesicht grimmig, als er den Feiernden auswich und auf die wartende Kutsche zueilte.

Er schwang sich hinein und schlug die Tür zu, dann fuhr die Kutsche los in Richtung Fifth Avenue.

Lizzie wusste nicht, was sie sagen sollte, aber sie musste *irgendetwas* sagen. »Es tut mir leid, Will.«

»Ich sollte mich bei dir entschuldigen. Wenn ich öfter dagewesen wäre …« Er schüttelte den Kopf. »Ich hätte schon vor Jahren darauf bestehen sollen, dass du heiratest. Dann wäre das hier nie passiert.«

»Du tust so, als würde es die Leute interessieren, was ich tue. Er und ich haben schon einmal zusammen zu Abend gegessen, und das hat es nicht einmal in die Zeitung geschafft.«

»Weil ich Gefälligkeiten eingefordert habe, um die Nachricht zu stoppen«, sagte Will angespannt. »Deshalb wurde es nie gedruckt, Lizzie.«

Sie blinzelte erstaunt. »Ich … Davon hatte ich keine Ahnung.«

»Ich weiß. So wollte ich es haben. Ich habe versucht, dich nach besten Kräften zu beschützen, aber diesmal kann ich es nicht. Jemand hat mir heute Abend eine Nachricht geschickt, in der stand, dass ihr beiden hier seid. Die Nachricht von diesem Dinner heute Abend wird sich verbreiten, ganz egal, was ich tue. Es gibt nur eine einzige Möglichkeit, diesen Skandal aufzuhalten.«

Ein kalter Kloß aus Furcht bildete sich in ihrem Magen. Gewiss meinte er doch nicht … *das.* Sie versuchte zu scherzen, um die Spannung aufzulockern, in der Hoffnung, sie würde sich irren. »Willst du Cavanaugh umbringen lassen?«

Der Mund ihres Bruders wurde schmal. »Wenn ich könnte, würde ich es tun, glaub mir.«

»Also bedeutet das …«

Will sagte nichts, sondern ließ sein Schweigen die Antwort geben. Der ängstliche Kloß in ihr schwoll an, bis das Entsetzen sie wie eine riesige Wolke einhüllte. »Das würdest du nicht tun.«

»Wir haben keine andere Wahl. Du wirst ruiniert sein,

Lizzie. *Ruiniert.* Das wird noch schlimmer sein als eine Scheidung, und du weißt, wie diese Frauen behandelt werden. Willst du New York verlassen und im Ausland leben, in Schande, für den Rest deines Lebens, wie dieses Hayes-Mädchen vor ein paar Jahren?«

Agatha Hayes war eine Bekannte von Lizzie gewesen, eine unverheiratete Debütantin, der man eine Affäre mit ihrem Kutscher nachgesagt hatte. Die Gesellschaft hatte sich rasch von Agatha abgewendet, und ihre Eltern hatten keine andere Wahl gehabt, als sie nach Rom zu begleiten. Lizzie wollte nicht nach Rom ziehen ... aber sie wollte auch nicht Emmett Cavanaugh heiraten.

»Im Ausland zu leben wäre nicht so schrecklich«, meinte sie ausweichend.

Will gab einen ungläubigen Laut von sich. »Wenn du so empfindest, warum hast du dann diesen Visconte abgewiesen, der letztes Jahr auf Brautsuche war?« Als sie nicht antwortete, fuhr er fort: »Lass mich dich mal was fragen, machst du es dir zur Gewohnheit, mit alleinstehenden Männern zu Abend zu essen, unbegleitet, und sie zu küssen?«

»Nein!« Sie straffte das Rückgrat. »Absolut nicht!«

»Dann kann ich nur annehmen, dass du«, er verzog das Gesicht, »etwas für Emmett Cavanaugh empfindest. Die meisten Ehen unseres Standes werden mit weit weniger geschlossen. Verdammt, du könntest am Ende noch die Frau sein, die es schafft, zu ihm durchzudringen und herauszufinden, ob dieser Mann überhaupt Gefühle hat.«

»Das ist doch Wahnsinn.« Ein hysterisches Kichern brannte ihr in der Kehle, und sie rieb sich mit behandschuhten Fingern die Stirn. Das hier konnte nicht wirklich geschehen.

»Das ist die Realität«, schnauzte Will. »Unsere Welt hat sehr strenge Regeln, und du kannst ihnen nicht einfach eine lange Nase drehen. Du hast bisher nur einen kleinen Teil des Lebens außerhalb des unseren gesehen, Lizzie, aber es kann schrecklich hart sein, besonders für Frauen. Ich werde nicht zulassen, dass du leiden oder kämpfen musst. Du wirst Cavanaugh heiraten und damit Basta.«

Das Wort ›heiraten‹ hallte unheilvoll im engen Raum der Kutsche wider. Sie wollte Emmett Cavanaugh nicht heiraten. Zum einen kannte sie ihn kaum. Er könnte ein Schürzenjäger sein. Gewalttätig. Ein Opiumsüchtiger. Oder irgendeine andere schreckliche und grausame Eigenschaft besitzen, die bei einem Ehemann unerwünscht war.

Außerdem hatte sie sich geschworen, nur aus Liebe zu heiraten. Einen Mann zu haben, der so vernarrt in sie war, dass er nie untreu wurde, nie eine andere Frau auch nur ansah. Wie in den Geschichten von ihrer Mutter und ihrem Vater, die Will ihr spätabends immer erzählt hatte, wenn sie vor Angst nicht hatte einschlafen können.

Und obwohl ihr bei Emmett Cavanaugh die Knie weich wurden, würde ein Mann wie er ihr nur Kummer bringen.

»Was, wenn ich Nein sage?«

Will stieß einen schweren Seufzer aus. »Dann erleiden wir die Konsequenzen. Aber Cavanaugh will dich heiraten, Lizzie. Hat er selbst gesagt. Gib ihm eine Chance, dich zu überzeugen.«

»Mr. Cavanaugh will mich heiraten?« Sie konnte es nicht glauben. Er wirkte nicht wie einer von der heiratswilligen Sorte.

»Ja. Hat um deine Hand angehalten und alles. Er ist nicht meine erste Wahl – weit gefehlt –, aber ich glaube, er wird dich glücklich machen. Ich habe bereits eingewilligt. Es ist beschlossene Sache.«

»Will! Wie konntest du einwilligen, ohne mich vorher auch nur zu fragen?«

»Weil ich dein Vormund bin, und ob es dir gefällt oder nicht, ich habe das Recht, diese Entscheidungen für dich zu treffen.«

»Aber ...«

Sie konnte den Satz nicht einmal zu Ende bringen. Dass ihr die Wahl genommen wurde, dass sie nicht über ihr eigenes Schicksal entscheiden konnte, machte Lizzie wütender als irgendetwas sonst.

Du hast dein Schicksal entschieden, als du Emmett heute Abend dazu verlockt hast, dich zu küssen.

Nein, das war nicht fair. Sie hatte nie damit gerechnet, dass die Dinge so weit gehen würden. Hatte nicht gedacht, dass irgendjemand sie entdecken würde. Sie hatte ganz sicher nie in Betracht gezogen, dass eine Ehe daraus resultieren würde. Alles, was sie gewollt hatte, war, ihre eigene Wertpapierfirma zu eröffnen, dachte sie, während sie sich die pochenden Schläfen rieb.

»Lizzie, dein Ruf ist alles, was du hast. Wenn du ihn verlierst, wird dir niemand mehr in die Augen sehen, geschweige denn mit dir sprechen. Du wirst für die Leute in unseren Kreisen aufhören zu existieren.«

Gütiger Himmel, ihr Bruder hatte recht. Jede Chance, die wohlhabenden Matronen und ehrbaren Witwen der Gesellschaft dazu zu bewegen, bei ihr zu investieren, würde sich in Luft auflösen, falls die Eskapade des heutigen Abends bekannt wurde. Ein Kloß bildete sich in ihrer Kehle. Warum war sie nur so dumm gewesen?

Vielleicht konnte sie Emmett eine tatsächliche Hochzeit

ausreden. Sie könnten eine lange Verlobungszeit haben und dann die Hochzeit vor der Zeremonie absagen. Das ergab mehr Sinn. Alles, was sie tun mussten, war zu warten, bis sich der Skandal gelegt hatte. Dann könnten sie die Hochzeit absagen und getrennte Wege gehen, mit intaktem Ruf.

Ein guter Plan, schlussfolgerte sie.

»Ich kann regelrecht sehen, wie sich die Gedankenmühle in deinem Kopf dreht«, sagte Will. Der scharfe Blick ihres Bruders war zu wissend. »Gib es auf, Lizzie. Es ist vorbei.«

Falsch. Das hier war noch lange nicht vorbei. Aber sie biss sich auf die Lippe und behielt ihre Ideen für sich. Wie immer.

Die Ankündigung erschien am nächsten Morgen in der Zeitung.

In einen blassblauen Morgenrock gekleidet rührte Lizzie ihren Kaffee, während ihre Gedanken schneller wirbelten als die Sahne in der Limoges-Porzellantasse. Das hier war das Werk ihres Bruders, das wusste sie. Sie hatte keine Ahnung, wie Will dieses Kunststück gelungen war, aber die Nachricht der bevorstehenden Vermählung zierte die Titelseite und schrie ihr Elend in hartem Schwarz-auf-Weiß in die Welt hinaus.

ELIZABETH SLOANE VERLOBT SICH MIT
»STAHLPRINZ« CAVANAUGH!
RUTLIDGE-ERBE VON
KNICKERBOCKER-PRINZESSIN SITZENGELASSEN!
BRUDER WILLIAM SLOANE »HOCHERFREUT«
ÜBER DIE VERBINDUNG!

Lizzie rieb sich die Stirn. War die Idee nicht erst letzten Abend besprochen worden? Sie hatte gehofft, einen Ausweg aus dieser Situation zu finden, bevor die Sache publik wurde. Die heutige Zeitung hatte das eindeutig geändert. Nicht nur würde es sich nun als schwieriger erweisen, die Hochzeit zu verhindern, die Nachricht, dass sie mit Henry gebrochen hatte, ließ sie als flatterhaftes Frauenzimmer dastehen.

Und ›hocherfreut‹? Will hatte auf der Heimfahrt vom Sherry's kaum mit ihr gesprochen und sie an der Türschwelle abgesetzt, bevor er in seinem Arbeitszimmer verschwunden war, eindeutig begierig darauf, anzufangen, ihr Leben zu ruinieren.

Genau in diesem Moment betrat ihr Bruder das Frühstückszimmer. Hochgewachsen und selbstbewusst, das blonde Haar perfekt geölt, die Kleidung makellos. Wie konnte er an einem so katastrophalen Morgen so gefasst aussehen?

»Guten Morgen«, sagte er lässig.

Lizzie trommelte nervös mit den Fingern auf den Tisch, während er sich einen Stuhl herauszog und sich setzte. Ein Dienstbote eilte mit Kaffee herbei.

»Ausgezeichnet. Du hast es schon gesehen.« Er deutete auf die Zeitung. »Ich nehme an, du wirst heute von Besuchern überrannt werden.«

Oh du lieber Himmel, das hatte sie vergessen. Lizzie kniff sich in den Nasenrücken. Zweifellos waren die Damen der New Yorker Gesellschaft in diesem Augenblick schon dabei, die Räder ihrer Coupés ölen zu lassen. Sie würde sich ihnen stellen müssen, wenn nicht heute, dann zumindest bald.

»Warum musste das schon in der Morgenzeitung erscheinen? Darf ich nicht einmal einen Moment haben, die Vorstellung sacken zu lassen?«

Will wandte sich an den Diener an der Wand. »Paul, lassen Sie uns einen Moment allein.« Der Diener zog sich zurück und schloss die Tür hinter sich, dann lehnte ihr Bruder sich vor, und seine Miene umwölkte sich. »Das musste heute Morgen erscheinen, weil du beliebt hast, dich mit Cavanaugh in einem privaten Séparée zu treffen, Lizzie. Jemand wusste von eurem Dinner, jemand, der mich dorthin geschickt hat, damit ich euch finde. Hiermit beschütze ich dich.« Er stieß den Finger auf die Zeitung. »Ich musste den Verleger letzte Nacht aus einer … ziemlich anstößigen Örtlichkeit holen, nur um die Seite neu setzen zu lassen.«

Bittere, hässliche Gefühle schwollen in ihrer Brust an, bis sie sie kaum noch zurückhalten konnte. Das alles geschah zu schnell. Niemand hörte auf sie oder zog in Betracht, was sie wollte. So hatte sie sich ihre Verlobung nicht vorgestellt. »Vielleicht habe ich es satt, von dir beschützt zu werden!«, fauchte sie. »Du beziehst mich nie in Entscheidungen ein, jedenfalls nicht mehr. Du tust, was immer du willst, ohne es irgendjemandem zu sagen, und scherst dich einen Dreck um die verdammten Konsequenzen!«

Seine Augen weiteten sich. »Hast du gerade in unserem Frühstückszimmer geflucht?«

»Ja, das habe ich. Wenn es je einen Tag gab, der Fluchen erforderlich machte, dann der heutige. Vielleicht höre ich nie wieder damit auf! Verdammt, verdammt, *verdammt*.«

Ein Muskel zuckte in Wills Kiefer. »Ich werde mich nicht dafür entschuldigen. Für nichts davon. Ich habe mein Bestes getan, aber du hast dir das alles selbst zuzuschreiben. Du bist jetzt Cavanaughs Problem.« Will stand auf, trank seinen Kaffee aus und stellte die Tasse scheppernd zurück auf die Untertasse. »Und ich wünsche ihm Glück.«

Lizzie sah Will nach und widerstand dem Drang, ihn zurückzurufen. Sie hasste es, mit ihrem Bruder zu streiten, aber sie weigerte sich, klein beizugeben und anderen zu erlauben, über ihr Schicksal zu entscheiden. *Es muss einen Ausweg geben*, dachte sie mit einem weiteren nachdenklichen Blick auf die Zeitung.

Nicht lange danach weckte ein Geräusch im Flur ihre Aufmerksamkeit. Sie hatte gerade ihr Frühstück beendet, als Edith Rutlidge ins Frühstückszimmer marschiert kam, Frederic, der Butler, dicht auf ihren Fersen.

»Ich kann es nicht glauben!«, erklärte Edith zur selben Zeit, in der Frederic sich dafür entschuldigte, ihren Gast nicht angekündigt zu haben.

»Schon in Ordnung, Frederic. Edith, bitte setz dich doch.«

Edith setzte sich, während der Diener ein sauberes Gedeck vor ihr platzierte. Als er damit fertig war, verließ er klugerweise das Zimmer.

Ediths Augen blickten wild und ungläubig. »Du wirst *heiraten?* Emmett Cavanaugh? Ich ... Ich bin sprachlos, Lizzie.«

Nun ja, nicht gerade sprachlos, aber Lizzie sah davon ab, sie darauf hinzuweisen. »Wir sind verlobt, das stimmt«, antwortete sie ausweichend.

Ediths Blick fiel auf Lizzies Finger. »Wo ist dann dein Ring?«

Oh. Daran hatte Lizzie nicht gedacht. Sie verknotete die Hände, um ihre nackten Finger zu verbergen. »Es wurde gestern Abend erst beschlossen, deshalb habe ich es dir noch nicht gesagt.«

»An jenem Abend letztens, derjenige, der dich und Henry bei uns zu Hause abgesetzt hat. Das war Cavanaugh, nicht wahr?«

»Ja.«

Edith sackte auf ihrem Stuhl zusammen und sah so unglücklich aus, wie Lizzie sie noch nie gesehen hatte. Schuldgefühl bohrte sich in Lizzies Brust und krampfte sich um ihr Herz. Es gefiel ihr nicht, Ediths Gefühle zu verletzen, aber sie war noch nicht bereit, die wahre Natur ihrer Verlobung mit Emmett Cavanaugh zu diskutieren.

»Ich wusste nicht einmal, dass ihr beiden miteinander bekannt seid. Er ist so ...«

Groß? Gutaussehend? Intensiv? Es gab hunderte Möglichkeiten, diesen Satz zu Ende zu bringen, aber sie waren nicht hier, um über Cavanaughs Stärken und Schwächen zu diskutieren. »Edith, mir ist bewusst, dass das ein Schock für dich ist. Die ganze Angelegenheit hat mich selbst überrascht.«

Aufmerksam musterte Edith Lizzies Gesicht. »Auf gute Weise überrascht? Ich meine, hat er dich im Sturm erobert?«

Lizzie schluckte den Rest ihres Kaffees hinunter, der inzwischen kalt geworden war. »In gewisser Weise.«

»Du verrätst mir nicht viel. Dabei bin ich doch angeblich deine engste Freundin. Henry hat das sehr verletzt«, sagte sie und wies auf die Zeitung. »Du hättest sein Gesicht heute Morgen sehen sollen. Und du kannst mir nicht einmal sagen, wie Cavanaugh dich davon überzeugt hat, ihn zu heiraten?«

»Du bist meine engste Freundin, und es tut mir leid, dass ich nicht entgegenkommend bin. Mir ... schwirrt immer noch der Kopf.«

»Liebst du ihn?«

Diese Frage brachte Lizzie beinahe zum Lachen, aber sie hielt sich zurück. Ihn lieben? Sie kannte ihn ja kaum. »Schwer zu sagen. Es kam alles so plötzlich.«

Edith schnaubte. »Du hast jahrelang behauptet, du würdest nie heiraten, es sei denn aus Liebe. Und nun sagst du, du bist nicht in deinen Verlobten verliebt? Das ergibt keinen Sinn.«

»Du musst es mir einfach glauben«, erwiderte Lizzie scharf. Sie wollte nicht mit ihrer Freundin streiten, aber Edith musste aufhören, sie mit so vielen Fragen zu bombardieren.

Frederic erschien, ein silbernes Tablett in der Hand. Eine einsame Karte lag darauf, und Lizzie nahm sie entgegen. Als sie den Namen sah, sank ihr der Magen in die Kniekehlen. Warum stattete er ihr einen Besuch ab?

»Was? Wer ist es?« Edith streckte die Hand aus und riss Lizzie die Karte aus den Fingern, bevor Lizzie sie aufhalten konnte. »Oh, du meine Güte.«

Am liebsten wollte Lizzie die Treppe hochlaufen und sich die Bettdecke über den Kopf ziehen. Stattdessen sagte sie zu Frederic: »Weisen Sie ihn bitte ins vordere Empfangszimmer.«

»Ich komme mit«, erklärte Edith. »Ich möchte ihn kennenlernen.«

»Nein, auf keinen Fall«, widersprach Lizzie energisch.

Mit einem entschlossenen Zug ums Kinn schoss Edith von ihrem Stuhl hoch und lief aus dem Frühstückszimmer. Als Lizzie bewusst wurde, was gerade geschah, hastete sie zum vorderen Teil des Hauses. Ihre Freundin war jedoch schneller, und als Lizzie ankam, machte Edith sich bereits dreist mit Emmett bekannt.

In seinem Cutaway aus hellgrauem Wollstoff mit weißen Nadelstreifen wirkte er groß, kräftig und unglaublich gutaussehend. Falls ihn die Nachricht in der heutigen Zeitung störte, dann konnte Lizzie davon in der Art, wie er Edith höflich begrüßte, nichts erkennen.

»Guten Morgen«, sagte Lizzie.

Emmett sah hoch, und sein dunkler Blick wanderte langsam an ihrem ganzen Körper empor, bis er sich auf ihr Gesicht richtete. Diese eindringliche Musterung ließ sie erschaudern, trotz ihrer besten Absichten, von ihm unberührt zu bleiben.

»Guten Morgen, Miss Sloane. Ich bitte um Vergebung für mein frühes Erscheinen. Ich hatte nicht erwartet, dass Sie Besuch haben.«

»Das ist meine Schuld«, sagte Edith. »Ich konnte nicht anders, ich musste so schnell wie möglich herkommen, nachdem ich die Zeitung gelesen hatte. Das war wirklich eine ziemliche Überraschung.«

Für alle, sehnte sich Lizzie danach, hinzuzufügen. Sie wollte die Tür aufreißen und auf den Washington Square Park hinausschreien: *Ich habe nicht die Absicht, ihn zu heiraten.*

Emmett bedachte Edith mit einem unergründlichen Blick. »Für mich ebenfalls, Miss Rutlidge«, gestand er. »Aber eine angenehme Überraschung, in der Tat.«

Ediths Miene wurde weicher, als wäre die Aussage eine Erklärung unsterblicher Liebe gewesen. »Oh, Sie haben ja keine Ahnung, wie erleichtert ich bin, das zu hören. Als ich die Ankündigung heute Morgen las, fürchtete ich schon das Schlimmste.«

»Und was wäre das Schlimmste gewesen?«, fragte er.

»Lizzie hat geschworen, nur aus Liebe zu heiraten –«

»Edith! Das reicht. Mr. Cavanaugh ist sehr beschäftigt, und wir wollen ihn nicht länger aufhalten.«

Emmett räusperte sich. »Ich werde nicht lange bleiben. Ich hatte mich gefragt, ob wir wohl ein Wort unter vier Augen wechseln könnten, Miss Sloane?«

»Oh.« Ediths Blick flog zwischen Lizzie und Emmett hin und her. Besuche erforderten, beaufsichtigt zu werden, obwohl Lizzie sich gewiss nicht um Schicklichkeit gesorgt hätte, wenn sie allein gewesen wäre. Ediths Anwesenheit verkomplizierte die Sache.

»Entschuldige uns bitte, Edith. Ich werde kurz mit Mr. Cavanaugh im Flur sprechen.« Sie drehte sich um und ging vor ihm aus dem Zimmer.

KAPITEL SIEBEN

Paare sollten einander gründlich kennenlernen,
bevor sie sich verloben.
AMERICAN ETIQUETTE AND RULES OF POLITENESS, 1883

Emmett folgte Elizabeth hinaus in den Flur. Offensichtlich hatte er irgendeine absurde gesellschaftliche Regel verletzt, als er darum gebeten hatte, allein mit ihr zu sprechen, zumindest schloss er das aus dem entsetzten Ausdruck auf dem Gesicht der jungen Rutlidge. Nicht, dass Emmett sich um diese lächerlichen Regeln scherte, besonders nicht nach dem vergangenen Abend.

Elizabeth ging ein Stück weiter den Flur hinab. Er stellte fest, dass das Haus mit genau der geschmackvollen Eleganz eingerichtet war, die man von einer Familie wie den Sloanes erwarten würde. Keine grellen Farben oder Blattgold. Alte, dezente Gemälde. Abgetretene, teure Teppiche. Es war die Art von Heim, die einen daran erinnerte, wie lange die Bewohner schon hier lebten und wie tief verwurzelt ihr Reichtum war.

Aber war dieser Reichtum nur Schau? Das war es, was Emmett herauszufinden gedachte. Auf die eine oder andere Weise würde Will Sloane teuer für seine Rolle bei all dem hier bezahlen.

Elizabeth blieb stehen und drehte sich zu ihm um, ihre Miene war argwöhnisch. Sie hatte dunkle Ringe unter den Augen, als hätte sie furchtbar schlecht geschlafen. Er konnte es ihr nachfühlen. Er hatte selbst kaum ein Auge zugetan.

Emmett griff in seine Tasche und zog eine türkisblaue Schachtel heraus, die mit einer weißen Schleife verschnürt war. »Hier.« Er präsentierte ihr die Schachtel, und sie nahm sie zögernd an.

»Was ist das?« Sie löste die Schleife und hob den Deckel. Darunter kam eine kleinere Schachtel zum Vorschein. Als sie deren Deckel aufklappte, schnappte sie nach Luft. »Du meine Güte.«

Die Art, wie ihr Blick aufleuchtete, ihre grauen Augen feurig funkelten, ließ eine berauschende Woge der Lust durch seinen ganzen Körper zucken. Er wollte dieses Feuer anfachen, sehen, wie sie unter ihm brannte. Was auch immer sonst zwischen ihnen war, er konnte nicht anders, als sie wahrzunehmen, auf sie zu reagieren. Er hatte diesen Kuss hunderte Male in Gedanken erneut durchlebt und sich gefragt, wie viel mehr an Leidenschaft er dieser anständigen jungen Frau noch entlocken konnte.

Da sie keine Anstalten machte, den Ring zu berühren, nahm er ihr die Schachtel aus den Händen. »Ich dachte, den werden Sie heute brauchen.«

Er griff nach ihrer Hand und streifte den Ring über ihren zierlichen Finger. Er passte perfekt, dennoch nagte Unsicherheit an ihm, weil sie immer noch nichts gesagt hatte. Gefiel er ihr nicht? Man hatte ihm versichert, dass Diamanten dieser Tage die angesagten Steine waren, zumindest hatte das Charles Tiffany letzte Nacht behauptet, als er für Emmett seinen Laden noch einmal geöffnet hatte, damit er einen Ring auswählen konnte. Seine Wahl, ein vierkarätiger gelber Stein im Smaragdschliff und antiker Fassung, würde den erlesenen Geschmack seiner Verlobten treffen, hatte er gedacht. Aber vielleicht war er zu auffällig –

»Emmett, das ist ... Das ist zu viel. Das hätten Sie nicht tun sollen.«

Der Magen sank ihm in die Kniekehlen. Natürlich hatte er es vermasselt. Er machte Anstalten, ihr den Ring wieder vom Finger zu ziehen. »Dann werde ich ihn umtauschen. Sie können sich aussuchen, was immer Sie möchten.«

Abwehrend krümmte Elizabeth die Finger, was ihn überraschte. »Nein, ich liebe den Ring. Es ist nicht nötig, ihn gegen etwas anderes auszutauschen. Es ist nur ... Ich kann nicht glauben, dass Sie daran gedacht haben.«

»Warum sollte ich Ihnen denn keinen Verlobungsring kaufen?« Kaum hatte er die Worte ausgesprochen, wusste er die Antwort. Elizabeth betrachtete sie nicht als verlobt. Zweifellos versuchte sie, sich einen Ausweg einfallen zu lassen, seit sie gestern Abend das Sherry's verlassen hatten.

Nicht, dass Emmett nicht selbst versucht hatte, sich einen Fluchtplan zu überlegen, aber wie auch immer er die Situation betrachtete, sie beide mussten heiraten. Er würde nicht zulassen, dass seine Schwestern ruiniert wurden, bevor sie überhaupt debütierten, Punkt. Sie verdienten das Allerbeste, und ganz egal, was es ihn persönlich kosten mochte, Emmett beabsichtigte, sicherzustellen, dass sie im Leben alle Vorteile genossen. Er würde Elizabeth heiraten, und seine Schwestern würden vorbehaltlos von der New Yorker Gesellschaft akzeptiert werden.

Und die Vergeltung, die er für Elizabeths Bruder plante, ging niemanden außer ihn etwas an.

»Emmett«, sagte Elizabeth. »Ich möchte nicht, dass Sie mich für undankbar halten, aber vielleicht sollten wir uns über diese angebliche Heirat unterhalten.«

»Es gibt keine ›angebliche‹ Heirat, Elizabeth. Das hier ist real. Möchten Sie, dass ich jemanden engagiere, der sich um die Einzelheiten kümmert, oder würden Sie die Planung gerne selbst übernehmen?«

Ihr blieb der Mund offen stehen. »Die Planung? Jemanden engagieren? Wir kennen einander kaum. Sie können doch nicht ernsthaft erwägen, diese Sache durchzuziehen.«

Als ob er eine Wahl hätte. In der Tat, Will Sloane würde teuer dafür bezahlen, dass er Emmett erpresste, die Zeremonie zu vollenden, ganz gleich, wie lange es dauern mochte. Einen großen Batzen Northeast-Aktien in die Finger zu bekommen, nahm der Sache zwar ein wenig den Stachel, aber Emmett würde dafür sorgen, dass Sloane das hier bereute.

Seine Verlobte für ihren Teil hätte nicht entsetzter klingen können. Das sollte ihn nicht überraschen, tat es aber doch. Schließlich war sie diejenige gewesen, die ihn gebeten hatte, sie zu küssen. Hatte sie den Kitzel gesucht, sich unter ihr Niveau zu begeben? Wäre nicht das erste Mal, dass sich ihm eine Dame der feinen Gesellschaft an den Hals warf. Doch vergangene Nacht hatte er das Angebot zum ersten Mal angenommen.

Wie er es schon sein ganzes Leben lang tat, begrub er seine Gefühle tief in sich. Er trat zurück, um Abstand zwischen sie zu bringen. »Ich bin bereit, Sie zu heiraten«, sagte er ausdruckslos.

»Wenn Sie die Verlobung lösen und die Konsequenzen tragen wollen, dann ist das Ihre Entscheidung. Aber ich werde nicht derjenige sein, der sein Wort bricht.«

Ihre Augen wurden schmal. »Ihr Wort brechen? Ihr Wort wem gegenüber?«

Emmett hätte sich am liebsten auf die Zunge gebissen. Sloane wollte Elizabeth glauben lassen, dass diese Ehe echt war, dass Emmett die Verbindung wünschte. *Lassen Sie es überzeugend wirken, Cavanaugh. Wenn sie ahnt, dass Sie lügen, wird sie die Sache niemals mitmachen. Und Ihre Schwestern werden die Konsequenzen tragen müssen.* »Das ist nur so ein Ausdruck. Was ich sagen will, ist, dass ich diese Heirat weiterhin anstreben werde.«

Sie blinzelte, und ihre Stirn glättete sich. »Warum?«

»Spielt das eine Rolle?«

»Ja. Sie wissen nichts über mich.«

Sie wusste noch weniger über ihn – und Emmett beabsichtigte dafür zu sorgen, dass das auch so blieb. Aber er wollte verdammt sein, wenn er versuchte, sie zu etwas zu überreden, was keiner von ihnen beiden wollte. »Sprechen Sie mit Ihrem Bruder. Falls diese Hochzeit abgesagt wird, werde ich nicht derjenige sein, der dafür verantwortlich ist. Die Grace Church wurde für den zweiundzwanzigsten Februar gebucht.«

»Aber das ist schon in einem Monat!«

»Sie können gern einen Rückzieher machen, Elizabeth.« Emmett schritt zum Eingang, nahm seinen Hut und seinen Gehstock und ging geradewegs zur Tür hinaus. Bevor er das schwere Holz hinter sich schloss, hörte er Edith Rutlidge noch sagen: »Du hast mir einiges zu erklären, Lizzie.«

Am Samstagnachmittag fand Lizzie sich neben ihrem Verlobten in einem Brougham sitzend wieder. Emmett hatte schriftlich angefragt, ob sie gern eine Ausfahrt unternehmen würde, und sie hatte eingewilligt. Vielleicht könnte sie auf diese Weise herausfinden, warum er so entschlossen war, sie zu heiraten. Ihre Beweggründe für eine Hochzeit waren offensichtlich, sie musste einen Skandal abwenden, doch Emmetts gaben ihr Rätsel auf.

Der Brougham bog nach Süden auf den Broadway. »Moment mal, Sie sagten doch, wir würden eine Fahrt durch den Central Park machen.«

Um Emmetts Lippen zuckte es. »Nein, ich sagte, ich möchte eine Ausfahrt mit Ihnen machen. Sie nahmen an, ich meinte den Central Park.«

Ja, das hatte sie angenommen. Von allen verlobten Paaren eines gewissen Ranges wurde erwartet, dass sie an der obligatorischen Prozession aus Broughams und Landauern an der 59. und Fifth teilnahmen. Andererseits machte Emmett Cavanaugh nichts so, wie man es erwartete. Und dem Himmel sei Dank dafür.

»Wo fahren wir dann hin?«

»Das ist eine Überraschung.«

Er wirkte so zufrieden mit sich, dass das teuflische Funkeln in seinen Augen ihr Herz schneller schlagen ließ. Obwohl seit seinem Besuch erst ein paar Tage vergangen waren, hatte sie seine Anziehungskraft schon wieder vergessen. Wie ihr Körper sich jederzeit seiner *bewusst* war. In seiner Gegenwart schien der beengte Raum in dem kleinen Fahrzeug zu schrumpfen und die Luft dünner zu werden, wodurch ihr schwindlig wurde.

In einem Monat würde sie die *Ehefrau* dieses Mannes sein.

Der Gedanke überstieg ihr Vorstellungsvermögen. Sie kannte ihn kaum. War er wirklich bereit, sie zu heiraten?

»Wie schreiten die Hochzeitsvorbereitungen voran?«, fragte er, als könnte er ihre Gedanken lesen.

Sie seufzte. »Anstrengend. Ich hatte keine Ahnung, dass es so viele Details zu beachten gibt.«

»Sie können gern engagieren, wen auch immer Sie brauchen, um sich um alles zu kümmern. Lassen Sie die Rechnungen an mich senden. Es besteht kein Grund, dass Sie sich aufreiben, Elizabeth.«

»Danke, aber ich komme schon zurecht. Da Sie darauf bestanden haben, den Empfang zu übernehmen, habe ich nicht viel zu organisieren.«

»Trotzdem, bitte zögern Sie nicht, zu telegrafieren, falls es irgendetwas gibt, wobei ich oder Colin helfen können.«

Sie fuhren schweigend weiter und überquerten erst die Houston und dann die Canal Street. Als sie St. Paul's passierten, fragte sie: »Fahren wir zum Battery Park?«

»Nein«, erwiderte er, ging aber nicht näher darauf ein.

Schließlich bogen sie in die Beaver Street. Lizzie musterte die Gebäude durchs Fenster. »Sagten Sie nicht, dass Sie hier ein Bürogebäude besitzen?«

»Doch, das tue ich.« Genau in diesem Moment kamen die Räder vor einem neuen fünfstöckigen Bürogebäude aus Kalkstein und Ziegel zum Stillstand, in dessen kunstvollen Bogen über der Tür EAST COAST STEEL gemeißelt war.

Das Gebäude im neoromanischen Stil nahm fast die Hälfte des Blocks ein. Fensterreihen um Fensterreihen erstreckten sich in den Himmel, so hoch, dass man vom obersten Stock aus wahrscheinlich Brooklyn sehen konnte. Dicke Säulen, schwere

Bögen und kunstvolle Schnitzereien verwandelten das Gebäude in ein Kunstwerk.

»Kommen Sie mit.« Emmett stieg aus und half ihr zu Boden.

Dann raffte sie ihre Röcke und trat mit ihm durch die große hölzerne Tür. An der Wand hing eine Liste, auf der die Büroräume und Firmen im Haus angegeben waren. Aufregung summte vibrierend durch ihre Adern. Würde eines davon ihres sein?

»Er steht noch nicht auf der Liste, falls es das ist, was Sie sich fragen«, sagte Emmett hinter ihr.

»Wer?«

»Ihr Firmenname.« Er deutete auf die schwarz-weißen Buchstaben. »Ich war nicht sicher, wie Sie die Wertpapierfirma nennen wollen.« Er zeigte auf die Aufschrift *Cavanaugh* mit einem Büro im zweiten Stock. »Das sind Sie.«

»Oh, Emmett.« Strahlend umklammerte sie seinen Arm. »Wirklich? Mein eigenes Büro?«

Sein Blick fiel auf ihren Mund, und er blinzelte ein paarmal. »Ja«, antwortete er schroff. »Ich habe Ihnen doch gesagt, dass Sie den Raum haben können, so lange Sie wollen.«

Vor Begeisterung hüpfte sie auf den Zehenspitzen ihrer Halbstiefel. »Darf ich es sehen?«

»Natürlich. Hier entlang.«

Schwindelgefühl durchströmte sie, und sie musste die Lippen fest zusammenpressen, um ihn nicht mit Fragen zu bombardieren, während sie mit dem Aufzug zwei Stockwerke nach oben fuhren. Als sie heraustraten, nahm er ihren Arm. »Sie sind am Ende des Flurs.«

Jede Tür, an der sie vorbeikamen, trug den Firmennamen in

großen weißen Druckbuchstaben auf dem Glas. »Werde ich meinen Namen auch auf der Tür haben?«

»Ja. Sobald Sie mir den Namen Ihrer Firma nennen.«

Sie war so auf die Hochzeitsvorbereitungen konzentriert gewesen, dass sie nicht darüber nachgedacht hatte, wie sie ihre Wertpapierfirma nennen sollte. Am besten benutzte sie ihren Namen, denn *Cavanaugh* zu benutzen wirkte eigenartig … Andererseits würde sie nicht mehr lange eine Sloane sein.

Vor der letzten Tür blieb Emmett stehen. Er nahm einen Schlüssel aus der Westentasche und hielt ihn ihr in seiner großen Handfläche hin. »Hätten Sie gern die Ehre?«

Sie schnappte sich den Schlüssel und steckte das Metallende mit zitternder Hand ins Schloss. Der Riegel glitt zurück, und sie drehte den verzierten Messingknauf, um die Tür zu öffnen. Ein winziger Warteraum kam zum Vorschein, dahinter eine weitere Tür.

»Das ist für Ihre Sekretärin«, sagte Emmett und trat ein. »Nun kommen Sie und sehen Sie sich den Rest an.«

Sie eilte an ihm vorbei und stieß die nächste Tür weit auf. Das Büro war ein luftiger, gut beleuchteter Raum mit einer Reihe von Fenstern an einer Seite. Die verputzten Wände waren noch nicht gestrichen, und Kabel ragten aus den für sie vorgesehenen Löchern heraus. Der Holzfußboden war wunderschön, auf Hochglanz poliert, und ein sehr beeindruckender sechsarmiger Gasleuchter hing von der Decke. Ein kleiner, bauchiger Ofen stand in der Ecke, bereit, die Anwesenden im Zimmer warm zu halten.

Die Räume waren noch nicht perfekt. Sie hatten noch ein ziemliches Stück Arbeit nötig. Möbel, Farbe, Ausstattung … aber Lizzie liebte jeden Zentimeter davon. »Oh, Emmett.«

Sie drehte sich im Kreis, um alles in sich aufzunehmen. »Das ist …«

»Nicht sehr schick, ich weiß. Aber die Leitungen für Gas, Strom und Telefon sind bereits verlegt. Ich habe die Böden in Kiefer nacharbeiten lassen. Das Ästhetische wollte ich Ihnen überlassen, die Möbel und die Farbe. Aber wenn es Ihnen nicht gefällt –«

Er war nervös, erkannte sie. Merkte er denn nicht, wie begeistert sie war? »Nein, ich liebe es. Ich bin … Ich kann nicht glauben, dass ich das Büro wirklich benutzen darf.«

Seine Schultern entspannten sich sichtlich. »Gut. Da war noch ein anderes Büro im ersten Stock, aber mit weniger Fenstern.«

Sie ging hinüber und warf einen Blick hinaus. Die Beaver Street erstreckte sich unter ihr, mit dem Delmonico's an der Ecke des nächsten Blocks. Das hier würde ihr Standort sein, von dem aus sie ihre Kunden beriet, die Aktienberichte studierte, den Börsenschreiber las … wo sie sich ein Leben für sich aufbaute. Die Möglichkeiten machten sie beinahe schwindlig vor Glück. »Wo ist Ihr Büro?«

»Zwei Stockwerke höher«, antwortete er und kam neben sie, um sich an den Fensterrahmen zu lehnen. »East Coast Steel nimmt die oberen zwei Stockwerke ein. Vielleicht können wir morgens zusammen zur Arbeit fahren.«

Schon allein die Worte zu hören sandte ihr einen warmen Schauer über den Rücken. Würde sie sich wirklich ein Heim mit diesem Mann teilen? Die Vorstellung klang verrückt … und doch eigenartig reizvoll.

Niemand hatte je in so kurzer Zeit eine so tiefe Wirkung auf sie gehabt wie Emmett. Er war anders als die anderen Männer, die Bonvivants, die ihre Zeit auf Partys und in Clubs verbrachten, ohne andere Bestrebungen, als das Geld ihrer Familie zu verprassen.

Emmett mochte zwar nicht so viel Schliff haben, aber er besaß Charakter. Ein solides Fundament, genau wie der leere Raum, in dem sie sich befanden. Wer wusste schon, was mit ein wenig Aufmerksamkeit und Zuwendung daraus werden konnte?

»Das würde mir gefallen«, antwortete sie leise auf seine Bemerkung, gemeinsam zur Arbeit zu fahren. »Sie stören sich nicht an einer arbeitenden Ehefrau?«

Er runzelte die Stirn, und die Einkerbung in seinem Kinn wurde tiefer. »Ich bin nicht Ihr Bruder oder einer dieser anderen eingebildeten Narren der Gesellschaft. Wenn Sie arbeiten möchten, werde ich Ihnen nicht im Weg stehen. Ich werde Sie unterstützen, was auch immer Sie entscheiden.«

Vor Erleichterung wurde ihr beinahe schwindlig. Obwohl er sie ermutigt hatte, hatte ein kleiner Teil von ihr sich Sorgen gemacht, er würde ihre Versuche, ihre eigene Firma zu leiten, zu unterbinden versuchen. Es war eine Sache, Partner der Schwester eines Geschäftsfreundes zu sein. Aber eine ganz andere Sache, wenn es sich um die eigene Ehefrau handelte. Nicht alle Männer wären so entgegenkommend – zumindest nicht die Männer in ihren Gesellschaftskreisen.

Und damit schien die Antwort klar. »Wie wäre es mit Sloane & Cavanaugh Investment Company?«

Sein Mund verzog sich zu einem halben Lächeln, das ihr die Knie weich werden ließ. Himmel, er war ein gutaussehender Mann. »Ich denke, mir gefällt Cavanaugh & Cavanaugh besser.«

»Aber ich bin noch keine Cavanaugh«, neckte sie.

»Das werden Sie sein. In einem Monat, Miss Sloane.« Etwas in seinem dunklen Blick schlug Funken und ließ Hitze kribbelnd über ihren Rücken laufen. Als hätte jemand ihr Korsett enger geschnürt, konnte sie plötzlich keinen tiefen Atemzug mehr holen. Dachte er daran, sie wieder zu küssen? Denn sie dachte *definitiv* daran, ihn wieder zu küssen.

Der Augenblick dehnte sich aus, ihre Blicke verschmolzen, und die Luft wurde immer knapper. Er hob die Finger, um ihr zärtlich eine verirrte Strähne hinters Ohr zu streichen. »Vier Wochen«, wiederholte er, diesmal in einer tiefen, heiseren Stimmlage, die ihr unter die Haut ging und bis ins Mark drang. Sie lehnte sich ihm mit dem Wunsch nach mehr entgegen, doch Emmett machte einen hastigen Schritt zurück.

Beschämt drehte Lizzie sich zum Fenster. Was hatte dieser Mann nur an sich, das sie so verlockte, sie dazu brachte, sich so waghalsig zu verhalten? Eindeutig sehnte er sich nicht so sehr nach ihr wie ... obwohl da gerade etwas in seinem Tonfall gewesen war. Eine scharfe Note von Zurückhaltung und Frustration. Oder hatte sie sich das nur eigebildet?

Er räusperte sich. »Ich sollte Sie wieder nach Hause bringen. Es wird bald dunkel.«

Sie nickte, und er führte sie zur Tür. Lizzie warf einen letzten hoffnungsvollen Blick über die Schulter und begann zu hoffen, dass die Dinge vielleicht doch nicht so schlimm werden würden, wie sie befürchtet hatte.

Er hätte sie beinahe geküsst. Schon wieder.

Während Emmett und Elizabeth zurück zum Washington Square fuhren, versuchte er, sie nicht anzustarren. Verdammt schwierig, wenn er bedachte, wie reizvoll er sie fand – und nicht nur ihres Aussehens wegen.

Obwohl er noch nie ein schöneres Geschöpf gesehen hatte, war an dieser Frau viel mehr als nur ihr Äußeres. Ihr Esprit. Ihre Intelligenz. Ihr Wagemut. Sie überraschte ihn bei jeder Gelegenheit – und das sollte ihm eine Heidenangst einjagen. Er war kein Mann, der Überraschungen mochte.

Als er auf den Straßen von Five Points aufgewachsen war, war jeder Tag unvorhersehbar gewesen. Rivalisierende Banden, korrupte Polizisten, Kämpfe auf der Straße … und zu Hause. Er hatte nie gewusst, was ihn als nächstes erwartete, ob sein Vater betrunken und seine Mutter vor Angst zusammengekauert sein würden. Selbst Essen aufzutreiben war ein schwieriges Unterfangen gewesen, und an manchen Tagen hatte es gar keines gegeben.

Sobald er also angefangen hatte, genug zu verdienen, hatte er dafür gekämpft, sicherzustellen, dass es keine Überraschungen mehr gab. Er hatte die Verantwortung für seine Geschwister übernommen. Das Beste von allem erworben. Niemandem vertraut. Sich an Schauspielerinnen gehalten, denn die hatten verlässlich nur eines im Sinn, sie waren mehr an ihrer Karriere und seinem Namen interessiert als daran, all seine Zeit in Beschlag zu nehmen.

Nein, nur die Privilegierten mochten Überraschungen. Wenn man in der Gosse lebte, konnten einen Überraschungen umbringen. Warum also bekam er diese Frau nicht aus dem Kopf?

»Wann, denken Sie, wird das Büro fertiggestellt sein?«, fragte sie und zog damit seine Aufmerksamkeit auf sich.

»Bald. Ich lasse ein privates Wasserklosett für Sie installieren. Das Material dafür wird irgendwann nächste Woche geliefert. In der Zwischenzeit sollten Sie alle dekorativen Entscheidungen treffen, was die Möbel und die Farben betrifft.«

»Es braucht auch noch einen privaten Raum, den Damen diskret besuchen können, vorzugsweise mit separatem Eingang. Frauen fühlen sich womöglich nicht wohl dabei, Finanzielles im Hauptbüro zu besprechen, wo jeder es mitanhören kann.«

Daran hatte er nicht gedacht. »Gut. Ich werde das veranlassen.«

»Danke. Besitzen Sie das Gebäude schon lange?«

»Ich habe das Grundstück vor etwas über einem Jahr gekauft. Die bestehenden Gebäude habe ich abreißen und dafür dieses hier errichten lassen. Es wurde vor etwa zwei Monaten fertiggestellt.«

»Und wo waren Ihre Büroräume vorher?«

»Nicht weit entfernt, am Broadway. Aber in kleineren Räumlichkeiten.«

»Was hat mein Bruder an jenem Abend, als er uns im Sherry's fand, zu Ihnen gesagt?«

Emmett blinzelte, überrascht über den Themenwechsel, und sein Verstand suchte rasend nach einer Antwort. Er konnte ihr natürlich nicht die Wahrheit sagen, dennoch wollte er sie nur ungern anlügen. Sie verdiente es, zu erfahren, wie tief ihr Bruder gesunken war, um sicherzustellen, dass es zu dieser Hochzeit kam, aber Emmett durfte ihr nichts davon sagen. Sloanes Erpressung zu enthüllen würde Claires und Katies Zukunft zerstören.

Lügen waren bisher nie ein Problem für ihn gewesen, nicht bis er Elizabeth Sloane getroffen hatte. Je öfter er sie sah, desto schwerer fiel es ihm, die Wahrheit begraben zu lassen. Vor wenigen Augenblicken, in ihrem neuen Büro, hatten ihre klaren, schiefergrauen Augen mit so viel Vertrauen und Hoffnung zu ihm aufgeblickt ... was nur einen Gegensatz zu der Hässlichkeit bildete, die so vieles in seinem Leben umgab. Diese Frau hatte Besseres verdient.

Er bürstete ein imaginäres Staubkorn vom Ärmel seines Mantels. »Er war wütend. Verständlicherweise.«

»Dann gab es noch mehr Handgreiflichkeiten, nachdem ich gegangen war?«

»Nein. Wir haben uns gestritten, aber auf zivilisierte Weise.«

Sie schien über seine Worte nachzudenken und kaute dabei auf ihrer Unterlippe herum. »Sie mögen meinen Bruder nicht, oder?«

Wenigstens diesbezüglich konnte er ihr gegenüber ehrlich sein. »Nein, ich mag ihn nicht.«

»Warum nicht? Jeder mag ihn.«

Natürlich mochten sie ihn. Wer würde den Goldjungen nicht lieben, dem alles auf einem polierten Silbertablett serviert worden war. Emmett konnte es nicht erwarten, Sloane am Boden zu sehen.

»Ihr Bruder sorgt sich um den äußeren Schein, darum, was die anderen namhaften Mitglieder der Gesellschaft denken, wohingegen mir die Meinung anderer nicht gleichgültiger sein könnte.«

»Aber Sie treffen sich jeden Monat mit ihm und den anderen. Im Knickerbocker Club.«

»Das ist geschäftlich, keine Freundschaft.«

Sie schüttelte den Kopf, den Blick fest geradeaus gerichtet. »Ich weiß nicht, wie Sie Männer das machen. Ich könnte nie mit jemandem Geschäfte machen, den ich nicht mag.«

»Das stimmt nicht. Sie waren bereit, mit mir Geschäfte zu machen, und wir waren uns vorher noch nicht einmal begegnet.«

»Ja, aber ich hielt Sie für einen Freund meines Bruders. Was zumindest ein wenig über Ihren Charakter aussagte.«

»Was? Dass ich einen fürchterlichen Geschmack habe, was Freunde betrifft?«, sagte er trocken.

Sie rempelte ihn mit der Schulter an. »Bleiben Sie ernst, Emmett.«

Gott, es gefiel ihm, seinen Namen von ihren Lippen zu hören. »Ich bin immer ernst. Das sollten Sie inzwischen wissen.«

»Wohl kaum«, erwiderte sie mit einem Schnauben. »Mein Wissen über Sie ist erschreckend spärlich.«

Zutreffend, dennoch wäre sie überrascht, wie viel von sich er ihr enthüllt hatte. Elizabeth wusste jedenfalls mehr als irgendeine andere Frau, die er kannte. Distanz zu wahren, war ihm bei den anderen leichtgefallen, aber Elizabeth ging ihm unter die Haut. Drang tief in sein Fleisch, sodass ihn schon allein der bloße Gedanke an sie hart werden ließ. »Männer sind unkomplizierte Geschöpfe, und Sie sind eine intelligente Frau. Ich habe keinen Zweifel daran, dass Sie uns alle im Nu durchschauen werden.«

Er hörte ihr scharfes Einatmen und runzelte die Stirn. »Was habe ich gesagt?« Hatte er sie irgendwie beleidigt?

»Niemand hat mich je intelligent genannt«, sagte sie, und seine Schultern entspannten sich.

»Nicht einmal Ihr Bruder?« Sie schüttelte den Kopf.

»Dann ist er ein noch größerer Narr als ich dachte.«

Elizabeths Kopf fuhr scharf herum, und sie sah ihm tief in die Augen. Ergriffenheit wirbelte im grauen Nebel ihrer Pupillen. »Danke«, sagte sie.

Wärme strömte in seinen Bauch, eine Erinnerung an das Verlangen, das den ganzen Tag in ihrer Gegenwart in ihm geschwelt hatte. Der Drang, sie zu küssen, kam wieder auf, stärker denn je. Er dachte darüber nach, sich vorzubeugen, ihren Mund mit seinem zu berühren, sie zu kosten und zu necken, bis sie nach Atem rang. Allerdings würde sie zu küssen ihr nicht bei der Entscheidung helfen, die Hochzeit abzusagen, was der einzige erkennbare Ausweg aus dem Schlamassel war, den ihr Bruder geschaffen hatte.

Er rückte zum Fenster und riss sich zusammen. Der heutige Tag war ein gewaltiger Fehler gewesen. Indem er Zeit mit ihr verbrachte, hatte er nur noch mehr Schuldgefühle zutage gefördert, die er nicht gebrauchen konnte, und es versäumt, ihr Gründe zu liefern, die Verlobung zu lösen. Ganz zu schweigen davon, dass er sich selbst halb wahnsinnig vor Verlangen gemacht hatte. Warum hatte er es für eine gute Idee gehalten, sie in die Beaver Street zu bringen?

Gib es zu, sagte er sich. *Du wolltest sie wiedersehen.* Gott, er war ein Idiot.

Den Rest der Fahrt legten sie schweigend zurück, und die Verlegenheit hing dick wie Kohlenstaub zwischen ihnen. Um sich abzulenken, konzentrierte er sich auf die Dinge, die er heute noch zu erledigen hatte, die hunderten von Aufgaben, die ihn in seinem Büro erwarteten. Wichtige Aufgaben, die keine gewisse blonde, silberäugige ehemalige Debütantin beinhalteten.

Als sie am Washington Square ankamen, half er ihr aus dem Brougham. Kelly blieb auf dem Kutschbock und kümmerte sich dankenswerterweise stumm um die Pferde. Der Butler der Sloanes öffnete die Tür, als sie die Treppe hochkamen, also wandte Emmett sich ihr zu, um sich höflich von ihr zu verabschieden.

»Einen Moment noch, Frederic«, sagte Elizabeth zu dem Butler, und Emmett wurde flau im Magen. Er hatte gehofft, ohne Verzögerung zu entkommen.

Nachdem der Butler hinter der geschlossenen Tür verschwunden war, um ihnen Privatsphäre zu geben, sah sie Emmet mit zur Seite geneigtem Kopf an. »Ich habe den heutigen Tag sehr genossen. Danke.«

»Gern geschehen.«

Sie wartete, sagte nichts, sah ihn einfach nur an, also fragte er: »Gibt es sonst noch etwas, Miss Sloane?«

»Sie haben einmal gesagt, Sie seien kein netter Mann, aber ich denke, Sie irren sich. Sie sind bereit, mich zu heiraten, und ich verstehe nicht wirklich, warum, aber ich bin sehr dankbar für alles, was Sie meinetwegen auf sich genommen haben.«

Es brannte ihm auf der Zunge, ihr die Wahrheit zu sagen, sie sowohl über ihn als auch den Grund, warum er sie heiratete, aufzuklären. Nur durch bloße Willenskraft hielt er den Mund. Er nickte und streckte die Hand aus, um an der Tür zu klopfen. Sofort schwang sie auf, der Butler erschien, und Emmett verschwendete keine Zeit. Er drehte sich auf dem Absatz um und eilte zum Bürgersteig, darauf bedacht, zurück in seine Kutsche zu steigen und verdammt noch mal fort vom Washington Square zu kommen.

Es würde keine weiteren Ausflüge mehr geben, schwor er

sich. Keine Kutschfahrten. Keine Besuche. Keine vollen, beerenroten Lippen, die sich in atemloser Erwartung teilten. Sofern sie die Hochzeit nicht absagte, würde ihr nächstes Treffen vor dem Altar der Grace Church stattfinden.

KAPITEL ACHT

Man sollte darauf achten, sein Geld nicht allein auszugeben, um seine Großzügigkeit zu demonstrieren.

AMERICAN ETIQUETTE AND RULES OF POLITENESS, 1883

Eine unglaublich große Menschenmenge hatte sich an diesem kalten Mittwoch Ende Februar im Innern der Grace Church versammelt, um an der Hochzeit teilzunehmen. *Ihrer* Hochzeit.

Ein hysterisches Lachen brannte in Lizzies Kehle, und sie hatte Mühe, es zu unterdrücken. Sie trug ein achttausend Dollar teures Hochzeitskleid und wartete mit ihrem Bruder im Nebenraum der Kirche. Die Ungeheuerlichkeit dieses Augenblicks brachte sie beinahe dazu, auf dem Absatz kehrtzumachen und die Flucht zu ergreifen.

Vier Wochen waren verstrichen ohne ein Wort von Emmett, ihrem baldigen Ehemann. Während des Wirbels aus Hochzeitsvorbereitungen und Anproben hatte Lizzie sich nicht erlaubt, über seine auffallende Abwesenheit nachzudenken. Aber als sie nun hier stand, kurz davor, diesem Mann ihre Treue zu schwören, bis dass der Tod sie scheide, konnte sie nicht umhin, sich zu fragen, was er in der ganzen Zeit getrieben hatte. Was war so wichtig gewesen, dass es ihn ferngehalten hatte? Ihn daran gehindert hatte, ihr zu schreiben?

Und sie würde ihn *heiraten*. Um Himmels willen, wie konnte sie diesen Mittelgang entlangschreiten?

Sie dachte an ihre Wertpapierfirma, an ihr Büro in der Beaver Street. Den einzigen Traum, den sie seit Jahren hatte. Wenn sie die Hochzeit nicht zu Ende brachte, würde sie nie Erfolg haben. Wenn Skandal an ihr klebte, war das Scheitern garantiert. Will hatte recht gehabt; die Regeln der Gesellschaft mochten ihr vielleicht nicht gefallen, aber sie konnte sie nicht ändern, nicht jetzt.

Denk an den Mann, der dir dein Büro gezeigt hat, sagte sie sich. Emmett war bei diesem Ausflug freundlich und zuvorkommend gewesen. Respektvoll. Er hatte es nicht erwarten können, ihr die Räumlichkeiten zu zeigen, die er für sie vorbereitet hatte. Die zerbrechliche Hoffnung, an die sie sich seitdem geklammert hatte, stieg wieder empor und erlaubte ihr, einen tiefen Atemzug zu holen. Vielleicht würde diese Ehe am Ende doch noch gedeihen.

Edith erschien an Lizzies Seite. »Du siehst wunderschön aus«, sagte ihre Freundin und drückte Lizzies Arm. »Bist du sicher, dass du die Sache durchziehen willst?«

Lizzie schüttelte ihre behandschuhten Hände in dem Versuch, ihre Nervosität loszuwerden. »Ja«, antwortete sie, auch wenn sie nicht wirklich überzeugt davon war. Wenn es einen anderen Ausweg aus diesem Schlamassel gäbe, wäre er ihr inzwischen eingefallen.

»Nun, ich werde dir zur Seite stehen, ganz gleich, wie du dich entscheidest«, flüsterte Edith ernst. »Ich glaube immer noch nicht, dass du diese Hochzeit willst.«

»Ich habe keine andere Wahl. Es hat praktisch schon stattgefunden.«

»Das hat es erst nach der Hochzeitsnacht«, meinte Edith unverblümt, dann trat sie zurück an ihren Platz als Trauzeugin.

Die Erwähnung der Hochzeitsnacht jagte Panik durch jede Faser von Lizzies Körper. Sie legte eine Hand auf ihren Bauch und atmete ein paarmal tief durch, um ihren Magen dazu zu bringen, sich zu beruhigen.

»Alles wird gut werden.« Will legte eine große Hand an ihren Rücken und gab ihr Halt. »Vergiss nicht, Sloanes geben niemals auf.«

Sie starrte ihren Bruder an, der in seinem grauen Cutaway und dazu passender Hose extrem gut aussah. Sie brauchte seine Stärke und Zusicherung, genau wie früher, als sie noch ein kleines Mädchen gewesen war. »Will, ich weiß nicht, ob ich das schaffe.«

Mit ruhiger Miene nahm er ihre Hand. »Lizzie, du hast keine andere Wahl. Es ist besiegelt. Alles, was du tun musst, ist, zum Altar zu schreiten und dein Gelübde zu sprechen.«

»Ich kenne ihn doch kaum.«

»Es wird alles gut werden. Cavanaugh nimmt seine Verantwortungen ernst. Er wird für dich sorgen, so wie er es für seinen Bruder und seine zwei Schwestern tut.«

»Ich will keine Verantwortung sein«, erwiderte sie mit lauter werdender Stimme. *Ich will, dass er mich liebt*, dachte sie, obwohl das wahrscheinlich nie der Fall sein würde. Ebenso gut könnte sie darauf hoffen, einen Sitz an der Börse zu erhalten.

»Du weißt, was ich meine. Er wird dir nicht wehtun, das schwöre ich. Aber du kannst immer zu mir kommen, Lizzie. Ich bin für dich da. Ganz gleich, was mit Cavanaugh geschieht, ich werde dich bei allem unterstützen, was du brauchst.«

Die Orgelmusik schwoll an und beraubte sie der Gelegenheit, zu antworten. Die Brautjungfern und Trauzeugen setzten sich den Mittelgang entlang in Bewegung. Sie schloss die Augen und holte so tief Luft, wie ihr Korsett es zuließ. Es war so weit.

Sie spürte, wie Will den Arm fest um sie legte. »Lizzie, du bist die klügste, mutigste Frau, die ich kenne«, flüsterte er ihr leise ins Ohr. »Es war mir eine Ehre und ein Privileg, dich aufwachsen zu sehen, zu beobachten, wie du dich in die Frau verwandelt hast, die du jetzt bist. Und es tut mir leid, dass unsere Eltern nicht hier sind, um es ebenfalls zu sehen. Sie wären ebenso stolz auf dich, wie ich es gerade bin. Ich hab dich lieb, Zwerg.«

Ihr stiegen Tränen in die Augen, und sie konzentrierte sich darauf, Wills perfekt gestärktes weißes Hemd nicht zu ruinieren. Sie konnte nicht antworten, deshalb erwiderte sie nur die Umarmung.

Will sprach mit jemandem in der Nähe, dann sagte er zu ihr: »Sie warten auf uns.«

Sie atmete aus, löste sich von ihrem Bruder und strich ihr Kleid aus cremefarbenem Satin glatt. Das dezent mit Duchesse-Spitze verzierte Gewand hatte einen tiefen Ausschnitt und ellbogenlange Ärmel. Die Schleppe, die mit hunderten und aberhunderten winziger Perlen bestickt und mit Orangenblüten gesäumt war, erstreckte sich über atemberaubende zwei Meter. Lizzie hatte eingewendet, dass das Kleid zu extravagant war, aber Will hatte darauf bestanden und erklärt: »Das Äußere muss gewahrt werden.«

Er hatte außerdem Lord & Taylor angewiesen, bei ihrer Brautausstattung keine Kosten zu scheuen. Einige der Wäschestücke hatten sie erröten lassen. So etwas tatsächlich zu tragen? Beschämend.

»Es wird alles gut gehen«, sagte Will leise. Er bauschte ihren Tüllschleier auf, der an einem Kranz aus echten Orangenblüten befestigt war. »Du wirst schon sehen, Lizzie.«

Ihre Handflächen in den Handschuhen waren feucht geworden, als sie ihren Brautstrauß aus weißen Rosen und Maiglöckchen umklammerte, und sie konzentrierte sich darauf, nicht zu stolpern, als sie sich den Mittelgang hinauf in Bewegung setzten. Neugierige Blicke aus vertrauten Gesichtern folgten ihr. Freunde und Bekannte, die sie schon ihr ganzes Leben lang kannte, und jeder einzelne von ihnen fragte sich wahrscheinlich, warum sie heute Emmett Cavanaugh heiratete. Nicht, dass sie die Antwort darauf wusste.

Ein Mann trat vor, und Lizzie stockte der Atem. *Emmett.* Ein taubenblauer Frack bedeckte seine breiten Schultern, während eine steife, weiße Fliege seinen Hals zierte. Sein Haar war geölt, was seine markanten Züge betonte, und sein nahezu schwarzer Blick war einzig und allein auf sie gerichtet. In ihrem Magen flatterte es. Seine eindringliche Aufmerksamkeit war sowohl entwaffnend als auch schmeichelnd. Wie konnte er ihr in einer Menge hunderter Menschen das Gefühl geben, die einzige Frau auf der Welt zu sein?

Er wirkte weder zögernd noch unglücklich. Er wirkte ... stolz. Zuversichtlich. Als hätte er keinerlei Bedenken bezüglich dessen, was gleich stattfinden würde. Andererseits wirkte er für gewöhnlich immer so, als beugte sich die Welt seinen Launen, nicht andersherum.

Erwartete er denselben Gehorsam auch von ihr?

Er kam ihr die wenigen Stufen herunter entgegen. Erneut flammte Lizzies Panik auf, und sie strauchelte. Will hielt sie fest und umklammerte ihre Hand, die auf seinem Arm lag, um sicherzustellen, dass sie nicht auf die Nase fiel.

Sie blieben am Fuß der Stufen stehen, wo Will sich zu ihr beugte, um sie auf die Wange zu küssen. Er löste ihre Finger von seinem Unterarm und übergab sie Emmett. Lizzie wartete auf eine Reaktion, irgendeinen Hinweis darauf, was Emmett dachte, als er sie die Stufen hochführte, aber er war unlesbar geworden.

»Entspannen Sie sich«, sagte Emmett allein für ihre Ohren gedacht. »Sie werden nicht zum Schafott geführt.«

Sie versteifte sich, aber bevor sie sichs versah, knieten sie bereits auf der kleinen Bank, und der Priester begann zu sprechen. Die Zeremonie war kurz und sachlich, obwohl Lizzie sich in den folgenden Jahren an nichts mehr würde erinnern können. Alles, woran sie denken konnte, war der große, rätselhafte Mann an ihrer Seite. Warum tat er das? Wo war er in den letzten paar Wochen gewesen?

Als sie die Worte zu Ende gesprochen hatten, die sie aneinander banden, war Lizzie zu benommen, um sich darüber Sorgen zu machen, was nun folgte. Deshalb war sie nicht gewappnet, als Emmett ihren Schleier hob, sich vorbeugte und sie küsste. Und das hier war auch kein bloßes Streifen ihrer Lippen. Sein Mund verweilte auf ihrem, warm und bedacht, ein beschämend gründlicher Kuss. Lizzie ließ sich nicht täuschen; das hier war eine Demonstration seines Besitzanspruchs vor der

New Yorker Gesellschaft. Eine Möglichkeit zu beweisen, dass sie wahrhaftig verheiratet waren.

Endlich löste er sich von ihr, und sie bemerkte die brennende Leidenschaft in seinen Augen, die sie seit dem Dinner im Sherry's nicht mehr gesehen hatte. Bevor er sie zur Menge umdrehte, kamen seine Lippen dicht an ihr Ohr. »Du gehörst mir.«

Von der anderen Seite des Tanzsaals aus beobachtete Emmett, wie seine frischangetraute Ehefrau leicht schwankte. Ihre Wangen waren gerötet, ihre Augen übermäßig glänzend. Alle Anzeichen waren da, dachte er, während er mit den Fingern auf den Tisch trommelte. Er war gewiss kein Abstinenzler, aber er wollte keine betrunkene Braut.

Nicht heute. Nicht, wenn er später noch Pläne für sie hatte.

Er winkte einen Kellner herbei. »Bitte sorgen Sie dafür, dass Mrs. Cavanaugh kein Champagner mehr serviert wird«, sagte er leise. Der Kellner nickte und verschwand in der Menge, um die Anweisung des Herrn des Hauses auszuführen.

Über dreihundert Gäste drängten sich zum Empfang in Emmetts Heim, und es waren keine Kosten und Mühen gescheut worden. Das Haus war vollständig in weiß dekoriert, von den tausenden weißer Rosen auf jeder Oberfläche bis hin zu den Stuhlhussen aus weißem Satin. Weißes Limoges-Porzellan und Kristallkelche, aus Frankreich importiert. Es gab aufwändige Eisskulpturen und sogar einen Champagnerbrunnen. Delmonico's hatte das Acht-Gänge-Menü sowie die sechsstöckige weiße Hochzeitstorte zubereitet.

Emmett hatte den Empfang persönlich geplant und zu seiner

Umsetzung eine kleine Armee engagiert. Sloane hatte angeboten, dazu beizutragen, aber Emmett hatte abgelehnt. Dieser Tag repräsentierte ihn ebenso sehr wie die Sloanes, vielleicht noch mehr, und er wollte, dass ganz New York daran erstickte, wie weit es dieser Halunke aus Five Points gebracht hatte. Außerdem gab es andere, öffentlichere Möglichkeiten, Sloane ins Armenhaus zu bringen, als einen Hochzeitsempfang.

Wie zum Beispiel ihm Northeast Railroad aus den Händen zu reißen.

Emmetts Blick kehrte zu seiner Frau zurück. Eindeutig betrunken. Während der letzten Stunde hatte sie unter den Gästen die Runde gemacht und sich kaum Zeit genommen, etwas zu essen, geschweige denn mit ihrem Mann zu sprechen. Er hatte sie allerdings nicht aus den Augen gelassen. Deshalb fiel es ihm auf, als sie unsicher auf den Beinen zu werden begann.

»Wenn du sie weiter so anstarrst, geht sie noch in Flammen auf«, murmelte sein Bruder neben ihm.

Emmett sah Brendan mit betont finsterer Miene an. »Denk nicht, ich hätte deinen Anteil an dieser Sache vergessen.«

Brendan hob abwehrend die Hände. »Woher sollte ich denn wissen, dass irgendjemand ihren Bruder dorthin schicken würde, um euch beide zu entdecken? Ich dachte, ein harmloses Dinner –«

»In einem privaten Séparée, das für mich und meine Mätresse gedeckt war. In der Tat, wie konnte da nur etwas schiefgehen?« Emmett schluckte den Rest seines Drinks hinunter und knallte das leere Whiskeyglas zurück auf den Tisch.

Brendan lachte. »Du hast sie trotzdem kompromittiert, lieber Bruder.«

Ja, Emmett hatte sie geküsst. Das schien schwerlich Grund

genug zu sein, eine Hochzeit erforderlich zu machen. »Nun, dein Wunsch wurde dir erfüllt. Claire und Katies Debüt ist so gut wie garantiert. Gibt es sonst noch etwas, das ich für dich tun kann, *lieber Bruder?*«

»Ja, du kannst deine Braut einsammeln und die Flitterwochen beginnen.«

Flitterwochen. Ein glühender Schauer lief Emmett über die Haut, und die Hitze arbeitete sich bis in seinen Schritt vor. Er würde Elizabeth zwei Wochen lang ganz für sich haben. Sie mochte reserviert und anständig wirken, eine zugeknöpfte Blaublütige, aber diese äußere Hülle schmolz davon, wenn er sie küsste. Dann wurde sie zu einer unter Strom stehenden Leitung in seinen Händen, ein elektrischer Schlag roher Leidenschaft, wie er es noch nie erlebt hatte. Und er beabsichtigte, jedes Quäntchen dieser Leidenschaft auszukosten.

»Die hier sind übrigens eine nette Geste.« Brendan hob die teure kubanische Zigarre hoch, die in eine Hundert-Dollar-Note gewickelt war. Jeder männliche Gast hatte eine erhalten, während die Frauen beim Empfang ein goldenes Smaragdarmband von Tiffany bekommen hatten. Verschwenderisch, aber ein notwendiges Statement.

Emmett mochte vielleicht nicht mit einem silbernen Löffel im Mund geboren worden sein, aber er konnte diese Knickerbocker allesamt zehnmal kaufen.

Erneut bemerkte er, dass Elizabeth schwankte. »Ich denke, ich werde Mrs. Cavanaugh holen.«

Brendan schlug Emmett auf die Schulter. »Wir sehen uns in zwei Wochen. Und meinen Glückwunsch, Emmett. Sie ist eine kluge, witzige und attraktive Frau. Ich glaube, mit ihr hast du dein perfektes Gegenstück gefunden.«

Obwohl Emmett Brendans Zustimmung nicht brauchte, war er dennoch froh darüber, da sie alle unter einem Dach zusammenleben würden, sobald Emmett und Elizabeth aus Newport zurück waren. Emmett erhob sich und ging aus dem Saal in den angrenzenden Flur, wo Kelly an einer Ecke wartete.

»Sind wir bereit zum Aufbruch?«, fragte Emmett.

»Klar doch, Bish. Sag einfach, wann. Aber ich dachte, du willst dich noch ein bisschen mit deinen schicken Gästen vergnügen.«

»Nein, ich würde gern noch vor Einbruch der Dämmerung unterwegs sein.«

Um Kellys Lippen zuckte es. »Schon ungeduldig auf heute Nacht, was?«

»Fahr zur Hölle«, erwiderte er, obwohl es den Worten an Schärfe mangelte. Kelly hatte Recht, und es hatte keinen Zweck, es abzustreiten. »Ich werde Elizabeth Bescheid sagen, dass wir aufbrechen.«

»Ich fahre die Kutsche vor.« Kelly stieß sich von der Wand ab und machte sich auf den Weg zur Rückseite des Hauses.

Emmett drehte sich auf dem Absatz um – nur um Will Sloane direkt hinter sich zu entdecken, der eine äußerst finstere Miene aufgesetzt hatte. Emmett verschränkte die Arme vor der Brust. »Ich hatte mich schon gefragt, wann Sie mich aufsuchen würden, Sloane.«

Sloane stolzierte an ihm vorbei und um die Ecke, damit man sie nicht belauschen konnte. »Ich werde regelmäßig nach ihr sehen, um mich zu vergewissern, dass sie glücklich ist. Und wenn Sie sie nicht glücklich machen, dann wird es Ihnen höllisch leid tun, Cavanaugh.«

Emmett hätte gelacht, wenn ihn die Scheinheiligkeit nicht

so angewidert hätte. Er konnte es nicht erwarten, diesen Mann zu vernichten.

Er trat näher und knurrte: »Ersparen Sie mir Ihren Sack voll Mist. Wenn Sie auch nur ansatzweise um ihr Glück besorgt wären, hätten Sie diese Ehe nicht erzwungen. Sie hätten mich nicht mit der Drohung erpresst, meine Schwestern zu ruinieren, wenn ich nicht die Ihre heirate.«

»Sie haben mir keine gottverdammte Wahl gelassen«, feuerte Sloane zurück, ohne klein beizugeben. »Sie sind in einem Séparée über sie hergefallen, während halb New York ein Stockwerk tiefer saß.«

Emmett warf den Kopf in den Nacken und stieß ein ungläubiges Lachen aus. »Ich über *sie* hergefallen? Ist es das, was Sie sich eingeredet haben, um nachts schlafen zu können? Ihre Schwester hat mich praktisch angebettelt, sie zu küssen.«

Sloanes ganzer Körper versteifte sich. »Sie Bastard. Wagen Sie es nicht einmal anzudeuten, sie wäre nicht unschuldig.«

»Es schert mich einen Dreck, ob sie unschuldig ist oder nicht«, sagte Emmett mit einem maliziösen Lächeln. »Aber ich habe durchaus die Absicht, die Antwort darauf heute Nacht herauszufinden.«

Sloanes Nasenflügel blähten sich, und er schloss kurz die Augen. »Sie sind ungehobelt und abstoßend, Cavanaugh.« Er schob die Hände in die Hosentaschen, vermutlich um sich daran zu hindern, Emmett zu schlagen. »Sie verdienen sie nicht.«

Unbestreitbar, dachte Emmett. Die Unterschiede zwischen ihm und seiner frischangetrauten Ehefrau waren für jeden schreiend offensichtlich. Dennoch hatten sie beide heute vor Gott und den Menschen gestanden, um einander lebenslange

Treue zu schwören, also konnte Sloane sich seine Meinung in den Arsch schieben.

»Ich verdiene sie vielleicht nicht, Sloane, aber ich habe sie. Und es gibt verdammt nochmal nichts, was Sie dagegen tun können.« Emmett drängte sich an dem anderen Mann vorbei und stolzierte zurück zum Tanzsaal. Es war an der Zeit, seine Braut zu holen und schleunigst von hier zu verschwinden.

Lizzie spürte ihre Zehen nicht mehr. Ob die Taubheit vom Champagner herrührte oder von ihren engen Brautschuhen, konnte sie nicht sagen.

Der ganze Tag war vollkommen unwirklich gewesen. Zuerst die Hochzeit, dann die Fahrt mit Emmett – der nach der Zeremonie unnatürlich verhalten gewesen war – zu diesem extravaganten Empfang, der sowohl den Reichtum als auch die Macht von Emmett Cavanaugh zur Schau stellte.

Ihrem *Ehemann*.

Sie hatte ihn geheiratet. Sie konnte es noch immer nicht recht glauben, aber ein einziger Blick auf ihr Hochzeitskleid bestätigte, dass es sich tatsächlich ereignet hatte. Was geschah nun? Lizzie wusste kaum, was sie sagen, wie sie sich verhalten sollte. Was erwartete er von ihr? Niemand hatte sie auf den Hochzeitstag vorbereitet, geschweige denn auf die Hochzeits*nacht*. Frauen ihres Standes sprachen nie darüber, was im Schlafzimmer geschah. Sie hatte eine vage Vorstellung davon, aber der heiße, eindringliche Blick, mit dem Emmett ihr folgte, während sie sich durch den Tanzsaal bewegte, machte sie noch nervöser. Am klügsten schien es ihr, ihm aus dem Weg zu gehen.

»Hallo, Mrs. Cavanaugh.«

Ein attraktiver Mann und eine junge Rothaarige standen unvermittelt vor ihr. Sie kramte in ihrem benebelten Verstand nach einem Namen. »Mr. Harper. Und Mrs. Harper. Vielen Dank, dass Sie gekommen sind.« Mr. Harper war einer von Emmetts und Wills Geschäftsfreunden und Eigentümer der New American Bank. Er hatte selbst erst kürzlich geheiratet, nachdem er Mrs. Harper in einem Zug kennengelernt hatte. Die beiden waren ein auffallend reizendes Paar.

Mrs. Harper ergriff kühn Lizzies Hand und schüttelte sie ein paarmal. »Ich weiß, wir haben einander bereits bei der offiziellen Begrüßung kennengelernt, aber nicht ausführlich. Gewiss nicht genug, um ein Gefühl für einen Menschen zu bekommen. Ich habe Ted gesagt, dass wir Sie und Mr. Cavanaugh bald einmal zum Dinner einladen müssen. Ich kann nicht glauben, dass er sich entschieden hat zu heiraten – und auch noch jemanden aus einer so beeindruckenden Familie!«

Sie hielt inne, um Luft zu holen, und ihr Mann lächelte sie nachsichtig an. Er musste gewohnt sein, wie seine Frau sprach, so als müsste sie alles so schnell wie möglich heraussprudeln. »Was Mrs. Harper sagen will«, sagte er, »ist, dass wir uns sehr für Sie beide freuen. Nach dem, was ich heute gesehen habe, denke ich, Sie werden etwas dringend benötigte Freude in Emmetts Leben bringen.«

Lizzie hoffte es jedenfalls. Bevor sie antworten konnte, platzte Mrs. Harper heraus: »Und dieser Kuss in der Kirche!« Sie fächelte sich Luft zu. »Du meine Güte. Ich dachte, die Hälfte der anwesenden Damen würde in Ohnmacht fallen.«

Hitze überflutete Lizzie. Von der Verlegenheit einmal abgesehen entschied sie, dass sie Mrs. Harper mochte. Es war schwer, eine Frau nicht zu mögen, die genau das aussprach, was sie dachte, völlig ungefiltert. Mrs. Harper erinnerte Lizzie an Edith. »Ich danke Ihnen beiden für die freundlichen Worte. Ich würde sehr gern zum Dinner kommen.«

»Oh, ausgezeichnet!« Mrs. Harper strahlte. »Vielleicht statten Sie mir nachmittags auch einmal einen Besuch ab? Teds Haus ist so groß, und ich bin es nicht gewohnt, so viel Platz zu haben. Ich habe in einer Pension gewohnt, bevor ich ihn geheiratet habe. Wussten Sie das?«

»Nein«, antwortete Lizzie ehrlich. »Das wusste ich nicht.«

»Kommen Sie mich besuchen, dann erzähle ich Ihnen die ganze Geschichte«, bot Mrs. Harper an.

»Sehr gern«, erwiderte Lizzie. »Und bitte nennen Sie mich Lizzie.«

Mrs. Harper blinzelte ein paarmal, und Lizzie glaubte, die Frau würde womöglich anfangen zu weinen. »Danke. Und Sie müssen mich Clara nennen.«

»Es war reizend, Sie kennenzulernen, Clara, Mr. Harper. Ich hoffe sehr, dass Sie den Rest des Nachmittags genießen.«

»Bevor wir gehen«, sagte Mr. Harper, »Emmett hat mir von Ihrem neuen Vorhaben erzählt. Falls Sie je Hilfe oder Kredit brauchen, bitte zögern Sie nicht, mich in der Bank zu kontaktieren.«

Das Angebot war unerwartet und ausgesprochen großzügig. Darüber hinaus hatte er sie weder belächelt noch entmutigt. »Vielen Dank, Mr. Harper. Das werde ich vielleicht tun.«

Das Paar verabschiedete sich und kehrte zurück in die Menge. Als Lizzie sich umdrehte, erhaschte sie einen flüchtigen Blick auf Emmett, der von ihrem Tisch aufstand. Als er mit langbeinigem, selbstsicherem Gang zum Ausgang schritt, drehten sich Köpfe nach ihm um – bemerkenswert, wenn man bedachte, dass der Raum vollgestopft mit Würdenträgern, Industriellen und der Crème de la Crème der Gesellschaft war –, und Lizzie fragte sich, ob sie dasselbe sahen, was sie sah: Macht. Intelligenz. Unbeugsamer Antrieb. Kombinierte sie diese Qualitäten mit seinem allzu attraktiven Gesicht, dann konnte sie es kaum ertragen, den Blick von ihm abzuwenden.

Dann bemerkte sie, dass noch jemand anders in dieselbe Richtung unterwegs war, und ein Kloß bildete sich in ihrem Magen. *Will.* Und der Ausdruck auf dem Gesicht ihres Bruders verhieß nichts Gutes. Folgte er Emmett?

Lizzie eilte ihrem Bruder hinterher, in der Absicht, das Problem herauszufinden und womöglich eine Prügelei zu verhindern. Ihr Kleid behinderte sie ein wenig, und als sie in den Korridor hinaustrat, hörte sie bereits zwei wütende männliche Stimmen.

»... und wenn Sie sie nicht glücklich machen, dann wird es Ihnen höllisch leid tun, Cavanaugh.«

Lizzie lächelte beinahe. Will hatte ihr gegenüber schon immer einen starken Beschützerinstinkt gehabt, manchmal sogar zu stark. Sie öffnete den Mund, um einzuschreiten, aber die wütenden Worte ihres Mannes hielten sie jäh auf.

»Ersparen Sie mir Ihren Sack voll Mist. Wenn Sie auch nur ansatzweise um ihr Glück besorgt wären, hätten Sie diese Ehe nicht erzwungen. Sie hätten mich nicht mit der Drohung erpresst, meine Schwestern zu ruinieren, wenn ich nicht die Ihre heirate.«

Lizzie zuckte zusammen, als wären die Worte Schläge gewesen. *Erpresst.* Will hatte Emmett ... erpresst, sie zu heiraten? Indem er Emmetts lieben, jungen Halbschwestern drohte? Sie presste eine Faust gegen ihren Magen, weil die Überraschung und der Schock sie beinahe zusammenbrechen ließen.

Er wollte mich gar nicht heiraten. Will hatte gelogen. Das hier war alles eine Lüge.

Oh Gott. Sie war eine solche *Närrin.* Will hatte behauptet, Emmett wolle sie heiraten, und Emmett war mit dem Ring aufgetaucht und hatte gesagt, das hier sei eine echte Hochzeit. Wie hatte sie den beiden nur glauben können?

Sie konnte nicht mehr atmen, das Korsett bohrte sich schmerzhaft in ihre Rippen. Es gab nicht ... genug Luft. Sie stützte sich mit einer Hand an der Wand ab, um nicht zu fallen.

»Sie haben mir keine gottverdammte Wahl gelassen«, sagte Will. »Sie sind in einem Séparée über sie hergefallen, während halb New York ein Stockwerk tiefer saß.«

Emmett lachte, doch es klang kalt in Lizzies Ohren. »Ich über *sie* hergefallen? Ist es das, was Sie sich eingeredet haben, um nachts schlafen zu können? Ihre Schwester hat mich praktisch angebettelt, sie zu küssen.«

Der Mund blieb ihr vor stummem Entsetzen offen stehen. Hatte er das wirklich ... Zu ihrem Bruder? Demütigung versengte ihre Eingeweide, und bittere Galle brannte ihr in der Kehle. Sie musste von hier fliehen. Sie fuhr auf dem Absatz herum, hatte jedoch keine andere Wahl, als in den Saal zurückzukehren. Wo hunderte von Menschen eine Hochzeit feierten, die nur Heuchelei war. Ein Schwindel.

Vollständiger Betrug.

Das Strahlen des weißen Saales blendete sie beinahe, eine Atmosphäre, die noch vor wenigen Augenblicken romantisch gewirkt hatte. Die Vorstellung, dass Emmett mühevoll auf jedes Detail geachtet hatte, um dafür zu sorgen, dass der Tag für sie perfekt wurde, hatte sie vorhin noch getröstet. Offensichtlich hatte sie sich selbst etwas vorgemacht. Das hier hatte nichts mit ihr zu tun.

Gäste lächelten sie an, als sie vorüberging, und murmelten ihre Glückwünsche. Menschen, die sie kannte, alles vertraute Gesichter aus der Welt, in der sie ihr ganzes Leben verbracht hatte. *Ich werde nur aus Liebe heiraten*, hatte sie sich geschworen. *Heirate nicht, weil du dazu gezwungen wirst, weil die Gesellschaft es von dir erwartet.*

Versagen hatte noch nie so bitter geschmeckt.

Im Vorbeigehen schnappte sie sich ein Glas Champagner von einem Tablett und kippte die süße, prickelnde Flüssigkeit mit einem einzigen Schluck hinunter. Leider blieb die Bitterkeit bestehen. Druck baute sich hinter ihren Augen auf, aber sie kämpfte die Tränen nieder. Zu weinen würde nichts nützen. Es war vollbracht; sie waren verheiratet. Sie hatte Geld gewollt, um eine Wertpapierfirma zu gründen, und das hatte sie erreicht. Es sei denn …

Hatte Emmett diesbezüglich auch gelogen?

Nein, er hatte nicht gelogen, dass er sie heiraten wollte, erinnerte sie sich. *Ich bin bereit, Sie zu heiraten*, hatte er gesagt. Hatte ihr erklärt, dass er sein *Wort* nicht brechen würde. Es war Will gewesen, der behauptet hatte, Emmett wolle sie heiraten, nicht Emmett. Wenn sie nur von Wills Machenschaften gewusst hätte, davon, wie tief ihr Bruder gesunken war, dann hätte sie die Hochzeit abgesagt.

Zu spät, dachte sie. Und New York hatte die strengsten Scheidungsgesetze des Landes. Eine solche zu erreichen wäre unmöglich. Eine Annullierung dagegen wäre viel leichter.

Und wirklich, warum sollte Emmett nicht einverstanden

sein? Er hatte sie nicht heiraten wollen. Durch eine Annullierung wäre es so, als hätte die Hochzeit nie stattgefunden. Daran konnte Will gewiss nicht herumdeuteln. Sie würde ihren Ruf retten, und Emmetts Schwestern wären geschützt. Eine Annullierung bedeutete, sie konnten beide aus der ganzen Sache herauskommen und sie vergessen.

Entschlossen straffte sie die Schultern. Ja, eine Annullierung war die Lösung. Aber würde er trotzdem noch ihre Firma unterstützen? Er hatte es versprochen, aber falls er davon zurücktrat, wäre alles verloren. Sie wäre wieder genau da, wo sie angefangen hatte.

»Lizzie!« Edith Rutlidge erschien mit zwei weiteren Mädchen an ihrer Seite. »Da bist du ja. Komm, wir wollen dein Kleid Lucinda Van Cortland zeigen. Sie heiratet im Herbst einen englischen Herzog, und ich habe ihr gesagt, dass dein Kleid ordentlich Pfiff hat, und dass sie es mal aus der Nähe betrachten muss.«

Lizzie nickte hölzern, als ein anderer Kellner mit einem Tablett voll Champagner vorbeikam. Sie hielt ihn an, um ihr leeres Glas gegen ein frisches einzutauschen, aber der Kellner machte Anstalten, das Tablett aus ihrer Reichweite zu ziehen. Sie war jedoch schneller und hatte ein volles Glas, bevor er sich davonmachen konnte. Gab es irgendeine ungeschriebene Regel, wie viel Champagner sich eine Braut an ihrem Hochzeitstag einverleiben durfte?

Falls dem so war, hatte Lizzie die Absicht, diese spezielle Regel zu brechen.

»Ich weiß, dass Ihnen kalt ist, Mrs. Cavanaugh, aber bitte, versuchen Sie, stillzuhalten«, sagte die Zofe, während sie mühsam die lange Reihe Knöpfe von Lizzies Hochzeitskleid öffnete.

Lizzie hatte Schwierigkeiten, stillzuhalten, aber das hatte nichts mit der Temperatur zu tun. Sie war betrunken, so betrunken, dass es die verbleibende Zeit auf dem Empfang erträglich gemacht hatte. Sie war in der Lage gewesen, zu lächeln und zu lachen, wie jede Braut es an ihrem Hochzeitstag tun sollte, trotz des Schmerzes und der Wut in ihrer Brust.

Und als ihr Mann sie beiseite genommen und ihr die Anweisung gegeben hatte, sich für ihre Reise umzukleiden, war es ihr gelungen, zu nicken, anstatt ihn anzuschreien wie eine Straßenverkäuferin in der Bowery.

»Na also«, sagte Pauline. »Dann ziehen wir Ihnen das mal aus.«

»Wirst du mich auf der Hochzeitsreise begleiten?«, fragte Lizzie ihre Zofe, während sie gemeinsam das luxuriöse Kleid über Lizzies Kopf schoben.

»Ja, Ma'am. Ihr Gatte hat mich selbst darum gebeten. In Newport wird es um diese Jahreszeit mächtig kalt sein.«

Newport? Eigenartig, dass er Pauline über ihre Pläne informiert hatte, nicht aber Lizzie. Lag ihm nicht einmal etwas daran, sich mit ihr abzusprechen, sich nach ihren Wünschen bezüglich ihrer Hochzeitsreise zu erkundigen?

Andererseits, warum sollte er auch, da er sie doch von vornherein gar nicht hatte heiraten wollen.

Sobald sie in ein schickes Reisekostüm gekleidet war, gab es keinen Grund zum Aufschub mehr. Dennoch trödelte sie. »Hast du das blaue Kleid eingepackt, das mit den –«

Die angrenzende Tür flog auf, und ihr Mann schritt herein.

Er hatte sich ebenfalls umgezogen und trug nun einen dunkelblauen Nadelstreifenanzug. Lizzie blinzelte überwältigt von seiner Attraktivität. Dann erinnerte sie sich wieder an seine Worte im Flur. *Ihre Schwester hat mich praktisch angebettelt, sie zu küssen.*

All die Abscheu und Wut, die sie unterdrückt hatte, stiegen wieder an die Oberfläche, weshalb sie ihn anblaffte: »Kannst du nicht anklopfen?«

So ruhig wie nur möglich wandte Emmett sich an Pauline. »Das wäre alles. Gehen Sie und machen Sie sich reisefertig.«

»Natürlich, Mr. Cavanaugh.« Mit einem Knicks eilte sie aus dem Zimmer.

Lizzie ignorierte ihn und machte sich stattdessen daran, ihre Handschuhe überzustreifen. Das erwies sich als schwieriges Unterfangen, wenn man bedachte, wie viel Champagner sie im Blut hatte.

Schwere Schritte kündigten sein Näherkommen an, und dann erschienen die Spitzen seiner schwarzen Schuhe in ihrem Blickfeld. Er nahm ihr Handgelenk, und lange Finger begannen damit, die winzigen Perlknöpfe ihrer Handschuhe durch die entsprechenden Knopflöcher zu schieben. Ihr Atem ging schneller, als seine Nähe sie einhüllte und dafür sorgte, dass sich ihr der Kopf drehte. Er war sanft, behandelte sie, als wäre sie zerbrechlich und kostbar. Doch sie ließ sich nicht täuschen. Das hier war immer noch der grobe, ungehobelte Mann aus dem Flur, der mit ihrem Bruder darüber gesprochen hatte, ihr beizuschlafen.

Als er mit beiden Handschuhen fertig war, hob eine große Hand ihr Kinn an. Seine Augen waren hart, und eine Emotion funkelte in ihnen, die sie nicht deuten konnte. »Ich brauche nie anzuklopfen, Gemahlin. Du tätest gut daran, das nicht zu vergessen.«

Champagner und Kummer machten sie kühn. Heftig entzog sie sich seiner Berührung. »Ich bin keine deiner Schauspielerinnen. Ich bin deine Frau, und falls du beides miteinander verwechseln solltest, werde ich mehr tun, als nur meine Tür zu versperren.«

Seine Lippen verzogen sich amüsiert, wodurch sich kleine Falten um seine Mundwinkel legten. »Wenn du glaubst, ich würde dich je mit einer dieser Frauen verwechseln, dann bist du noch betrunkener, als ich dachte.«

»Ich bin nicht betrunken«, fauchte sie. »Und es ist ja nicht so, als wärst du beim Empfang abstinent geblieben. Ich habe gesehen, dass du mehr als nur ein Glas Gin hinuntergekippt hast.«

»Du hast mich also beobachtet?«

Sie biss die Zähne zusammen. »Wohl kaum. Ich denke, wir beide wissen, wie es um diese lächerliche Ehe steht.«

Wut flackerte auf, bevor er sie verbergen konnte. Aber die Genugtuung hielt nicht lange an, denn seine kühle, undurchschaubare Maske glitt rasch wieder an ihren Platz. »Lass uns gehen.« Er schritt zur Tür und riss sie auf. »Der Zug wartet.«

Schweigend stiegen sie die Treppe aus rosa Marmor hinunter. Die Gäste vergnügten sich immer noch auf dem Empfang, die Geräusche der Feiernden dröhnten dumpf durch das riesige Haus. Warum hatte Emmett es so eilig, aufzubrechen? Nicht, dass Lizzie etwas dagegen hatte. Sie hatte genug davon, die errötende Braut zu spielen. Außerdem, je eher sie in Newport ankamen, desto eher konnte sie mit ihm über die Annullierung sprechen.

Als sie den Vordereingang erreichten, standen Katie, Claire und Brendan an der Tür, während Graham, der Butler, mit ihren Mänteln wartete. Die Mädchen sahen nervös aus, ihre Finger spielten mit den Schleifen ihrer schicken Kleider, die extra für die Hochzeit angefertigt worden waren. Brendan beugte sich zu ihnen hinunter und flüsterte ihnen etwas zu. Katie trat als Erste vor und machte einen ordentlichen Knicks. »Willkommen in der Familie, Elizabeth.«

Claire schaute zu Brendan hoch, worauf dieser nickte. Emmetts jüngste Schwester knickste ebenfalls. »Wir sind froh, dass du unseren Bruder geheiratet hast«, sagte sie mit sorgfältig bedachten Worten. Brendan hatte sie offensichtlich darauf vorbereitet.

Lizzie schnürte es die Kehle zu vor Rührung. Ganz gleich, wie sie zu dem ältesten Cavanaugh stand, diesen beiden bezaubernden Mädchen konnte sie nicht widerstehen. Sie umarmte Katie. »Danke, Katie. Ich hoffe, wir werden gute Freundinnen.« Dann umarmte sie Claire. »Danke, mein Liebes.«

»Darf ich deinen Kragen anfassen?«, fragte Claire.

»Natürlich«, antwortete Lizzie, und das Mädchen strich mit seiner kleinen Hand über den Pelz an Lizzies Jackenaufschlag.

»Das ist so weich«, staunte Claire. »Ich habe einen Mantel, der sich ganz genauso anfühlt. Emmett hat ihn mir gekauft.«

Emmett trat vor. »Das reicht jetzt. Lasst Elizabeth ein wenig Luft zum Atmen«, sagte er sanft. »Kommt her, Mädchen.« Er zog seine Halbschwestern beiseite und ließ sich auf ein Knie nieder. Er hielt ihre Hände und sprach leise mit ihnen, zu leise, als dass Lizzie mithören konnte.

Sie nickten und lächelten, dann legte er die großen Arme um ihre winzigen Körper und drückte sie.

»Das macht er jedes Mal, wenn er verreist«, sagte Brendan leise an ihrer Seite. »Er versichert ihnen, dass er immer zurückkommen wird, egal, was passiert.«

Sie wollte sich nicht dafür interessieren, aber die Neugier siegte. »Warum?«

»Weil ihn immer alle verlassen haben.«

Während sie mit dieser Enthüllung rang, nahm Brendan von Graham ihren Mantel entgegen und hielt ihn ihr hin. Lizzie schlüpfte in die Ärmel, und er streifte ihr das Kleidungsstück über die Schultern.

»Gib ihm eine Chance«, raunte Brendan. »Er ist nicht annähernd so hart, wie jeder glaubt.«

Eine Fülle von Bemerkungen kam ihr in den Sinn, hauptsächlich Gründe, warum sie Emmett keine Chance geben wollte. Brendan schien ihre Reserviertheit zu spüren, deshalb beugte er sich vor und küsste sie auf die Wange. »Willkommen in der Familie, Elizabeth.«

»Bitte«, sagte sie zu ihm, »nenn mich Lizzie.« Sie mochte Brendan. Er war absolut höflich und charmant gewesen, seit sie ihn heute auf dem Empfang kennengelernt hatte. Deutlich anders als der dunkle und grüblerische Mann, den sie geheiratet hatte.

Brendan lächelte breit. »In Ordnung, Lizzie.«

Emmett schlüpfte in seinen schweren Wollmantel, dann bot er Lizzie seinen Arm an. »Wollen wir, Mrs. Cavanaugh?«

Der Name schockierte sie, wie jedes Mal, wenn sie ihn seit der Hochzeit gehört hatte. Zum Glück würde sie nicht lange Mrs. Cavanaugh bleiben.

KAPITEL NEUN

Mann und Frau sollten nicht vergessen,
dass sie sich einander ›in guten wie in schlechten Zeiten‹
versprochen haben.

AMERICAN ETIQUETTE AND RULES OF POLITENESS, 1883

Es gelang Elizabeth verdammt gut, so zu tun, als existierte er nicht, dachte Emmett, als sie in seinem privaten Pullmanwagen warteten. Wollte seine frischangetraute Gemahlin ihn etwa während der ganzen Fahrt nach Rhode Island ignorieren?

Er versuchte, nicht auf ihre schlanke Taille oder ihre üppigen Kurven zu starren. Versuchte es und versagte. Ihr Reisekostüm schmiegte sich eng an ihren Körper, und der Anblick ließ es Emmett vor Erwartung siedend heiß werden. Er hatte sich nicht auf die Hochzeit gefreut, aber die Hochzeitsnacht hatte in den vergangenen Wochen definitiv ein paar kreative Fantasien hervorgebracht.

»Etwas zu trinken?«, fragte er sie von der kleinen Bar an einem Ende des Waggons aus.

»Ja, bitte«, antwortetet sie, und setzte damit das Muster ein- und zweisilbiger Antworten fort, das sie einhielt, seit sie das Haus verlassen hatten.

Er schenkte ein Glas Wasser ein und brachte es zu ihrem Platz, an dem sie in absolut steifer Haltung saß. »Danke«, sagte sie, und nahm das Glas aus seiner Hand. Dabei streiften sich ihre Finger, die nun nicht mehr in Handschuhen steckten, und die leichte Berührung machte ihn kribbelig. Gott, wie sehr er diese Frau wollte.

»Wasser?«, bemerkte sie kühl.

Mit einem Kristallkelch Wein in der Hand ließ Emmett sich neben ihr nieder und legte einen Arm auf die Lehne des Sofas. »Ich denke, du hattest genug Champagner, findest du nicht?«

Sie streckte den Arm aus, um das Glas auf dem Beistelltisch abzustellen. Dann faltete sie die Hände im Schoß und starrte aus dem Fenster.

Er wartete darauf, dass sie etwas sagte. Als sie es nicht tat, fragte er: »Hast du dann also vor, mich zwei Wochen lang zu ignorieren?«

Ihr Kopf fuhr zu ihm herum. »Ich ignoriere dich nicht. Ich habe einfach nur nichts zu sagen.«

»Das ist ja eine Überraschung«, murmelte er und lachte dann bei dem Blick, mit dem sie ihn bedachte. »Du musst zugeben, dass du nicht gerade zurückhaltend darin bist, deine Meinung kundzutun.«

»Wenn du damit andeuten willst, ich wäre eine Art Xanthippe –«

»Natürlich nicht. Obwohl das die Zeit zeigen wird, nehme ich an. Schließlich sind wir erst seit wenigen Stunden verheiratet.«

Sie kniff die Lippen so fest zusammen, dass sich winzige Fältchen an den Rändern bildeten. »Und was für eine Art Ehemann gedenkst *du* zu sein, Emmett? Ein treuer?«

Um ehrlich zu sein hatte er noch gar nicht darüber nachgedacht, aber die spöttische Art, mit der sie diese letzte Frage stellte, so als könnte er unmöglich treu bleiben, wurmte ihn. »Willst du damit sagen, dass du alle meine Bedürfnisse stillen wirst, Elizabeth?«

Ihre Porzellanwangen erblühten in einem hübschen Rosa, und etwas, das sich stark nach Sehnsucht anfühlte, wand sich in seinem Bauch. Diese unglaublich bezaubernde Frau – seine Ehefrau – war zweifellos schöner, als er es verdiente.

»Du weißt, dass das nicht war, was ich gemeint habe. Wir wissen absolut nichts voneinander.«

Falsch, wollte er ihr sagen. Er wusste, dass sie Intelligenz besaß, Entschlossenheit, Güte – nicht nur weil er sie mit seinen Schwestern gesehen hatte, sondern auch, weil er beobachtet hatte, wie sie heute mit den Gästen gesprochen und sich vergewissert hatte, dass alle sich wohlfühlten. Sie besaß außerdem einen spielerischen Sinn für Humor und neigte dazu, auf ihrer Unterlippe zu kauen. Und er wusste, wie gut sie küsste.

Er wusste auch, dass er sie unbedingt haben, sie auf jede Weise besitzen wollte. Der Gedanke ließ seine Lenden schwer werden, also verdrängte er ihn energisch aus seinem Kopf. Er wollte nicht, dass ihr erstes Mal zusammen in einem Zug stattfand.

Eine Tür am hinteren Ende des Waggons öffnete sich, und Kelly lehnte sich herein. »Wir sind angekoppelt, und alles ist eingeladen. Brauchst du noch was?«

Emmett schüttelte den Kopf. »Nein. Danke, Kelly.«

Als die Tür sich wieder schloss, bemerkte Emmett, dass Elizabeth ihn anstarrte, die Stirn verwirrt gerunzelt. Vielleicht war das ein guter Zeitpunkt, auf ihre vorige Beschwerde einzugehen. »Was würdest du denn gern wissen?«

Ihr Blick flog zu seinem. »Über Kelly?«

Er zog eine Schulter hoch und nahm einen Schluck von seinem Wein. »Über egal was. Wir müssen uns irgendwie die Fahrt vertreiben.«

»Woher kennst du ihn?«

»Wir sind zusammen in Five Points aufgewachsen. Kelly war ... eine Art Vollstrecker in der Gruppe, mit der wir unterwegs waren.«

»Und was war deine Rolle?«

»Nein, das ist etwas, worüber ich nicht spreche. Niemals.«

»Aber wie –«

Er hob eine Hand. »Frag mich alles andere, Elizabeth. Aber Fragen über meine Jugend werde ich nicht beantworten.«

Sie trommelte mit den Fingernägeln auf den Rand des Sofas. Sie hatte ihre Handschuhe ausgezogen, gleich nachdem sie den Wagen betreten hatten, und dadurch ihre schlanken, anmutigen Finger und die glatte, weiße Haut enthüllt. Er stellte sich diese Hände auf seinem Körper vor, wie sie ihn später reizen und streicheln würden, und er begann hart zu werden. Verdammt.

Der Zug machte einen ruckartigen Satz, als die Räder sich in Bewegung setzten. Elizabeth fiel gegen ihn, und er bekam ihre Schulter mit der freien Hand zu fassen. Als sie die Hand ausstreckte, um sich abzustützen, landete ihre Handfläche auf seinem Oberschenkel und ihr Gesicht gefährlich nah an seinem. Wenn er sich ein paar Zentimeter vorbeugte, könnte er sie küssen.

Keiner von beiden bewegte sich, ihre Blicke hielten sich fest, und er wartete ab, um zu sehen, was sie tun würde. Die Wärme ihrer Hand brannte sich durch den Stoff, der sein Bein bedeckte. Dann bewegten sich ihre Finger kaum merklich auf seinem Oberschenkel, als testete sie, wie er sich anfühlte, und Emmett hörte auf zu atmen, während Blut in seine Lenden strömte. Er würde alles dafür geben, was er besaß, wenn sie diese Finger nur eine Handbreit höher gleiten ließe.

Nur noch ein paar Stunden, sagte er sich.

Unvermittelt ließ sie den Blick sinken, zog sich zurück und richtete sich auf. »Es tut mir leid.«

Emmett nahm einen ordentlichen Schluck Wein, froh, einen Augenblick Zeit zu haben, die Fassung wiederzuerlangen. Seit seinem ersten Besuch in einem Bordell im Alter von zwölf Jahren war er nicht mehr so aufgeregt wegen einer Frau gewesen.

Nach einem Moment sagte sie: »Also darf ich dich alles fragen?«

»Ja, solange es nichts mit Five Points zu tun hat.«

»Hast du immer noch die Absicht, meine Wertpapierfirma zu unterstützen?«

Er runzelte die Stirn. »Warum sollte ich das nicht? Du hast die Wette gewonnen.« Sie wirkte außerordentlich erleichtert. Hatte sie geglaubt, er würde ihre Abmachung nicht einhalten? Er mochte zwar viele Dinge sein, die meisten davon unschön, aber er war ein Mann, der zu seinem Wort stand.

»Ich war mir nicht sicher, ob du immer noch …«

»Immer noch was? Meine Zusagen einhalten werde?«

Als sie nicht antwortete, kräuselte er verärgert die Lippen. Doch bevor er ihr sagen konnte, wie falsch sie lag, fragte sie:

»Hast du meinem Bruder die Nachricht geschickt? Die, die dafür gesorgt hat, dass er uns im Sherry's entdeckte?«

»Nein«, stieß er mit einem überraschten Zusammenzucken hervor. »Warum in Gottes Namen hätte ich das tun sollen?«

»Nun, *jemand* hat es getan. Und es kam doch gelegen, würdest du nicht auch sagen, dass Will genau dann erschien, als die Dinge ... am Schlimmsten schienen?«

»Und du glaubst, ich würde das inszenieren? Hältst du wirklich so wenig von mir?«

Ihr kalter grauer Blick traf seinen, und sie hatte die Lippen zu einem dünnen, missbilligenden Strich zusammengepresst. Eine Antwort in sich selbst, eigentlich. *Verdammt noch mal.* Wut loderte in ihm auf wie Kohle, die in einen glühenden Ofen geschaufelt wurde. Was musste er tun, um sich dieser Frau gegenüber zu beweisen? Würde sie immer das Schlimmste annehmen?

Er sprang auf, entschlossen, von ihr fortzukommen, bevor er noch etwas sagte oder tat, das er bereuen würde.

»Wo gehst du hin?«

»Nach draußen«, schnauzte er und marschierte zur Tür. »Da ist es wärmer.«

Das in der Mitte des siebzehnten Jahrhunderts gegründete Newport, Rhode Island, war vor allem für seine koloniale Architektur bekannt gewesen, bis William Shepard Wetmore in der Bellevue Avenue das riesige Chateau-sur-Mer hatte erbauen lassen. Die New Yorker Gesellschaft hatte aufgehorcht und das winzige Städtchen rasch in *den* angesagten Ort für den Sommer verwandelt.

Lizzie reiste schon ihr ganzes Leben nach Newport. Die Sloanes besaßen in der Wellington Avenue ein ›Landhäuschen‹ im gotischen Stil mit vierzehn Zimmern, das ausschließlich in den acht Wochen der gesellschaftlichen Sommersaison genutzt wurde. Sie liebte es dort; von trägen Nachmittagen am Easton's Beach bis hin zu Spaziergängen entlang des Cliff Walk, das Küstenstädtchen war stets ihr liebstes Ausflugsziel gewesen.

Aber der Winter ließ die Umgebung in einem völlig anderen Licht erscheinen, dachte sie, als die Kutsche langsam der Stadtmitte zuschaukelte. Ernst. Abweisend. Eine Beschreibung, die auch auf den Mann zutraf, der ihr gegenübersaß.

Emmett war während des Rests der Fahrt nicht mehr in den Wagen zurückgekehrt. Und seit sie ausgestiegen waren, hatte er kaum gesprochen, sondern schien damit zufrieden zu sein, die vorbeiziehende Landschaft zu betrachten. Das schwindende Licht spielte auf seinem Profil und betonte den harten Kiefer und die kräftigen Wangenknochen.

Ihre Schwester hat mich praktisch angebettelt, sie zu küssen.

Gütiger Gott, sie wollte sterben, wenn sie an diese beschämenden Worte dachte, hauptsächlich, weil sie wahr waren. Sie hätte es allerdings vorgezogen, wenn ihr Bruder nicht von ihrer Liederlichkeit erfahren hätte. Auch war es unwahrscheinlich, dass sie Emmett je verzeihen würde, es ihm enthüllt zu haben. Eines wusste sie mit Gewissheit: Sie würde Emmett Cavanaugh niemals wieder auch nur um irgendeine verflixte Sache bitten.

Die Kutsche bog von der Bellevue ab und rollte aufs Wasser zu. Bald kam ein dreistöckiges weißes Herrenhaus im italienischen Stil in Sicht. Das Haus lag zurückversetzt hinter einem weitläufigen Rasen, hatte große Fenster mit schwarzen Läden und eine Veranda, die sich über die gesamte Südseite erstreckte. Eine breite Treppe wand sich zum Haupteingang empor, und Lizzie zählte fünf – nein, sechs – Kamine. Das Haus schien sich meilenweit zu erstrecken.

»Ich erinnere mich an das hier«, sagte sie. »Aber ich war noch nie im Inneren. Hat es nicht die letzten zwei Jahre leer gestanden?«

»Drei«, antwortete Emmett. »Ich habe Oceancrest letzten Monat als Teil eines Geschäfts erworben. Der Mann, der es vor fünf Jahren gebaut hat, starb unerwartet. Das Innere wurde nicht umgestaltet, aber es wurde gesäubert und gelüftet. Ich habe auch eine kleine Menge an Möbeln liefern lassen. Du kannst es natürlich gern umdekorieren, wie du willst.«

Sie sollte ihn korrigieren, die Gelegenheit ergreifen, ihm zu erklären, dass sie nicht die Absicht hatte, irgendetwas umzudekorieren, da sie beide bald eine Annullierung erwirken würden, aber sie hielt sich zurück. Besser, sie führten diese Unterhaltung drinnen, sobald sie es sich bequem gemacht hatten und der Kutscher sie nicht belauschen konnte.

Das Interieur war sogar noch beeindruckender als das Äußere. Zwei mächtige Kronleuchter hingen in der zweistöckigen Eingangshalle, die mindestens zwölf, vielleicht sogar fünfzehn Meter hoch sein musste und ganz aus geschnitztem weißen Marmor bestand. Von dorischen Säulen gesäumte Bogengänge führten tiefer ins Haus, einer davon überspannte die dramatisch geschwungene Treppe. Wie in einem italienischen Palazzo erhob sich über ihnen ein offener erster Stock mit umlaufenden Balkonen.

Aber es blieb kaum Zeit zu staunen. Eine Armee von Bediensteten hatte sich aufgereiht, um den neuen Herrn und die neue

Herrin des Hauses zu begrüßen. Emmett überraschte sie damit, dass er jedes Mitglied der Dienerschaft warmherzig begrüßte und sich mit einem breiten Lächeln ausführlich mit ihnen unterhielt, und sie bemühte sich, es ihm gleichzutun.

Nachdem er allen gedankt und sie fortgeschickt hatte, drehte er sich zu ihr um. »Möchtest du, dass ich dich herumführe?«

»Nein. Ich bin erschöpft. Ich werde bis morgen warten, um alles zu erkunden.« *Allein.*

Er nickte und führte sie die Treppe hoch. Das Labyrinth aus Fluren erstaunte sie, aber ihr Mann fand mühelos seinen Weg. Schließlich blieb er vor einer Tür stehen, drehte den Knauf und bedeutete ihr, einzutreten. Das Schlafzimmer war aufwändig, sogar noch aufwändiger als ihr neues Zimmer in Emmetts Heim in der Fifth Avenue. Blassgrüne, von blendend weißen Stuckleisten akzentuierte Wände mit drei von eleganten Vorhängen gesäumten palladianischen Fenstern, die auf einen ausgedehnten Rasen hinter dem Haus hinausblickten. Sie erkannte die Möbel als Louis-seize und fragte sich, wie Emmett es geschafft hatte, all das zu bewerkstelligen – kaufen, modernisieren und möblieren –, und das in nur einem Monat.

»Danke«, sagte sie aufrichtig. Er hatte sie vielleicht nicht heiraten wollen, aber er hatte für den Empfang und dieses Haus Berge versetzt. Ganz zu schweigen von ihrem neuen Büro in der Beaver Street. Warum hatte er all das getan, wenn er dazu erpresst worden war, sie zu heiraten? Sein Handeln ergab keinen Sinn.

Er schien verblüfft über ihre Dankbarkeit zu sein. »War mir ein Vergnügen«, sagte er. »Du hast drei Schränke. Die Türen sind bündig in die Wand eingelassen.« Er drückte auf den Putz, wodurch sich eine raffinierte Tür öffnete. »Hier drin kannst du alle Kleider aufbewahren, die du brauchst –«

»Emmett, warte«, platzte sie heraus, bevor er noch mehr erklären konnte. Die Aufmerksamkeit, die Fürsorglichkeit waren zu viel. Wenn sie die Unterhaltung zwischen Emmett und ihrem Bruder nicht belauscht hätte, würde sie wahrscheinlich völlig dahinschmelzen und dem Mann zu Füßen liegen.

Aber sie hatte die Wahrheit gehört, und sie ließ sich nicht mehr aus ihrem Gedächtnis löschen.

Er schob die Hände in die Hosentaschen. »Ja?«

»Ich – ich wollte über heute Abend sprechen. Über später.«

»Deinem Erröten nach nehme ich an, du meinst die Hochzeitsnacht.« Er sah sie an, so ruhig, wie man nur sein konnte, während Lizzie sich wünschte, der Erdboden möge sich auftun und sie verschwinden lassen.

Dennoch musste sie weitermachen. Sloanes gaben nicht auf. »Ja. Ich wünsche nicht, eine zu haben. Also, eine Hochzeitsnacht.«

»Du möchtest keine Hochzeitsnacht?« Als sie nickte, fuhr er fort: »Hoffst du zufälligerweise, dieses spezielle Ereignis zu beschleunigen, oder es auf unbestimmte Zeit aufzuschieben?«

»Aufzuschieben. Auf unbestimmte Zeit.«

Seine Brauen zogen sich unheilvoll zusammen, und die Einkerbung in seinem Kinn wurde tiefer. »Darf ich fragen, warum? Wir sind schließlich verheiratet.«

»Ich beabsichtige, eine Annullierung zu beantragen, sobald wir nach New York zurückgekehrt sind.«

Emmett warf den Kopf in den Nacken und stieß ein kurzes Lachen aus. »Du beliebst doch zu scherzen.«

Lizzie richtete sich auf, fest entschlossen, ihm die Stirn zu bieten, ganz gleich, wie er reagierte. »Ich meine es zufällig ernst.«

»Eine Annullierung? Mit welcher Begründung, gottverdammt?«, fragte er mit lauter werdender Stimme. »Ich kann dir versichern, keine Menschenseele wird an Impotenz glauben.«

»Unter Zwang erwirkte Zustimmung.«

Er starrte sie an, mit dunklen, harten Augen, und die Wände schienen näherzurücken, als der Moment sich ausdehnte. Ein Muskel zuckte in seinem Kiefer. »Dann hast du also die Absicht«, sagte er, die Stimme von einem drohenden Unterton durchzogen, »vor Gericht auszusagen, dass du gezwungen wurdest, mich zu heiraten.«

»Ja. Ich werde sagen, dass mein Bruder mich dazu gezwungen hat.«

Keine Erleichterung huschte über sein Gesicht. Stattdessen knurrte er: »Hast du irgendeine Ahnung, wie mich das aussehen lässt?«

»Emmett, ich kenne die wahren Umstände hinter unserer Hochzeit.« Der Ärger wich aus seinem Gesicht und zurück blieb Verwirrung, also erzählte sie ihm den Rest. »Ich habe deinen Streit mit meinem Bruder heute belauscht. Ich weiß, dass er dich erpresst hat, mich zu heiraten.«

Emmett fuhr zum Fenster herum, sein Profil so reglos wie das einer Statue. Als er wieder sprach, blieb sein Blick auf die Aussicht geheftet. »Ich bedauere, dass du diese Unterhaltung mitangehört hast, Elizabeth. Ich hätte es vorgezogen, wenn du nie von meinem Arrangement mit deinem Bruder erfahren hättest. Wie dem auch sei, ich bin bereit, meiner Verantwortung dir gegenüber gerecht zu werden.«

Da war dieses Wort wieder, *Verantwortung*. Sie wollte keine lästige Pflicht sein, etwas in seinem Leben, das ertragen werden musste. Um das man sich kümmern musste wie um einen schmerzenden Zahn. Sie wollte Leidenschaft. Liebe. Mehr als die Luft zum Atmen gebraucht werden.

Und seine Reaktion war umso mehr Beweis für den Fehler, den sie heute gemacht hatten. Sie würde nicht klein beigeben.

»Ich bin mir sicher, wenn du Gelegenheit hattest, über die Idee nachzudenken, wirst du mir zustimmen«, sagte sie. »Durch eine Annullierung wird es so sein, als hätte die Hochzeit nie stattgefunden.«

»Wir haben vor Gott und vierhundert Menschen gestanden. Uns die Treue geschworen, bis dass der Tod uns scheidet. Und du denkst, das werden alle einfach *vergessen?*« Er drehte sich um und stemmte die Hände in die Hüften. »Läuft es so in der feinen Gesellschaft, wo es nichts bedeutet, sein Wort zu brechen?«

Sie rieb sich die Schläfen. Was bedeutete das alles schon, wenn der Rest ihres Lebens auf dem Spiel stand? Sie würden einander unglücklich machen, bis sie *starben*. War das wirklich, was er wollte?

Er kam näher und blieb nur wenige Zentimeter vor ihr stehen. »Ist die Vorstellung, mit mir verheiratet zu sein, so abstoßend für dich, dass du lügen und uns beide blamieren würdest, um aus der Sache herauszukommen?«

Sie legte den Kopf in den Nacken, um sein Gesicht zu sehen, ein Gesicht, in das sich nun Abscheu und Wut eingegraben hatten. Die Frage verwirrte sie, da er sie doch von vornherein nicht hatte heiraten wollen. Welche Antwort konnte sie ihm denn geben? Wenn er seinen männlichen Stolz einmal überwunden hatte, würde er schon einsehen, dass sie recht hatte. Also sagte sie nichts.

Während ihres Schweigens verwandelte sich seine Miene

von einer Mischung aus Ungläubigkeit und Verletzlichkeit in die Gleichgültigkeit, an die sie sich inzwischen gewöhnt hatte. »Ich habe mich beim Empfang schon gefragt, was nicht stimmte, warum du mir aus dem Weg gingst. Wie praktisch, dass du gewartet hast, bis wir hier angekommen waren, um mir das zu sagen und es nicht schon getan hast, solange wir noch in New York waren. Sag mir, wäre das Haus fertiggestellt gewesen, voller extravaganter Möbel, würdest du dann immer noch von einer Annullierung sprechen? Oder vielleicht entspricht die Lage nicht deinen blaublütigen Maßstäben?«

Verärgerung durchströmte sie und schnürte ihr die Eingeweide zu. »Du denkst, hier geht es um deinen Reichtum oder das, was du mir kaufen kannst?«

»Es geht immer um Reichtum, Elizabeth. Jeder, der dir etwas anderes erzählt, ist entweder ein Lügner oder sehr reich.«

»Ich will dein Geld nicht. Ich wollte nie irgendetwas –« *Außer dir*, hätte sie beinahe gesagt. Doch der Stolz hielt sie zurück. Es hatte keinen Sinn, ihm mit dieser Information Munition für seinen nächsten Streit mit Will zu geben.

»Mit mir zu tun haben«, beendete er den Satz unrichtig, dann gab er ein hohles Lachen von sich. Ein Kloß hatte sich in ihrer Kehle gebildet, und sie brachte es nicht über sich, ihn zu korrigieren, obwohl sie wusste, dass er verletzt war. *Er wollte dich nicht heiraten*, sagte sie sich. *Letztendlich wird er dir dankbar sein, dass du ihn von dieser Ehe entbunden hast.*

»Also war ich gut genug, als du deine kostbare Wertpapierfirma wolltest, aber ich bin nicht gut genug für dein Bett.« Sie hasste die Worte, hasste die Bedeutung, sagte jedoch nichts. Was machte es denn am Ende für einen Unterschied, was er glaubte?

Sein Kiefer war wie Granit, als er zur Tür marschierte. »Eine Annullierung hört sich nach einem guten Plan an, Mrs. Cavanaugh. Gott weiß, dass mir der Schwanz abfallen würde, wenn ich ihn dir reinstecke, weil du so verdammt eiskalt bist. Keine Sorge, ich werde keine Schwierigkeiten haben, eine Frau zu finden, die will, dass ich es ihr auf jede Weise besorge, die ich kenne.«

Die Hand am Türknauf hielt er inne, und mit einem Blick über seine Schulter sagte er düster: »Und ich kenne mehr als genug.«

Emmett warf die kleine Engelsfigur in die Luft und schwang die kurze Gardinenstange, die er vom Fenster abgenommen hatte. Mit einem unseligen Krachen, das durch den leeren Ballsaal hallte, traf Holz auf Porzellan. Er packte die Ginflasche zu seinen Füßen und nahm einen weiteren Schluck, während er sich fragte, wann der Alkohol endlich Wirkung zeigen würde. Die verdammte Flasche war schon fast leer.

Als nächstes war die kleine Hasenfigur an der Reihe. Wurf. Schwung. Ein befriedigender Schauer aus winzigen Hasenscherben regnete auf ihn herab. Er hatte sich schon zwei Schnitte im Gesicht eingehandelt, und die entblößte Haut an seinen Händen war völlig zerkratzt. Nicht, dass er es bemerkte. Er spürte nichts. Absolut nichts.

»Das waren alle. Zumindest alle, die ich finden konnte«, sagte Kelly, während er noch ein paar weitere Porzellanfigürchen auf den Beistelltisch fallen ließ, den Emmett in die Mitte des Raumes gezogen hatte. »Bist du schon bereit, mir zu erzählen, was passiert ist?«

»Nein. Hast du Lust zu werfen?«

»Nicht besonders. Weißt du, dass du blutest?«

Ja, Emmett wusste es, aber er brachte nicht genug Energie auf, um sich dafür zu interessieren. »Ich brauche noch eine Flasche Gin.« Er setzte die Flasche an die Lippen und nahm mehrere große Züge.

Kellys Augen wurden groß, als Emmett schluckte. »Das würde ich dir nicht raten.«

»Dich hat keiner gefragt«, entgegnete Emmett, als er wieder zu Atem gekommen war. Dann tauschte er die Flasche gegen eine Figur aus, trat einen Schritt zur Seite und ließ sie fliegen.

»Dein Schlag hat sich verbessert seit den Tagen in der Mulberry Bend.« Kelly wischte sich Porzellanstaub von den Schultern. »Also schätze ich, du wirst nicht mit deiner Frau zu Abend essen.«

Emmett sagte nichts. Die Tatsache, dass er hemdsärmelig im Ballsaal stand und auf Porzellan-Nippes einschlug, schien Antwort genug zu sein. Das Problem war nur, durch das Zerschmettern fühlte er sich nicht besser. Seine Brust fühlte sich immer noch an, als hätte sie jemand mit einem stumpfen Löffel ausgehöhlt. Ein vertrautes Gefühl, eines, das er seit langer Zeit nicht mehr verspürt hatte. Aber eines, das er nie vergessen hatte.

Sie will dich nicht. Na und? Nicht, dass das eine Überraschung wäre.

Als er nach einer weiteren Figur griff, drehte der Raum sich plötzlich, und er stolperte. Kellys Hände landeten auf seiner Schulter, um ihn zu stützen. »Hoppla, Bish. Immer schön langsam.«

Emmett richtete sich auf und packte eine winzige Schale.

Dann trat er vom Tisch weg, warf sie und schwang. Die Schale zerschellte auf dem Fußboden. Eindringlich starrte Emmett die Scherben an. Wie hatte er danebenschlagen können?

»Also gut, das reicht jetzt.« Kelly nahm Emmett die Stange aus den Händen. »Wir setzen uns jetzt hin und erzählen Onkel Kelly alles.«

»Hör auf, mich zu betüddeln«, knurrte Emmett. »Ich bin kein kleines Kind. War nicht mal ein kleines Kind, als ich noch ein Kind war.«

»Ja, ich weiß. Du warst schon damals ein Idiot.«

Kelly führte ihn zu einem Sessel. Zum Glück schnappte Emmett sich die Ginflasche, bevor Kelly es tat. »Wie viele Flaschen, bis ich umkippe?«

»Normalerweise drei«, antwortete Kelly, während er sich einen weiteren Sessel herbeizog. »Aber am nächsten Tag geht's dir dreckig.«

Wer scherte sich schon um morgen? Emmett trank einen tiefen Schluck. »Ich bin ein Bastard. Hab meine Frau angeschrien. Sogar geflucht. Worte benutzt, die sie in ihrem privilegierten Leben zweifellos noch nie gehört hat.«

Kelly setzte sich, seine große, bullige Gestalt wirkte beinahe lächerlich auf dem schicken Möbelstück. »Also, hattest du einen Grund zu fluchen, oder wolltest du sie einfach nur schockieren?«

»Beides, denke ich.« Er rieb sich den Nacken. »Sie hat vor, eine Annullierung zu beantragen, sobald wir zurück sind.«

Kelly zuckte zusammen. »Mit welcher Begründung?«

»Zwang.«

»Herrgott.«

»Genau.« Emmett schüttete sich mehr Gin die Kehle hinunter. Die Flüssigkeit brannte sich ihren Weg in seinen Magen. »Hat ihren Bruder und mich beim Empfang streiten hören, als wir über die Erpressung gesprochen haben.«

Wieder zuckte Kelly zusammen, wodurch Emmett sich noch hundertmal schlechter fühlte. »Kann mir nicht vorstellen, dass ihr das gefallen hat.«

»Nein, hat es nicht. War 'ne gottverdammte Katastrophe.«

»Du hast doch nicht vor, aufzugeben, oder?«

Stirnrunzelnd sah Emmett seinen Freund an. »Das is' keine Frage von Aufgeben. Das is' kein Geschäft. Die Frau hasst alles an mir.«

»Stimmt nicht. Ich hab gesehen, wie sie dich angesehen hat. Wenn du nicht aufgepasst hast. Genauso, wie sie dich alle ansehen, als würden sie draufbrennen, dich ins Bett zu bekommen.«

Emmett schüttelte den Kopf, noch bevor Kelly zu Ende gesprochen hatte. »Du bist verrückt. So empfindet Elizabeth nich' für mich.« Gott, wenn sie es nur täte.

»Warum hat sie sich dann im Sherry's von dir küssen lassen?«

»Aus dem gleichen Grund, aus dem sich mir diese feinen Damen der Gesellschaft so ungeniert an den Hals werfen. Die wollen mal wissen, wie's mit einem aus der Gosse ist.«

Kelly dachte darüber nach, während Emmett sich mit Trinken beschäftigte. »Ich sage trotzdem, dass du sie überreden könntest, wenn du wolltest«, meinte er dann.

Sie überreden? Emmett wollte keine Frau, die er überreden oder beschwatzen musste, um sie ins Bett zu kriegen. Wenn er auch nur geahnt hätte, dass sie vorhatte, eine Annullierung zu erwirken, dann wäre er an diesem Morgen gar nicht erst in der Kirche erschienen. Scheiß auf Will Sloane und seine Drohungen.

»Ist wohl kaum wichtig, wenn eine Frau genauso gut ist wie die andere«, erwiderte Emmett. Seine Zunge begann allmählich, vom Alkohol schwer zu werden. Gut.

»Wenn du das glaubst, warum hast du dann Mae den Laufpass gegeben?«

Ja, die schöne Mrs. Rose. Er hatte die Sache mit ihr beendet, sobald die Verlobung verkündet worden war, sehr zu ihrer Enttäuschung. Er versuchte, sich ihre üppigen Kurven und das dunkle, exotische Aussehen in Erinnerung zu rufen ... aber alles, was er sehen konnte, waren graue Augen und blondes Haar. Verdammt.

»Unwichtig. Ich finde schon eine andere. Schauspielerinnen lieben mich.«

»Sie lieben deine Spendierhosen«, murmelte Kelly.

»Wenigstens sind sie ehrlich.« Die beiden saßen einige Augenblicke in einträchtigem Schweigen, während Emmett den Rest der Flasche leerte.

»Was hast du vor, wegen der Annullierung zu unternehmen?«, fragte Kelly schließlich.

Emmett stand auf, schwankte ein wenig und fand dann sein Gleichgewicht wieder. Er nahm eine Keramikfigur vom Tisch und schleuderte sie so fest er konnte an die gegenüberliegende Wand. Sie zerstob zu einer Wolke aus Porzellan. »Nichts. Das habe ich vor.«

»Sieht dir nicht ähnlich. Hab dich noch nie so fertig gesehen, nicht mal, als der einäugige Jackson und seine Jungs dich allein in dieser Gasse erwischt haben.«

Emmetts Lippen verzogen sich bei der Erinnerung. »Hab drei Wochen gebraucht, um wieder auf die Beine zu kommen.«

»Und ich werd nie vergessen, wie du dich revanchiert hast,

den Anblick der drei, wie sie dir zu Füßen knien und den Bischof um Gnade anbetteln.«

Er fuhr sich mit der Hand durchs Haar. »Das ist nicht dasselbe. Und das hier ist nicht Five Points.«

»Das ist es nicht, in der Tat«, sagte Kelly. »Manchmal denke ich, es ist schlimmer. Dort haben wir wenigstens nie aufgegeben. Es gab eine Zeit, in der hättest du dich von so einer Kleinigkeit wie einem ›Nein‹ nicht davon abhalten lassen, dir zu nehmen, was du willst.«

»Das verstehst du nicht, du sturer Drecksack.« Emmett nahm eine weitere kleine Schale und schleuderte sie gegen die Wand. Und dann noch eine. Zwei Wochen würde er hier festsitzen. Vierzehn Nächte, in denen er etwas wollte, das er nie haben konnte. Es gab auf der ganzen Welt nicht genug Alkohol oder Nippes, um zu verhindern, dass er durchdrehte. Aber er würde nicht nach New York zurückrennen, um sein Versagen offenzulegen, damit alle sehen konnten, dass es nur einen Tag gedauert hatte – *nicht einmal einen verdammten Tag* –, seine Ehe als das zu enthüllen, was sie in Wirklichkeit war: ein Schwindel.

»Schick Colin ein Telegramm. Ich will ihn gleich morgen früh hier haben. Sag ihm, er soll so viel Arbeit mitbringen, wie er tragen kann.«

Kelly seufzte. »Bedeutet das …«

»Das bedeutet«, knurrte Emmett, während er nach einer weiteren Figur griff, »dass die verdammten Flitterwochen vorbei sind.«

KAPITEL ZEHN

Jede junge Dame und jeder Gentleman sollte die Liebe zur Gesellschaft kultivieren – nicht als Zweck, sondern als Mittel.
AMERICAN ETIQUETTE AND RULES OF POLITENESS, 1883

Während der folgenden vier Tage wurde die Atmosphäre im Haus kälter als der schneidende Winterwind, der vom Atlantik herüberwehte. Lizzie schloss die Augen und genoss das Stechen auf ihren Wangen, als sie auf dem Rasen hinter dem Haus stand und aufs Wasser hinausblickte.

Sie hatte Emmett seit dem Wortwechsel in seinem Schlafzimmer, bei dem sie verkündet hatte, dass sie eine Annulierung plante, kaum zu Gesicht bekommen. Stattdessen verbrachte er seine ganze Zeit im Arbeitszimmer hinter fest verschlossener Tür. Sie war ihm einmal auf der Haupttreppe begegnet, und sie hatten ein unglaublich unangenehmes Frühstück mit seinem Sekretär Colin verbracht, der ausgesehen hatte, als würde er am liebsten jeden Moment die Flucht ergreifen. Emmetts ausdruckslose dunkle Augen hatten sie kaum eines Blickes gewürdigt; seine

Aufmerksamkeit hatte ausschließlich entweder seinem Essen oder seinem Sekretär gegolten. Es war, als hätte sie für ihn aufgehört zu existieren.

Sie versuchte, nicht verletzt zu sein. Schließlich war sie es gewesen, die um die Annullierung gebeten hatte. War es also nicht ohnehin besser, wenn sie auf Abstand blieben, besonders da ihr Bruder ihn zu der Hochzeit erpresst hatte?

Warum also ließ sein letzter Satz in jener Nacht ihre Brust schmerzen?

Ich werde keine Schwierigkeiten haben, eine Frau zu finden, die will, dass ich es ihr auf jede Weise besorge, die ich kenne. Und ich kenne mehr als genug.

Seufzend vergrub Lizzie sich tiefer in ihrem Mantel und trat mit ihrem Stiefel gegen einen Kieselstein auf dem Gartenweg. Sie hatte keine Macht über ihn, auch wenn sie verheiratet waren. Wenn er eine andere Frau wollte, warum sollte sie das kümmern?

»Lizzie!«

Sie wirbelte zum Haus herum und entdeckte Edith Rutlidge, die über den Rasen auf sie zurannte, ein breites Lächeln auf dem Gesicht.

»Edith!« Lizzie strahlte, das erste Glücksgefühl seit ihrem Hochzeitstag. Sie rannte ihrer Freundin entgegen und umarmte sie stürmisch. »Ich kann nicht glauben, dass du hier bist!«

»Schrecklich unhöflich, nicht wahr? Ich hoffe, ich störe eure Flitterwochen nicht. Ich dachte nur, ich statte dir einen Nachmittagsbesuch ab, um nach dir zu sehen.«

Lizzie nahm Ediths Arm und führte sie zu den Gärten. »Du störst gar nicht. Ich bin immer froh, dich zu sehen. Aber was machst du in Newport?«

»Vater hatte geschäftlich hier zu tun, und ich habe ihn angefleht, mich mitkommen zu lassen. Ich dachte, ich könnte dich vielleicht sehen, mich vergewissern, dass du dich gut erholt hast.«

»Erholt wovon?«

»Von der Hochzeitsnacht, du Dummerchen«, sagte Edith mit einem Lachen. Als Lizzie nicht mit einstimmte, wurde Ediths Blick schmal. »Oh nein. Erzähl mir, was dieser Mann dir angetan hat –«

»Beruhige dich. Emmett hat gar nichts getan.« Nichts, was Lizzie öffentlich machen wollte, zumindest. Ihr langer Seufzer kam als weiße Wolke heraus. »Und ich möchte nicht über ihn sprechen.«

»Ich wusste, du hättest ihn nicht heiraten sollen. Es war zu früh, Lizzie. Henry hatte recht.«

»Henry? Was hat Henry gesagt?« Ediths Bruder hatte nicht mehr mit Lizzie gesprochen, seit die Verlobung verkündet worden war, und er hatte auch nicht an der Hochzeit teilgenommen.

Die beiden Frauen gingen einen Laubengang entlang, dessen Gitter von allen Seiten mit Wein umrankt waren. Er würde im kommenden Frühjahr überwältigend aussehen. Schade, dass Lizzie ihn nie würde blühen sehen.

»Dass du diese Hochzeit überstürzt hast. Und keiner kann sich so recht einen Reim darauf machen, warum. Alle spekulieren, aus welchem Grund du dich mit ihm in diesem Séparée getroffen hast. Ich habe schon alles gehört, davon, dass du sein Kind trägst, bis hin zu Hypnose.«

»Beides ist völlig lächerlich.« *Ich habe mich mit ihm getroffen, weil ich es wollte. Er ist anders als alle anderen in New York.* Natürlich konnte sie das nicht sagen, nicht, wenn sie vorhatte, vor Gericht auf Zwang zu plädieren. »Du brauchst dir keine Sorgen zu machen. Alles wird gut werden.«

»Ich kenne dich«, erwiderte Edith. »Du führst etwas im Schilde. Aber ich weiß auch, dass du es mir nicht verraten wirst, bis du so weit bist.«

Darüber musste Lizzie nun doch lachen. »Ja, und ja. Also hab Geduld und versuch, dir keine Sorgen zu machen.«

»Nun, wir sollten dich ins Haus schaffen. Deine Lippen sind schon ganz blau, und du zitterst.«

Lizzie blieb stehen, um das große steinerne Gebäude zu mustern. Oceancrest besaß eine der besten Aussichten in ganz Newport, direkt auf den Klippen, die den Ozean überblickten. Das Haus war ausnehmend schön, ein Wunderwerk der Technik und des Komforts. Wasserklosetts mit heißem und kaltem fließendem Wasser in jedem Schlafzimmer. Sprechanlagen, um mit den Bediensteten zu kommunizieren. Es gab sogar einen Springbrunnen unter der Haupttreppe, um Himmels willen.

Für Lizzie beherbergte das Haus allerdings keine Wärme, keine Freude. Es war eine spröde, sterile Hülle der Traurigkeit.

»Ich möchte nicht wieder hineingehen. Noch nicht.«

»Dann nehme ich dich mit nach Poplar House«, sagte Edith und meinte damit das Landhaus ihrer Familie hier. »Komm, verbring den Tag mit uns und bleib zum Dinner.«

Die Aussicht auf Gesellschaft, Lachen und darauf, für kurze Zeit alles zu vergessen, reizte Lizzie mehr, als sie sich eingestehen wollte. Tag für Tag allein hier zu sein, mit kaum etwas zu tun und nur den Bediensteten als Gesellschaft, begann allmählich seinen Tribut von ihr zu fordern. Aber wie sollte sie die Abwesenheit ihres Gatten erklären?

»Das sollte ich nicht tun. Deine Familie wird unweigerlich Fragen stellen. Was soll ich dann sagen?«

»Dass Emmett arbeitet – was, wie ich annehme, die Wahrheit ist.«

Lizzies Schultern entspannten sich. »Also gut. Aber du wirst deiner Familie gegenüber nichts erwähnen, ja?«

Edith drehte einen unsichtbaren Schlüssel vor ihren Lippen. »Ich werde kein Wort sagen.«

Emmett riss ein Streichholz an und entzündete eine weitere Zigarre, seine dritte in den letzten zwei Stunden. Er saß im Salon gleich neben der Eingangshalle, trank und rauchte, während er auf die Rückkehr seiner Frau wartete. Die Uhr hatte vor einer Weile zwölf geschlagen, und er begann zu befürchten, dass sie vielleicht gar nicht nach Hause kommen würde.

In diesem Fall würde er zum Haus der Rutlidges reiten und jede einzelne Tür eintreten, bis er sie gefunden hatte.

Noch eine Stunde. So lange würde er ihr noch geben.

Zuvor, als Edith Rutlidge angekommen war, hatte er sich nichts weiter bei dem Besuch gedacht, nicht einmal, als die beiden Frauen fortgegangen waren. Dann war Elizabeth nicht zum Abendessen zurückgekehrt, und Emmett hatte angefangen, sich Sorgen zu machen. Nicht, dass sie beide geplant hätten, miteinander zu speisen, natürlich – jeglicher Anschein von Flitterwochen hatte an jenem ersten Tag ein Ende gefunden –, aber ein nagender Verdacht sagte ihm, dass hier mehr im Spiel war. Und tatsächlich hatte er in Erfahrung gebracht, dass Henry Rutlidge ebenfalls in Newport angekommen war.

Zufall? Das glaubte Emmett in seinem ganzen verdammten Leben nicht.

Also hatte er die Dienerschaft zu Bett geschickt und sich an der Tür positioniert, um zu warten, während sein Ärger mit jedem Schlag der Uhr auf dem Kaminsims wuchs.

Würde sie ihn wirklich einfach ohne ein Wort verlassen?

Ja, antwortete eine Stimme in seinem Kopf. *Die wahre Frage ist, warum sie sich überhaupt die Mühe gemacht hat, zu bleiben.*

Gott wusste, dass sie mit Rutlidge besser dran wäre, aber bis die Annullierung bewilligt war, würde Emmett vor nichts zurückschrecken, um seine Frau daran zu hindern, mit einem anderen Mann ins Bett zu hüpfen.

Das schwache Geräusch von Kutschenrädern weckte seine Aufmerksamkeit. Er drückte die Zigarre in dem Kristallaschenbecher neben ihm aus, während er versuchte, seine Wut zu zügeln.

Als sich die Eingangstür öffnete, erschien die Silhouette seiner Frau in der Dunkelheit. Sie schlich herein wie ein Dieb in der Nacht und achtete darauf, die schwere Holztür leise hinter sich zu schließen.

»Hattest du einen schönen Abend?«

Beim Klang seiner Stimme fuhr sie zusammen und legte eine Hand auf ihre Brust. »Emmett? Himmel, du hast mich erschreckt.«

Er streckte die Hand aus und drehte die Lampe neben seinem Ellbogen auf. Ein warmes Glühen erhellte den Salon – und die ertappte Miene seiner Frau.

Eine wilde Ruhe strömte durch sein Blut und ließ sich in seinen Muskeln nieder, die sich anspannten, während er ihr dabei zusah, wie sie näher kam. Er machte keine Anstalten, aufzustehen.

»Was tust du hier?« Sie streifte ihre Handschuhe ab und zog dann die Nadeln aus ihrem Hut. »Warum wartest du hier unten?«

»Hattest du einen schönen Besuch bei den Rutlidges?«

»Woher weißt du ...« Sie reckte das Kinn und zog schwungvoll den Mantel aus. »Ja, hatte ich. Es war schön, wieder einmal jemanden zum Reden zu haben.«

Ein dunkles Lachen schlüpfte ihm über die Lippen, und er erhob sich aus seinem Sessel. »Aber Elizabeth, ich hatte ja keine Ahnung, dass du einsam bist.« Er trat auf sie zu, Eifersucht und Empörung trieben ihn vorwärts. »Hättest du das nur früher gesagt, dann wäre ich mehr als bereit gewesen, dich zu unterhalten.«

Er kam näher, und ihre Augen weiteten sich. Sie begann, vor ihm zurückzuweichen. Gut. *Lauf, kleines Häschen, denn wenn ich dich erwische ...*

»Emmett, stopp.« Beunruhigung flackerte über ihre makellosen Züge, und sie hob die Hände, wie um ihn abzuwehren. »Ich ging zum Tee und bin zum Abendessen geblieben. Das ist alles. Was auch immer du dir sonst vorstellst –«

»Und Rutlidge? War dein ehemaliger Verehrer auch da?«

Sie stieß mit dem Rücken gegen die Wand und gab einen leisen, überraschten Aufschrei von sich. »Henry? Er ist in Newport, aber –«

Emmett drängte weiter, bis er drohend über ihr aufragte, eine Hand über ihrem Kopf an die Wand gestützt. »Hast du dich an seiner Schulter ausgeweint, ihm von deinem Leid erzählt?«

Elizabeths Stirn glättete sich. »Absolut nicht. Ich würde niemals etwas so Treuloses tun, ganz gleich, wie die Dinge zwischen uns stehen mögen.«

Das überraschte ihn, doch die Worte trugen nichts dazu bei, seine Empörung zu lindern. »Hat er dich in sein Bett geholt, Gemahlin? Hast du ihm erlaubt, zwischen deine weichen, wohlerzogenen –«

Ihre Hand schnellte hoch – zweifellos um ihm eine schallende Ohrfeige zu verpassen –, doch Emmett war schneller. Er packte ihr Handgelenk und nagelte ihre Hand an die Wand, während er seinen Körper eng an ihren drängte. »Das solltest du lieber nicht tun«, sagte er mit tiefer Stimme.

Ihre Brust hob und senkte sich schnell, und ihre Haut war gerötet. Sie war so bezaubernd, verdammt. Trotz allem spürte er, wie sein Glied reagierte und zwischen ihren Körpern hart wurde. Sie hob den Kopf, um ihm in die Augen zu sehen, ihre vollen Lippen teilten sich, und er hatte Mühe, sie nicht zu küssen.

»Ich wäre niemals untreu, Annullierung hin oder her. Wenn du mich auch nur ein bisschen kennen würdest, dann würdest du nie an mir zweifeln. Und jetzt lass mich los.« Sie wehrte sich, aber er hielt sie fest. Bei Gott, er würde seine Antworten bekommen.

»Erwartest du, dass ich dir glaube, du wärst bis weit nach Mitternacht dort geblieben, um zu reden? Hältst du mich für so dumm?«

Ihr Blick zuckte zu seinem Mund, der nun dicht über ihrem schwebte. Die Luft um sie herum wurde schwer und dick, als stünden sie vor einem lodernden Ofen. Er konnte die süße Wärme ihres schnellen Atems spüren, konnte die Röte sehen, die ihre helle Haut färbte. »Es ist mir gleich, was du glaubst«, flüsterte sie und leckte sich die Lippen. »Ich sage die Wahrheit.«

Er war nicht sicher, was er glauben sollte, wenn es um diese Frau ging. Niemand hatte ihn je so heftig aus dem Gleichgewicht gebracht. Log sie?

Wenn sich ihre Kurven so perfekt an seinen Körper schmiegten, kümmerte ihn diese Frage plötzlich nicht mehr. Alles, worauf er sich konzentrieren konnte, war, wie sie sich anfühlte, wie sie roch, wie verlockend ihre vollen Lippen waren ...

Bevor er es sich ausreden konnte, senkte er den Kopf und versiegelte ihren Mund mit seinem. Das letzte Mal hatte er sie in der Kirche geküsst, aber das hier war völlig anders als jener keusche Austausch. Das hier war Besitzanspruch und Wut. Ein Kuss roher Verzweiflung. Er brauchte ihre völlige Kapitulation.

Er versuchte nicht, ihr neckend oder schmeichelnd eine Reaktion zu entlocken wie ein vornehmer Gentleman. Stattdessen drängte er ihr ohne Vorwarnung seine Zunge zwischen die Zähne. Sie öffnete sich ihm begierig, und er stieß tiefer, kostete sie unerbittlich. Ihre Zunge kam ihm entgegen, während sie einander verschlangen, und bald schon ertrank er, versank, war nicht mehr in der Lage, sich von ihrem köstlichen Mund zu lösen.

Als sie tief in der Kehle wimmerte, ließ er ihr Handgelenk los, um sie berühren zu können. Seine Hände streiften über ihre Kurven, strichen durch ihr Haar, zogen sie enger an sich ...

Ihre kleine Hand legte sich auf seine Hemdbrust, die Finger gespreizt – aber nicht, um ihn von sich zu schieben. Stattdessen schien sie seine breite Brust zu erforschen. Er neigte den Kopf zur Seite und ließ den Kuss sanfter werden, während er versuchte, ihr noch näher zu kommen. Er sehnte sich danach, sie zu verführen, dieses Wimmern in ihrer Kehle noch einmal zu hören ... ihr zu huldigen und die Erinnerung an jeden anderen Mann auszulöschen.

Sie war *seine Frau.* Und er hatte in den vergangenen Wochen viel zu oft davon geträumt, sie zu haben. Hatte beinahe jeden Morgen mit ihr vor Augen sein Glied massiert, ein alles andere als befriedigendes Ritual. Was er brauchte, war die Realität, diese Frau genau hier, die Frau, die ihre Hüften an seinem Oberschenkel rieb. Seine Erektion pochte an dem Korsett über ihrem Bauch, und er wünschte sich nichts mehr, als ihre Röcke zu heben, sich ihre Beine um die Hüften zu legen und in ihre Feuchte zu gleiten.

Dann erinnerte er sich wieder. *Die Annullierung.* Er riss sich von ihrem Mund los und stolperte zurück. Keuchend versuchte er, wieder zu Atem zu kommen. Sie war herrlich zerzaust von seinen Händen, ihre Lippen rosig und geschwollen. Hatte Rutlidge früher an diesem Abend dasselbe gesehen?

Wut über seine eigene Dummheit flutete seine Adern, so heftig, dass er davon erbebte. »Falls du die Absicht hast, dir einen Liebhaber zu nehmen, während du auf die Annullierung wartest, dann solltest du dir das aus dem Kopf schlagen. Denn das werde ich nicht zulassen.«

Sie strich sich eine Locke aus der Stirn. »Warum solltest du dich um Untreue scheren? Du hast jedenfalls nicht die Absicht, treu zu bleiben, wenn man bedenkt, was du neulich Abend gesagt hast.«

Er begann zu begreifen. Es hatte ihr etwas ausgemacht, dass er sie kalt genannt und angekündigt hatte, andere Frauen zu vögeln. »Du brauchst es nur zu sagen, Elizabeth. Dann trage ich dich nach oben und zeige dir Dinge, die Henry Rutlidge nicht einmal zu versuchen wagen würde.«

Zitternd sog sie den Atem ein. »Du weißt, warum das unmöglich ist.«

Ja, das wusste er. Wie könnte er es vergessen, wenn sie es ihm bei jeder Gelegenheit ins Gesicht schleuderte? Er biss die Zähne zusammen, während seine Gedanken im Kreis wirbelten. Vielleicht erforderte diese Situation weniger Emotionen und mehr Strategie seinerseits. Es war eindeutig, dass ihr Körper genauso auf ihn reagierte wie der seine auf ihren. Was konnte es also schaden, wenn sie in der kurzen Zeit, in der sie verheiratet sein würden, Spaß miteinander hatten? »Wir wären nicht das erste Paar, das über den Vollzug der Ehe lügt.«

Sie hob das Kinn. »Darüber kann ich nicht lügen. Darüber werde ich nicht lügen.«

»Und doch würdest du darüber lügen, gezwungen worden zu sein.«

»Weil das zufällig die Wahrheit ist! Wir wurden beide gezwungen.«

»Blödsinn. Niemand hat dich dazu überredet, dich mit mir zum Dinner zu treffen. Niemand hat dich gezwungen, mich zu küssen. Ich habe sogar versucht, dich aufzuhalten, und was hast du darauf gesagt?« Er schwieg kurz, dann zitierte er: »›*Ich war noch nie gut darin, zu tun, was man mir sagt.*‹ Und vor zwei Minuten hätte ich meine Hände unter deinen Röcken haben können. Also hör auf damit, die verdammte Märtyrerin zu spielen, Elizabeth.«

Ihr Mund presste sich zu einem unzufriedenen Strich zusammen, als sie sich von der Wand abstieß. »Bist du immer so grob und verletzend?«

Ein trockenes, bitteres Lachen entschlüpfte ihm. »Nun, ich wäre verdammt noch mal nicht da, wo ich jetzt bin, wenn ich immer höflich und nett gewesen wäre. Aber du brauchst dir keine Sorgen zu machen«, sagte er, während er sich zur Eingangshalle wandte. »Du wirst mich nicht mehr lange ertragen müssen.«

Graham öffnete die Eingangstür der Cavanaugh-Villa mit höflicher und professioneller Miene. Falls der Diener überrascht war, den Herrn und die Herrin des Hauses ganze zehn Tage früher als erwartet zu sehen, dann ließ er es sich nicht anmerken. »Guten Tag, Sir. Madam. Willkommen zu Hause.«

Es war der Tag nach ihrem explosiven Aufeinandertreffen in Newport. Bevor Lizzie überhaupt gefrühstückt hatte, hatte Emmett bereits gefordert, dass sie in die Stadt zurückkehrten. Obwohl es ihr nicht gefiel, von einem anmaßenden Ehemann herumkommandiert zu werden, war auch sie erpicht darauf gewesen, nach New York zurückzukehren. Also hatte sie sich beeilt, Pauline beim Packen zu helfen, bereit, diese katastrophalen Flitterwochen hinter sich zu lassen.

Emmett ließ ihren Arm los, kaum dass sie die Schwelle überschritten hatten. »Ich bin in meinem Arbeitszimmer. Schicken Sie Colin zu mir, sobald er ankommt.« Ohne seinen langen schwarzen Mantel abzulegen, marschierte ihr Mann durch die Eingangshalle und verschwand in den Tiefen des Herrenhauses.

»Ihre Sachen, Madam«, sagte Graham sanft, und Lizzie wurde bewusst, dass sie immer noch in dem Flur stand und vor sich hinstarrte, lange nachdem Emmett verschwunden war.

»Danke, Graham.« Sie zog die Handschuhe aus und begann, ihren schweren Mantel aufzuknöpfen.

»Hörte ich da gerade –«

Als Lizzie hochblickte, sah sie Emmetts Bruder Brendan oben an der Treppe stehen. Sein Blick aus aufgerissenen Augen traf ihren, und sein Stirnrunzeln war quer über die beeindruckende Eingangshalle hinweg erkennbar.

Brendan kam die Treppe herunter, wobei er sich wegen seines Beins schwer auf das Geländer stützte. Lizzie fragte sich, was die Verletzung verursacht hatte, und ob er sie sich erst vor Kurzem zugezogen hatte. Er war ein gutaussehender Mann, umgänglich und intelligent, der sich leidenschaftlich dafür einsetzte, das Leben anderer besser zu machen. So anders als sein Bruder, der so kalt und distanziert sein konnte. *Außer wenn er dich küsst.*

»Hallo, Lizzie.« Brendan erreichte den Fuß der Treppe, als Lizzie Graham gerade ihre letzten Sachen überreichte. Er hatte die Stirn in Falten gelegt. »Ihr seid früh zurück.«

»Ja.«

»Danke, Graham«, entließ Brendan den Butler. Als sie allein waren, fragte er: »Was ist passiert?«

Sie zog eine Schulter hoch. »Wir waren beide begierig darauf, nach Hause zu kommen. Newport ist schrecklich langweilig im Winter.«

Seine intelligenten Augen wurden schmal. »Langweilig? Eure Flitterwochen waren langweilig?« Seufzend schüttelte er den Kopf. »Das wäre amüsant, wenn ich euch beide nicht so gern hätte. Was hat er getan?«

»Nichts. Ich schwöre.«

»Nun, das erklärt, warum du dich gelangweilt hast«, erwiderte er trocken, und gegen ihren Willen musste sie lachen.

»Brendan, du brauchst dir keine Sorgen zu machen. Die Dinge sind … kompliziert zwischen uns.« Wusste er von der Erpressung? Sehr wahrscheinlich, nahm sie an. Nichtsdestotrotz wollte sie sich nicht über die Annullierung unterhalten. Die Welt würde beizeiten von der Trennung erfahren.

Sein Stirnrunzeln vertiefte sich. »Ich habe schon angefangen, mir Sorgen zu machen, als er nach Colin geschickt hat. Und jetzt kann ich sehen, dass es sogar noch schlimmer ist, als ich befürchtet hatte.«

»Nein, es ist –«

»Du wirst ihm eine Chance geben, ja? Ich weiß, er kann … heftig sein. So war er schon immer, und er neigt dazu, zu viel zu arbeiten. Aber er ist loyal, Lizzie, und klug. Er –«

Sie hob die Hand. »Bitte, hör auf. Ich weiß, dass du ihn liebst und willst, dass er glücklich ist. Aber wir müssen das hier selbst hinbekommen.«

»Natürlich.« Brendan fuhr sich mit einer Hand durch sein hellbraunes Haar. »Bitte verzeih mir.«

»Ich verzeihe dir, wenn du dich bereiterklärst, mir eine Führung durch dieses Ungetüm von Haus zu geben.«

Er grinste. »Du versuchst, mich abzulenken, aber ich liebe es zufällig, Leute herumzuführen. Also lautet die Antwort ja.« Er bot ihr den Arm an, den Lizzie dankend annahm.

Sie gingen langsam, aus Rücksicht auf Brendans Humpeln. »Warum benutzt du keinen Gehstock?«, fragte sie ihn, als sie den Rundgang durch den zweiten Stock beendet hatten.

»Du hörst dich schon an wie Emmett«, brummte er, während er sich am Geländer festhielt, als sie die Treppe hinuntergingen. »Und wenn ich das Haus verlasse, tue ich das. Aber drinnen ist er ein Ärgernis.«

»Tut es weh? Ich habe keine Ahnung, wie lange es her ist, dass du verletzt wurdest.«

»Oh, das ist schon vor Ewigkeiten passiert. Ich war sechs.«

Die Brust schnürte sich ihr zu. Gott, er war noch ein kleiner Junge gewesen. »Das tut mir leid. Eigentlich geht es mich gar nichts an.«

»Wir sind jetzt eine Familie, Lizzie. Da gibt es keine Geheimnisse, besonders nicht über meine Verletzung. Ich wurde von einem Wagen überfahren.« Als sie leise nach Luft schnappte, warf er ihr ein reumütiges kleines Lächeln zu. »Ich war unterwegs, um Essen zu stehlen, also würden manche sagen, dass ich bekommen habe, was ich verdiente.«

Ein Sechsjähriger, unterwegs, um Essen zu stehlen? Wo waren seine Eltern gewesen? Oder Emmett. Ein unbehaglicher Kloß bildete sich in ihrer Kehle. »Ich glaube kaum, dass eine schlimme Verletzung eine angemessene Strafe für einen kleinen Jungen ist, der versucht, nicht zu verhungern.«

Sie erreichten den Fuß der Treppe. Wieder nahm sie seinen Arm, und er sagte: »Ich habe es überlebt. Vielleicht, wenn meine medizinische Versorgung besser gewesen wäre ...« Er seufzte. »Aber ohne meine Verletzung, wer weiß, was dann aus mir geworden wäre.«

»Wie meinst du das?«

»Mein Vater war kein netter Mensch, Lizzie. Er trank gern, und wenn er es tat, wurde er gewalttätig. Er schlug alles und jeden, der seine Aufmerksamkeit auf sich zog. Hauptsächlich Emmett, bis der alt genug war, sich den Popes anzuschließen. Dann war es meine Mutter.«

Hauptsächlich Emmett. Lizzies Magen krampfte sich bei diesen Worten zusammen. Diese Geschichte brach ihr das

Herz, und sie fürchtete, dass sie das Schlimmste noch nicht gehört hatte.

»Als ich verletzt wurde, musste ich das Bett hüten, also hörte mein Vater auf, mich zu bemerken. Ich ruhte mich aus und las, was immer ich in die Finger bekommen konnte. Emmett brachte mir Bücher, obwohl ich keine Ahnung habe, wo er sie herbekam. Ich lernte aus diesen Büchern alles, was ich konnte. Ich hätte es nie auf die Columbia geschafft, geschweige denn in die medizinische Fakultät, wenn meine Verletzung nicht gewesen wäre. Stattdessen hätte ich mich wahrscheinlich auch den Popes angeschlossen.«

»Und was war mit eurer Mutter? Was ist mit ihr passiert?«

»Sie ging fort, sobald ich aus dem Krankenhaus nach Hause kam. Ich glaube, die Verletzung war zu viel für sie, weißt du, die Schuldgefühle. Und mein Vater war ein absoluter Bastard. Ich nehme es ihr nicht übel, dass sie fortgegangen ist. Sie ging nach Kalifornien, wurde uns gesagt. Starb ein paar Jahre später.«

Weil ihn immer alle verlassen haben, fielen Lizzie Brendans Worte vor ihren Flitterwochen wieder ein. *Und das ist genau das, was du zu tun beabsichtigst*, rief sie sich in Erinnerung. Sie rieb sich die Stirn und schluckte das Bedauern hinunter. Was hatte sie denn für eine andere Wahl? Ja, sie genoss seine Küsse, aber mit Emmett verheiratet zu bleiben war purer Wahnsinn. Ihr Stolz ließ es nicht zu, einen Ehemann durch Erpressung an sich zu binden.

»Komm schon«, sagte Brendan. »Gehen wir ganz hinunter, dann zeige ich dir das Schwimmbecken.«

Der Märzwind war besonders heftig, als Emmett am Donnerstagabend die Fifth Avenue entlang zu seinem monatlichen Treffen mit Cabot, Sloane und Harper ging. Er krümmte die Finger und fragte sich, wie er den Abend überstehen würde, ohne Sloane dafür zu schlagen, dass er ihn zu dieser Farce von einer Ehe manipuliert hatte.

Emmett hatte seine Frau nicht mehr gesehen, seit sie aus Newport zurückgekommen waren. Meistens schlief er in seinem Büro in der Beaver Street. Der Abstand machte die Sache leichter. Sie wollte ihn nicht in ihrer Nähe haben, und Emmett hatte nicht die Absicht, um ihre Aufmerksamkeit zu betteln.

Kelly hielt neben Emmett Schritt. Sein Freund war nicht glücklich darüber, dass Emmett sich entschieden hatte, zu Fuß zum Knickerbocker Club zu gehen, nachdem sie im Fifth Avenue Hotel zu Abend gegessen hatten. Aber Emmett brauchte die erfrischende Kälte im Moment, brauchte es, draußen zu sein, sich zu bewegen. Nicht in einer verdammten Kutsche zu sitzen.

»Gehst du heute Nacht nach Hause oder wieder zurück ins Büro?«, fragte Kelly ihn.

»Ins Büro.«

»Verbringst 'ne Menge Zeit außer Haus, nicht wahr, Bish?«

»Ich war erst heute Nachmittag dort, um zu baden und mich umzuziehen.«

»Ja, und du verbringst fünf Minuten mit Brendan und fünfzehn Minuten mit deinen Schwestern. Denkst du nicht –«

»Was immer du auch gleich sagen willst, lass es bleiben.« Emmett hatte seine Familie gesehen und sich nach ihrem Befinden erkundigt. Seiner Frau hatte er eine oberflächliche Nachricht hinterlassen. Ihr Büro würde nächste Woche fertiggestellt sein, danach konnte sie es beziehen und ihre Wertpapierfirma gründen. War es nicht schließlich das, was sie von ihm wollte?

Zweifellos würde das Annullierungsverfahren kurz darauf folgen.

»Irgendetwas Neues über Sloanes Finanzen?«, fragte Kelly. »Irgendwelche Anzeichen, dass ihm das Geld ausgeht?«

»Wir konnten noch nichts herausfinden. Er bewacht alles streng, aber es wirkt nicht so, als wäre er flüssig. Manche Vermögenswerte wurden liquidiert und ein paar Bedienstete seines Haushalts entlassen, aber wir wissen nichts Konkretes.« Sie wichen einer Kutsche aus und überquerten die Straße. »Aber es muss Probleme geben. Warum sonst würde Elizabeth so weit gehen, um ihre Finanzierung zu sichern?«

»Du könntest sie einfach fragen, weißt du.«

Emmett zog eine finstere Miene. Man konnte sich darauf verlassen, dass ein Boxer zuerst herumtänzeln und dann wieder zu seiner wahren Absicht zurückkommen würde. »Ja, könnte ich. Aber einen Detektiv anzuheuern macht so viel mehr Spaß.«

Kelly schnaubte. »Du warst schon immer sturer, als gut für dich ist.«

»Dann setz es zu meinen anderen Fehlern auf die Liste. Zweifellos führst du irgendwo über sie Buch.«

»Klar tu ich das. Sind inzwischen schon dreihundertsiebenundfünfzig.«

Emmett brummte einen sehr bildhaften Fluch in Richtung seines Freundes, der darüber nur lachte, und bog in eine Gasse. Er ließ Kelly an der Hintertür zurück und ging durch die Küche des Clubs zur Dienstbotentreppe. Er kam absichtlich zu spät, um etwaige nutzlose Plauderei zu vermeiden. Das Geschäftliche war es, was in dieser Welt zählte, etwas, das er sich niemals zu vergessen erlaubte.

Als er den Raum betrat, folgten ihm drei staunende Augenpaare an den Tisch. »Guten Abend«, sagte er und nahm seinen üblichen Platz zwischen Cabot und Harper ein. Er vermied es, in Sloanes Richtung zu blicken.

»N' Abend, Cavanaugh. Wir hatten nicht erwartet, Sie heute Abend zu sehen«, hob Harper an.

»Sollten Sie nicht in Ihren Flitterwochen sein?«, sagte Cabot mit allem Feingefühl eines Vorschlaghammers.

»Ich kam früher zurück.« Emmetts übliches Glas mit kaltem Gin wurde serviert, und der Kellner zog sich wieder zurück.

»Was meinen Sie damit, Sie sind früher zurückgekommen?« Sloane lehnte sich vor, seine Stimme tief und wütend. »Was zur Hölle haben Sie mit meiner Schwester gemacht?«

KAPITEL ELF

Bevor man sich in Gesellschaft begibt,
sollte man seine trübe Stimmung überwinden.
AMERICAN ETIQUETTE AND RULES OF POLITENESS, 1883

Emmett behielt eine täuschend ruhige Miene bei, als er sich zu seinem Schwager umwandte. »Meine *Frau* ist nicht Ihre Sorge. Nicht mehr.«

Etwas blitzte in Sloanes Augen auf. »Falsch. Lizzie wird immer meine Sorge sein. Was haben Sie mit ihr gemacht?«

Nicht annähernd alles, was ich gehofft hatte. »Es geht ihr gut, Sloane. Ich hatte Arbeit zu erledigen. Und Elizabeth ist begierig darauf, ihre Wertpapierfirma zu gründen.«

»Ihre *was?*«, brüllte Sloane, und seine helle Haut färbte sich tiefrot. »Sagen Sie mir nicht, dass Sie ihr erlauben, diese wahnwitzige Idee wahrzumachen. Ihr Ruf wird vernichtet werden.«

Wilde Genugtuung strömte durch Emmetts Adern. Er schenkte Sloane ein kaltes Lächeln. »Ich erlaube es ihr nicht nur, ich finanziere das ganze Unterfangen. Und ich richte in meinem Gebäude in der Nähe der Börse ein Büro für sie ein.«

Cabot stieß einen leisen Pfiff aus, aber Emmett hielt den Blick auf Sloane geheftet, der beinahe aussah, als hätte er einen Schlaganfall erlitten. »Sie ... Sie finanzieren es? Sie ist eine Sloane, bei Gott. Sie werden sie zum Gespött der Leute machen.«

»Sie ist keine Sloane, nicht mehr. Sie ist eine Cavanaugh.« Zumindest einstweilen noch – und er würde diese ganze gottverdammte Stadt in die Knie zwingen, bevor er zuließ, dass irgendjemand über sie lachte. »Und Sie irren sich. Man wird um den ganzen Block herum Schlange stehen, um sie zu engagieren.«

»Sie haben keine Ahnung, wovon Sie da reden. Man wird sie dafür ächten. Keine Frau kann so eine Firma erfolgreich leiten.«

»Woodhull und ihre Schwester konnten es vor einigen Jahren«, warf Harper ein.

»Bis ihre Mutter den Commodore erpresste, und er seine finanzielle Unterstützung zurückzog.« Cabot grinste. »Gott, das war eine tolle Geschichte.«

»Genau«, rief Sloane aus und zeigte auf Cabot. »Beide Frauen waren Flittchen und Betrügerinnen, ganz und gar nicht von Lizzies gesellschaftlichem Kaliber. Keine anständige Frau sollte selbst ins Geschäftsleben einsteigen.«

»Dann wird Ihre Schwester eben die Erste sein.« Emmett hob seinen Gin und nahm einen großen Schluck. »Bereiten Sie sich darauf vor, Sloane. Wenn ich Sie wäre, würde ich sie unterstützen.«

Sloane kniff sich in den Nasenrücken. »Der Zeitpunkt ist für mich gerade fürchterlich ungünstig. Und Sie genießen das höllisch.«

»Ja, das tue ich«, antwortete Emmett, ohne zu zögern. Sloane hatte keine Ahnung, welche Schwierigkeiten Emmett noch auf ihn herabregnen zu lassen gedachte. Die Wertpapierfirma war erst der Anfang von Emmetts Bemühungen, sich an ihrem Bruder zu rächen. »Ganz zu schweigen davon, dass Ihre Schwester eine Wette mit mir gewonnen hat. Ich werde mein Wort nicht brechen.«

»Sie haben keine Ahnung, was Sie da in Gang setzen, Cavanaugh«, sagte Sloane. »Das werden Sie bereuen. Denken Sie an meine Worte.«

Das konnte Emmett nicht bestreiten. Da Elizabeth bereits eine Annullierung anstrebte, verspürte er nichts als Reue. Nicht, dass er das Sloane gegenüber zugeben würde.

Stattdessen lehnte er sich zurück und hob sein Glas zu einem Trinkspruch. »Ich weiß genau, was ich in Gang setze, Sloane, und ich habe die Absicht, es auch zu Ende zu bringen.«

Mit einer Laune schwärzer als Kohle stampfte Emmett die Hintertreppe des Clubs hinunter. Das Treffen war rasch zum Abschluss gebracht worden, keiner der Männer hatte Zeit verschwendet, seine Forderungen auszuhandeln, sobald Sloane mit seiner Schimpftirade geendet hatte. Leider hatte die Genugtuung, die Emmett bei Sloanes Reaktion verspürt hatte, nicht lange angehalten. Die Dunkelheit, die seit Newport in seiner Brust Wurzeln geschlagen hatte, hielt sich hartnäckig, ein Schmerz, von dem er zu befürchten begann, er könnte dauerhaft sein.

Er trat aus der Küche hinaus in die Gasse. Doch bevor er den Bürgersteig erreicht hatte, drang eine Stimme aus dem Dunkel und hielt ihn auf.

»Cavanaugh.«

Als Emmett sich umdrehte, sah er Henry Rutlidge zwischen dem Abfall herumlungern. »Ein Ausflug in die Gosse, Rutlidge? Ich hätte nicht gedacht, dass Sie es riskieren würden, sich die Schuhe zu beschmutzen.«

»Wohingegen Sie sich zweifellos völlig pudelwohl fühlen. Gott weiß, dass Ihnen Schmutz und Elend nicht fremd sind.«

Der verdammte Narr. Glaubte Rutlidge ernsthaft, Emmett an seine Vergangenheit zu erinnern, würde ihn verletzen? Diese Wunden waren längst verheilt. Nichts, was dieser verwöhnte Scheißkerl sagte, könnte Emmett etwas anhaben. »Wissen Sie, womit ich noch vertraut bin? Den Lauten, die meine Frau von sich gibt, wenn –«

»Sie Bastard.« Rutlidge kam näher, seine Augen sprühten Feuer. »Wie können Sie es wagen, so über eine Lady zu sprechen!«

Emmett hätte am liebsten gelacht. Der Junge war so durchschaubar. »Geben Sie es auf, Rutlidge. Sie können mich weder mit Ihren Fäusten noch mit Ihrem Geld bekämpfen, und ich habe sie bereits geheiratet. Sie haben verloren, ganz gleich, was Sie in Newport versucht haben.«

Verwirrung huschte über Rutlidges Züge, bevor er es verbarg, was Elizabeths Behauptungen bestätigte, dass während ihrer Flitterwochen nichts zwischen ihnen passiert war. Ein Funken Schuldgefühl durchzuckte Emmett, aber er erstickte ihn. Er würde sich mit einer Entschuldigung auseinandersetzen, wenn es so weit war.

»Ja, sprechen wir über Newport«, sagte Rutlidge. »Zum Beispiel darüber, warum Ihre Reise vorzeitig abgebrochen wurde. Lizzie muss zur Vernunft gekommen sein und erkannt haben, was für einen Mann sie geheiratet hat.«

Die Spitze traf tiefer, als Emmett gedacht hätte, und wurde zu einem scharfen Schmerz in seinen Eingeweiden, obwohl er eine kühle Maske der Gleichgültigkeit aufrechterhielt. »Ihre Gründe für ihr Handeln gehen Sie nichts mehr an, ebenso wenig wie die meinen. Am besten vergessen Sie sie und konzentieren sich wieder darauf, Partys zu feiern und das Geld Ihres Vaters auszugeben.«

Rutlidges Lippen verzogen sich zu einem spöttischen Lächeln, als er sich vorbeugte. »Ich werde einen Weg finden, Cavanaugh. Ganz gleich, wie lange es dauert oder was ich tun muss. Ich werde sie zurückgewinnen –«

»Bish, alles tipptopp da hinten?« Kelly tauchte ein paar Schritte entfernt auf, eine bullige Bedrohung in der Dunkelheit.

»Alles Bestens«, erwiderte Emmett und wandte sich zum Ausgang der Gasse. »Außer Ungeziefer ist hier nichts.«

»Ich finde immer noch, der Schreibtisch sollte drüben an der anderen Wand stehen«, meinte Edith, als sie die Möbel in Lizzies neuem Büro begutachteten. »Du wirst in der Sonne rot wie eine Tomate werden.«

»Dafür sind die Vorhänge da«, erinnerte Lizzie sie. »Und ich finde, der Schreibtisch sollte bleiben, wo er ist.« Obwohl sie die Hilfe ihrer Freundin zu schätzen wusste, war es offenkundig, dass Edith Lizzies Verlangen, in die Geschäftswelt einzutreten, nicht vollständig verstand. Von der Frau war heute eine ganze Litanei an Zweifeln und widersprüchlichen Meinungen gekommen.

»Na schön, aber sag nicht, ich hätte dich nicht gewarnt, wenn dir die Sommersprossen sprießen. Wann wirst du das Büro eröffnen?«

»Montag«, antwortete Lizzie mit einem breiten Grinsen von einem Ohr zum andern. »Ich habe heute Morgen eine Sekretärin eingestellt.«

»Wirklich? Wie ist sie?«

Lizzie rief sich das Vorstellungsgespräch mit Miss Grayson in Erinnerung, und wie tüchtig die junge Frau gewirkt hatte. »Sie ist jung, aber gewitzt. Sie hat Büroerfahrung und wirkt recht kompetent. Ich denke, ich werde sie mögen.«

»Nun, ich hoffe, du kannst ihr vertrauen. Du wirst mit einer Menge Geld zu tun haben, Lizzie.«

»Ja, das hoffe ich. Ich habe vor, ihren Referenzen zu telegrafieren, bevor ich für heute Schluss mache, also kannst du ruhig schlafen.«

Edith spielte mit dem Amulett, das sie um den Hals trug. »Ich mache mir Sorgen um dich. Was passiert, wenn du scheiterst?«

»Ich werde nicht scheitern. Du weißt, wie lange ich das hier schon auf dem Papier mache. Es wird Zeit, dass ich meine Fähigkeiten für etwas anderes benutze, als mir die Zeit zwischen Partys und Maskenbällen zu vertreiben.« Ganz zu schweigen davon, dass sie die Finanzen ihrer Familie retten musste. »Es wird alles gut gehen. Alle werden glauben, es sei die Firma meines Mannes, nicht meine.«

»Das hoffe ich, um deinetwillen. In der Zwischenzeit sollten wir niemandem von deiner Beteiligung erzählen.«

Die Bemerkung störte Lizzie, dennoch wusste sie, dass Edith recht hatte. Lizzie musste sich erst etablieren, bevor sie der Gesellschaft ihre Fähigkeiten enthüllte. Dennoch klang es so, als schämte sich Edith für sie. Bevor sie ihre Freundin fragen konnte, öffnete sich die Tür des Büros, und ihr Bruder erschien, die hochgewachsene Gestalt in einen langen, schwarzen Mantel gehüllt.

»Will«, sagte Lizzie überrascht. »Was machst du denn hier?« An Wochentagen verließ er die Büroräume von Northeast Railroad nie vor Einbruch der Nacht – und blieb oft länger. Schon damals am Washington Square hatte sie es längst aufgegeben, mit ihm zu Abend zu essen, und die einzige Mahlzeit, die sie noch gemeinsam einnahmen, war das Frühstück gewesen.

Er nahm seinen Derby ab und schloss die Tür. »Hallo, Lizzie. Miss Rutlidge.«

Edith hielt ihm ihre Hand hin, und Will verbeugte sich darüber, dann beugte er sich zu Lizzie, um sie auf die Wange zu küssen. »Miss Rutlidge, dürfte ich einen Moment allein mit meiner Schwester sprechen?«

Edith nickte. »Natürlich, aber nur, wenn Sie einverstanden sind, mich Edith zu nennen. Schließlich kennen wir uns schon seit Jahren.«

»Es wäre immer noch nicht –«

»Angemessen«, beendete Edith den Satz trocken. »Ja, ich weiß. Lizzie, ich werde einen Spaziergang ums Gebäude machen. Wenn ich zurückkomme, entscheiden wir, wo du deine Bilder aufhängen wirst.«

»Danke, Edith.« Ihre Freundin ging hinaus, und das Geräusch der ins Schloss fallenden Tür hallte durch den großen Raum. Stumm zog Will seine Handschuhe aus und streifte seinen Mantel ab. Sorgfältig legte er die Sachen über einen Sessel.

»Will, du machst mir Angst.«

Er stieß einen Seufzer aus und wies auf den Raum. »Ich kann es nicht glauben. Ich kann nicht glauben, dass du das hier gegen meinen Wunsch tust. Wir hatten darüber gesprochen, Lizzie.«

Sie hatte keine Ahnung, wie er von ihrem Büro erfahren hatte, aber das spielte jetzt keine Rolle mehr. Sie richtete sich auf. »Nein, du hast mir deine Wünsche mitgeteilt und alles ignoriert, was ich gesagt habe. Ich habe mehr als einmal erwähnt, wie sehr ich meine eigene Wertpapierfirma leiten möchte, und du wolltest nicht zuhören.«

»Ich habe dir zugehört!« Er fuhr sich mit der Hand durchs plattgedrückte Haar. »Das hier ist eine schreckliche Idee. Du hast keine Ahnung, wie dich das aussehen lassen wird. Ist dir dein Name denn völlig gleichgültig?«

Er hatte Nerven. Hitze rauschte durch ihre Adern, und sie verschränkte die Arme vor der Brust. »Ich nehme an, damit meinst du den Namen Sloane. Eigenartig, da ich doch keine Sloane mehr bin, dank dir.«

»Glaub mir, Zwerg, wenn es eine andere Möglichkeit gegeben hätte …«

Nicht einmal die Verwendung des Kosenamens aus ihrer Kindheit konnte die aufsteigende Flut ihres Ärgers eindämmen. »Es gab andere Möglichkeiten, diese Situation zu regeln, ohne auf Erpressung zurückgreifen zu müssen!«

»Woher weißt du …« Er verzog das Gesicht, und Bedauern lag in seinen grauen Augen, die den ihren so ähnlich waren. »Ich wusste, dass er der Sache ansonsten aus dem Weg gegangen wäre, und du hättest ihn nicht geheiratet, wenn du nicht geglaubt hättest, dass es echt ist.« Er ließ den Kopf hängen und rieb sich die Augen. »Was hätte ich denn tun sollen, Lizzie?«

»Nicht alle manipulieren, um zu erreichen, was du willst. Du hättest es Emmett und mir überlassen sollen, eine Lösung zu finden. Jetzt ist es zu spät.«

Etwas in ihrer Stimme musste seine Aufmerksamkeit erregt haben, denn sein Kopf ruckte hoch. »Was ist passiert? Was hat er dir angetan? Hat er dir weh–«

»Will, beruhige dich. Er hat mir nicht wehgetan.« Jedenfalls nicht körperlich. Ihr Herz war eine völlig andere Angelegenheit. »Wir … kennen einander einfach kaum. Es war nicht einfach.«

Das schien ihren Bruder zu besänftigen. Seine Schultern entspannten sich. »Nun, du kannst dich nicht von ihm scheiden lassen, also wirst du das Beste daraus machen müssen. Ihr werdet nicht das erste Ehepaar sein, das getrennte Leben lebt.«

Ja, wollte sie sagen, *aber ein so kaltes Arrangement wollte ich nie für meine eigene Ehe.*

»Das ist mir bewusst. Und er hat eingewilligt, mir das Kapital für die Gründung meiner Wertpapierfirma zu geben. Außerdem wird er als mein Befürworter dienen. Also ist nicht alles gräulich und abscheulich.« *Besonders nicht, da die Ehe bald annulliert werden wird.*

»Du bist zu praktisch veranlagt für gräulich und abscheulich«, erwiderte er mit einem leichten Lächeln, das seine Mundwinkel hob. »Das ist eine der Qualitäten, die ich an dir am meisten mag.«

»Danke, aber dir ist noch nicht verziehen.«

»Das hatte ich auch nicht erwartet«, sagte er mit einem Lachen, dann wurde er wieder ernst. »Wenn du fest entschlossen bist, das zu tun, dann solltest du wissen, dass ich dich nicht engagieren kann, für Northeast an der Börse zu handeln.«

»Warum nicht? Ich könnte dabei helfen –«

Er hob eine Hand, um sie aufzuhalten. »Ich arbeite an ein paar neuen Geschäftsabschlüssen. Vielleicht wenn sich die Dinge gelegt haben und du immer noch im Geschäft bist.«

»Oh, welches Vertrauen von meinem einzigen Bruder«, meinte sie gedehnt. »Du glaubst nicht, dass ich es schaffe, nicht wahr? Ich spekuliere schon seit Jahren auf dem Papier, und ich mache am Ende stets Gewinn. Warum sollte ich das nicht auch für meine Kunden tun?«

»Weil es gewöhnlich ist, Lizzie. Man sieht keines der anderen Mädchen der feinen Gesellschaft in die Geschäftswelt gehen.«

»Es kümmert mich nicht, was irgendjemand sonst tut. Das hat es noch nie, Will. Du bist es, den es kümmert, nicht ich.«

»Es sollte dich aber kümmern. Ich habe bis jetzt alles getan, um dich zu beschützen, aber das kann ich nun nicht mehr. Cavanaugh hat Geld, aber er hat keinen Platz in der Gesellschaft. Sei vorsichtig, dass du nicht den deinen verlierst, denn du wirst nicht in der Lage sein, ihn zurückzugewinnen.«

»Ich mache mir keine Sorgen um meinen gesellschaftlichen Status. Aber wenn es dich beruhigt, Emmett und ich haben vereinbart, ihn das Gesicht der Firma sein zu lassen, zumindest dem Anschein nach. Dennoch, sollte mein Geheimnis bekannt werden, werde ich keine Tränen darüber vergießen, wenn die Einladungen ausbleiben.«

»Das sagst du jetzt, aber was ist mit Emmetts Halbschwestern? Im Moment bist du ihre einzige Hoffnung für ein erfolgreiches Debüt im Schoß der New Yorker Gesellschaft.«

Sie biss die Zähne zusammen. Er hatte natürlich recht. Katie und Claire machten kein Geheimnis daraus, wie sehr sie sich auf ihr Debüt freuten, und auf all die Pracht und Herrlichkeit, die mit dieser Tradition einhergingen. Und Lizzie wünschte sich diese Erfahrung für sie. Selbst nach der Annullierung ihrer Ehe beabsichtigte Lizzie, ihnen zu helfen – was sie nicht tun konnte, wenn sie ihren gesellschaftlichen Status verlor. »Ich hasse es, wenn du vernünftige Argumente hast.«

Er lächelte und ging zu ihr, um sie in eine enge Umarmung zu ziehen. »Ich weiß. An manchen Tagen fühle ich mich wie der letzte vernünftige Mensch in New York. Und wenn ich dir dieses törichte Unterfangen schon nicht ausreden kann, dann versprich mir wenigstens, dass du es klein und respektabel halten wirst. Lass die Leute annehmen, es wäre Cavanaughs.«

»Wenn ich einwillige, versprichst du dann, niemanden mehr zu erpressen?«

Er wartete einen Moment lang. »Ich werde *dich* nicht mehr erpressen ...«

Sie löste sich von ihm und tätschelte seine Wange. »Dann hör bitte auf, mir zu sagen, wie ich meine Firma leiten soll, lieber Bruder, und ich werde dir nicht sagen, wie du deine leiten sollst.«

Ein paar Tage später sprang Lizzie schon vor dem Morgengrauen aus dem Bett und läutete nach Pauline. Sie hatte vor Aufregung kaum ein Auge zugemacht, also konnte sie sich ebenso gut ankleiden. Heute würde sie offiziell ihre eigene Wertpapierfirma starten – nun ja, Emmetts Firma, wenn man es genau nahm.

Die Börse öffnete um zehn Uhr. Obwohl sie nicht selbst auf dem Parkett erscheinen konnte, würde sie in der Nähe sein und die Vorgänge auf ihrem Börsenschreiber verfolgen. Sie hatte bereits zwei Kunden – Emmett und Edith Rutlidge –, und sie beabsichtigte, im Lauf der nächsten Wochen noch weitere anzulocken.

Darüber hinaus würde die Fahrt in die Beaver Street dafür sorgen, dass sie aus dem Haus kam. In den Räumen ihres Mannes war es totenstill; sie wusste, dass er vergangene Nacht nicht nach Hause gekommen war. Wieder einmal. Sie versuchte, nicht darüber nachzudenken, wo er seine Abende verbrachte – oder wichtiger noch, mit wem. Seine Abwesenheit schmerzte zu sehr, obwohl sie es gewesen war, die überhaupt auf der Distanz bestanden hatte.

Es war besser so. Abgesehen von dieser lächerlichen körperlichen Anziehung zwischen ihnen hatten sie nichts gemeinsam. Und nur, weil ein Mann einen um den Verstand küssen konnte, war das kein Grund, bei ihm zu bleiben. Der Skandal war überstanden, die Schwierigkeiten vorüber. Niemand würde zu Schaden kommen, und sie beide konnten getrennter Wege gehen, bevor sie einander unglücklich machten.

Emmett Cavanaugh will dich heiraten, Lizzie. Hat er selbst gesagt.

Was für eine Lüge.

Sie bürstete sich gerade das Haar, als Pauline hereinkam. »Guten Morgen, Madam. Sie sind aber früh auf heute.«

»Ich entschuldige mich für die Uhrzeit, aber ich konnte nicht schlafen. Ich kann es gar nicht erwarten, heute in mein neues Büro zu kommen.«

Pauline brachte ein violettes Tageskleid und Unterwäsche aus dem Ankleidezimmer. »Aber Madam, draußen liegt Schnee.«

Schnee? Gestern hatte es geregnet, obwohl der Wind heftig gewesen war. Lizzie ging zum Fenster und schaute hinaus auf die Gärten hinter der Villa. Selbst in dem schwachen Licht war eine dünne, weiße Schneedecke zu sehen, und es fielen immer noch mehr Flocken vom Himmel. »Ich bin sicher, sobald es wärmer wird, hört es auf zu schneien. Am Samstag hatten wir schließlich beinahe sommerliche Temperaturen, um Himmels willen.«

»Soll ich mit Ihnen kommen?«

Lizzie legte ihren Morgenrock auf dem Bett ab. »Nein, das ist nicht nötig. Ich werde mich vom Kutscher nach Downtown bringen lassen. Vielleicht fahre ich heute Abend sogar mit der Hochbahn nach Hause.«

Pauline schnaubte, während sie Lizzie in frische Unterhosen und ein Unterkleid half. »Gut, dass Ihr Bruder nicht in der Nähe ist, um das zu hören. Ich glaube, er würde einen Anfall bekommen, Madam.«

»Da hast du wahrscheinlich recht, aber seine Meinung interessiert mich wenig.« Obwohl Will sich entschuldigt hatte, war sie immer noch wütend auf ihn. Emmett zu erpressen, sie anzulügen ... Was für ein Mann war ihr Bruder geworden?

»Ich denke, es ist besser, mehrere Unterröcke anzuziehen, um Sie heute warm zu halten, Madam. Mir gefällt es gar nicht, wie dieser Himmel aussieht.«

Als sie mit ihrer Kleidung und ihrem Haar fertig waren, war die Sonne aufgegangen. Lizzie bestellte die Kutsche, dann machte sie sich auf den Weg die Treppe hinunter.

Das Frühstück im Haus der Cavanaughs übertraf alles, was Lizzie je gesehen hatte. Jeden Tag bedeckte Essen beinahe jede verfügbare Oberfläche des Frühstückszimmers, mit einer Auswahl an Früchten, Brot und Brötchen aller Art, Eiern auf dreierlei Weisen zubereitet, zwei Sorten Würstchen, Butter, Crêpes und Plinsen, dazu Kaffee und Tee. Der Koch war vom La Maison Dorée in Paris abgeworben worden, und er war ohne Zweifel jede exorbitante Summe wert, die Emmett ihm bezahlte.

Lizzie bat einen Diener, ihr zwei Muffins für ihre Fahrt ins Büro einzupacken. Während sie wartete, goss sie Kaffee in eine zierliche Porzellantasse.

»Guten Morgen, meine liebe Schwägerin.« Brendan humpelte herein, das Haar noch leicht feucht.

»Guten Morgen, mein gutaussehender Schwager«, erwiderte sie. »Bist du unterwegs zu deiner Morgenvisite?«

Er griff nach der Kaffeekanne und schüttelte den Kopf. »Nein, heute nicht. Ich fürchte, der Schnee hält mich zu Hause.« Er deutete auf sein Bein. »Bei schlechtem Wetter rutsche ich leicht aus. Was ist mit dir? Bis du unterwegs in die Stadt?«

»Ja«, lächelte sie breit. Brendan wusste alles über ihr Büro. Er war sogar letzte Woche vorbeigekommen, um sich die neuen Möbel anzusehen. »Ich kann es nicht erwarten. Meine Firma wird alle anderen vernichten – wart's nur ab.«

»Das bezweifle ich nicht. Emmett unterstützt keine Verlierer. Er hätte dir nie die Mittel gegeben, wenn er nicht glauben würde, dass du ihm Gewinn einbringst.«

Da war ein Unterton in Brendans Stimme, etwas, das sie nicht genau ausmachen konnte. »Du denkst nicht, dass das klug von ihm ist?«

Brendan nippte an seinem Kaffee, dann stellte er die Tasse

wieder ab. »Nicht alles Erstrebenswerte lässt sich in Dollars messen. Geld ist nicht alles, Lizzie, aber ich fürchte, oftmals übersieht mein Bruder den Wert anderer Dinge.«

Seinem Gedankengang folgend fragte sie: »Zum Beispiel einer Ehefrau?«

»Es tut mir leid. Eure Beziehung geht mich nichts an. Es ist nur ... Mir ist bewusst, dass Emmett nicht hier schläft.«

»Ich möchte nicht über deinen Bruder sprechen. Die Dinge sind –«

»Kompliziert, ich weiß.« Brendan seufzte, einen reumütigen Zug um die Lippen. »Ich wünschte, du hättest sein Gesicht gesehen, als du im Mittelgang der Kirche erschienen bist. Du warst auf die Menge konzentriert, aber ich habe die Reaktion meines Bruders gesehen. Er konnte die Augen nicht von dir nehmen, nicht eine Sekunde lang. Die Ehrfurcht und Verehrung, Lizzie ... So etwas hatte ich noch nie zuvor gesehen, nicht bei Emmett. Als würde er gleich ein Geschenk bekommen, auf das er schon sein ganzes Leben lang gewartet hatte. Er empfindet etwas, Lizzie. Die Leute glauben, dass er das nicht tut, aber er hat nur gelernt, es besser zu verbergen als der Rest von uns.«

Lizzie wusste nicht, was sie von dieser Aussage halten sollte. »Er hat mich nur wegen des Skandals geheiratet.« *Weil mein Bruder deine Schwestern bedroht hat.* »Er hatte keine Wahl in der Angelegenheit.«

Brendan schnaubte belustigt. »Niemand kann meinen Bruder dazu zwingen, irgendetwas gegen seinen Willen zu tun, Lizzie. Das haben schon unzählige versucht und versagt. Glaub mir, Emmett wollte dich definitiv heiraten.«

Emmett erwachte blinzelnd. Verdammt, der Morgen war bereits angebrochen. Er schloss die Augen und zwang sich, wieder einzuschlafen. Doch die Unbequemlichkeit verhinderte jede Rast, also war er gezwungen, sich zu strecken und zu bewegen. Bis in die frühen Morgenstunden zu arbeiten und dann auf einem kleinen Sofa zu schlafen war Gift für den Rücken eines Mannes.

Nichtsdestotrotz war es besser, im Büro zu bleiben. Keine Versuchungen. Keine Ablenkungen. Keine Geräusche aus dem Schlafzimmer seiner Frau, die ihn dazu brachten, gegen den Drang ankämpfen zu müssen, sie zu sehen oder zu berühren. Sie zu kosten. Er hatte den die Seele entblößenden Kuss in Newport hunderte Male Revue passieren lassen und sich dabei jedes Mal vor Lust beinahe in den Wahnsinn getrieben. Wie weit wären sie an diesem Abend gegangen, wenn er sich nicht zurückgezogen hätte? Oder hätte sie sich an irgendeinem Punkt an ihre kostbare Annullierung erinnert?

Gezwungen, von wegen. Die Frau war ihm im Sherry's beinahe auf den Schoß gekrochen, und dann hatte sie sich in Newport an seinem Oberschenkel gerieben. War sie so stur, dass sie sich die Anziehung nicht eingestehen konnte? Die meisten Ehen begannen mit viel weniger. Seufzend schwor er sich, sie aus seinen Gedanken zu verbannen.

Er setzte sich auf und fuhr sich mit der Hand über die Bartstoppeln an seinem Kiefer. Er brauchte eine Rasur. Da Kelly letzten Abend darauf bestanden hatte, nach Hause zu gehen, würde Emmett das Rasiermesser selbst schwingen müssen.

Zum Glück gab der Kohlenofen in der Ecke immer noch ausreichend Wärme ab. Sein persönliches Büro nahm fast die Hälfte des obersten Stockwerks ein und verfügte über alle modernen Annehmlichkeiten, einschließlich eines Wasserklosetts mit fließend heißem und kaltem Wasser. Es gab sogar ein Ankleidezimmer – einen kleinen Lagerraum, den Kelly vor zwei Wochen für sich beansprucht hatte, als offensichtlich geworden war, dass Emmett öfter hier als zu Hause übernachten würde.

Emmett schälte sich vom Sofa und gab mehr Kohlen in den Ofen. Dann torkelte er zum Wasserklosett. Als er dreißig Minuten später gewaschen, rasiert und in frischen Kleidern wieder herauskam, fühlte er sich annähernd wieder wie ein Mensch. Das übermäßig helle Bürofenster zog seine Aufmerksamkeit auf sich, und er bemerkte, dass hinter den Scheiben weiße Flocken dicht herabfielen. Wie lange schneite es schon?

Er schaute hinaus auf die Beaver Street. Teufel noch eins! Durch den Wind, der den Schnee gegen Gebäude und Holzmasten trieb, hatten sich bereits hohe Schneewehen aufgetürmt. Zwei Kutschen rollten langsam hindurch, und ein paar tapfere Seelen stapften auf den Bürgersteigen vorwärts, die Hüte gegen den frostigen Märzwind fest umklammert.

Sofort ging er zum Telefon und bat darum, mit dem Haus verbunden zu werden. Unter keinen Umständen sollten Kelly oder Brendan versuchen, in die Innenstadt zu kommen. Als Emmett durchgestellt wurde, war Brendan am anderen Ende der Leitung.

Es knisterte statisch, dann hörte er Brendan sagen: »Ich hoffe, du bist irgendwo im Warmen.«

»Ich bin im Büro. Sorgst du bitte dafür, dass alle heute zu Hause bleiben, wegen des Wetters?«

»Sicher. Und du behältst Lizzie dort bei dir, ja?«

Ein flaues Gefühl keimte in Emmetts Eingeweiden auf. Er

umklammerte den Rand des Telefonkastens. »Elizabeth hat das Haus verlassen?«

»Ja. Um in ihr Büro zu fahren. Sie ist schon vor einer Weile fort, bevor die Straßen unpassierbar wurden. Hast du sie nicht gesehen?«

KAPITEL ZWÖLF

Man tut gut daran, so wenig wie möglich über sich selbst,
das Geschäft oder das Metier, in dem man sich beschäftigt, zu sprechen.
AMERICAN ETIQUETTE AND RULES OF POLITENESS, 1883

Emmett flog die Treppen des Gebäudes hinunter, während Angst ihm die Brust wie ein glühender Schürhaken durchbohrte. Dunkle Gedanken an Elizabeth hilflos und halb erfroren in einer umgestürzten Kutsche zuckten durch seinen Kopf. Warum hatte Graham zugelassen, dass sie in einem solchen Schneesturm das Haus verließ? Emmett würde bei der allernächsten Gelegenheit ein ernstes Wort mit seinem Butler sprechen.

Als er die Tür zu ihrem Büro aufriss, fiel er vor Erleichterung beinahe auf die Knie. Elizabeth stand am Fenster, die gertenschlanke Gestalt in ein perfekt geschnittenes Ensemble aus violettem Oberteil und dazu passendem Rock gehüllt. Sie war hier. Oh, dem Herrn sei Dank!

Bei dem Geräusch fuhr sie herum, die Hand an die Kehle gepresst. »*Emmett.* Du hast mich zu Tode erschreckt.«

»Was zum Teufel machst du hier?«, schrie er, als Wut und Gereiztheit alles andere verdrängten, was er empfunden hatte.

Eine blonde Augenbraue hob sich. »Dir ebenfalls einen guten Tag, Gemahl.« Sie wandte den Blick wieder zum Fenster und schenkte ihm keine Beachtung mehr.

Emmett stieß den Atem aus, stemmte die Hände in die Hüften und versuchte, den Aufruhr seiner Gefühle wieder unter Kontrolle zu bringen. »Es tut mir leid. Mir war nicht bewusst, dass du bei diesem Wetter aus dem Haus gegangen warst, bis ich mit Brendan gesprochen hatte. Ich habe mir Sorgen gemacht.«

»Wie du siehst, geht es mir ausgezeichnet.«

Ja, das hatte er durchaus bemerkt. Er ging zu den Fenstern, die dieselbe Aussicht wie die seinen boten, nur dem Erdboden ein wenig näher. »Warum in Gottes Namen fährst du an einem Tag wie heute den ganzen Weg hier runter?«

»Weil der Schnee bei weitem noch nicht so beachtlich war, als ich aus dem Haus ging. Ich hätte mir nie träumen lassen, dass es so heftig herunterkommen würde.«

Beide beobachteten durch die Scheibe, wie die Flocken weiter herabwirbelten. Etwas Vergleichbares hatte Emmett noch nie gesehen.

»Um wie viel Uhr bist du von Zuha- vom Haus aufgebrochen?« Beinahe hätte er ›Zuhause‹ gesagt, aber es war nicht wirklich ihr Zuhause. Nur ein vorübergehender Wohnsitz, bis sie fortging.

»Ein paar Minuten nach Sonnenaufgang. Ich frage mich, ob der Kutscher sicher zurückgekehrt ist«, murmelte sie.

»Das kann ich herausfinden, wenn du möchtest.« Er lehnte

sich mit der Schulter an die kalten Scheiben. »Warum hast du kein Feuer gemacht?«

»Es sind keine Kohlen da. Ich hatte nicht daran gedacht, welche hochbringen zu lassen.«

Schuldgefühl schnürte ihm die Kehle zu. Darum hätte er sich kümmern sollen. »Dann komm hoch in mein Büro, dort ist es warm.«

Sie warf ihm einen verzagten Blick zu. »Schon in Ordnung. Die Radiatoren sind noch warm. Sobald es nachlässt, gehe ich.«

»Den Teufel wirst du tun«, erwiderte er scharf. »Nicht bei diesem Wind. Das ist zu gefährlich. Bald schon werden die Leitungen anfangen, runterzukommen. Und was passiert, wenn du irgendwo steckenbleibst?«

»Nun, hier kann ich nicht bleiben. Vielleicht gehe ich hinüber zum Astor House –«

»Wo bereits jeder Händler, Makler und Laufbursche sein Lager aufgeschlagen haben wird. Dort geht es chaotisch und unsicher zu. Du wirst dieses Gebäude nicht verlassen, Elizabeth.«

»Du hast nicht das Recht, mich herumzukommandieren«, fauchte sie, und ihre Schultern spannten sich an. »Wenn ich gehen will, dann ist das meine Entscheidung.«

»Ich habe absolut das Recht, dich herumzukommandieren – sowohl gesetzlich wie auch moralisch. Du wirst nicht in diesem kalten Büro bleiben oder das Gebäude verlassen, bis der Sturm vorüber ist.«

Sie starrte ihn an, und Ärger erhellte die silbernen Tiefen ihrer Augen. »Und wenn ich mich weigere?«

Er beugte sich vor und sagte auf bewusst ruhige, langsame

Weise: »Dann werfe ich dich über die Schulter und trage dich die zwei Stockwerke hoch.«

Seufzend drehte sie sich wieder zum Fenster, als hoffte sie, die Sonne zwischen den weißen Schichten hervorbrechen zu sehen. »Ist sonst noch jemand im Gebäude?«

Emmett hatte an niemand anderen als an sie gedacht, aber er würde sich vergewissern müssen, ob das Gebäude leer war. Nichtsdestotrotz, war Elizabeths Sorge selbstlos? Irgendwie bezweifelte er das. »Angst, mit mir allein zu sein?«

Sie schluckte und rieb sich die Arme. »Absolut nicht.« Aber ihre Stimme klang hohl, und er erkannte ihre Worte als Lüge. Verabscheute sie ihn so sehr, dass nicht einmal der Selbsterhaltungstrieb sie an seine Seite zwingen konnte? Wenn er sie nicht gesucht hätte, wäre sie dort geblieben, um stur zu frieren, anstatt zu ihm zu kommen?

Eine vertraute Trostlosigkeit stieg in ihm hoch, die Dunkelheit, die aus Zurückweisung entsprang. Vor Elizabeth hatte er dieses Gefühl seit Jahren nicht mehr empfunden. Aber seine Frau versäumte es nie, ihm als Erinnerung an all die Weisen zu dienen, auf die er inakzeptabel war.

Mit einer eisigen Reserviertheit, die unendlich bitterer war als der frostige Wind, der nun die Wall Street entlangpeitschte, sagte Emmett: »Rauf in mein Büro, Elizabeth. Sofort.«

Als sie die Treppe hinaufstiegen und Lizzie sich gerade damit abgefunden hatte, ein paar Stunden in Emmetts Büro zu verbringen, verlosch unvermittelt das elektrische Licht. Die Umgebung versank in Dunkelheit, und ein Schauer von Panik lief ihr kribbelnd über den Nacken. Tastend streckte sie den Arm nach seiner Hand aus, unsicher, ob er sie zurückweisen würde, aber mit dem dringenden Bedürfnis nach einer gewissen Rückversicherung.

»Hier.« Er verschränkte fest ihre Finger miteinander. »Bleib bei mir.« Er führte sie die verbleibenden Stufen hinauf und eine kurze Strecke den Flur hinunter, dann öffnete er eine Tür. Tröstliche Wärme schlug ihr entgegen, während der weiße Himmel durch eine lange Reihe von Fenstern leuchtete und das geräumige Innere erhellte. Schnell ließ er ihre Hand los.

Sie trat näher an den Kohlenofen, während sie den durch und durch männlichen Raum einer raschen Bestandsaufnahme unterzog. Da waren dunkel getäfelte Wände, Bücherschränke und ein übergroßer hölzerner Schreibtisch. Eine Seite des Raumes beherbergte eine Sitzgruppe bestehend aus einem dunkelbraunen Sofa und vornehmen Ledersesseln. Sie konnte ihn sich gut hier vorstellen, wie er sein Imperium beaufsichtigte.

Der berauschende Geruch nach Zigarrenrauch, Gin und Rasierwasser hing in der Luft, und ein winziger Schauer lief ihr über den Rücken. Das letzte Mal, dass sie diese spezielle Kombination eingeatmet hatte, war während dieses atemberaubenden Kusses in Newport gewesen.

Angst, mit mir allein zu sein?

Oh ja. Ganz eindeutig ja.

Ihr Gatte verschwand in einem kleinen Nebenzimmer und kehrte mit drei Lampen zurück, die er auf den Schreibtisch stellte. Er entzündete eine davon und ging dann in den anderen Raum zurück. Als er wieder herauskam, hatte er Hut und Mantel angelegt, Letzterer ließ seine normalerweise schon breiten Schultern sogar noch breiter wirken.

»Wo gehst du hin?«, fragte sie unbehaglich. »Du hast doch gesagt, es sei zu gefährlich.«

»Ich muss das Gebäude überprüfen, um sicherzustellen, dass während des Schneesturms niemand hier drin erfriert. Dann suche ich uns etwas zu essen und mehr Kohlen.«

»Du kannst da nicht rausgehen. Nicht jetzt. Warte wenigstens, bis –«

Er hob eine Hand. »Unmöglich zu sagen, wie lange dieser Schneesturm anhalten wird. Was, wenn wir hier über Nacht festsitzen? Denk nach, Elizabeth. Wir müssen vorbereitet sein.«

Über Nacht? Nur sie beide? Panik ließ sie aufspringen. »Dann komme ich mit dir.«

»Nein.« Er schnappte sich die Lampe und marschierte zur Tür. »Ich komme so schnell zurück, wie ich kann.«

Selbst bei all der Unsicherheit zwischen ihnen würde sie verrückt werden, wenn sie allein hier warten musste. Sie musste etwas tun. »Dann sehe ich mich im Gebäude um. Lass mich wenigstens das tun.«

Sie konnte die Überraschung in seinem undurchdringlichen Blick sehen, dennoch ließ er sich nicht umstimmen. »Nein«, erwiderte er. »Ich werde nicht lange brauchen. Deine Etage ist die einzige, die im Moment vermietet ist. Und falls jemand hereingekommen ist, um Schutz zu suchen ... Verzweiflung kann Menschen aggressiv machen. Ich weiß, wie es ist –« Er presste die Lippen zusammen und schüttelte energisch den Kopf, dann wandte er sich zur Tür.

»Du weißt, wie was ist?«

»Vergiss es. Ich muss gehen, bevor der Sturm noch schlimmer wird.«

Was hatte er sagen wollen? Dass er wusste, wie es war, während eines Sturms hilflos gefangen zu sein?

Es gefiel ihr nicht, zurückgelassen zu werden, deshalb versuchte sie es noch ein weiteres Mal. »Vielleicht ist das alles hier gar nicht nötig. Denkst du wirklich, wir werden über Nacht hier festsitzen?«

Seine Stirn legte sich in Falten, als er die Szenerie draußen erfasste. »Ich habe keine Ahnung, aber ich werde nicht riskieren, dass dir etwas passiert, weil wir uns zu früh auf den Rückweg gemacht haben. Wir werden den Schneesturm hier abwarten.« Er marschierte zur Tür und hinaus in den Flur, dann verklangen seine schweren Schritte in Richtung Treppe.

Frustriert, sowohl über den Sturm als auch darüber, nicht helfen zu können, stieß Lizzie den Atem aus. Sie sah sich im Arbeitsbereich ihres Mannes um und fragte sich, was sie tun sollte, bis er wieder zurückkam. Das Zimmer war ordentlich, das einzige Durcheinander waren ein paar Papiere, die auf seinem wuchtigen Schreibtisch verstreut lagen. Sie verspürte den starken Drang, einen Blick auf seine Sachen zu werfen, um zu sehen, was sie über ihn in Erfahrung bringen konnte. Sie wusste so gut wie gar nichts über Emmett, den geheimnisvollen und grüblerischen Mann, den sie geheiratet hatte – abgesehen davon, dass er erpresst worden war, sie zu heiraten. Vielleicht, wenn sie es schnell und vorsichtig tat …

Natürlich würde sie es nicht tun. Sie hatte kein Recht, in seinen Privatangelegenheiten herumzuschnüffeln, selbst wenn er für kurze Zeit ihr Ehemann war. *Und ihn zu kennen, macht es schwerer, ihn zu verlassen.*

Sie rieb sich die Schläfen. Sinnlos, jetzt darüber nachzudenken. Zuerst mussten sie diesen Sturm überstehen.

In der Toilette kümmerte sie sich um ihre dringendsten Bedürfnisse. Der Luxus der Ausstattung – glänzend goldene Armaturen, dicke Marmorplatten, gemusterte italienische Fliesen – überraschte sie nicht. Emmett schien sich mit Komfort zu umgeben, wo immer es möglich war. Sie bemerkte seine Rasierutensilien, die aussahen, als wären sie erst vor Kurzem benutzt worden. War er die ganze Nacht hier gewesen? Sie hatte angenommen, dass er bei einer Geliebten übernachtete, oder vielleicht in einem Hotel. Warum sollte er stattdessen hierbleiben?

Sie verdrängte diese Fragen aus ihren Gedanken und schlenderte zurück in den Hauptraum. Auf der anderen Seite der Scheiben wütete der gewaltige Sturm, Schnee peitschte heftig gegen das Glas. Es war blanke Torheit gewesen, zu glauben, sie könne bei diesem Wetter auf die Straße. Was hätte sie getan, wenn Emmett sie nicht gefunden hätte? Er war außer sich gewesen, als er in ihr Büro gekommen war. Hatte er sich Sorgen um sie gemacht?

Niemand war noch draußen unterwegs, jeder vernünftige und geistig gesunde Mensch hatte bereits Unterschlupf gesucht. Aber Emmett war dort draußen. Was, wenn er verletzt wurde oder im Schnee steckenblieb?

Unbehagen zwang sie von den Fenstern fort. Er würde zurückkommen. Der Mann war selbst eine Naturgewalt, und sie bezweifelte, dass irgendetwas ihn besiegen konnte, nicht einmal dieser Schneesturm. Nichtsdestotrotz würde er am Erfrieren sein, wenn er wieder hereinkam. Sie schürte das Feuer und mühte sich dann damit ab, die beiden großen Ledersessel direkt vor den glühenden Ofen zu schieben. Als nächstes stellte sie ein großes Glas Brandy aus der Auswahl an Flaschen auf dem Sideboard bereit.

Dreißig Minuten nachdem sie sich mit einem Buch in einem der Sessel niedergelassen hatte, flog die Tür auf. Emmett, ohne Hut und völlig mit Schnee bedeckt, betrat das Zimmer, und seine mächtige Brust hob und senkte sich vor Anstrengung. In der rechten Hand hielt er zwei bis obenhin mit Schnee gefüllte Wassereimer, in der anderen eine randvolle Kohlenschütte. Ein großer Tornister war quer über seine Brust geschnallt und zwei dicke Wolldecken um seinen Hals gewickelt. Lizzie sprang aus ihrem Sessel hoch und rannte zu ihm, um ihm zu helfen.

»Geh zurück«, sagte er und trat einen Schritt vorwärts. Nachdem er alle drei Eimer abgestellt hatte, blieb er vornübergebeugt stehen, während er versuchte, wieder zu Atem zu kommen.

»Hier. Lass mich die nehmen«, sagte sie und wickelte die Decken von seinem Hals. Sie warf sie zu Boden, dann zog sie ihm den Riemen der Tasche über den Kopf und von der Schulter. Der mit Vorräten beladene und vom Schnee nasse Lederranzen war irrsinnig schwer. Sie ließ die Tasche zu Boden fallen und drehte sich zu ihm um.

Ein Schauer schüttelte seinen Körper, als er sich aufrichtete. Seine Zähne klapperten, und Eisklumpen hingen in seinem nassen braunen Haar. Ohne nachzudenken griff sie nach den Knöpfen seines Mantels. »Wir müssen dich aus diesen nassen Sachen rausbekommen, sonst holst du dir noch den Tod.« Mit fliegenden Fingern öffnete sie das Kleidungsstück, dann schob sie den Stoff über seine breiten Schultern und ließ ihn zu Boden fallen.

Emmett hielt völlig still, als sie ihm den Gehrock auszog. Sie versuchte, flink und effizient zu bleiben und nicht über seine unnachgiebige Stärke nachzudenken, die selbst durch seine Kleider hindurch so offensichtlich war, aber ihre Bewegungen wurden langsamer, als sie sich an seiner Weste zu schaffen machte. Er ragte über ihr auf, verdrängte alles andere, während seine Brust sich regelmäßig unter ihren Fingerspitzen hob und senkte. Ein Kribbeln lief ihr über die Haut, und in ihrem Bauch breitete sich eine köstliche, elektrisierende Wärme aus. Sie konnte das Gewicht seines Blickes auf sich spüren, wagte es jedoch nicht, zu ihm hochzusehen.

Die Weste glitt über seine Schultern und Arme, um auf den anderen Kleidungsstücken auf dem Teppich zu landen. Er sagte nichts, als sie seine Hosenträger abstreifte und die schwarze Krawatte löste. Als sie die Knöpfe öffnete, die seinen Kragen hielten, schluckte er, dabei hüpfte sein Adamsapfel. Die kleine Bewegung faszinierte sie. Übte sie eine ebensolche Wirkung auf ihn aus?

Mit zitternden Fingern widmete sie sich seinem Hemd, um die Reihe von Knöpfen zu öffnen. Bei jedem Knopf, der sich löste, teilte sich der stark gestärkte Stoff weiter, und sie konnte die schlichte weiße Unterwäsche sehen, die er auf der Haut trug. Ihre Hände wanderten immer tiefer, über sein Brustbein und seinen Bauch, bis ihr die Knöpfe ausgingen. Er beugte sich leicht vor, um ihr zu helfen, ihm das Hemd auszuziehen, das sie daraufhin zu Boden flattern ließ.

Als er sich wieder aufrichtete, zitterten ihr tatsächlich die Knie. Der enge Einteiler schmiegte sich an seinen imposanten Oberkörper und betonte beeindruckend gewölbte Muskeln. Viele Männer trugen angeblich Korsetts, um den Bauch wegzuschnüren, aber das hatte Emmett eindeutig nicht nötig. Soweit sie sehen konnte, war da kein Gramm zu viel an ihm.

Sie zwang sich, weiterzumachen, und streckte die Hand nach dem Bund seiner schwarzen Nadelstreifenhose aus – doch da packten seine Finger ihre Handgelenke. »Den Rest mache ich«, sagte er schroff, bevor er sich abwandte und ging.

Jedes Mal, wenn Emmett glaubte, seine Frau zu kennen, überraschte sie ihn aufs Neue.

Nachdem er nun allein in seinem behelfsmäßigen Ankleidezimmer war, streifte er seine verbliebene Kleidung ab und fragte sich, wie weit Elizabeth wohl dabei gegangen wäre, ihn auszuziehen. Bis zu seiner Hose? Seiner Unterkleidung? Gott, er war schon in dem Augenblick hart geworden, in dem sie seinen Mantel aufgeknöpft hatte. Der Rest war unvorstellbare Folter gewesen.

Obwohl sie auf geschäftige Weise angefangen hatte, waren ihre Bewegungen bald langsamer geworden. Verführerisch. Und alles, woran er hatte denken können, waren ihre kleinen, zierlichen Hände, die sich um seinen Schaft legten und ihn von der Wurzel bis zur Spitze massierten. An das Auf und Ab ihrer Finger, während sie ihn mit dieser wilden Entschlossenheit zum Höhepunkt brachte, die sie so oft unter Beweis stellte ...

Er unterdrückte ein Stöhnen und zwang seine Erektion, zu erschlaffen. Was hatte seine Frau an sich, das sie anders machte als alle anderen Frauen, denen er je begegnet war? Sie war schön, ja. Aber das allein würde ihn niemals so aus der Fassung bringen. Er wünschte sich, er könne diesen Reiz ergründen, damit er ihn ignorieren und diese eigenartige Anziehung, die sie auf ihn ausübte, überwinden konnte. Ein verdammtes Ärgernis, besonders wenn die Frau ihn in etwa so sehr wollte wie einen Anfall von Fleckfieber.

Aber das erklärte nicht, warum ihre Hände gezittert hatten, als sie sein Hemd aufknöpfte.

Rasch zog er sich trockene Kleider an. Das grausame Wetter zeigte keinerlei Anzeichen, nachzulassen, und er bezweifelte, dass sie das Gebäude in absehbarer Zeit würden verlassen können. Selbst die paar Blocks, die er zurückzulegen geschafft hatte, waren nicht leicht gewesen. Er war nicht sicher, wie Elizabeth diese Nachricht aufnehmen würde, aber in der Angelegenheit hatte sie kaum eine Wahl. In etwa einer Stunde würde die Eingangstür des Gebäudes vollständig von Schneewehen versperrt sein.

Als er ins Büro zurückkehrte, fand er sie an den Fenstern, gebadet in Licht, das von draußen hereinströmte. Ihr helles Haar sah aus wie gesponnenes Gold. Ein vergoldeter Engel, wunderschön, und doch unberührbar. Er schüttelte den Kopf über diese fantasievolle Vorstellung und ging zum Ofen. Sie hatte alle Vorräte, die er aufgetrieben hatte, bereits ausgepackt und seine nassen Kleider neben dem Ofen zum Trocknen ausgebreitet.

Erschöpft ließ er sich in einen Sessel vor dem Feuer fallen und hörte, dass Elizabeth in einer Wolke aus raschelnder Seide zu ihm kam. Ein Glas Brandy erschien vor seinen Augen.

»Hier, trink das«, sagte sie sanft.

Dankbar nahm er das Kristallglas und leerte es mit zwei Schlucken. Der Alkohol brannte ihm in Hals und Bauch, eine angenehme Ablenkung von der Hitze, die er in anderen Teilen seines Körpers spürte.

Sie ließ sich in dem anderen Sessel nieder, die Flasche Brandy in der Hand. »Mehr?«

Als er nickte, füllte sie das Kristallglas erneut. Diesmal nahm er einen vernünftigeren Schluck, dann hielt er ihr das Glas hin. »Du solltest auch etwas davon trinken, bevor ich dir sage, was ich herausgefunden habe.«

Graue Augen weiteten sich. »War es so schlimm?«

»Schlimmer«, antwortete er wahrheitsgemäß, und ihre Hand schnellte vor, um sich den Brandy zu schnappen. Sie schluckte ein wenig davon, hustete und atmete dann aus.

»Die Schneewehen türmen sich höher als die Hauseingänge. Selbst wenn wir hinauskönnten, die Straßen und Bürgersteige sind unpassierbar. Wir sitzen hier fest, bis es zu schneien aufhört und ich uns den Weg freischaufeln kann.«

Ein schockierter Ausdruck legte sich auf ihr Gesicht, bevor sie das schwere Glas wieder an die Lippen setzte, um einen tieferen Schluck zu nehmen. »Wie lange, denkst du, wird das dauern?«

»Unmöglich zu sagen. Aber wir werden weder verhungern noch verdursten. Wir haben genügend Kohlen. Solange wir drinnenbleiben, wird uns nichts passieren.«

»Wo hast du das Essen und die anderen Sachen aufgetrieben?«

»In einer Kaschemme vier Blocks von hier. Alle anderen haben dichtgemacht.« Und der Preis, den der Besitzer von ihm verlangt hatte, war reinster Wucher gewesen, aber Emmett hatte nicht lange herumgestritten. Er würde jeden Preis bezahlen, damit Elizabeth es so bequem wie möglich hatte.

Sie reichte ihm das Glas zurück, dann kuschelte sie sich tiefer in ihren Sessel. »Gut, dass du eine Menge Bücher hast.«

»Ja, aber wir werden das Lampenöl sparen müssen, so gut wir können. Ich könnte irgendwo noch ein paar Kerzen haben, aber da bin ich mir nicht sicher. Sobald es dunkel wird, sollten wir versuchen, mit dem Licht des Ofens auszukommen.«

»Oh je«, hörte er sie murmeln, bevor sie sich die Stirn rieb.

Ja, er war derselben Ansicht – aber nicht, weil er keine Zeit mit ihr verbringen wollte. Ganz im Gegenteil. Er wollte eine Menge Zeit mit ihr verbringen, allein. Ohne Kleider. Allein schon ihr so nah zu sein war die Hölle für seine überaktive Fantasie.

»Wo ist Kelly?«, fragte sie.

»Er ist gestern Nacht nach Hause gegangen. Sagte, er wolle die Pferde aus dem Regen rausbringen, aber ich glaube, er war es leid, auf der Pritsche im Ankleidezimmer zu schlafen.«

»Weicht er dir eigentlich je von der Seite?«

»Selten. Jedenfalls nicht, seit seine Frau gestorben ist.«

»Kelly war verheiratet?«

»Ja, für etwas über ein Jahr. Sie starb an Tuberkulose.«

»Oh, das ist furchtbar.«

»Ja, das war es. Sie hat in einer Fabrik gearbeitet, Knöpfe angenäht, in Hell's Kitchen. Sie wohnten im übelsten Teil des Tenderloin District, obwohl ich angeboten hatte, ihnen ein Apartment in einem besseren Teil der Stadt zu mieten.« Emmett schüttelte den Kopf, als er sich an Kellys sture Weigerung in jenen Tagen erinnerte, Emmetts Geld anzunehmen. Zugegeben, er hatte nicht viel besessen, aber er hatte stets mit Freuden alles mit Kelly geteilt. Der Mann hatte Emmett schließlich bei mehr als einer Gelegenheit gerettet.

»Was hat Kelly gemacht? Hat er für dich gearbeitet?«

Emmett schüttelte den Kopf. »Das wollte er nicht. War zu stolz. Also hat er für Geld gekämpft.«

»Gekämpft, also geboxt?«

»Ja. In Seitengassen. Das kann sehr einträglich sein, wenn man gewinnt.«

»Und wenn man verliert?«

»Kann man getötet werden. Aber Kelly hat nie verloren. Er ist der beste Boxer, den ich je gesehen habe.«

Mit zur Seite geneigtem Kopf musterte sie ihn. »Hast du je gekämpft?«

»Nur, wenn ich musste. Aber nicht wie Kelly in organisierten Kämpfen. Bei meinen ging es mehr ums Überleben als um irgendetwas anderes.«

»Warum sprichst du nie über deine Jugend?«

Er zog eine Schulter hoch. »Gibt nicht viel, was ich in besserer Gesellschaft erzählen könnte. Warum willst du das überhaupt hören?«

»Weil ich neugierig bin. Auf dich, wie du aufgewachsen bist.«

»Sagen wir einfach, es war weit davon entfernt, wie ich mir dein Heranwachsen vorstelle, mit einem großen Haus in einer vornehmen Gegend. Dienstboten. Reichlich Essen und Wärme. Eltern, die den Boden unter deinen Füßen anbeten und dich nie –« Er klappte den Mund zu, um den Wortschwall einzudämmen, der ihm über die Lippen sprudelte.

»Eltern, die mich nie was?«, fragte sie sanft, die Stirn besorgt gerunzelt. Als er nicht antwortete, sagte sie: »Komm schon, es gibt sonst nicht viel, womit wir uns die Zeit vertreiben könnten. Also können wir ebenso gut miteinander reden.«

Der Gedanke war so absurd, dass er am liebsten aufgelacht

hätte. Sie beide hatten einander seit Newport ignoriert. Selbst wenn sie für die Dauer des ganzen Schneesturms miteinander festsaßen, hatte er nicht die Absicht, ihr all seine tiefen, dunklen Geheimnisse zu gestehen. Nein, die waren endgültig begraben.

»Du redest nicht gern, oder?«, unterbrach sie seine Gedanken.

Obwohl er die Worte nicht beabsichtig hatte, purzelten sie ihm wie von selbst über die Lippen. »Scheint so, wenn ich mit dir zusammen bin, gibt es andere Dinge, die ich lieber tun würde.«

Lizzie hielt den Atem an, sowohl schockiert als auch plötzlich erregt von seinen Worten, ganz zu schweigen dem sündigen Funkeln in seinen beinahe schwarzen Augen. Sie war nicht ganz sicher, auf welche Dinge er sich bezog, aber schon allein die Erinnerung daran, wie er sie in Newport in die Arme gezogen und sie an die Wand gedrückt hatte, ließ ihre Haut vor Aufregung kribbeln.

Nicht, dass sie ihn noch einmal küssen wollte. Küssen führte zu Verlangen und Begehren. Sehnsucht. Alles Dinge, die sie vermeiden musste.

Sie räusperte sich. »Versuchst du, mich abzulenken?«

»Schon möglich. Funktioniert es, Mrs. Cavanaugh?«

Der Name irritierte sie normalerweise, aber ihn nun mit seiner tiefen, heiseren, rauen Stimme zu hören, ließ ihr Blut dick und träge werden, wie warmen Honig. Ihr Gemahl war hundertmal berauschender als der Brandy, den sie getrunken hatte.

»Nein, aber ich werde aufhören, dich über deine Vergangenheit auszufragen.« *Einstweilen.* »Woran arbeitest du gerade?« Sie zeigte auf seinen Schreibtisch, der mit Papieren bedeckt war.

Er leerte seinen Brandy und erhob sich. »Genau genommen könntest du mir vielleicht dabei helfen. Komm«, sagte er und hielt ihr die Hand hin.

Sie schob die Finger in seine Handfläche und ignorierte den elektrischen Schlag, den diese Berührung bei ihr auslöste und der ihr durch und durch ging. Er zog den gewaltigen Bürosessel zurück und bedeutete ihr, sich zu setzen. Sobald sie es sich bequem gemacht hatte, schob er einige der Papiere auf dem Tisch zur Seite und brachte schließlich einen dicken Stapel Dokumente zum Vorschein, den er zusammen mit einem Bilanzbuch vor sie legte.

»Das ist ein Unternehmen, bei dem ich darüber nachdenke, es zu erwerben. Wie bei allen Firmen, die ich kaufen möchte, habe ich mir eine Kopie ihrer Bücher besorgt –«

»Wie?«, fragte sie. Das zu bewerkstelligen war nahezu unmöglich, es sei denn, das Unternehmen wollte verkauft werden, und sie bezweifelte, dass das hier der Fall war.

Sein Mundwinkel hob sich leicht. »Ich habe meine Methoden. Wie ich an die Bücher gekommen bin, spielt keine Rolle; interessant ist, was sie aussagen.« Er tippte mit den Fingern auf das Buch. »Ich vermutete eine Schwäche, also habe ich Colin die Aktiengeschäfte der letzten zwei Jahre erarbeiten lassen. Er sagte, es gebe einige Unstimmigkeiten, aber ich hatte noch keine Zeit, die Unterlagen durchzusehen. Vielleicht kannst du überprüfen, ob alles einwandfrei ist?«

»Sehr gern«, antwortete sie und hüpfte dabei fast im Sessel

vor Begeisterung. Das hier war nicht nur eine Gelegenheit, ihre Fähigkeiten einzusetzen, diese Aufgabe würde sie auch von seiner eindrucksvollen Gegenwart ablenken. »Könnte ich ein paar leere Blätter und etwas zum Schreiben haben?«

Emmett griff in eine Schublade und holte das Gewünschte hervor. »Dann lass ich dich damit mal allein.« Er nahm etwas, das wie ein Vertrag aussah, und setzte sich damit ans Feuer.

Lizzie vertiefte sich in die Zahlen, um sie zu vergleichen und zu studieren. Die Zeit verging, aber sie bemerkte es kaum. Es dauerte nicht lange, bis sie zu demselben Schluss kam wie ihr Mann, nämlich dass irgendetwas nicht ganz stimmte. Aber der Fehler war gut versteckt, tief in den Börsentransaktionen. Ihr Gehirn lief auf Hochtouren, in dem Bedürfnis, ihrem Bauchgefühl auf den Grund zu gehen und die Lösung zu finden.

Als Emmett eine Lampe neben ihren Ellbogen stellte, bemerkte sie überrascht, dass die Dämmerung hereingebrochen war. Der Schnee fiel immer noch heftig, riesige Flocken wirbelten vor den Fenstern, während der Schneesturm keinerlei Anzeichen zeigte, nachzulassen. »Ich dachte, wir sollten Öl sparen«, sagte sie, als er wieder zu seinem Sessel zurückkehrte.

Er zuckte die Schultern. »Du scheinst Fortschritte zu machen. Falls es uns wirklich ausgehen sollte, werden wir es überleben.«

Sie widmete sich wieder ihrer Aufgabe und begann, ihre Ergebnisse aufzuaddieren. Kurz darauf stieß sie auf die Lösung. »Ich hab es gefunden!« Sie schlug auf das Bilanzbuch. »Ich habe gefunden, was nicht stimmt.«

Er hob den Kopf. »Wirklich? Lass mich sehen.«

Als er an ihrer Seite angekommen war, begann sie zu erklären. »Ich habe die Aktien zusammengezählt, die in den letzten drei Jahren verkauft wurden, und das mit den angegebenen Beträgen verglichen.« Ihre Hand streifte versehentlich die seine, als sie auf das Buch zeigte, dennoch blieb sie bei der vor ihr liegenden Aufgabe und ignorierte die Erregung, die sie bei dieser unschuldigen Berührung durchströmte. »Das Unternehmen hat mehr Aktien verkauft, als es tatsächlich wert ist.«

»Um den Aktienkurs zu verwässern?«

»Ich kann nicht mit Sicherheit sagen, warum, aber sie haben definitiv mehr Anteile verkauft, als sie sollten.«

»Das ist bemerkenswert«, sagte er, ein zufriedenes Lächeln auf den Lippen. »Du hast keine Ahnung, wie viel Arbeit du mir erspart hast. Diese Information ist sehr wertvoll. Sehr wertvoll, in der Tat.« Gedankenverloren rieb er sich den Kiefer, während er das Buch anstarrte.

Bei seinem Lob wurde ihr warm. »War mir ein Vergnügen.« Ihr Körper vibrierte vor Aufregung über die Entdeckung. »Ich habe das Gefühl, das sollten wir feiern.«

»Der Meinung bin ich auch. Und ich kann bei diesem Vorhaben definitiv behilflich sein. Wie hören sich Champagner und Dinner an?«

»Champagner? Hast du hier irgendwo einen Eisschrank versteckt?«

»Wart's nur ab«, erwiderte er, bevor er in seinem Ankleidezimmer verschwand. Wenige Sekunden später kehrte er mit einer Flasche Moët zurück und ging damit zum Fenster. Im Nu hatte er den Riegel geöffnet, das Fenster hochgeschoben und die Flasche in den Schnee gestellt, der sich draußen auf dem steinernen Fenstersims angesammelt hatte. Rasch schob er das Fenster wieder zu.

»Clever«, sagte sie, während er sich den Schnee von den

Ärmeln wischte. »Du bist überraschend erfinderisch für einen Stahltycoon.«

»Danke. Wenn ich gewusst hätte, dass dich das beeindruckt, hätte ich schon vor Wochen einen Schneesturm heraufbeschworen.«

Vermutlich konnte er das wirklich, wenn er es wollte. Der Mann schien unaufhaltsam zu sein. »Nun, ich bin noch nicht in den Genuss dieses Dinners gekommen, das du mir versprochen hast, also werde ich mir mein Urteil für später aufheben.«

Er lächelte, ein richtiges, echtes Grinsen, das zwei Grübchen zum Vorschein brachte, bei denen Lizzie die Knie weich geworden wären, wenn sie gestanden hätte. »Du bist eine starke Frau. Mit dir würde ich nicht gern verhandeln. Ich glaube nicht, dass du auch nur einen Zentimeter nachgeben würdest.«

»Nicht bei dir«, gab sie zurück. »Du bist eine Lokomotive, die alles in ihrem Weg überrollt, um zu bekommen, was du willst.«

»Weil ich so sein muss.« Er lehnte sich ans Fenster. »Ich habe sehr früh gelernt, dass einem auf dieser Welt nichts geschenkt wird.«

Sie erinnerte sich an die Geschichte, die er ihr über die Arbeit in dem Stahlwerk erzählt hatte, und wusste, dass er sich darauf bezog. Und obwohl sie seine unbeirrbare Zielstrebigkeit und Tatkraft bewunderte, wollte sie ihnen auch nicht zum Opfer fallen.

»Aber«, fuhr er fort, während er sich den Kiefer rieb, »ich versuche schon, die Vor- und Nachteile einer Situation abzuwägen. Wenn ich allerdings beschlossen habe, dass ich etwas will, hält mich nichts und niemand davon ab, es zu bekommen.« Sein dunkler Blick hielt den ihren mit einer Eindringlichkeit fest, die ihr Innerstes in Flammen aufgehen ließ.

Sprach er von ihr? Oder sprachen sie übers Geschäft?

Sie stand auf und strich den Stoff ihres Kleides glatt, wobei sie es vermied, ihm in die Augen zu sehen. »Vielleicht sollten wir jetzt essen. Ich möchte nicht, dass der Champagner gefriert.«

KAPITEL DREIZEHN

Besäßen junge Damen heutzutage ein ausreichendes Maß an Charakterstärke, wäre ihr Einfluss bedeutender.
AMERICAN ETIQUETTE AND RULES OF POLITENESS, 1883

Etwas hatte sich zwischen ihnen verändert. Emmett konnte es spüren, eine Art Waffenstillstand. Elizabeth lächelte ihn oft an, ihre Stimmung war ausgesprochen heiter – und dabei hatte er noch nicht einmal den Champagner eingeschenkt.

Er ordnete ihre Vorräte aus Salami, Käse und Brot auf einer Decke an, die er auf dem Teppich ausgebreitet hatte. Die Nacht war hereingebrochen, und der Schnee draußen fiel unablässig weiter, aber im Zimmer war es angenehm. Er ließ den Korken der Flasche knallen und füllte ihre Gläser.

Das hier war tatsächlich ein Grund zu Feiern – obwohl seine Frau da wohl kaum zustimmen würde, wenn sie wüsste, dass die Börsentransaktionen, die sie eben ausgewertet hatte, zu Northeast Railroad gehörten. Wie sich herausstellte, hatte ihr Bruder zu viele Anteile aus dem Aktienkapital des Unternehmens verkauft. Obwohl das nicht völlig beispiellos war – Fisk und Gould hatten das Aktienkapital der Erie Railroad verwässert, um zu verhindern, dass Vanderbilt das Unternehmen in die Hände bekam –, war es betrügerisch.

Die Aktien wären absolut nichts wert, ganz gleich, was die Investoren für sie bezahlt hatten.

Wie also würde Emmett diese Information gegen Sloane verwenden?

Die Tür des Wasserklosetts öffnete sich, und Elizabeth kam heraus. »Ich habe meine Tournüre abgelegt. So wie die Dinge stehen, dachte ich, ich sollte es mir bequem machen.«

Er schloss kurz die Augen. Die Vorstellung, dass sie ihre Kleider ablegte, selbst etwas so Unverfängliches wie ein Gestell aus Rosshaar, war beschämend faszinierend. »Natürlich. Da stimme ich dir von ganzem Herzen zu.«

Sie drehte sich, um ihr Profil zu zeigen. »Aber das ruiniert den Schnitt meines Kleids.«

Er deutete auf das leere Zimmer. »Ich denke, in verzweifelten Zeiten wie diesen dürfen die Formalitäten vernachlässigt werden. Natürlich borge ich dir gern etwas von meiner Kleidung, falls dir das lieber wäre.«

Sie schnaubte und kam auf ihn zu. »Nicht einmal in verzweifelten Zeiten, denke ich. Oh, das sieht köstlich aus. Ich bin am Verhungern.«

»Komm und setz dich.« Er reichte ihr die Hand und half ihr, sich auf den Boden zu setzen. »Es ist nicht viel, aber –«

»Emmett, es ist wunderbar.« Ihre grauen Augen funkelten im Feuerschein, und Dankbarkeit leuchtete zu ihm hoch. »Danke. Für alles. Wenn du nicht gewesen wärst, würde ich unten frieren und hungern.«

Nein, würdest du nicht, wollte er ihr sagen. Nichts hätte ihn davon abgehalten, heute zu ihr zu kommen. Weder Schnee noch Wind, nicht einmal Eis. Er hätte einen Weg gefunden, zu ihr zu kommen. Aber er konnte sich nicht vorstellen, das laut zuzugeben, also sagte er nur: »Gern geschehen.«

In den folgenden Minuten machten sie sich über das Essen und den Champagner her. Sie aßen in kameradschaftlichem Schweigen, was ihn an das erste Mal erinnerte, als er sie zum Dinner ausgeführt hatte.

»Warum lächelst du?«, fragte sie ihn.

»Ich dachte gerade, dass wir erstaunlich gut miteinander auskommen, wenn Essen im Spiel ist. Die anderen Zeiten sind es ...«

»Hast du vor, jedes Mal ein Stück Käse in die Tasche zu stecken, wenn du mit mir reden willst?«

Ein kurzer Laut entschlüpfte seiner Kehle, rostig und heiser.

»War das etwa ein Lachen?« Sie musterte ihn mit übertriebenem Ernst. »Oh, ich kann es nicht glauben. Ich habe dich tatsächlich zum Lachen gebracht.«

»Nicht so voreilig. Das war nicht gerade schallendes Gelächter.«

»Dennoch, ich werde es für immer in Erinnerung behalten. Dieses eine Mal, als ich den stets ernsten Emmett Cavanaugh zum Lachen gebracht habe.«

Er schüttelte den Kopf über ihre Albernheit. »Ich bin nicht immer ernst. Da brauchst du nur Kelly und Brendan zu fragen.«

»Ach wirklich? Deine Schwestern sagen, dass sie dich kaum zu Gesicht bekommen, weil du deine ganze Zeit mit Arbeiten verbringst.«

Das stimmte. Er verbrachte nicht genug Zeit mit ihnen, aber sie waren von Tutoren und Gouvernanten umgeben und lernten, anständige junge Damen zu werden, so wie sie es sollten und wie es dem Status gebührte, den Emmetts Reichtum ihnen verlieh. Claire und Katie würden nicht schnorren und sich krampfhaft einen Ehemann schnappen müssen, wenn es so weit war. »Und worauf willst du hinaus?«

»Vielleicht brauchst du ein bisschen mehr Spaß in deinem Leben.« Sie steckte sich ein Stück Käse in den Mund und kaute.

Er beugte sich vor und schnitt ein weiteres kleines Stück ab. Dann hielt er ihr den Bissen mit Daumen und Zeigefinger an die Lippen. Das neckende Funkeln in ihren Augen verblasste, um einer dunklen Neugier zu weichen, die es nie versäumte, ihn hart zu machen. Ihre Lippen teilten sich mit einem atemlosen Seufzer, eine stumme Einwilligung, und er schob das Stück Käse in ihren Mund. »Vielleicht haben du und ich eine unterschiedliche Vorstellung davon, was Spaß ausmacht. Soll ich dir meine Version zeigen?«

Frech schloss sie die üppigen Lippen um seine Fingerspitzen. Sie waren weich und geschmeidig auf seiner rauen Haut, und er wollte nichts mehr als sie auf anderen Teilen seines Körpers zu spüren. Sie hielt seinen Blick fest, nicht im Geringsten schüchtern, und ein wilder Hunger, der nichts mit Nahrung zu tun hatte, durchzuckte ihn.

Wie konnte eine unschuldige Frau so gewagt sein? Wie konnte eine behütete Erbin so intelligent sein? Wie konnte eine einzige Frau ihn dazu bringen, Dinge zu fühlen, die er noch bei keiner zuvor empfunden hatte?

Sanft nahm er ihr Kinn in die Hand. »Du bist anders als alle Frauen, denen ich je begegnet bin«, sagte er leise.

Ihr Blick senkte sich, und sie zog sich zurück. Widerstrebend ließ er sie los und sah ihr zu, wie sie nach ihrem Glas griff. Als ihre Hand dabei zitterte, durchströmte ihn Genugtuung. Er hatte sie aus der Fassung gebracht. Gut.

Er hob sein eigenes Glas vom Teppich hoch und entschied, sein Gewissen ein wenig zu erleichtern. »Ich muss mich bei dir entschuldigen.«

»Wofür?«

»Für das, was ich in Newport gesagt habe. Ich war absichtlich grob und gemein. Ich weiß, es entschuldigt nicht, was ich gesagt habe, aber die Vorstellung, dass du mit Henry zusammen bist, hat mir nicht gefallen.«

»Henry und ich sind nicht zusammen. Das waren wir nie.«

»Das ist mir klargeworden, und es tut mir leid.«

Sie blinzelte ein paarmal, und ihre Lippen bewegten sich, bevor sie »Danke« sagte. Sie trank noch mehr Champagner. »Warum Schauspielerinnen?«

Allmählich gewöhnte er sich an ihr Talent, abrupt das Thema zu wechseln. »Warum keine Schauspielerinnen? Sie sind schön und talentiert. Selbständig.«

»Also willst du eine Frau, die dich in Ruhe lässt?«

»Manchmal. Oder ich möchte einfach nur den Abend mit einer hübschen Frau verbringen. Ich kaufe ihnen, was immer sie wollen, und dafür erscheinen ihre Namen in den Zeitungen. Beide Parteien profitieren von dem Arrangement.« Er trank seinen Champagner aus, dann griff er nach der Flasche, um ihrer beider Gläser wieder zu füllen.

»Das klingt … kalt.«

Er schenkte ihr ein anzügliches Lächeln. »Ich verspreche dir, das ist es nicht.«

Sie warf den Kopf in den Nacken und lachte, ein herzhafter, fröhlicher Laut, der ihm durch und durch ging. »Du bist schamlos. Warum habe ich das nicht gewusst?«

Vermutlich aus demselben Grund, aus dem auch ihm erst in den letzten paar Stunden zahllose Dinge an ihr aufgefallen waren. Zum Beispiel, dass sie mit dem Fuß klopfte, wenn sie sich konzentrierte. Oder dass ihr Haar im Licht der Lampen wie Weizen glänzte. »Weil wir einander kaum kennen. War es nicht das, was du einmal sagtest, als du versucht hast, dich aus der Hochzeit herauszumogeln?«

Röte spross auf ihren Wangen, als sie nach dem Brot griff. »Und es war die Wahrheit.«

»Aber jetzt nicht mehr?«

Sie öffnete den Mund, um einen Bissen zu nehmen, und seine Bauchmuskeln zogen sich erwartungsvoll zusammen. War es das, wozu er geworden war, ein Mann, der sich verzweifelt nach dem bloßen Anblick der Zunge einer Frau sehnte? Dann schnellte die rosige Spitze hervor, um in einer unschuldigen und doch provozierenden Geste über ihre Lippen zu lecken, und Emmett stöhnte beinahe.

In diesem Moment formte sich mit stählerner Entschlossenheit eine Entscheidung. Zum Teufel mit der Annullierung.

Er würde seine Frau in diesem Zimmer verführen, noch bevor dieser Schneesturm zu Ende ging. Sollte sie sich doch Gedanken um diese lächerliche Annullierung machen. Er scherte sich nicht mehr darum.

»Ich entwickle allmählich ein … Verständnis, das ich zuvor nicht hatte.« Sie umklammerte das Champagnerglas mit beiden Händen und hielt es vor ihrer Brust wie einen Talisman.

Zu spät, wollte er ihr sagen. Der Teufel würde sich nicht von seinem Vorhaben abbringen lassen, nicht heute Nacht.

Heute Nacht gehörte sie ihm.

Lizzie hegte den starken Verdacht, dass ihr Mann die Absicht hatte, sie zu verführen.

Er war auf dem Teppich langsam immer näher gerückt, und seine langen Glieder und muskulösen Schultern brachten sie viel zu sehr aus dem Konzept. Sein dunkler Blick verfolgte jede ihrer Bewegungen wie ein Jäger auf den Ebenen Afrikas. Besonders fasziniert schien er von ihrem Mund und ihren Lippen zu sein, während sie aß. Hitze lauerte in seinen Augen – Hitze und ein Versprechen.

Vermutlich war der Champagner schuld, aber die Vorstellung begann, ihr zu gefallen. Ziemlich sogar.

Sie wählte ein weiteres kleines Stück Käse und steckte sich den Bissen langsam in den Mund. Emmett sah unverwandt zu, ohne etwas zu sagen. Durch und durch männliche Anmut, hatte er sich auf einen Ellbogen gestützt und ein Knie aufgestellt. Ein Schauer lief ihr über den Rücken, ein aufregender Rausch von etwas Sündigem und Geheimnisvollem, während sie darauf wartete, was er tun würde.

»Mein Bruder mag dich«, sagte Emmett beiläufig. »Claire und Katie auch. Sie sagten, du hättest ihnen versprochen, mit ihnen Eislaufen zu gehen.«

»Stimmt.« Sie lächelte. Die Mädchen waren neugierig auf sie und bombardierten sie ständig mit Fragen über ihr Leben, ihre Kleider, die Leute, die sie kannte. Hatte sie den Ball der Patriarchen besucht? Wie war es gewesen, zu debütieren? Wie viele Heiratsanträge hatte sie bekommen? Lizzie machte es nichts aus. Sie hätte sich stundenlang mit den beiden reizenden Mädchen unterhalten können. Eindeutig waren sie völlig ausgehungert nach weiblichem Einfluss in ihrem Leben. »Du solltest auch mitkommen.«

Er wandte den Blick ab, und ein Muskel zuckte in seinem Kiefer. »Warst du überhaupt schon einmal Eislaufen?«, fragte sie.

»Nein. Hatte nie Zeit für solchen Unsinn.«

»Eislaufen ist kein Unsinn. Spaß zu haben und Zeit mit der Familie zu verbringen ist kein Unsinn.« Er antwortete nichts darauf, deshalb rempelte sie spielerisch seine Schulter an. »Was, wenn ich dir das Eislaufen beibringe? Ich verspreche auch, dass ich dich höchstens ein- oder zweimal auslachen werde.«

»Ach, ist das alles?«, erwiderte er trocken. »Lass mich raten, dein Bruder ist mit dir Eislaufen gegangen.«

»Ja. Oft, um genau zu sein. Nein, verdreh jetzt nicht die Augen, Emmett Cavanaugh. Von Manipulation und Erpressung einmal abgesehen war er ein guter großer Bruder.«

»Dann willst du damit also sagen, dass ich ein schrecklicher großer Bruder bin?«

»Ganz und gar nicht, aber die Mädchen könnten mehr von deiner Zeit und Aufmerksamkeit gebrauchen. Über Abendessen und gelegentliche Schwimmstunden hinaus.«

»Klingt, als hättest du ihnen unlängst deine Zeit und Aufmerksamkeit geschenkt. Dafür bin ich dankbar, Elizabeth. Sie können von der Sichtweise einer Frau profitieren, besonders von einer so kultivierten wie dir.«

»Ich bin ganz vernarrt in Katie und Claire. Du hast sie wunderbar großgezogen.« Sie zupfte an einem Faden der Decke, unsicher, wie sie in dieser neu entdeckten entspannten Stimmung zwischen ihnen etwas ansprechen sollte.

»Aber?«, fragte er, da er ihren inneren Kampf bemerkte.

»Du solltest wissen, dass die Mädchen mich nach dir gefragt haben. Ich mache mir wirklich Sorgen, dass die Distanziertheit zwischen uns sie mitnimmt.«

»Was hast du ihnen gesagt?«

»Dass du beschäftigt bist. Dass es in Newport kalt und langweilig war, und dass ich darauf brannte, meine Wertpapierfirma zu gründen.«

»Alles voll und ganz die Wahrheit«, betonte er. »Und nicht alles an den Flitterwochen war kalt und langweilig. Mir ist, als erinnerte ich mich an einen sehr leidenschaftlichen Kuss im Salon. Tatsächlich hast du mir mit den Nägeln beinahe den Rücken zerkratzt, während –«

»Emmett!« Mit vor Verlegenheit heißen Wangen knuffte sie ihn erneut in die Schulter – aber diesmal war er darauf vorbereitet. Er setzte sich auf, bekam ihr Handgelenk zu fassen und ließ nicht los.

»Es hat mir gefallen, Elizabeth«, sagte er leise. »Es hat mir so sehr gefallen, dass ich mich mit der Erinnerung daran beinahe in den Wahnsinn getrieben habe.«

Ihr Herz hämmerte, ein gleichmäßiger Pulsschlag, der sich zwischen ihren Beinen zu konzentrieren schien. Sanft glitt seine Hand an ihrem Arm empor und streifte ihren Hals, um sie näher zu ihm zu ziehen. »Sag mir, dass du dich nicht fragst, wie es wohl wäre«, fuhr er fort, während er den Daumen unter ihr Kinn schob. »Sag mir, dass du nicht nachts wachliegst und daran denkst, wie es sich anfühlen würde. Wie *ich* mich anfühlen würde. Wie gut es mit uns beiden sein könnte.«

Eine Verneinung sprang ihr in den Sinn, eine, die eine komplette Lüge war. Sie hatte zahllose Stunden damit verschwendet, über genau das nachzudenken – und mehr. Gedanken an die mächtige Anziehungskraft zwischen ihnen regten sich bei den ungünstigsten Gelegenheiten. Aktientabellen verschwammen vor ihren Augen, sie verlor den Faden bei Unterhaltungen, und einmal hatte sie sich in der Villa so verlaufen, dass ein Diener ihr den Weg zu ihrem Zimmer zeigen musste.

»Wir sollten der Versuchung widerstehen«, sagte sie mit dünner Stimme.

»Wenn ich ein besserer Mann wäre, würde ich es versuchen. Aber das bin ich nicht.« Sein Blick fiel auf ihren Mund, und er strich mit der rauen Kuppe seines Daumens am Rand ihrer Lippen entlang. Bei der zärtlichen Berührung brach ihr Gänsehaut am ganzen Körper aus. »Ich habe in meinem Leben viele schreckliche Dinge getan und werde zweifellos noch hunderte mehr begehen. Aber du bist die erste Frau, bei der ich mir sehnsüchtig wünsche, ihrer würdig zu sein.«

Sie holte einen zitternden Atemzug. Ihre Entschlossenheit zu widerstehen schmolz zusammen mit ihrem Inneren rasend schnell dahin, während sich Lust und Verlangen mit alarmierender Geschwindigkeit aufbauten. »Emmett –«

»Lass mich, Elizabeth. Lass mich es dir zeigen.« Langsam beugte er sich vor und hauchte einen sanften Kuss auf ihren Mundwinkel. Als sie seufzte, neigte er den Kopf, um die Geste auf der anderen Seite zu wiederholen. Seine Lippen waren überraschend weich für einen so großen, komplizierten Mann.

Es hatte keinen Sinn, zu leugnen, dass sie ihn wollte, keinen Nutzen, noch länger davonzulaufen. Lizzie hatte zu lange gegen ihre körperliche Reaktion auf Emmett angekämpft, die emotionalen Risiken gegen die lustvolle Belohnung abgewogen. Etwas an diesem Mann machte sie verrückt, und vielleicht hatte er recht: Niemand brauchte während des Annullierungsverfahrens von ihren Intimitäten zu erfahren.

Sie kam zu einem Entschluss, neigte den Kopf, ließ die Lider sinken und fand seinen Mund mit ihrem. Er sog rasch den Atem ein ob ihrer Kapitulation, unmittelbar bevor er sie heftig an sich zog. Seine Lippen wurden drängend, fieberhaft, als sie mit den ihren verschmolzen, neckten sie aufreizend, bis sie sich an ihn klammerte.

Große Hände wanderten über ihre von einem Korsett bedeckten Rippen, und ihre Brüste hoben sich unter ihrem schnellen Atem. Kein Mann hatte sie je so intim berührt oder mit solchem Nachdruck geküsst. Selbst durch die Kleiderschichten hindurch konnte sie seine Berührung spüren, so intensiv, als glitte er über ihre nackte Haut. Das Blut rauschte durch ihre Adern, in ihren Ohren, an ihrer Kopfhaut entlang.

Er drängte die Zunge zwischen die Naht ihrer Lippen, und sie hieß ihn willkommen, begierig darauf, die warmen, köstlichen Tiefen seines Mundes zu erkunden. Wie konnte die Zunge eines Menschen nur so erregend sein? Aber, oh, das war sie ... Die Lippen geöffnet umschlangen sich ihre Zungen und tanzten in einem geschmeidigen, drängenden Rhythmus miteinander, der ihr den Atem raubte. Er zog sich zurück, um die Zähne in ihrer Unterlippe zu versenken, was ihr einen Stich süßer Lust und Schmerz versetzte. »So viel Feuer in dir. Ich werde es genießen, dich brennen zu sehen, Elizabeth.«

Er streckte sich neben ihr aus und küsste sie, hart, als verzehrte er sich nach ihrem Geschmack. Ihre Zähne prallten aufeinander, so verzweifelt griffen ihre Münder einander an. Dann war er über ihr und drängte auf sie herab, während sie im Versuch, ihm noch näher zu kommen, zu ihm emporstrebte. Sie registrierte nur beiläufig das Rascheln von Seide, bevor ein Lufthauch ihre bestrumpften Beine streifte. Sie hätte schockiert sein sollen, doch stattdessen stöhnte sie beinahe vor Erleichterung. Die Empfindung sammelte sich in jeder Pore, jeder Zelle, und erzeugte eine Rastlosigkeit, die Erlösung forderte.

Immer höher wanderten die Schichten aus Stoff, bis sie sich um ihre Taille bauschten. Er schob ihre Schenkel auseinander, dann legte sich seine Hand über den Baumwollunterhosen auf ihren Venushügel. Ohne sich dessen auch nur bewusst zu sein, wiegte sie die Hüften seinem Handballen entgegen. Die köstliche Reibung entfachte ein noch heftigeres Verlangen in ihrem Bauch, das sich ihr Rückgrat entlangzog, bis sie sich von seinen Lippen lösen musste, um aufzustöhnen.

Er ließ das Gesicht an ihren Hals sinken. »So heiß«, murmelte er. »So furchtlos. Gott allein weiß, warum mich das überhaupt überrascht.«

Ihre Hüften begannen, sich erneut zu bewegen, suchend. Oh, sie brauchte ... Sie wusste nicht, was sie brauchte, aber in ihrem Inneren wuchs das Verlangen. »Emmett, bitte«, flüsterte sie und grub die Finger in seine Schultern, um ihn enger an sich zu ziehen.

»Du hast keine Ahnung, wie lange ich darauf gewartet habe, dich diese Worte sagen zu hören.« Seine Finger teilten den Schlitz ihrer Unterhose, sodass sie das Herz ihrer Weiblichkeit erreichen konnten. Mühelos glitten sie durch die Feuchtigkeit, die sich dort angesammelt hatte. War es normal, dass da so viel davon war?

Scham wogte über sie hinweg, und sie wandte den Kopf ab,

als er ihren Eingang entlangstrich. »Nein, versteck dich nicht«, sagte er. »Ich möchte dein Gesicht sehen, während ich dir Lust bereite.«

Bevor sie fragen konnte, was er vorhatte, fuhr sein rauer Finger die empfindsame Haut entlang, empor zu der Knospe oben an ihrer Spalte. Er rollte sie, streichelte sie, und Lizzie bäumte sich mit gekrümmten Zehen vom Fußboden auf. Sie schloss die Augen, unfähig, sich auf irgendetwas anderes zu konzentrieren als das, was er da mit seinen wunderbaren, herrlichen Händen tat. »So ist es gut, meine Schöne«, murmelte er. »Genieß das, was ich mit dir mache.«

Seine Lippen knabberten an ihrem Hals, unter ihrem Ohr, und dann fuhr er damit fort, leise, heisere Worte der Ermutigung zu flüstern. Wie bezaubernd sie war, wie intelligent, wie vollkommen ... Bald schon zogen sich Lizzies Muskeln zusammen, ihr Körper stieg höher und höher, während er sie weiter berührte und dem Gipfel entgegentrieb. Das tiefe Timbre seiner Stimme, sein heißer Atem auf ihrer Haut, wie er jedes Mal kurz die Luft anhielt, wenn sie stöhnte ...

Dann ließ er einen Finger in sie gleiten, füllte sie aus, und die Erregung stieg an, bis ihr Körper all das kribbelnde Schwindelgefühl nicht mehr halten konnte – und sie in einem Feuerball weißglühender Energie explodierte, tausend Scherben, die in die Luft zerstoben. Sie grub die Nägel in seine Schultern und klammerte sich an ihn, während sie zuckte und seinen Namen keuchte und das unglaubliche Gefühl sie mit sich riss.

Bevor sie wieder zu Boden schwebte, brachte Emmett sich zwischen ihren Beinen in Position und spreizte mit den Knien ihre Schenkel weit auseinander. Er streifte seine Jacke ab und warf sie beiseite, dann flogen seine Finger zu den Knöpfen seiner

Hose und öffneten sie, damit er in seine Unterkleidung greifen und seine Erektion herausholen konnte. Eine Hand neben ihrer Schulter aufgestützt, führte er sich mit der anderen an ihre Pforte. Lizzie spürte die harte Hitze der geschmeidigen Spitze, unmittelbar bevor er einzudringen begann, langsam, bis ein einziger mächtiger Stoß den Beweis ihrer Unschuld erbrachte. Bei der unangenehmen Dehnung sog sie den Atem ein und versuchte instinktiv, sich von ihm fortzuwinden. Fort von diesem schrecklichen Gefühl.

»Warte, Elizabeth.« Emmetts Augen waren geschlossen, seine Zähne zusammengebissen. »Warte einfach, bitte. Es wird besser werden. Ich hätt' dich nich' so schnell nehmen sollen, aber es wird besser werden, das schwöre ich.«

Sie hörte die kehligen Konsonanten, die falsche Aussprache, die so anders als seine geschliffene, kultivierte Stimme klang. Er klang wie sein Freund Kelly, und sie fragte sich, wie lange ihr Mann gebraucht hatte, die Spuren von Five Points aus seiner Aussprache zu tilgen.

Die Wundheit zwischen ihren Beinen begann nachzulassen. Emmett ragte über ihr auf, während er darauf wartete, dass sie sich an ihn gewöhnte. In Hemdsärmeln und Weste wirkte er unglaublich groß. »Hat der Schmerz nachgelassen?«, stieß er zwischen zusammengebissenen Zähnen hervor. »Darf ich weitermachen?«

»Bist du ... nicht drin?«

Er gab ein trockenes, raues Lachen von sich. »Fast, Liebling.« Er ließ sich über ihr auf seine Ellbogen herab und nahm ihren Mund mit einem sengenden Kuss gefangen. Sie konnte sein drängendes Verlangen schmecken, sein Bedürfnis nach ihr, und erneut entfaltete sich Lust in ihrem Schoß. Ihre Glieder entspannten sich, und sie schmolz unter ihm. »So ist es gut«, murmelte er an ihrem Mund und wiegte die Hüften, um tiefer einzudringen, dabei glitt die breite Spitze seines Glieds an den Wänden ihres Innersten entlang. Eigenartig, diese Invasion … aber weder unwillkommen noch unangenehm. Er hörte nicht auf, sondern behielt sein gleichmäßiges Vordringen bei, bis ihre Körper sich aneinanderpressten.

Als er sich zurückzog und die Hüften wieder vorwärtsstieß, war sein süßes Gleiten in ihr völlig anders als alles, was sie sich je vorgestellt hatte. Sie stöhnten am Mund des jeweils anderen. Zwei weitere schnelle Stöße, und sie warf den Kopf mit einem Aufschrei in den Nacken. Sie hätte nie geahnt, sich nie träumen lassen, dass ihre Vereinigung sich so unglaublich gut anfühlen könnte.

Er stützte sich über ihr auf seine kräftigen Arme. Sie hatte ihn noch nie so ungezähmt, so außer Kontrolle gesehen. Dunkles Haar fiel ihm in die Stirn, auf der Schweißperlen standen. Die Züge seines Gesichts waren angespannt und hart im Feuerschein, die Vertiefung in seinem Kinn noch ausgeprägter. Er sah atemberaubend gut aus.

»Ich möchte sanft zu dir sein, aber Gott steh mir bei …« Er begann kräftiger zu stoßen, seine Hüften pumpten in ihr Becken und rieben dabei über die geschwollene Knospe zwischen ihnen. Unfähig zu sprechen hielt sie sich an seinen Armen fest, während Wellen der Seligkeit durch ihre Glieder wogten. Er brauchte nicht sanft zu sein. Sie verzehrte sich nach dieser Hitze, dieser animalischen Reaktion von ihm, der primitiven, rohen Lust, die aus seiner eisernen Zurückhaltung ausbrach.

»Schling die Beine um meine Hüften. Lass mich noch tiefer ein.«

Lizzie tat, wie geheißen, und dann zog er sich zurück, stieß wieder zu und traf eine Stelle, die sie aufkeuchen ließ. Gütiger Gott, wie machte er … Er tat es wieder, und der Sturm begann anzusteigen, Lust sammelte sich an der Stelle, an der ihre Körper miteinander vereint waren. Seine Hüften hämmerten nun mit einer Wucht in sie, durch die sie über den Teppich geschoben wurde. Ihre Muskeln verkrampften sich, ihr Körper zog sich zusammen, bis die Anspannung riss und der Orgasmus sie überrollte. Sie schrie auf und grub ihm die Nägel in den Rücken. Nur schwach nahm sie wahr, wie er keuchte, wie seine Hüften stockten.

Mit einem lauten Stöhnen versteifte er sich, und die Sehnen an seinem Hals traten vor Anstrengung hervor, als er sich in ihrem Schoß ergoss. »Gottverdammt«, hörte sie ihn keuchen, bevor er über ihr zusammenbrach.

Noch nie hatte Emmett sich so mies gefühlt.

Er hatte seine Frau gerade gevögelt wie ein brünstiges Tier. Ohne Sanftheit. Ohne Raffinesse. Ohne zärtliche Worte – oder auch nur ein Bett. Hatte sie vorher nicht angemessen darauf vorbereitet oder geweitet. Er hatte ihr die Unschuld auf dem Fußboden seines verdammten Büros genommen und sich nicht einmal die Mühe gemacht, ihr die Unterhosen auszuziehen.

Herrgott.

Was musste sie nur von ihm denken? Er konnte sich gar nicht vorstellen, wie entsetzt sie sein musste, wie angewidert. Sein Glied war immer noch hart in ihr und pulsierte vor Zufriedenheit, während Emmett nichts als Abscheu darüber empfinden konnte, wie er sie behandelt hatte.

Im Zimmer war es totenstill. Das einzige Geräusch kam von den Schneeflocken, die draußen gegen die Scheiben schlugen. Das hier war eine schreckliche Idee gewesen. Warum hatte er seine Hände – und alles andere – nicht von ihr gelassen?

Da er wusste, dass er sie vermutlich erdrückte, begann er sich von ihr zurückzuziehen, ohne ihr dabei in die Augen zu sehen. Auf jahrelange Erfahrung zurückgreifend verbarg er seine Gefühle und baute eine eisige Gleichgültigkeit auf, in der Missbilligung und Enttäuschung ihn nicht erreichen konnten. Mühelos glitt er aus ihrer warmen Umklammerung, und die Haut seines Glieds war so überempfindlich, dass er erschauderte.

Ein Tuch. Er musste ein feuchtes Tuch holen und sie säubern. Das war es, was ein normaler Ehemann tun würde, oder nicht? Er erhob sich auf die Knie, verstaute sein Glied wieder in seinem Einteiler und knöpfte sich die Hose zu. Bevor er aufstehen konnte, legte sich eine kleine Hand um seinen Unterarm.

»Emmett, warte«, sagte sie und stützte sich auf die Ellbogen hoch. »Was ist los?«

Er stieß langsam den Atem aus. *Du hast deiner Frau gerade die Unschuld genommen. Du solltest ihr ein Gefühl von Sicherheit geben, du Scheißkerl.* Sie lag ausgestreckt auf dem Boden, das blonde Haar von seinen Fingern zerzaust, die Kleidung derangiert. Nie hatte sie schöner ausgesehen. »Nichts. Ich will ein feuchtes Tuch holen, um dich sauber zu machen.«

»Du wirkst unzufrieden mit mir.«

Er schüttelte den Kopf. »Nicht mit dir. Mit mir.«

Sie sah ihn mit festem Blick an. »Warum?«

Anstatt zu antworten, ging er zur Toilette. Er drehte das heiße Wasser auf und fand ein sauberes Handtuch. Das Wasser blieb lauwarm, selbst nach ein paar Minuten, was ihn nicht überraschte, da der Heizkessel mit Gas betrieben wurde. Zweifellos waren die Masten der Gasleitungen inzwischen umgestürzt.

Er befeuchtete das Handtuch und kehrte zu der Stelle zurück, wo Elizabeth auf dem Boden lag. Sie beobachtete ihn neugierig, als wäre er eine Unregelmäßigkeit an der Börse, die es zu analysieren galt. Ohne ihrem scharfen Blick Beachtung zu schenken, ging er neben ihr in die Hocke und zog ihr vorsichtig die schweißfeuchten Unterhosen aus. Die Innenseiten ihrer Schenkel waren mit einer kleinen Menge Blut verschmiert, und er säuberte sie so behutsam, wie er es mit seinen ungeschickten Händen vermochte. Als er sich ausreichend um sie gekümmert hatte, trug er das Tuch zurück zum Waschbecken. Er fühlte sich klebrig und verschwitzt, ein Gefühl, das er ungemein hasste, aber seine Kleider zu wechseln würde warten müssen. Also wusch er sich, so gut er konnte.

Als er zurückkam, hatte sie sich nicht bewegt, also ließ er sich auf dem Teppich nieder und griff nach seinem Glas. »Ich bitte um Entschuldigung«, sagte er, bevor er den inzwischen warmen Champagner austrank. Beinahe musste er würgen, aber das hatte er mehr als verdient.

»Wofür genau?« Sie setzte sich auf und griff nach ihrem eigenen Glas.

Er deutete mit einer vagen Geste auf den Teppich. »Das hier nicht angemessen getan zu haben. Dein erstes Mal hätte … sanfter sein sollen.«

Ihre Augenbrauen hoben sich dramatisch. »Zugegeben, ich hatte keine Ahnung, was ich erwarten sollte, aber das erschien mir absolut vollkommen.«

»Vollkommen? Das muss ein Scherz sein. Auf dem Fußboden. Beinahe vollständig bekleidet. Was musst du nur von mir denken.«

»Genau genommen denke ich«, sagte sie mit einem kleinen Zucken um ihre Lippen, »dass ich möchte, dass du das noch mal tust.«

Blinzelnd starrte er sie an, obwohl etwas von der Anspannung aus seinen Schultern wich. »Was?«

»Hat es dir nicht gefallen?« Unsicherheit vertiefte die Linien in ihrem Gesicht. »Ich dachte, dass du ...«

»Ich hatte einen Höhepunkt, ja. Aber es stand nie außer Frage, dass es mir gefallen würde, mit dir zu schlafen.«

Noch mehr Linien zeigten sich, und ihre grauen Augen wurden betrübt. »Weil jede Frau gleich ist?«

Gott, er versaute das hier völlig. Er rieb sich den Nacken. »Nein. Du bist anders als jede andere Frau, der ich je begegnet bin. Ich wollte dich nackt haben, seit dem Moment, als du mir in meinem Arbeitszimmer diesen Börsenbericht vorgelesen hast.«

»Wirklich?« Ein breites Lächeln brach auf ihrem Gesicht aus. Sie raffte die Röcke, rollte sich auf die Knie und rutschte dann vorwärts, bis sie ihn erreichte. »Ich verstand meine Reaktion nicht, als ich dich zum ersten Mal sah«, sagte sie, während sie begann, ihm die Weste aufzuknöpfen. »Du warst einfach zu gutaussehend.«

»Du hattest keine Angst vor mir? Vor meiner Größe?«

Sie legte den Kopf schief und musterte ihn. »Absolut nicht. Ich hatte Angst vor dem, was du mich hast empfinden lassen. Schließlich kannte ich dich nicht einmal. Warum sollte ich so unvermittelt und instinktiv auf deinen Anblick reagieren?«

Dieses Geständnis traf ihn wie ein Schlag vor die Brust. Er warf das Glas beiseite, schlang ihr die Arme um die Taille, ließ sich nach hinten fallen und zog sie mit sich, während er gleichzeitig ihren Mund in Besitz nahm. Er fiel über sie her, legte alles, was er nicht ausdrücken konnte, in seine Küsse. Eine Hand hatte er in ihrem seidigen Haar vergraben, die andere ruhte an ihrem Po. Sie hielt nichts zurück. Ihre Zunge begegnete der seinen, und beide rangen um die Vorherrschaft in diesem lustvollen Spiel.

Er war bereits wieder hart und schwer, eine Leistung, mit der er so rasch, nachdem er gekommen war, nicht gerechnet hatte, aber Elizabeth hatte eine Wirkung auf ihn wie keine andere. Dennoch würde er das hier angemessen tun.

Gewaltsam löste er sich von ihrem sündig verführerischen Mund und küsste ihr Kinn. »Ich will jeden Zentimeter von dir sehen.« Über der Kleidung umfasste er ihre kleine, runde Brust und war erfreut, als sie sich seiner Hand entgegenwölbte. »Darf ich dich ausziehen?«

Mit angehaltenem Atem wartete er auf ihre Antwort. Falls sie sich weigerte, war er bereit zu betteln.

Sie nickte und glitt von ihm herunter. Er stand auf und bot ihr eine Hand an, um ihr auf die Füße zu helfen. Die Knopfreihe ihres violetten Oberteils lockte ihn, winzige Knöpfchen, die viel zu zierlich für seine großen, nervösen Finger waren. Seine Geliebten hatten stets Kleider getragen, die auf die Ungeduld eines Mannes Rücksicht nahmen. Seine Ehefrau zu entkleiden würde zweifellos seine innere Stärke auf die Probe stellen.

Er begann, die Knöpfe durch die Knopflöcher zu zwängen. Erwartungsvolle Erregung ballte sich in seinem Bauch, seine Haut fühlte sich straff und heiß an, und er erwog, den Stoff einfach zu zerreißen. Wenn sie zu Hause wären, würde er nicht zögern, aber er wollte ihr einziges verfügbares Kleidungsstück während des Schneesturms nicht ruinieren.

Jeder einzelne gelöste Knopf enthüllte weitere Einblicke in ihre Unterkleidung. Seide und Spitze bedeckten makellose, weiche Haut. Mit den Fingern zog er die Konturen ihrer Schlüsselbeine nach und sah sie erbeben. Er hörte nicht auf, zwang sich aber, langsamer zu werden. Das erste Mal, dass er ihr die Kleider auszog, das erste Mal, dass er sie völlig nackt sah, musste er sich für immer in sein Gedächtnis einprägen.

Nachdem die Knöpfe gelöst waren, schob er ihr den Stoff über die Schultern hinunter und enthüllte darunter einen Korsettschoner aus weißer Baumwolle mit Schleifen und noch mehr Knöpfen. Schweiß brach ihm im Nacken aus, während er sie entkleidete, und als er ihr blassrosa Korsett erreichte, atmete sie schneller, wodurch sich die kleinen Hügel ihrer Brüste hoben. Heilige Hölle, die Frau war vollkommen.

»So bezaubernd«, murmelte er, bevor er den Kopf senkte, um ehrfürchtige Küsse am Saum des schweren Stoffes entlangzuhauchen. Sie klammerte sich an ihn, und dieser Beweis ihres Verlangens entfachte das Fieber in seinem Blut. Er musste mehr von ihr haben, musste sie kosten. Er wog ihre vom Korsett bedeckte Brust in der Hand und drückte das weiche Fleisch, um mehr davon zu entblößen, dann ließ er Küsse auf die prallen Rundungen regnen. Nach einem langen Augenblick zog er sich zurück, um Luft zu holen. Sein Glied schmerzte, härter, als es je gewesen war. Gott, die Zügel seiner Beherrschung entglitten ihm schnell, und dabei war sie immer noch mehr als halb bekleidet.

Den Schwung ihrer zarten Schultern würdigend trat er hinter sie. An ihrer Taille fand er die Bänder ihres Rocks und löste die Schleifen. Als nächstes folgte der gerüschte Unterrock. Emmett strich mit den Fingerspitzen an ihrem Rückgrat entlang, über die Schnürung ihres Korsetts, und genoss das kleine

Keuchen, das sie daraufhin von sich gab. Er nahm ihre Hand und half ihr, aus den Röcken herauszutreten, die er mit dem Fuß beiseite schob.

Als er sie herumdrehte, brannte eine Vielzahl von Emotionen in ihren Augen. Verlangen, Aufregung, Neugier, Scham ... Sie hielt nichts vor ihm zurück, und er wollte ihr dasselbe zurückgeben. »Du bist die herrlichste Frau, die ich je gesehen habe.«

Bei dem Lächeln, das sie ihm schenkte, wurde ihm die Brust eng vor etwas, das ihm völlig unvertraut war. Etwas Unerwartetem.

Etwas, das er ignorieren musste.

Das hier war nicht für immer; sie hatte weiterhin vor, ihn zu verlassen. Sie konnte ihre Freiheit mit einer einzigen kreativen Lüge vor dem Richter erreichen, indem sie behauptete, der Vollzug der Ehe habe nicht stattgefunden. Und warum sollte sie es nicht tun, dieses hochwohlerzogene Mädchen reicher und privilegierter Abstammung, das unter angemessenen Männern wählen konnte?

Nichtsdestotrotz hatte Emmett sie jetzt. Und er hatte die Absicht, sie auszukosten.

Seine Hände öffneten die Häkchen ihres Korsetts, um sie Stück für Stück weiter zu entblößen. Mit einem dumpfen Laut fiel das schwere Kleidungsstück zu Boden. Unfähig zu widerstehen, streichelte er ihre kleine Brust über der Chemise. Weich und rund. Er zupfte an der steifen Brustwarze, dann kniff er fester, und ihr Kopf fiel mit einem Stöhnen in den Nacken. Mit flinken Händen löste er die Schleifen und Knöpfe und zog ihr das Kleidungsstück über den Kopf. Ihre Haut schimmerte im Feuerschein. Ihre Brüste waren hochangesetzt und vollkommen, mit dunklen Höfen um die rosigen Brustwarzen, die geradezu nach seinem Mund bettelten.

Er beugte sich vor, nahm eine Brustwarze zwischen die Lippen, auf seine Zunge, und sog daran. Sie stieß scharf den Atem aus und griff in sein Haar, um seinen Kopf festzuhalten. Er wiederholte die Bewegung, dann umspielte er ihre Brustwarze mit seiner Zunge, abwechselnd saugend und kreisend, bis ihr die Knie nachgaben.

Mühelos fing er sie auf und ließ sie langsam auf den Teppich gleiten. Unter langen Wimpern hervor blickte sie zu ihm hoch. »Ich hatte ja keine Ahnung«, hauchte sie.

»Die hast du immer noch nicht«, erwiderte er, bevor er der anderen Brust dieselbe Aufmerksamkeit zuteilwerden ließ. Als er ihr die Strümpfe auszog, wand sie sich bereits unter ihm. Er nahm sich einen Moment Zeit, den Anblick zu genießen. Lange, glatte Beine. Daunenweiche blonde Locken. Schmale Taille und herrliche Brüste. »Mein Gott, du bist eine Erscheinung.«

»Emmett.« Sie streckte die Hände nach ihm aus.

»Warte. Da gibt es etwas, das ich zuerst tun muss.« Er rutschte tiefer und positionierte sich zwischen ihren Beinen. Seine Finger teilten die Falten, bis er das Zentrum ihrer Weiblichkeit erreichte, so feucht und üppig, dass ihm das Wasser im Mund zusammenlief. Er wollte sie verschlingen, sein Gesicht tagelang in ihrer Spalte vergraben und nie wieder herauskommen. Mit der Fingerspitze zeichnete er ihre Pforte nach. Sicher war sie von ihrer vorherigen Begegnung wund, deshalb würde er seine eigene Lust diesmal zügeln müssen. Aber er konnte ihr Vergnügen bereiten.

»Leg dich zurück, Elizabeth. Lass mich dich mit meiner Zunge kosten.«

KAPITEL VIERZEHN

Man sollte einer Dame stets den Stuhl zurechtrücken und ihr jeden kleinen Dienst erweisen, dessen sie zu bedürfen scheint.
AMERICAN ETIQUETTE AND RULES OF POLITENESS, 1883

Panik durchzuckte sie. Hatte er vor, sie *dort* zu küssen?

Noch bevor Lizzie Gelegenheit hatte, über all die Gründe nachzudenken, aus denen sie das beschämend fand, leckte seine Zunge zwischen ihren Beinen entlang, und Feuer knisterte in jeder ihrer Nervenendungen. Als er es wiederholte, wäre sie bei der köstlichen, intensiven Wonne beinahe aus der Haut gefahren. Dann wandte sich seine Aufmerksamkeit der harten Knospe über ihrem Geschlecht zu, und sie glaubte, den Verstand zu verlieren.

Er war unerbittlich, die Intensität mit nichts zu vergleichen, was sie sich je vorgestellt hatte. Seine Lippen und Zunge hielten die beständige Reibung aufrecht, bis sie sich nicht länger zurückhalten konnte. Die Welt reduzierte sich auf diese einzige Stelle, der er sich so meisterhaft widmete. Als er die Lippen um die Knospe schloss und daran sog, taumelte sie über den Rand des Abgrunds. Der Höhepunkt war heftig und unaufhaltsam, ihre Beine zitterten an seinen Schultern, ihre Schreie hallten in dem großen Zimmer wider. Sie schrie hemmungslos in dieser privaten Welt, sicher vor dem Sturm, sicher vor dem Rest der Stadt. Sicher vor der Realität ihrer Ehe. Hier zählte nichts als die Lust, und die Wonne dauerte immer weiter fort, während er sie bearbeitete. Schließlich wurde sie überempfindsam, und sie entzog sich seinem sündigen Mund.

Seine Lippen berührten die Innenseite ihres Schenkels, und er küsste sie sanft, beinahe so als wollte er ihr danken. Albern, wenn sie doch diejenige war, die dankbar sein sollte.

Auf einen Ellbogen gestützt streckte er sich neben ihr aus. Eine große, raue Hand wanderte über ihrer Hüfte, streifte über ihren Bauch und die Rippen und glitt zwischen ihre Brüste. Überraschenderweise war er ebenso außer Atem wie sie.

»Hat es dir gefallen?« Seine Augen folgten dem Weg seiner Hand.

»Ich finde keine Worte«, antwortete sie ehrlich. »Warum wusste ich davon nichts?«

»Weil du noch nicht nackt mit mir warst.« Die Arroganz in seiner Stimme brachte sie zum Lächeln.

»Ach wirklich? Du bist der einzige Mann auf der Welt mit solch hervorragenden Fähigkeiten im Schlafzimmer?«

»Ja, natürlich. Zieh niemals etwas anderes in Betracht.«

Sie lachte. »Du kannst ziemlich charmant sein, wenn du willst. Aber ich frage mich doch, warum ich die einzige Person ohne Kleider in diesem Zimmer bin.«

Mit der Fingerspitze zog er einen Pfad um ihre Brustwarze. »Du wirst wund werden.«

»Aber jetzt bin ich nicht wund«, erwiderte sie und strich mit der Fußsohle über den weichen Wollstoff, der seine Wade bedeckte. Er war wieder zu seiner äußerst beherrschten, rätselhaften Art zurückgekehrt, und ihr war der Mann, der vor Verlangen nach ihr den Verstand verlor, wesentlich lieber. Der Mann, der sich nicht zurückhalten konnte.

Sie sollte eigentlich nervös sein, schätzte sie, da sie mit einem Mann, den sie kaum kannte, nackt auf einem Teppich lag, aber sie war es nicht. Seine dunklen Augen blieben auf ihren Körper geheftet, als fiele es ihm schwer zu glauben, dass sie real war. Als müsste er sie die ganze Zeit über berühren, um zu beweisen, dass sie beide wirklich hier waren. Ein Muskel zuckte an seinem Kiefer, ein Zeichen inneren Kampfes, das sie genoss.

Irgendwann hatte er Weste und Krawatte ausgezogen und trug noch Hemd, Kragen und Hose. Unglaublicherweise hatte er immer noch Schuhe an. Sie setzte sich auf, um seine niedrigen Stiefel mit gerader Spitze aufzuschnüren, die der neuesten Mode entsprachen. Sie zog sie ihm von den Füßen und warf sie auf den Teppich. »Elizabeth«, sagte er, halb Warnung, halb etwas anderes, das ihr ein Kribbeln an neu entdeckten Stellen verursachte.

»Ja, Emmett?«, fragte sie unschuldig, während sie ihm seine schwarzen Seidensocken abstreifte. Zuerst den einen, dann den anderen.

Er schluckte heftig, den Blick auf ihr Hinterteil geheftet, das sie ihm unbeabsichtigt zugewandt hatte. Gut. Sie rutschte ein wenig zur Seite, ohne sich umzudrehen, damit sie ihm die Hose aufknöpfen konnte. Der Verschluss löste sich mühelos, und der gestreifte Wollstoff teilte sich unter ihren Händen.

»Du spielst mit dem Feuer.« Seine Stimme, tief und rau, sandte einen Schauer durch sie hindurch.

»Noch nicht, aber bald, hoffe ich.« Sie verlagerte ihre Haltung und schob seine Hosenträger hinunter. Er rollte sich auf den Rücken und hob die Hüften vom Boden, um die Hose hinunterzuschieben und mit den Füßen abzustreifen. »Jetzt das Hemd«, befahl sie ihm.

Wie der Blitz entledigte er sich seines Hemds und des dazugehörigen Kragens, bis er nur noch einen dünnen weißen Einteiler trug. Das enganliegende Kleidungsstück überließ wenig der Fantasie. Der Stoff schmiegte sich an ihn und präsentierte jeden Muskel, jede Kontur, jede Wölbung. Wirklich *jede* Wölbung. Das Herz hüpfte ihr in der Brust beim Anblick seiner puren männlichen Schönheit. Die Nähte hatten Mühe, seinen mächtigen Schultern standzuhalten, und dunkles Haar lugte unter seinem Schlüsselbein aus dem Ausschnitt hervor. Es juckte sie in den Fingern, ihn zu berühren und zu erkunden, den Mann darunter kennenzulernen.

»Nun?«

Ihr Blick flog zu seinem Gesicht. »Nun, was?«

»Es scheint dir zu gefallen, Befehle zu erteilen. Ich warte lediglich auf weitere Anweisungen.«

Eine Welle weiblicher Macht durchströmte sie. »Und du würdest alles tun, worum ich dich bitte?«

Er schob eine Hand hinter seinen Kopf, was seinen Bizeps hervortreten ließ. »Solange es nicht beinhaltet, nach draußen zu gehen, ja. Zweifelsfrei.«

»Dann küss mich.«

Wo war *dieser* Gedanke plötzlich hergekommen? Sie hatte keine Ahnung, woher dieses kühne Selbstbewusstsein entsprang, aber er musste es offensichtlich gutheißen, denn er fuhr hoch, fand ihren Mund und küsste sie tief. Zuversichtlich. Als wüsste er, wie sehr sie ihn begehrte.

»Nicht auf dem Fußboden«, sagte er an ihrem Mund. Mit einer einzigen fließenden Bewegung hob er sie hoch, stand auf und trug sie zu dem riesigen Sofa, ein Möbelstück, das definitiv für einen Mann seiner Größe entworfen war. Der weiche braune Samtbezug kitzelte ihre nackte Haut, als er sie auf dem Sofa ablegte. Dann folgte er ihr und ließ sie sein Gewicht auf die intimste und köstlichste Weise spüren, mit seiner von Baumwolle bedeckten Erektion heiß und drängend an ihrem Schenkel.

Sie schlang die Arme um ihn, und er schob einen großen Oberschenkel zwischen ihre Beine und nahm erneut ihren Mund in Besitz. Er berührte sie nicht, sondern küsste sie nur, bis sie sich unter ihm wand, eine blinde Masse wahnsinnigen Verlangens. Gerade als sie anfangen wollte zu betteln, wanderte seine Hand zwischen ihre Beine, wo er geschickt ihr Zentrum streichelte. Ihre Nägel gruben sich in seine Schultern, als er einen Finger in ihren warmen, feuchten Tunnel schob und sie weitete. Bald wurden aus dem einen Finger zwei. Pumpend bewegte er ein paarmal die Hand, um sie vorzubereiten, und sie wiegte die Hüften seinem Handballen entgegen, weil sie mehr brauchte. Weil sie alles brauchte, was er ihr geben konnte.

Ihn brauchte.

Ihre Finger flogen zu den Knöpfen seines Einteilers, zerrten in ihrer Hast daran. Knöpfe flogen in dem dringenden Verlangen, seine Haut auf ihrer zu spüren, und schließlich gelang es ihr, das Kleidungsstück zu öffnen und über seine Schultern zu bekommen. Nacheinander schlüpfte er mit den Armen heraus, und gemeinsam schoben sie den Stoff an seinem Oberkörper herab und über seine Hüften. Nackte, glühende Haut berührte ihre, sein weiches Haar an Brust, Bauch und Beinen strich über ihr Fleisch und ließ sie erschaudern. Seine Finger kehrten zu ihrem Geschlecht zurück, um ihr Lust zu schenken, bis ihr beinahe die Augen zurückrollten.

Sie zog sich zurück, um zu Atem zu kommen. »Bitte, Emmett.«

»Berühr mich«, befahl er zwischen sanften Bissen entlang ihres Halses. »Ich muss deine Hände auf mir spüren.«

Ihre Finger fanden seine Brust, wo sie über die straffen Muskeln und harten Rippen strichen. Die Konturen seiner Bauchmuskeln erkundeten, die Kanten seiner Hüftknochen. Dann legte sie die Hand um die samtige Länge und umfasste leicht das schwere Gewicht seiner Erektion. Er sog scharf den Atem ein, als sie die glatte Haut erforschte und mit dem Daumen um die pralle Spitze strich.

»Fester«, raunte er an ihrem Hals. »Du wirst mir nicht wehtun.« Wie um sie zu ermutigen, krümmte er die Finger tief in ihr und traf eine Stelle, die sie laut aufschreien ließ. Sie zahlte es ihm heim, indem sie den Griff um ihn verstärkte und ihn grob massierte. Er stöhnte an ihrer Haut.

Seine Hand zog sich zurück und hinterließ ein Gefühl der Leere in ihr, bis er sich über sie schob, ihre Hüften aneinanderschmiegte und langsam begann, in sie einzudringen. »Sag es mir, falls es wehtut«, stieß er rau hervor. »Dann höre ich auf, das schwöre ich.«

»Schon in Ordnung. Beeil dich, Emmett.«

Aber er beeilte sich nicht. Stattdessen ließ er sich Zeit, wie um die Erfahrung auszukosten. Vorsichtig drang er tiefer, verlangte Kapitulation, übernahm sie, bis er sich vollständig in ihr versenkt hatte. Sie umschlang ihn und zog ihn eng an sich, als er begann sich zu bewegen, mit den Hüften zu stoßen, ein beiderseitiges Geben und Nehmen von Wonne. Er ließ sich nicht drängen, trieb sie mit langen, unbeirrbaren Stößen immer höher. Schweiß lief ihm über die Schläfe, seine Haut wurde feucht. Gerade als sie überzeugt war, dass eine weitere Minute dieser erlesenen Folter sie in den Wahnsinn treiben würde, schob er die Hand zwischen ihre Körper, und seine Fingerspitze ließ ihre Lust explodieren. Ihr Höhepunkt schien nicht enden zu wollen, während sie sich an ihn klammerte, seinen Namen unablässig auf den Lippen.

Er richtete sich auf, um ihre Hüften zu packen, und wurde schneller, das Aufeinanderklatschen schweißnasser Haut hallte durch das ansonsten stille Zimmer. Dann spannten sich seine Muskeln an, er warf mit einem Schrei den Kopf in den Nacken, und seine Bewegungen stockten, als er sich in ihr ergoss. Staunend bewunderte sie seine Kraft und Stärke, die ungezügelte Männlichkeit.

Erschöpft brach er auf ihr zusammen, den Kopf in ihrer Halsbeuge, während Lizzies Arme sich um seinen Hals legten. Immer noch vereint rangen sie beide nach Atem. Ein warmes Gefühl der Zufriedenheit überkam sie, ein Gefühl von *Richtigkeit.* Das hier war der Mann, den sie sich vorgestellt hatte, der Mann, der sie in Ehren halten, sie beschützen und ihr dennoch erlauben würde, ihre eigenen Träume zu verfolgen. Zugegeben, er hatte sie nicht heiraten wollen – aber das lag in der Vergangenheit. Jetzt waren sie verheiratet, und vielleicht passten sie viel besser zueinander, als sie sich hätte erhoffen können. Wie Emmett gesagt hatte, viele Paare begannen mit weit weniger. Nicht jeder hatte diese Anziehungskraft, dieses alles verzehrende Verlangen, das sie beide miteinander teilten.

Wer sagte, dass sich im Lauf der Jahre nicht mehr daraus entwickeln konnte?

Sie wollte es mit diesem Mann versuchen. Mit niemandem sonst. Niemand sonst hatte es mit so wenig so weit gebracht. Für seinen Bruder gesorgt und seine Halbschwestern aufgenommen, sie großgezogen. Und ganz sicher hatte kein anderer Mann sie je so tief berührt. Jedes Mal, wenn sie an die Annullierung dachte, schmerzte ihr die Brust. Ihn zu verlassen wäre schwierig, vor Gericht zu lügen unmöglich.

Das einzige, was blieb, war, ihm die Wahrheit zu sagen. »Ich habe meine Meinung über die Annullierung geändert.«

Emmett erstarrte, überzeugt, sich verhört zu haben. Bevor er sie jedoch fragen konnte, musste er sich um praktische Dinge kümmern. Er zog sich aus der Wärme ihrer Weiblichkeit zurück, stand auf und ging, um ein weiteres feuchtes Tuch zu holen. Im Weggehen hörte er Elizabeth aufkeuchen, und sofort verfluchte er seine Vergesslichkeit. *Scheiße.*

»Emmett, dein Rücken. Gütiger Gott.« Abscheu? Entsetzen? Mitleid? Er konnte nicht genau festmachen, was er in ihrer Stimme hörte, aber er ging weiter zum Waschraum.

Während er darauf wartete, dass das Wasser warm wurde, säuberte er sich so gut er konnte mit dem eisigen Strahl aus dem Hahn. Sobald er ein Tuch für Elizabeth vorbereitet hatte, ging er zurück zum Sofa. Sie hatte sich auf der Seite zusammengerollt, wie ein Kätzchen, und ihren grauen Augen entging nichts, als er das Zimmer durchquerte. Er setzte sich neben ihre Hüfte und drehte sie herum, bis er sie sanft zwischen den Beinen säubern konnte. Ihr Geschlecht war rot und geschwollen, und Schuldgefühl durchzuckte ihn. Er hätte sie nicht ein zweites Mal nehmen sollen, ganz gleich wie sehr sie beide es gewollt hatten.

»Warum siehst du mich so an?«, fragte sie.

Die Nadeln in ihrem Haar hatten sich gelöst, und die blonden Locken fielen ihr nun um die Schultern. Er strich ihr eine lange Strähne aus der glatten Stirn. Sie war so schön, so vollkommen. Er hatte in seinem Leben nichts getan, womit er es verdiente, diese Frau jeden Tag an seiner Seite zu haben, aber er wollte verdammt sein, wenn er sie jetzt aufgab. »Ich habe daran gedacht, dass du morgen wund sein wirst, und es bedauert, dass wir werden warten müssen.«

Ihre Mundwinkel hoben sich. »Ich war schon immer jemand, der sich schnell wieder erholt.«

»Ach wirklich? Ich schätze, das werden wir sehen, nicht wahr?« Er beugte sich vor, um ihr einen raschen Kuss auf die Lippen zu geben. »Lass mich den Ofen nachlegen, damit du nicht frierst. Ich habe nicht vor, dich so schnell wieder Kleider anziehen zu lassen.«

Er trug das Handtuch zum Waschbecken zurück und kam dann wieder heraus, um noch mehr Kohlen nachzulegen. Elizabeth ging, um das Wasserklosett zu benutzen, und er nahm sich einen Moment Zeit, ihre geschmeidige, nackte Gestalt zu würdigen, als sie sein Büro durchquerte. Völlig ohne Scham zwinkerte sie ihm auf ihrem Weg zurück zum Sofa zu.

Sobald das Feuer ordentlich angefacht war, nahm er die Decken, die er in der Kneipe gekauft hatte, und trug sie hinüber.

Er legte sich hinter Elizabeth, damit sie näher am Kohlenofen war, und deckte sie beide mit der schweren Wolldecke zu. Sie drehte sich ihm zugewandt auf die Seite, und ihr Kopf fand seinen Arm als Kissen, während ihre Hand seine Brust streichelte.

»Dein Rücken«, sagte sie leise. »War das der Unfall, von dem du mir erzählt hast?«

»Ja.« Zu diesem Thema gab es nicht mehr zu sagen. Das Gewebe war zu langen, gezackten Narben verheilt. Eine hässliche Erinnerung an seinen Kampf aus der Gosse, keine, an die er gern dachte, wenn es sich vermeiden ließ.

Elizabeth schien das zu verstehen, denn sie nickte nur. Die Tatsache, dass sie immer noch hier war, selbst nachdem sie einen winzigen Teil seiner schmutzigen Vergangenheit erfahren hatte, kam ihm wie ein unglaubliches Geschenk vor. Eines, das er nicht zu verschwenden gedachte.

»Also, die Annullierung«, fragte er. »Du hast deine Meinung geändert?«

»Ja, das habe ich. Es sei denn, du denkst, wir sollten an der Trennung festhalten.«

»Ich war von Anfang an gegen diese verdammte Sache, Elizabeth.« Er streichelte mit der flachen Hand über ihre Hüfte, um ihren Po zu umfassen und zu drücken. »Es würde mich allerdings interessieren, was deinen Sinneswandel bewirkt hat.«

»Es war nicht *das*, falls du dich das fragst.«

»Mit *das* meinst du, dass ich mit dir geschlafen habe?«

»Ja. Ich wollte die Annullierung, weil mein Bruder dich erpresst hat, mich zu heiraten. Abgesehen von meiner Beschämung war ich überzeugt davon, dass wir einander unglücklich machen würden.«

»Ich bin es, der beschämt sein sollte, Elizabeth. Ich hätte es besser wissen müssen, als mich an jenem Abend auf irgendetwas Unangebrachtes mit dir einzulassen. Aber es ist mir in deiner Nähe schon immer schwergefallen, die Hände bei mir zu behalten.«

Sie neigte den Kopf zur Seite, um sein Kinn zu küssen. »Und darüber bin ich froh. Wie du schon sagtest, viele Paare beginnen mit weit weniger. Ich wollte immer eine Ehe, wie meine Eltern sie angeblich hatten, mit Liebe und Lachen.«

Emmett blinzelte. Er wusste, wenn er sich unüberwindbaren Widrigkeiten gegenübersah, und das hier kam dem verdammt nahe. Liebe? Lachen? Herrgott, seine Eltern hatten sich gestritten wie die Kesselflicker und einander geschlagen – und das an den guten Tagen. Was wusste er denn schon von einer glücklichen Ehe? »Nun, ich bin nicht sicher, ob das –«

»Nicht. Nur weil du nicht dasselbe hattest, als du aufgewachsen bist, heißt das nicht, dass du es jetzt nicht verdienst.«

War er so leicht zu durchschauen? »Wie kannst du dir da so sicher sein?«

»Weil du nicht dein Vater bist, und ich bin nicht deine Mutter. Ich werde dich nicht verlassen, Emmett. Ich werde das hier durchziehen, und du ebenso.«

Erneut drückte er ihr Hinterteil. »Ein bisschen herrisch, was?«

»Stimmt, das kann ich sein. Aber du willst eine Frau, die sich gegen dich behaupten kann, eine, die keine Angst vor dir hat.«

Woher wusste sie das, wenn er es doch selbst erst allmählich erkannte? »Du hast jedenfalls eindeutig keine Angst davor, mich anzuschreien. Mir klingen immer noch die Ohren von vor zehn Minuten, als ich dir mit den Fingern –«

Sie knuffte ihn spielerisch in die Schulter. »Emmett!«

Er küsste sie auf die Nase, die Wange. Sie war weich und roch nach einer Mischung aus Lavendel und ihrem Liebesspiel, eine berauschende Kombination. »Lachen, Elizabeth. Vergiss nicht das Lachen.«

Sie lächelte ihn an, und etwas in seiner Brust stolperte, dehnte sich aus. Noch nie hatte er etwas so Mächtiges erlebt. Dann gähnte sie, und ein rascher Blick auf die Uhr auf dem Sims verriet ihm, dass es schon weit nach Mitternacht war. »Dreh dich um und versuch zu schlafen.«

Sie rollte sich herum und drückte ihr rundes Hinterteil an seine Lenden, während er sie von hinten zudeckte. Er spürte, dass sich sein Glied regte, und versuchte, an die langweiligsten, stumpfsinnigsten Dinge zu denken, die ihm einfallen wollten, um seine Lust zu dämpfen. Transitpreise. Bevorstehende vierteljährliche Dividenden. Was er mit der Information tun würde, die Elizabeth über Northeast Railroad enthüllt hatte. Nur nicht an den üppigen, sehr nackten Körper seiner Frau an seinem.

»In den Zeitungen stand etwas davon, dass du dich ... mit einer Frau triffst«, sagte sie. »Und ich weiß, dass du nicht zu Hause geschlafen hast ...«

Emmett blieb stumm, und sie drehte sich leicht, um ihm einen erwartungsvollen Blick zuzuwerfen. »Nun?«

Um seine Lippen zuckte es, aber sie wirkte so ernst, dass er nicht lachen wollte. »Frag mich einfach, Elizabeth.«

Ein Ellbogen bohrte sich in seine Rippen, ein Zeichen ihrer Ungeduld. »Triffst du dich immer noch mit ihr?«

»Nein. Nicht mehr, seit die Verlobung verkündet wurde, und wir hatten uns auch schon davor nicht mehr auf die Weise getroffen, an die du denkst.« Seine Finger wanderten an ihrem Schenkel empor. »Und wenn du mir noch einmal den Ellbogen in die Rippen stößt, wirst du dich dafür verantworten müssen, Mrs. Cavanaugh.«

Sie kicherte, ein Laut, den er lieben lernte. Stille senkte sich herab, und er spürte, wie er allmählich einschlief, bis sie fragte: »Warum nennst du mich Elizabeth anstatt Lizzie wie alle anderen?«

Träge streichelte er ihre Hüfte, und unerwartet sprudelte ihm die Wahrheit über die Lippen. »Das ist ein edler Name, für eine Königin. Eine Eroberin. ›Elizabeth‹ klingt nach einer Frau, die stark genug ist, die Geschichte zu verändern, jeden Kurs einzuschlagen, den sie will. Jede könnte eine Lizzie sein – aber nur du kannst Elizabeth sein.«

Zitternd sog sie den Atem ein. »Das ist …« Sie atmete aus, tief und langsam. »Das ist das netteste, was jemals jemand zu mir gesagt hat.«

Er drückte die Lippen an ihren Hinterkopf. »Schlaf jetzt, Elizabeth.«

Unglaublicherweise schneite es am nächsten Tag weiter.

Am zweiten Morgen des Schneesturms stand Lizzie am Fenster und trank etwas Wasser, während sie auf ihre geliebte Stadt hinausblickte, die nun von Weiß überzogen war. Die Schneewehen erstreckten sich bis zu den ersten Stockwerken der meisten Gebäude, und die Straßen waren immer noch unpassierbar. Wie von Emmett vorhergesagt hatten Eis und Wind die Telefon- und Telegrafenmasten umstürzen lassen, und der Strom war noch nicht wieder da.

Wie konnte sie nur so glücklich sein, wenn doch so vieles im Argen lag?

Die Tür zur Toilette öffnete sich, und sie drehte sich um, um ihren nackten, frisch rasierten Ehemann herauskommen zu sehen. Der Atem stockte ihr. Oh ja. *Das* war der Grund für ihre überglückliche Stimmung.

Unglaublich breite Schultern, schlanke Hüften, Muskeln, die unter der gebräunten Haut spielten, wenn er sich bewegte ... Sie würde nie müde werden, ihn anzusehen. Sein Gang war selbstbewusst. Zielstrebig. Als gehörte ihm ganz New York – was, so nahm sie an, annähernd der Fall war. Der Mann mochte in seinem Leben mit nichts angefangen haben, aber er hatte sich alles genommen, was er wollte, und noch mehr, wodurch man ihn sowohl fürchtete als auch respektierte.

Heute war er vor ihr aufgewacht und hatte sie zugedeckt auf dem Sofa schlafen lassen, um sein Morgenritual zu beginnen. Sie vermisste es, neben ihm aufzuwachen. Vermisste es, all diese Stärke und Macht unter ihren Fingerspitzen zu spüren.

Mit einem wissenden Lächeln auf den Lippen legte er ihr die Arme um die in eine Decke gehüllten Schultern und zog sie an seine Brust. Er legte das Kinn auf ihren Scheitel, während sie den Wirbel fallender Flocken vor dem Fenster betrachteten. »Wunderschön«, sagte er leise.

»Ja, nicht wahr? All der weiße Schnee.«

»Ja, der auch.«

Sie lächelte. »Wollen Sie mich wieder mit Ihrem Charme verzaubern, Mr. Cavanaugh?«

»Ich sage nur die Wahrheit, Mrs. Cavanaugh«, erwiderte er, und sie konnte sein teuflisches Grinsen in der Scheibe gespiegelt sehen. »Und warum die Decke? Du wirst doch nicht etwa schüchtern, oder?«

»Mir ist nur kalt«, schwindelte sie. Nacktheit war leichter im

Dunkeln, selbst wenn Emmett ihr keinen Grund gegeben hatte, verlegen zu sein. Sie war noch nie unbekleidet mit einem Mann zusammen gewesen. Leute ihres Standes sprachen nie über eheliche Beziehungen, aber sie hatte sich etwas Zivilisiertes vorgestellt, das stattfand, wenn das Licht komplett aus war. Mit Emmett Liebe zu machen war völlig anders. Ihre rohen, derben und wilden Begegnungen waren besser als jeder ihrer mädchenhaften Tagträume.

»Wie fühlst du dich?«, fragte er.

»Gut ausgeruht. Hungrig.« Dann fügte sie hinzu: »Nicht wund, falls du dich das fragst.«

Er stieß ein kleines, schnaubendes Lachen aus, wobei sich seine breite Brust hinter ihr wölbte. »Natürlich habe ich mich das gefragt. Schließlich bin ich ein Mann in der Gegenwart meiner unglaublich anziehenden Frau.«

Seine Hände schlängelten sich unter die Decke, bis sie ihre Brüste fanden und sie umfassten. Er drückte die weichen Rundungen, dann kniff er sie leicht in die Brustwarzen. Verlangen zuckte ihr Rückgrat entlang. Ihr Kopf fiel zurück auf seine Schulter, und sie schloss flatternd die Lider. Er rieb die straffen Spitzen zwischen den Fingern, drängte seine nun offensichtliche Erektion an ihr Hinterteil und flüsterte ihr ins Ohr: »Soll ich dir gleich hier Vergnügen bereiten? Wo jeder, der in einem dieser Gebäude festsitzt, zusehen könnte?«

Sie keuchte auf, zugleich schockiert und erregt von der Vorstellung. Dennoch galt es, sich zuerst um praktische Dinge zu kümmern. Sie entwand sich seinem Griff. »Sobald ich mich gewaschen habe.« Den Blick entschlossen von seiner erregten Nacktheit abgewandt, ging sie zu dem kleinen Raum am anderen Ende, um mit ihrer Morgentoilette zu beginnen.

Als sie einige Minuten später wieder herauskam, war Emmett damit beschäftigt, das Essen für ihr Frühstück auszubreiten. Er hatte sich eine Hose angezogen, war aber von der Taille aufwärts nackt geblieben, Gott sei Dank. Ihr Ehemann war wirklich ein herrlicher Anblick.

»Ich habe schon mal das Essen aufgetischt«, sagte er, als sie näherkam. »Mir ist bewusst, dass es weit von dem entfernt ist, was du normalerweise frühstückst.«

Schon seit ihrer Kindheit genoss sie heißen Kaffee, Eier, Schinken, gebutterte Brötchen, alles, was sie sich zum Frühstück wünschte. Die Köchin der Sloanes hatte täglich alles zubereitet, wonach es Lizzie gelüstet hatte. Aber dieser Luxus verblasste im Vergleich zu der einfachen Kost, für deren Beschaffung ihr Mann einem Schneesturm getrotzt hatte. Würde sie je wieder Salami essen können, ohne an ihn zu denken? Oder sich an das Gewicht seines Körpers zu erinnern, während er in sie stieß?

Er blickte hoch und musterte sie mit dunklen Augen. »Wirst du etwa rot?«

»Natürlich nicht. Ich bin verheiratet. Verheiratete Frauen erröten nicht.«

»So erfahren, was?« Er schmunzelte. »Hättest du Lust auf eine weitere Wette, diesmal, um zu sehen, ob ich dich dazu bringen kann, rot zu werden?«

Sie zog die Decke enger um sich und ließ sich auf dem Teppich nieder. »Muss ich dich daran erinnern, wer unsere letzte Wette gewonnen hat?«

»Es gibt zwei Dinge, in denen ich außerordentlich gut bin. Und sie beginnen beide mit F. Erstens in Finanzen, und zweitens im F–«

»Emmett!«, lachte Lizzie, und ihre Haut glühte.

»Fertigen von Stahl.« Seine Augenbrauen hoben sich in übertriebener Unschuld. »Aber Elizabeth, was dachtest du denn, dass ich sagen würde?«

Auf keinen Fall würde sie dieses spezielle Wort aussprechen. »Na schön. Es ist dir gelungen, mich in Verlegenheit zu bringen.«

Obwohl ihr Gesicht heiß war, flatterte es bei seiner Neckerei in ihrem Bauch. Wer war dieser verspielte Fremde? Wo war der kalte, abweisende Mann, den sie geheiratet hatte? Sie mochte diese Seite an Emmett Cavanaugh, eine Seite, von der sie vermutete, dass nicht viele sie je zu Gesicht bekamen.

»Und da dachte ich, Damen der feinen Gesellschaft würden dieses Wort gar nicht kennen.« Er steckte sich ein Stück Rauchfleisch in den Mund und kaute. »Du erstaunst mich immer wieder.«

Sein Lob verursachte noch mehr Geflatter. Tiefe Gefühle begannen aufzukeimen, irgendwo in der Nähe ihres Herzens. Sie verunsicherten sie. Ja, er war ihr Ehemann, aber diesen Ansturm von Zärtlichkeit hatte sie noch nie für einen Mann empfunden. Es brachte sie dazu, sich schwach und mächtig zugleich zu fühlen, und sie brauchte Zeit, um sich darüber klar zu werden, was das bedeutete. Die Vorteile und Risiken für die Zukunft abzuwägen. Sich zu vergewissern, dass sie nicht die einzige war, die in diese Ehe investierte.

Sie griff nach dem Brot, und die beiden aßen einige Augenblicke lang schweigend. »Glaubst du, der Schnee wird noch anhalten?«

»Schwer zu sagen.« Sein Blick wanderte zum Fenster. »Einen Schneesturm wie diesen habe ich noch nie gesehen. Du sehnst dich sicher schon danach, wieder nach Hause zu kommen, zu einem weichen Bett und einem heißen Bad.«

»Überhaupt nicht. Ich amüsiere mich«, antwortete sie aufrichtig, was seine Brauen dazu veranlasste, sich jäh zusammenzuziehen. Besorgt, zu viel verraten zu haben, fügte sie leichthin hinzu: »Obwohl inzwischen selbst ein kaltes Bad verlockend wäre.«

»Wenn uns die Kohlen ausgehen, ist es schneller so weit, als du denkst.«

Sie setzte sich etwas aufrechter. »Kann uns das passieren?«

»Auf keinen Fall. Mach dir keine Sorgen, der Keller ist voll mit Kohlen. Wir werden nicht frieren. Obwohl wir vielleicht noch mehr Essen auftreiben müssen, falls der Schneesturm noch länger als bis morgen andauert.«

Auch wenn das Funkeln in seinen Augen ihn verriet, stieß sie ihn leicht mit dem Fuß in die Hüfte und sagte hochmütig: »Willst du damit andeuten, ich esse zu viel? Es ist unhöflich, den Appetit einer Dame zu kommentieren. Wir sind zarte Geschöpfe.«

»Zart?« Er schnaubte. »Ich hätte wissen sollen, dass du Ärger bedeutest, schon von dem Moment an, als du in meinem Arbeitszimmer mit mir gestritten und versucht hast, mich dazu zu bringen, deine Wertpapierfirma zu unterstützen.«

»Was du nicht tun wolltest, wie ich mich erinnere.«

»Selbst ich habe mal dumme Momente. Das weißt du inzwischen doch sicher.«

»Ich werde dir eine Menge Geld einbringen«, sagte sie, während sie sich die Krümel von den Händen bürstete.

»Uns. Du wirst *uns* eine Menge Geld einbringen. Also, bist du fertig mit Essen, oder möchtest du noch mehr?«

»Ich bin fertig. Sollen wir abräumen?«

Er streckte die Hand aus, schnappte sich das Ende ihrer

Decke und zog den Stoff langsam zu sich. »Noch nicht. Zuerst würde ich mir gern deine Decke borgen.«

Der Stoff begann von ihrem nackten Körper zu gleiten, also umklammerte sie die Enden fester. »Warte, wofür brauchst du sie?«

»Tu ich gar nicht. Genau genommen brauche ich dich. Nackt, damit ich meine Lieblingsstelle an dir zum Frühstück vernaschen kann.«

KAPITEL FÜNFZEHN

Man sollte unter allen Umständen ruhig und gefasst bleiben.
AMERICAN ETIQUETTE AND RULES OF POLITENESS, 1883

Verstohlen warf Emmett einen Blick auf seine Frau, die ihm in der Kutsche gegenübersaß. Sie war zerzaust, verknittert und schmutzig und hatte nie schöner ausgesehen. Das Glück war ihm an jenem Tag, als sie in sein Haus spaziert war, wahrhaftig hold gewesen. Während der letzten paar Tage mit ihr war er dem Himmel so nahe gewesen, wie ein Mann wie er ihm jemals kommen würde – und er wollte verdammt sein, wenn er das je bereute.

Gestern, sobald es zu schneien aufgehört hatte, hatte er sich nach draußen gewagt und geschaufelt, bis ihm der Rücken schmerzte und sogar seine Schwielen Schwielen bekamen. Fünfzehn oder zwanzig weitere Männer hatten sich ihm angeschlossen, Bürger, die fest entschlossen waren, die Stadt wieder auf die Beine zu bringen und genug freizuschaufeln, damit die Schneewagen durchkamen. Während er arbeitete, rann ihm der

Schweiß über den Rücken, tränkte Hemd und Unterkleidung und lief ihm in die Schuhe. Dieses Gefühl erinnerte ihn so sehr an Zeiten, die er lieber vergessen würde, dass ihm immer wieder die Galle hochkam. Er schluckte sie jedoch entschlossen hinunter. Elizabeths Sicherheit war es, die am wichtigsten war, nicht die Albträume seiner Jugend.

Elizabeth. Seine Frau. *Heiliger Jesus, Maria und Josef.*

Sie war viel abenteuerlustiger, als er es sich je erträumt hätte, empfänglich für jeden seiner Vorschläge. Die Erinnerung daran, wie sie heute Morgen rittlings auf ihm gesessen hatte, würde ein Leben lang in seinen Verstand eingebrannt bleiben. Er hatte nie lange überlegen müssen, um auf die unterschiedlichsten Stellungen zu kommen, wenn er mit anderen Frauen vögelte. Deshalb hatte er auch ohne nachzudenken mit Elizabeth die Position getauscht. Gott sei Dank hatte ihr dieser neue Winkel gefallen.

Er rutschte ein wenig auf seinem Sitz herum und zog seine Hose zurecht, um die beginnende Erektion zu verbergen. Jedes Mal, wenn er sie nahm, verstärkte das nur seinen Hunger. Genau genommen brannte er darauf, sie ins Bett zu bekommen, sobald sie zu Hause ankamen.

Der Brougham bewegte sich langsam durch die rutschigen, schneebedeckten Straßen, was ihnen genügend Zeit gab, sich die Zerstörung anzusehen, die der Schneesturm verursacht hatte. Masten waren umgestürzt und hatten die Kabel mit sich gerissen. Kutschen und Wagen waren steckengeblieben und zurückgelassen worden, als ihre Besitzer verzweifelt Schutz gesucht hatten. Pferde, steif und erfroren auf der Straße. Ein feststeckender Straßenbahnwagen blockierte beinahe die Twenty-Third Street und Sixth Avenue. Überall waren Männer, manche mit Schaufeln, manche entzündeten zwischen den Schneewehen Feuer und versuchten, den Schnee zu schmelzen, während Kinder herumflitzten, Schneebälle warfen und in ihren Stiefeln herumschlitterten. Schwer beladene Wagen karrten den Schnee zum Fluss, eine mühselige Aufgabe, die Wochen dauern würde.

»Kelly wirkte jedenfalls erleichtert, als er uns heute Nachmittag heil und wohlbehalten gefunden hat«, meinte Elizabeth, den Blick aufs Fenster geheftet.

Emmett war über Kellys Rettung sowohl dankbar als auch verärgert gewesen. »Zweifellos nahm er an, einer von uns beiden hätte den anderen erwürgt, nachdem wir zwei Tage miteinander eingesperrt waren.«

Ihr Kopf fuhr scharf herum. »Warum? Was hast du ihm über uns erzählt?«

»Die Wahrheit. War ja nicht so, als hätte er sich das nicht schon selbst zusammengereimt, nach dem, was in Newport passiert ist.«

Sie dachte einen Moment über das Gehörte nach, die Stirn gerunzelt. »Was für ein Unternehmen war das eigentlich, da in deinem Büro? Die Bücher, die ich für dich durchsehen sollte?«

Er hatte nicht vor, ihr von seiner Rache an ihrem Bruder zu erzählen, noch nicht. Nicht, wenn sie gerade dieses zerbrechliche Vertrauen zwischen ihnen aufgebaut hatten. »Alles zu seiner Zeit, meine Liebe.«

»Du willst es mir nicht sagen? Nicht einmal jetzt?«

Ganz besonders nicht jetzt. »Es hat nichts damit zu tun, ob ich dir vertraue oder nicht. Ich bin mir einfach noch nicht sicher, was ich mit der Information tun werde.«

»Bist du immer so geheimniskrämerisch bei deinen Geschäften?«

Er dachte darüber nach. Als Junge hatte er gelernt, Dinge

für sich zu behalten. Weniger Risiko, verletzt zu werden. »Ich möchte nicht, dass du dir über meine Pläne den Kopf zerbrichst.«

»Also was nun?«

»Das bedeutet?«

»Hast du vor, zu Hause zu bleiben? Bei mir?«

In ihrer Stimme lag eine Spur Verletzlichkeit, was verriet, wie wichtig die Antwort für sie war. Er nahm ihre behandschuhte Hand, um sie enger an sich zu ziehen. Wäre es nicht so beengt gewesen, hätte er sie auf seinen Schoß gezogen. Stattdessen musste er sich damit begnügen, ihr die Hand an die Wange zu legen. »Ich habe nicht vor, irgendwo anders zu sein.«

Sie seufzte, und ihr Körper wurde weicher – genau so, wie er es gernhatte. Er nahm seinen Derby ab, neigte den Kopf und küsste sie. Ihr Geschmack erfüllte seinen Mund. Sie reagierte, wie sie es immer tat: begierig und aggressiv. Als hätte sie ein ganzes Jahr darauf gewartet, dass er sie küsste. Hatte sie eine Ahnung, wie verführerisch diese Eigenschaften bei einer Frau waren?

Ihre behandschuhten Finger schoben sich haltsuchend in sein Haar, während er tiefer drang und ihre Zungen sich sehnsüchtig umeinander wanden. Das leise Wimmern und Stöhnen in seinem Mund schlängelte sich durch seine Adern, um sich in seinem Bauch zu sammeln und sein Glied noch praller werden zu lassen. Verdammt, was er mit dieser Frau alles vorhatte, sobald sie zu Hause waren.

Über das Pochen seines Herzens hinweg bemerkte er schließlich, dass die Räder sich verlangsamt hatten. Er löste sich von ihr und versuchte, sich wieder zu fassen, bevor er seiner Familie gegenübertreten musste. »Du wirst mich vor den Mädchen noch gewaltig in Verlegenheit bringen, wenn wir nicht aufhören.« Er deutete auf seinen Schoß.

Sie presste eine zitternde Hand an die Lippen, während sie versuchte, sich das Lachen zu verkneifen. »Ich nehme an, du kannst deinen Mantel nicht anbehalten?«

»Graham würde ihn mir mit Gewalt ausziehen. Aber du kannst versichert sein, dass ich dich nach oben in mein Bett zerre, sobald es mir möglich ist.« Er setzte sich den Hut wieder auf den Kopf.

»Vor dem Abendessen?«, fragte sie mit einer Unschuld, die er ihr keine Sekunde lang glaubte.

»Ja, ganz bestimmt vor dem Abendessen. Ich habe vor, unter deine Röcke zu kommen, noch bevor die Pferde versorgt sind.«

Sie kicherte. »Ich möchte ein Bad nehmen, also wirst du das zumindest noch abwarten müssen.«

Seine behandschuhte Faust ballte sich. Er wollte nicht warten, keine Minute länger als notwendig. »Nimm ein Bad mit mir zusammen. Ich habe das größte Bad im Haus. Es hat sogar eine Regendusche.«

Sie schien über die Idee nachzudenken, während die Kutsche zum Stillstand kam. »Was werden die Dienstboten sagen?«

»Wen interessiert das? Wir sind verheiratet, Elizabeth. Es ist nichts Ungehöriges daran, sich während des Tages um die Bedürfnisse deines Gatten zu kümmern.«

»Ach, so nennt man das also?«

»Liebling, ich werde mich um deine Bedürfnisse kümmern, wann immer du mich darum bittest. Du brauchst nur mit dem kleinen Finger zu winken, und schon bin ich auf den Knien.«

Farbe erblühte auf ihren Wangen, als Kelly die Tür der Kutsche öffnete. *Ausgezeichnet.* Kelly half Elizabeth die kleinen Trittstufen herunter, dann ging sie zum Haus.

Als Emmett aus der Kutsche stieg, funkelten Kellys Augen vor unheiliger Belustigung. »Der Bishop glücklich verheiratet«, murmelte sein Freund. »Hätte nie gedacht, dass ich den Tag noch erleben würde.«

»Du überlebst ihn vielleicht nicht, wenn du nicht aufpasst, was du sagst«, blaffte Emmett, als seine Füße die Erde berührten. Kellys Lachen folgte ihm, als er den Weg entlangmarschierte.

Graham öffnete die Tür, und Elizabeth rauschte als Erste hindurch, dicht gefolgt von Emmett. »Guten Abend, Madam«, sagte Graham gerade, als Emmett eintrat.

»Danke. Ich bin erleichtert, wieder zu Hause zu sein«, antwortete Elizabeth, während sie sich die Handschuhe auszog.

Dass sie die Worte ›zu Hause‹ benutzte, entging Emmett nicht, und eine Kombination aus Erleichterung und Hoffnung ließ ihm die Brust eng werden. War es falsch, für einen Schneesturm dankbar zu sein, der wahrscheinlich hunderte Menschen getötet und so viel Zerstörung verursacht, aber für Harmonie mit seiner Frau gesorgt hatte? Er machte sich in Gedanken eine Notiz, zusätzliche Mittel für den Wiederaufbau der Stadt zu spenden, um seine Selbstsüchtigkeit wiedergutzumachen.

»Und willkommen zu Hause, Sir.« Graham schloss die Tür hinter Emmett und begann, Elizabeth aus ihrem Mantel zu helfen.

»Graham, auf ein Wort.« Emmett warf seinen Hut und die Handschuhe auf das Beistelltischchen.

»Ja, Sir?« Graham straffte die Schultern und wandte sich dem Herrn des Hauses zu.

»In Zukunft werden Sie meiner Frau nicht mehr erlauben, bei ungünstigem Wetter das Haus zu verlassen.« Er hörte Elizabeth empört nach Luft schnappen, deshalb fügte er hinzu: »Mir ist bewusst, dass Mrs. Cavanaugh sehr eigensinnig und überzeugend sein kann, aber ich verlasse mich darauf, dass Sie die Sicherheit des Hauses und seiner Bewohner gewährleisten. Enttäuschen Sie mich nicht noch einmal.«

»Verstanden, Sir.«

»Emmett«, sagte Elizabeth. »Gib nicht Graham die Schuld. Er hat versucht –«

»Er hätte dich einsperren sollen, das hätte er tun sollen.«

Ihre Augen verengten sich zu Schlitzen. Nicht im Mindesten beeindruckt zog er eine Augenbraue hoch. Genau genommen erregte ihn ihre Verärgerung nur noch mehr.

»Ihr seid wieder da. Gott sei Dank.« Brendan eilte die Treppe herunter, so schnell er konnte, und stützte sich dabei schwer auf das Geländer. »Wir waren schon ganz krank vor Sorge. Mädchen!«, rief er über die Schulter. »Emmett und Lizzie sind zu Hause.«

Sein Bruder wandte sich erst Elizabeth zu, als Claire und Katie auf dem Treppenabsatz auftauchten. Die beiden Mädchen flogen die Stufen herunter, und die Erleichterung stand ihnen deutlich ins Gesicht geschrieben. Emmett ging in die Knie und breitete die Arme aus, einen für jede seiner kleinen Schwestern.

Sie warfen sich ihm entgegen und schlangen die kleinen Arme um seine Schultern. »Willkommen zu Hause«, sagte Katie in seinen Mantel, während Claire schluchzte: »Wir dachten schon, du kommst nie wieder zurück.«

Er drückte sie beide an sich. Fest. »Ich hab euch doch gesagt, dass ich immer zurückkommen werde. Durch den Schnee habe ich nur ein bisschen länger gebraucht als erwartet.«

»Das hat Brendan auch gesagt, aber er und Kelly waren sehr besorgt«, erklang Katies gedämpfte Stimme.

»Na, jetzt ist alles wieder in Ordnung. Warum geht ihr zwei nicht und heißt Elizabeth ebenfalls zu Hause willkommen?«

Die Mädchen nickten, und als alle drei sich umwandten, sahen sie, dass Elizabeth und Brendan sie aufmerksam beobachteten. Etwas Helles und Feuchtes schimmerte in den Augen seiner Frau, bevor sie herbeikam, um seine Halbschwestern zu umarmen.

Emmett richtete sich auf und ging zu seinem Bruder. Brendan schlug ihm auf den Rücken. »Gottverdammt, bin ich froh, dich zu sehen«, sagte sein Bruder leise. »Noch nie in meinem ganzen Leben habe ich mir solche Sorgen gemacht. Wir konnten dich nicht erreichen und hatten keine Möglichkeit, in Erfahrung zu bringen, ob Lizzie dich gefunden hatte. Ich musste Kelly beinahe festbinden, damit er sich nicht während des Schneesturms auf den Weg in die Beaver Street macht.«

»Ich bin froh, dass du ihn aufgehalten hast. Er hätte es nicht weiter als bis zur Fiftieth Street geschafft.« Emmett streifte seinen Mantel ab und reichte Graham das schwere Kleidungsstück. »Und jetzt, wenn ihr uns bitte entschuldigen würdet, meine Frau ist erschöpft, und ich habe ihr ein heißes Bad versprochen.«

Brendan runzelte die Stirn. »Das bedeutet also …« Er wies mit dem Kinn zu Elizabeth.

»Ja. Genau das bedeutet es.«

»Danke, dass Sie gekommen sind«, sagte Emmett drei Tage später, als er die Tür seines Arbeitszimmers schloss. Es war noch früh, nicht einmal neun Uhr, und er hatte seine sehr nackte, sehr köstliche Frau schlafend oben zurückgelassen, um zu diesem Treffen herunterzukommen. Ein Treffen, das nicht schnell genug zum Abschluss kommen konnte.

Kelly fläzte sich in einem der Armsessel, während Colin an seinem Schreibtisch saß, bereit, Notizen zu machen. Gut, sie konnten sofort anfangen.

Ein Mann erhob sich, um Emmett zu begrüßen. Sheridan war einer der besten Detektive New Yorks. Er war jahrelang bei Pinkerton gewesen, bevor er die Agentur verlassen und sich selbständig gemacht hatte. Emmett engagierte Sheridan für heikle Aufträge, bei denen äußerste Diskretion erforderlich war. »Natürlich, Mr. Cavanaugh. Sie sagten, es sei dringend.«

Emmett deutete auf den Sessel. »Bitte, setzen Sie sich. Wie sind die Straßen?«

»Hier oben freier, Sir, aber Downtown herrscht immer noch Chaos.«

Nicht überraschend, da die Bewohner der oberen Fifth Avenue das Geld hatten, Räummannschaften zu bezahlen, die sie freischaufelten. Die in den anderen Teilen Manhattans würden warten müssen, bis die Schneewagen der Stadt kamen, oder selbst Schaufeln in die Hand nehmen müssen.

Emmett ließ sich in seinen Sessel fallen und faltete die Hände auf dem Schreibtisch. »Der Grund, warum ich Sie hergebeten habe, ist, dass ich mit Ihnen über ein Unternehmen sprechen möchte, auf das ich ein Auge geworfen habe.«

Sheridan nickte. Das hier war vertrautes Terrain zwischen ihnen. »Fahren Sie fort.«

»Sie sind gegenwärtig schwach. Sie verwässern den Aktienkurs, indem sie mehr Aktien drucken und verkaufen, als sie sollten. Ich bin geneigt, mich mit dieser Information an den Verwaltungsrat zu wenden anstatt an die Behörden, aber ich will nichts dem Zufall überlassen.« Er zeigte auf Sheridan. »Fangen Sie mit dem Verwaltungsrat an. Finden Sie heraus, wer eine Schwachstelle hat, an der wir ansetzen können. Wenn es nichts gibt, das wir benutzen können, dann finden Sie heraus, wer käuflich ist. Ich brauche mindestens acht Männer, die bereit sind, mir zu helfen. Mit ihren Anteilen sollte ich eine Mehrheit haben.«

»Ich nehme an, das erklärt, warum Sie nicht einfach direkt die Aktien kaufen wollen. Sie sind verwässert.«

»Das ist ein Grund. Der andere ist, dass ich den Besitzer überrumpeln muss. Ich will, dass er es erst herausfindet, wenn es bereits zu spät ist, wenn er nicht mehr zurückschlagen oder sich neu aufstellen kann.«

Sheridan kritzelte auf seinen Block. »Sicher. Welches Unternehmen?«

»Northeast Railroad.«

Der Bleistift des Detektivs stockte, die einzige Reaktion auf diese Enthüllung. Nicht, dass Emmett das kümmerte. Sheridan wurde dafür bezahlt, Emmetts Anweisungen auszuführen, nicht seine Meinung zu unterbreiten.

Nach einer Sekunde schrieb Sheridan weiter. »Kein Problem, Sir. Ich mache mich sofort an die Arbeit.«

»Danke, Sheridan. Unser übliches Honorar, dazu einen Bonus, wenn Sie vor Ende des Monats mehr als acht finden.«

Sheridan nickte, dann verabschiedete er sich. Emmett stand auf und streckte sich, um die Steifheit aus seinem Rücken zu bekommen. Eine Ehefrau zu befriedigen verlangte viel von einem Mann, dachte er mit einem kleinen Lächeln. War sie schon aufgewacht? Er könnte sie beim Baden erwischen, wenn er sich beeilte.

»Colin, ich gehe nach oben. In Kürze bin ich wieder zurück, dann können wir besprechen, was –«

»Das wird sie dir nie verzeihen.«

Das kam von Kelly, dessen ruhige, tiefe Stimme den Raum mit Missbilligung tränkte. Er hatte sich nicht aus seinem Sessel bewegt, sondern blieb reglos wie eine Statue, einen vertrauten, sturen Zug um das Kinn.

»Colin, gehen Sie sich die Beine vertreten.« Emmetts Sekretär verschwand, und Emmett nahm wieder in seinem Sessel Platz. Er wählte eine Zigarre und ließ sich Zeit dabei, sie zu entzünden. Nachdem er einen Mundvoll Rauch ausgeatmet hatte, lehnte er sich zurück und streckte die Beine von sich. »Du wolltest etwas sagen?«

»Du glaubst doch nicht wirklich, dass du ihren Bruder ruinieren und ihm das Vermächtnis ihrer Familie wegnehmen kannst, ohne Konsequenzen zu erleiden, oder?«

»Hier geht es ums Geschäft, Kelly. *Mein* Geschäft. Meine Frau hat kein Mitspracherecht, wie ich es führe.«

»Geschäft, sagst du?«

Emmett rollte die Zigarre zwischen den Fingern und musterte die Spitze. »Northeast aufzukaufen würde den Profit von East Coast fast verdoppeln, ganz zu schweigen von den Einkünften der Eisenbahn. Es ist eine kluge Entscheidung.«

»Scheiß auf deine kluge Entscheidung«, blaffte Kelly. »Du tust das nur, weil du Sloane nicht ausstehen kannst. Du hast ihm schon immer übelgenommen, wie er aufgewachsen ist.

Na, mir kommen gleich die Tränen, weil du nicht auch am Washington Square geboren bist. Du hast seine Schwester geheiratet. Ist das nicht Rache genug?«

»Nein!« Emmett schlug auf den Tisch. »Das ist verdammt noch mal nicht Rache genug. Ich will ihn am Boden sehen! Um alles gebracht, was ihm wichtig ist.«

»Und was wird das mit der Frau machen, die jede Nacht in deinem Bett schläft? Denkst du, sie wird nicht verletzt sein, wenn du deinen Plan, ihn zu ruinieren, durchziehst? Ob richtig oder falsch, sie liebt ihren Bruder.«

»Ja, aber sie ist meine *Frau.* Sie hat sich entschieden, mir Liebe, Ehre und Gehorsam zu schwören – mir, nicht ihrem Bruder.«

Kelly stieß den Atem aus und starrte mit angespanntem Kiefer an die gegenüberliegende Wand. »Ich habe gesehen, wie sie dich seit dem Schneesturm ansieht. Sie liebt dich, Bishop. Bist du bereit, das wegzuwerfen, obwohl du weißt, dass du es vielleicht nie wieder zurückbekommst?«

Emmett spürte, wie sich seine Stirn in Falten legte. Liebe? Die Vorstellung schien lächerlich. Lust, vielleicht. Das konnte er glauben.

Selbst wenn Elizabeth anfangs aufgebracht über Emmetts Übernahme von Northeast wäre, würde sie es letzten Endes doch akzeptieren. Sie wusste, wie das Geschäft funktionierte, dass das Fusionieren und Übernehmen anderer Unternehmen für den Erfolg notwendig war. Wenn man nicht wuchs und sich anpasste, dann war bald das eigene Unternehmen dasjenige, das auf dem Spiel stand.

»Du bist ein verdammter Narr«, sagte Kelly, als die Stille sich ausdehnte. »Schätze, ich fange schon mal damit an, deine

Sachen wieder in die Beaver Street zu bringen.« Steif erhob er sich, riss die Tür des Arbeitszimmers auf und stampfte hinaus in den Flur.

Kelly irrte sich, dachte Emmett. Elizabeth würde es verstehen ... Oder nicht?

»Du blinzelst doch nicht, oder?«, fragte Emmett zum dritten Mal.

»Nein«, schwindelte Lizzie und hob die Lider kaum merklich, um einen Blick auf ihre Umgebung zu erhaschen.

Vor wenigen Augenblicken war Emmett in ihrem Ankleidezimmer aufgetaucht, hatte Pauline fortgeschickt und sie auf die Arme gehoben, das Versprechen einer Überraschung auf seinen Lippen. Dann hatte er sie angewiesen, die Augen zu schließen, und angefangen, sie durchs Haus zu tragen. Die Größe ihres Mannes beeindruckte sie immer wieder – umso mehr, wenn er sie herumtrug, als wöge sie nicht das Geringste.

Sie presste das Gesicht an seinen Hals und atmete ein. Der Duft von Gewürzen, Seife und ein schwacher Hauch von Zigarre hafteten seiner Haut an, und sie konnte nicht anders, als an ihm zu knabbern. Er kam aus dem Tritt und stolperte leicht. »Hexe. Willst du, dass wir uns beide wehtun?«

Als nächstes kam eine Treppe, und dann ging es weiter. »Wir wären schneller, wenn du mich absetzt.«

»Aber wo bliebe dann der Spaß?« Er stieß eine Tür auf, und feuchte Wärme schlug ihr entgegen. »Mach die Augen auf«, sagte er, während er sie auf die Füße stellte.

Vor ihr erstreckte sich das große, rechteckige Schwimmbecken. Das Licht der Leuchter an den Wänden warf einen jenseitigen Schimmer auf das Wasser. Der Pool wurde, wie Brendan ihr vor Wochen erklärt hatte, von unten beheizt, wodurch das Schwimmen das ganze Jahr über möglich war. Er hatte gesagt, das sei wichtig, um sein verletztes Bein kräftig zu halten, aber Lizzie vermutete, dass Emmett den Pool ebenfalls benutzte. Wie sonst war der Körperbau ihres Mannes zu erklären, der mehr einem griechischen Gott als einem Stahlmogul entsprach?

Die Gestaltung des Raums vermittelte ein Gefühl von Hedonismus, mit den korinthischen Säulen, Stein- und Mosaikfliesen, die an ein dekadentes römisches Bad erinnerten. Das Deckenfresko über ihnen zeigte Hades, der aus seinem Wagen stieg, eine verzweifelte Persephone auf den Armen. Bänke entlang der Wände luden Gäste ein, den Badenden zuzusehen, obwohl sie und Emmett heute ziemlich allein waren.

»Der Ofen ist seit dem Schneesturm schon wieder lange genug an, dass das Wasser wieder warm ist. Komm.« Er zog sie vorwärts, am Rand des Beckens entlang.

»Wollen wir nicht schwimmen?« Sie konnte zwar nicht schwimmen, aber das Wasser sah wirklich einladend aus – ruhig und glasklar. Emmett hatte es Katie und Claire beigebracht, war er also bereit, es auch Lizzie beizubringen? Sie stellte sich vor, wie seine Hände sie hielten, während sie auf der Oberfläche trieb, und erschauderte.

»Nein, obwohl wir das später machen können, wenn du willst. Ich möchte dir etwas anderes zeigen.« Er ging durch einen Torbogen an der linken Seite des Beckens, ihre Hand fest in seiner.

»Ein türkisches Bad«, rief sie aus, sobald sie die Schwelle

überschritten hatten. Die Einzelheiten waren genau so, wie in den Beschreibungen, die sie gelesen hatte, mit weißen und blauen Mosaikfliesen, roten Liegen und Kissen, goldenen Akzenten und geschwungenen Türen. Ein kleines Becken war in den Boden eingelassen, und das klare Wasser wurde von einem dünnen Strahl gespeist, der sich aus dem Maul eines Löwen an der Wand ergoss.

»Ganz genau«, antwortete ihr Mann. »Ich habe gelesen, dass ein Sudatorium wohltuend bei Verletzungen und wunden Muskeln wirkt.« Er zuckte die Schultern.

Also hatte er den Raum für Brendan installieren lassen. Zärtlichkeit durchströmte sie und rankte sich wie Efeu um ihr Herz. Sie wusste von Brendan, dass Emmett sich für den Unfall seines kleinen Bruders verantwortlich machte. Das musste Emmetts Versuch gewesen sein, es wiedergutzumachen. »Es ist außergewöhnlich.«

»Ich habe dieselben Männer engagiert, die das türkische Bad in der Twenty-Sixth Street gebaut haben. Es ist authentisch, oder zumindest so nah dran, wie es ging.«

»Brendan hat mir diesen Raum nicht gezeigt, als er mich im Haus herumgeführt hat«, sagte sie, als Emmett zu einer Tür ging.

»Dann bin ich froh, dass ich derjenige bin, der dich damit überrascht. Warte hier.« Er öffnete die Tür und verschwand dahinter. Wenige Sekunden später kehrte er zurück. »Ich habe die Wasserheizung angemacht. Gleich haben wir Dampf.« Er warf seinen schweren Morgenmantel ab und ließ ihn auf eine Bank fallen. Als nächstes folgte sein Hemd. Mit starken Armen knöpfte er die gestärkte weiße Baumwolle auf, um mächtige Schultern und Armmuskeln zu enthüllen, über die sich enge

Baumwollunterwäsche spannte. Ganz egal, wie oft sie ihm beim Entkleiden zusah, die Wirkung war stets dieselbe: Der Atem stockte ihr, und ihr Unterleib fing Feuer.

»Zieh deinen Morgenrock aus«, befahl er mit einem anzüglichen Grinsen.

»Ich bin zu beschäftigt damit, den Anblick zu bewundern«, erwiderte sie, als er seine Hose abstreifte.

»Wirklich? Nun, sobald ich nackt bin, wird jeder hier, der noch Kleider am Leib hat, in das kalte Becken dort drüben an der Wand geworfen.«

»Das würdest du nicht wagen!«

Er zog eine Augenbraue hoch, die sagte: *Oh, ich denke, wir wissen beide, dass ich das würde.* Hastig löste Lizzie den Gürtel ihres Morgenrocks, um sich den Stoff von den Schultern zu streifen. Als sie in ihrer dünnen Chemise vor ihm stand, wusste sie, dass das Kleidungsstück ihre Kurven nur spärlich verhüllte – eine Tatsache, für die sie dankbar war, denn Emmetts Bewegungen stockten, und seine Augen begannen vor Erregung zu leuchten.

»Du beeilst dich besser«, sagte er heiser, während er mit fliegenden Fingern die Knöpfe seines Einteilers öffnete.

Belustigt biss sie sich auf die Lippe und stürzte sich fieberhaft auf die winzigen Knöpfe ihres Mieders. Die Scham war vergessen, und sie hatte nur noch das Ziel, zu gewinnen, sich ihrer Kleider zu entledigen, bevor er es tat. Als sie ein paar Knöpfe geöffnet hatte, zog sie den Saum der Chemise hoch und über ihren Kopf. Während sie noch blind im Stoff feststeckte, wurde sie unvermittelt gepackt und an einen straffen, nackten Körper gepresst.

»Nicht schnell genug, Frau«, knurrte er und bückte sich, um

sie sich über die Schulter zu werfen. Lachend zog Lizzie sich die Chemise ganz vom Kopf und ließ sie fallen.

Ihre Position erlaubte es ihr, sich auf das vollkommenste männliche Hinterteil zu konzentrieren, das je geschaffen wurde. Er war eine zum Leben erwachte Marmorstatue, ohne eine Spur Fett oder Haut zu viel. Sie strich mit den Händen an seinem Rücken entlang, über die rauen Narben, um die hohen, festen Rundungen zu umfassen und zu drücken. Sie bewunderte immer noch das Spiel seiner Muskeln unter der Haut, als er die Tür zum Dampfraum öffnete.

Sofort umhüllte sie eine feuchte Wolke heißer Luft. »Meine Unterhosen! Emmett, sie werden ruiniert.«

Er gab ihr einen spielerischen Klaps aufs Hinterteil. »Keine Sorge, da habe ich dich im Nu herausgeschält.«

Ohne sie abzusetzen, ließ Emmett sich auf die geflieste Bank nieder und nahm sie auf den Schoß. Die sinnliche Schwüle des Raumes hüllte sie ein wie eine Decke.

»Was denkst du?«, murmelte er, als er sich vorbeugte, um die Nase an ihren Hals zu schmiegen. Seine Hitze ruhte unter ihren von Stoff bedeckten Pobacken, und seine Erektion wuchs von Sekunde zu Sekunde.

»Ich denke, es gefällt dir«, neckte sie, während sie mit flachen Händen über die Konturen seiner breiten Schultern strich.

»Allerdings.« Seine Hände liebkosten ihre nackte Brust. »Du, warm, nackt und schlüpfrig, stehst in der Tat ganz oben auf der Liste der Dinge, die mir gefallen.«

Er küsste sie, eine rasche Invasion seiner Zunge, während er ihre Schenkel links und rechts von seiner Hüfte platzierte. Schweißperlen sammelten sich auf ihrer Haut und machten sie glitschig, wo ihre Körper sich berührten. Ihre Brüste trafen auf seine Brust, feuchte Haut und raues Haar neckten die straffen Spitzen ihrer Brustwarzen, während er ihren Mund mit ausgesuchter Gründlichkeit erforschte.

Sanft bog er sie zurück und ließ den Kopf auf ihre Brust sinken, um eine der Spitzen zwischen die Lippen zu nehmen. Heftig sog er daran, was ihr ein Aufkeuchen entlockte. Sein saugender Mund sandte Schockwellen durch ihr Innerstes. Er badete die gekräuselte Knospe mit seiner Zunge, fuhr mit den Zähnen darüber, und erlaubte kein Entkommen von dieser köstlichen Folter. Ihr abgehackter Atem hallte um sie herum wider, sie wand sich vor fiebriger Verzweiflung in einem stummen Flehen, aber er fuhr damit fort, sie mit langsamem Züngeln und tiefem Saugen zu foltern, bis ihr Innerstes erbebte. Ihr Körper spannte sich an, höher, heftiger, und sie sehnte sich nach mehr von seiner Berührung, wollte ihn überall zugleich haben.

»Emmett, bitte«, murmelte sie, und es klang gedämpft in ihren Ohren, während sie die Hüften auf der Suche nach Erlösung an seinen Lenden rieb.

Küsse wanderten an der Seite ihrer Brust entlang, dann zu ihrem Schlüsselbein. »Ja?«

»Ich brauche dich. Bitte, beeil dich.«

Seine Zähne knabberten an ihrem Kiefer, und sie erschauderte trotz der sengenden Hitze, die sie umgab. »Wo?«

»Überall«, keuchte sie rau und hasste und liebte es zugleich, dass er sie neckte.

»Da werde ich genauere Angaben brauchen, Mrs. Cavanaugh. Ich bin ein Mann, der Details vorzieht.«

Sie wusste, dass das stimmte. Je direkter und unzüchtiger ihre Worte waren, so hatte sie gelernt, desto intensiver reagierte er darauf. Und da sie es liebte, ihn völlig die Kontrolle verlieren zu sehen, war sie in den vergangenen paar Tagen ziemlich mutig geworden. »In mir.«

»Hier?«, fragte er, und sein Finger folgte der Kontur ihrer Lippen, die sie öffnete, um ihre Zunge um ihn gleiten zu lassen. Seine Augen wurden glasig, und er stieß den Atem aus, als sie ihn kostete.

»Vielleicht später.« Ihr Blick hielt seinen fest. »Jetzt will ich dich zwischen meinen Beinen.«

Seine Brust hob und senkte sich, und seine Miene wurde angespannt. Ungeduldig. Er führte sie über ihn, ihre Pforte direkt über seiner harten Länge. Dann griff er zwischen sie, um die Wurzel seiner Erektion zu umfassen. »Bist du feucht für mich?«, fragte er, während er die Spitze seines Glieds langsam an ihrer Spalte entlangzog. Sie warf den Kopf in den Nacken und biss sich auf die Lippe, um nicht aufzuschreien. Nicht von ihm zu verlangen, dass er sie nahm.

»Oh ja, genau da«, murmelte er, und der breite, glatte Kopf stieß langsam in ihren Tunnel vor, öffnete sie und drang in sie ein, und sie genoss die Dehnung, die beinahe an Schmerz grenzte. Einen köstlichen Zoll um den anderen senkte sie sich auf ihn, bis ihre Hüften auf harte männliche Haut trafen.

Seine Finger gruben sich in ihre Schenkel, als sie innehielt, um die Vereinigung, dieses überwältigende Gefühl des Ausgefülltseins, auszukosten. »Und jetzt reite mich. Hart.«

Sie gehorchte, ohne Zeit zu verschwenden, und hob und senkte sich immer wieder, mit wiegenden Hüften, um diese köstliche Reibung zu erzeugen, die sie beide brauchten. Emmetts Augenlider fielen zu, er hatte den Kopf an die Fliesen gelehnt, während er sie das Tempo bestimmen ließ. Die Vertiefung in seinem Kinn lockte sie, also beugte sie sich vor, um mit den

Zähnen daran zu knabbern. Sein rasches Einatmen ließ sie lächeln.

»Das Mal des Teufels«, flüsterte sie den Namen, den er für die leichte Unvollkommenheit einmal benutzt hatte.

»Und dennoch liebst du es.«

»Das tue ich tatsächlich.« *So wie ich dich liebe.* Aber diese letzten Worte hielt sie zurück, behielt sie nah an ihrem Herzen, und zog stattdessen ihre inneren Wände um seine Erektion zusammen.

Er reagierte mit einem Knurren. »Gott, ich liebe es, wenn du das tust.« Sie massierte ihn ein weiteres Mal, und er zog sie zu einem langen, berauschenden Kuss an sich. »Lässt du mich etwas versuchen?«

Ihr stockte der Atem. Bisher hatte er ihr schon reichlich gezeigt, und jede Erfahrung war besser gewesen als die vorhergegangene. Sie hatte keinen Grund, daran zu zweifeln, dass das hier ebenso genussvoll sein würde, also nickte sie.

»Steh auf.« Er half ihr von seinem Schoß und stellte ihre Füße auf den Fliesenboden. Dann löste er die Bänder ihrer Unterhosen, ließ den dünnen Baumwollstoff an ihren Beinen hinuntergleiten und hob erst einen Fuß und dann den anderen heraus. Nachdem er den feuchten Stoff zusammengefaltet hatte, legte er ihn auf die Fliesen. »Für deine Knie. Ich möchte dich von hinten nehmen.«

Erregung rauschte durch sie hindurch, noch während sie sagte: »Bist du sicher?«

»Oh, und ob ich sicher bin.« Starke Hände halfen ihr in Position. Die Fliesen waren glatt und unnachgiebig unter ihren Handflächen, als sie sich auf Hände und Knie vorbeugte. In dieser Stellung fühlte sie sich entblößt, aber jede Beschwerde verflog aus ihren Gedanken, als Emmett begann, in sie einzudringen. »Gott, du bist wunderschön«, keuchte er, während er tiefer in sie stieß. Er umklammerte ihre Hüfte und zog ihre Körper zueinander, bis er sie völlig ausfüllte. Lizzie schrie auf. Sein Eindringen war auf diese Weise viel tiefer.

Eine sanfte Berührung streichelte kreisend ihren Rücken. »Alles in Ordnung?«

Sie konnte nur nicken, da das Hochgefühl ihr die Sprache verschlagen hatte. Er zog sich zurück, nur um pumpend wieder zuzustoßen, bis er eine Stelle traf, bei der ihr die Knie weich wurden. »Oh Gott«, schrie sie auf, und er tat es noch einmal. »Emmett!«

Seine Stöße wurden schneller und ihre Schreie lauter, bis er nach vorne griff und die harte Knospe über ihrer Spalte fand. Die Berührung stieß sie über den Abgrund, und ihre Glieder gaben beinahe nach. Bald darauf folgte er ihr, und sein heiserer Schrei hallte von den gefliesten Wänden wider.

Nach einem Augenblick ließ er sich auf die Bank fallen und zog sie eng an sich. »Mein Gott, Elizabeth«, keuchte er außer Atem. »Was du mit mir machst ...«

»Ich hoffe, es ist gut«, erwiderte sie atemlos an seiner Schulter.

Er küsste sie auf den Scheitel. »So gut, dass es mir Angst macht.«

KAPITEL SECHZEHN

Eines ist unabdingbar für das Eheglück,
und das ist gegenseitiges Vertrauen.
AMERICAN ETIQUETTE AND RULES OF POLITENESS, 1883

Lizzie wusste schon beim Betreten des Frühstückszimmers, dass etwas nicht stimmte.

Da Emmett noch oben war und sich ankleidete, war sie allein heruntergekommen, um zu frühstücken, weil sie darauf brannte, ihren Tag zu beginnen. Sie hoffte, zu ihrem Büro fahren zu können, vorausgesetzt, die Straßen waren endlich ausreichend vom Schnee befreit.

Katie, Claire und Brendan saßen bereits an dem langen Tisch und unterhielten sich mit gedämpften Stimmen.

»Guten Morgen, ihr alle«, rief sie fröhlich.

Aus dem Augenwinkel nahm sie eine verschwommene Bewegung wahr, bevor ihr Schwager hastig aufstand. »Morgen, Lizzie.«

Katie und Claire folgten ihr mit Blicken aus großen, wachsamen Augen. »Guten Morgen, Lizzie«, sagten die Mädchen einstimmig.

Der Diener hielt ihr einen Stuhl bereit, und Lizzie setzte sich. Eine eigenartige Stille senkte sich herab, als sie sich Kaffee einschenkte. »Habe ich euch bei irgendetwas unterbrochen?«

»Nein«, antwortete Brendan sofort. »Wir haben nur über unseren Tag gesprochen, nicht wahr, Mädchen?«

»Ja«, sagte Katie. »Das war alles, was wir gemacht haben. Stimmt's, Claire?«

»Jepp!«, bestätigte das jüngere Mädchen. »Wir haben *nicht* die Zeitung gelesen.«

Brendan stöhnte auf, und Katie schlug sich entsetzt die Hand vor den Mund. Bevor Lizzie sie auf ihre merkwürdigen Reaktionen ansprechen konnte, gab es etwas weit Wichtigeres, das ihre Aufmerksamkeit erforderte. »Claire, wo hast du dieses Wort gehört?«

»Zeitung?«, fragte das Mädchen mit dem Mund voll Gebäck.

»Nein, das Wort, das ich meine, ist ›jepp‹.«

»Oh, Kelly sagt das oft. Das bedeutet Ja.«

Lizzie notierte sich in Gedanken, bei der nächsten Gelegenheit mit Kelly über seine Wortwahl in Gegenwart der Mädchen zu sprechen. »Claire, eine Dame sollte nie derbe Sprache oder Jargon benutzen. Sie muss sagen, was sie meint, bewusst und deutlich, um verstanden zu werden. Wie man spricht, spiegelt wider, wie man von anderen wahrgenommen wird.«

Die Brauen des Mädchens senkten sich, als sie diesen Rat aufmerksam aufzunehmen schien. »Ja, Lizzie.«

»Gut. Und was stand nun heute Morgen so Interessantes in der Zeitung?«

»Nichts«, antwortete Brendan mit bedeutsamem Blick zu seinen Halbschwestern. »Nur dieselben alten, langweiligen Geschichten.«

Mit einem summenden Laut streckte Lizzie die Hand aus. »Ausgezeichnet. Ich liebe alte, langweilige Geschichten. Darf ich?«

Brendan starrte sie einen Moment lang an, und sie konnte regelrecht sehen, wie die Rädchen in seinem Kopf ratterten. Obwohl sie sich erst kurze Zeit kannten, sollte er eigentlich inzwischen wissen, dass sie niemals klein beigeben würde.

Seufzend zog er einen Teil der *New York World* unter dem Tisch hervor. »Nur fürs Protokoll, niemand an diesem Tisch glaubt auch nur ein Wort davon.« Er gab ihr die Zeitung.

Mit einem schweren Kloß im Magen entdeckte Lizzie auf der obersten Seite eine große Karikatur mit zwei namenlosen Gestalten, die sie sofort erkannte.

Eine Braut stand am Altar und heiratete einen Teufel, der Emmett sehr ähnlich sah, während der Saum ihres Hochzeitskleides unzüchtig bis deutlich über ihren Knöchel hochgerutscht war. Eine Reihe von Wall-Street-Bankern an der Wand hatte die Augen dramatisch auf den Anblick ihres nackten Beins geheftet. *Das Geschäft ist eröffnet*, lautete die Bildunterschrift.

Lizzie schnappte nach Luft und schlug sich die Hand vor den Mund. »Du lieber Himmel.« Wie hatte die Zeitung überhaupt von ihrem Unternehmen erfahren? Bevor sie wusste, was sie tat, riss sie die Seite aus der Zeitung und zerknüllte sie. »Emmett darf das nicht zu Gesicht bekommen«, sagte sie zu Brendan. »Und wir dürfen es ihm auch nicht erzählen.«

»Emmett darf was nicht zu Gesicht bekommen?«, fragte ihr Mann, als er ins Frühstückszimmer schlenderte.

Rasch legte Lizzie den Zeitungsteil auf den Tisch und schob die Karikatur unter ihren Stuhl. Ihr wollte keine plausible Lüge über die Lippen kommen, also warf sie Brendan einen flehenden Blick zu.

»Oh, nichts«, antwortete Brendan. »Nur ein Bericht über die Gewerkschaftsprobleme in Ohio.«

»Es gibt keine Gewerkschaftsprobleme in Ohio«, bemerkte Emmett, während er sich Kaffee einschenkte. Frisch rasiert und in einen dunkelbraunen Cutaway gekleidet sah er unwiderstehlich aus. Lizzie hätte ihn zum Frühstück vernaschen können. Sie sah zu, wie er sich mit routinierten Händen Kaffee einschenkte, und erinnerte sich daran, was diese Hände sie früher an diesem Morgen hatten empfinden lassen. Ein tiefes Summen der Erregung vibrierte in ihren Adern. Vielleicht konnte sie ihn überreden, heute Abend noch einmal das türkische Bad aufzusuchen.

»Nicht? Vielleicht war es dann nicht in Ohio. Wie dem auch sei, wir wollten nicht, dass du dir Sorgen machst.«

»Bren, du bist ein miserabler Lügner. Mädchen, geht und sucht Mrs. Thomas. Es ist Zeit für euren Unterricht.« Ausnahmsweise einmal widersprachen die Mädchen nicht, sondern standen stumm auf und verließen das Zimmer. Emmett trommelte mit den Fingern auf den Tisch, ein Zeichen, das Lizzie als kaum gezügelte Ungeduld erkannte. »Und nun, wer von euch beiden möchte mir die Wahrheit sagen?«

Lizzie wollte nicht lügen ... Aber die Wahrheit war so viel schlimmer. Vielleicht würde eine kleine Ausflucht ihn besänftigen. »Es ist nur eine alberne Karikatur. Eigentlich nichts.«

Dunkle Augen nagelten sie fest, und sie erschauderte, als sie an die grimmige Tatkraft und den unersättlichen Willen ihres Mannes dachte. Wann immer er sich im Bett mit derselben

Intensität auf sie konzentrierte, hatte sie keine Chance, ihm zu widerstehen. Blitzschnell konnte er sie in ein flehendes, bebendes Häufchen Lust verwandeln.

Seine Lippen zuckten, als spürte er, in welche Richtung ihre Gedanken gingen. »Elizabeth?«

Sie seufzte und verbannte die lüsternen Gedanken aus ihrem Kopf. »Nein, Emmett. Du brauchst sie nicht zu sehen.«

»Brauche ich nicht?«

»Nein, brauchst du nicht.«

»Der Meinung bin ich auch, Em. Das ist eine Karikatur, die du nicht zu sehen brauchst.« Brendan räusperte sich. »Mindestens ein paar Jahre lang nicht.«

Emmett stützte den Ellbogen auf den Tisch, hielt ihr seine geöffnete Hand hin und richtete seinen ruhigen Blick wartend auf Lizzie.

»Vielleicht sollten wir zuerst schwimmen gehen –«

»*Sofort*«, knurrte er, und Lizzie zog die zusammengeknüllte Zeitungsseite unter ihrem Stuhl hervor und ließ sie in seine Handfläche fallen.

Lange Finger glätteten das Papier. Er musterte die Karikatur, dann fuhr er zu dem Diener herum, der neben der Tür stand. »Finden Sie Kelly. Auf der Stelle.«

Wie der Blitz rannte der Diener los. »Emmett, nicht«, sagte Lizzie. »Was auch immer du vorhast –«

»Ist meine Angelegenheit. Ich regle das auf meine Weise.«

»Oh Gott«, murmelte Brendan und rieb sich die Stirn. »Ich bin Arzt. Du sollst nicht vor mir darüber reden, Leute umzubringen.«

»Ja, Bish?« Leicht außer Atem eilte Kelly ins Frühstückszimmer. »Du brauchst mich?«

Emmett hielt ihm die Zeitung hin. Kelly kam herbei und stieß einen langgezogenen Pfiff aus, als er die Karikatur sah. Er wechselte einen wissenden Blick mit Emmett. »Ich kümmere mich drum.« Er fuhr herum und verschwand.

So ruhig, wie man nur sein konnte, bat Emmett den Diener, ihm Würstchen und pochierte Eier zu servieren, dann griff er nach dem Rest der Zeitung und begann, sie durchzublättern. Die Seiten raschelten in der plötzlichen Stille.

Lizzie hätte ihn am liebsten erwürgt. »Sag mir, was du vorhast.«

»Brendan, würdest du mich und meine Frau bitte einen Moment allein lassen?«

»Natürlich.« Brendan stand auf und nahm seinen Gehstock. »Ich muss sowieso meine Visite machen. Wir sehen uns zum Abendessen.«

Mit einem Nicken seines Kinns entließ Emmett auch den Diener, sodass Lizzie allein mit ihrem Mann zurückblieb. Alle möglichen Gedanken begannen ihr durch den Kopf zu wirbeln. Emmett besaß einen unglaublichen Beschützerinstinkt, und sie konnte sich gar nicht vorstellen, wie wütend er über das hier war. Du meine Güte, er hatte ihren Bruder in jener Nacht im Sherry's beinahe erwürgt. »Was wirst du tun? Hast du vor, diesem Karikaturisten etwas anzutun?«

»Ist es das, was du von mir denkst? Dass ich herumgehe und Leuten etwas antue, wenn sie mich verärgern?«

Der unschuldige Tonfall konnte sie nicht täuschen. »Haarspaltereien, Emmett. Hast du vor, diesem Karikaturisten von Kelly etwas antun zu lassen?«

»Möglicherweise. Würde dich das stören?«

»Ja!«, rief sie aus. »Ich will nicht, dass irgendjemand verletzt wird, obwohl ich ebenfalls wütend bin. Ich kann nicht begreifen, wie er überhaupt von meinem Unternehmen erfahren hat.«

»Damit könnte ich etwas zu tun gehabt haben. Calvin Cabot ist der Herausgeber des *New York Mercury* und ein paar anderer Zeitungen. Wie du weißt, ist er ein Freund. Ich habe ihn kontaktiert, um ihm ein Interview vorzuschlagen.« Er entspannte sich auf seinem Stuhl und umschloss seine Porzellantasse mit beiden Händen. »Ich dachte, du möchtest vielleicht zur Eröffnung in der Presse für Furore sorgen, so wie Woodhull und ihre Schwester vor ein paar Jahren.«

»Das hast du getan, ohne vorher mit mir darüber zu sprechen? Wir hatten entschieden, meine Beteiligung geheim zu halten, oder hast du das etwa vergessen?«

»Ich hätte es dir gesagt, wenn die Zeitung der Story zugestimmt hätte.«

»Oh, wie beruhigend«, erwiderte sie gedehnt. »Also hat Mr. Cabot es jemandem bei einer Konkurrenzzeitung erzählt?«

»Auf keinen Fall. Er hütet Geheimnisse besser als irgendjemand sonst, eine Notwendigkeit in seinem Geschäft. Meine Vermutung ist, dass er die Idee mit einem Mitarbeiter des *Mercury* besprochen hat, und dass diese Person es jemandem bei der *World* erzählt hat. Wie dem auch sei, alle Beteiligten werden teuer für diese Beleidigung bezahlen, einschließlich dieses Karikaturisten.«

Beinahe hätte sie die Augen verdreht. »Emmett, du kannst dich nicht mit jedem anlegen, der es wagt, mich zu verspotten oder schlecht von mir zu reden.«

Er nahm einen langen Schluck, dann stellte er die Tasse zurück auf die Untertasse. »Elizabeth, das ist genau das, was ich zu tun geschworen habe. Ich habe vor Gott geschworen, dich zu ehren, und wenn ich die verdammte Zeitung kaufen muss, nur um diesen Karikaturisten zu feuern, dann werde ich es tun. Ich werde dafür sorgen, dass er in seinem ganzen Leben nie wieder einen Bleistift in die Hand nimmt, wenn es dich besser schlafen lässt.« Er beugte sich vor und bohrte zur Betonung den Finger in den Tisch. »Ich werde mich freudig mit jeder Zeitung anlegen, jedem Karikaturisten – *jedem einzelnen Menschen in dieser gottverlassenen Stadt* –, um dieses Versprechen zu halten. Hast du das verstanden?«

Ihr blieb der Mund offen stehen, und der Atem wich ihr geräuschvoll aus der Lunge. Sie konnte nicht sprechen, nicht *denken* nach einer solchen Erklärung, und ihr Herz hämmerte. Wie sollte sie reagieren? Ihr Mann versprach Vergeltung, wahrscheinlich durch körperliche Gewalt, und sie fand es … erregend. Was stimmte nicht mit ihr?

Er hatte die Worte noch nicht ausgesprochen, aber das hier hatte zweifellos wie eine Liebeserklärung geklungen. Dennoch war sie wütend, dass er Einzelheiten ihrer Firma enthüllt hatte, ohne ihr das vorher zu sagen. Hatte Emmett Will ebenfalls von ihrer Firma erzählt?

»Ich verstehe, aber bitte triff in Zukunft keine Entscheidungen mehr für mich, ohne mich vorher zu fragen. Ich war noch nicht bereit, die Sache so publik zu machen. Das hier sorgt dafür, dass ich scheitere, noch bevor ich überhaupt angefangen habe.«

Seine Miene wurde weicher, als er sie betrachtete. »Meine Liebe, das einzige, was New York mehr als alles andere liebt, ist ein Spektakel, also eröffne mit so viel Trommelwirbel, wie es dir möglich ist. Du bist kein Feigling, und du besitzt zwei Dinge, die die Gesellschaft nie begreifen wird: Intelligenz und Talent.

Denk also gar nicht daran, dich zu verstecken. Außerdem, niemand kann dir etwas anhaben – ich werde alles Erdenkliche tun, um dich zu beschützen, falls sie wagen, es zu versuchen.«

Wärme erfüllte sie und drang ihr bis in die Knochen. Sie liebte diesen Mann so sehr, dass es sie schwindlig machte. Sie legte ihre Serviette auf den Tisch, stand auf und trat mit wenigen Schritten an seine Seite. Dann strich sie mit den flachen Händen über seine breiten, starken Schultern. Der Stoff seines Gehrocks war weich und glatt unter ihrer Haut. Sie beugte sich vor, bis ihre Lippen seine Ohrmuschel streiften. »Und ich habe vor Gott versprochen, meinen Mann zu lieben und zu ehren. Würdest du mir bitte in unser Schlafzimmer folgen, damit ich es dir demonstrieren kann?«

Emmett kam so schnell auf die Füße, dass sein Stuhl wackelte. Er nahm ihre Hand und begann, sie zum Flur zu ziehen. »Wenn du darauf bestehst.«

Später an diesem frischen Märznachmittag herrschte an der Ecke John Street und Broadway geschäftiges Treiben. Lizzie hielt die Aktentasche eng an ihre Brust gedrückt, während sie in ihrem Coupé wartete, und versuchte, sich warm zu halten. Dabei sah sie den Händlern zu, wie sie in dem ebenerdigen Restaurant ein und aus hasteten.

Wie es sich wohl anfühlte, auf dem Börsenparkett zu stehen, während einem Macht und Geld durch die Hände strömten? Vermögen wurden gemacht und verloren. Es musste wahrlich ein berauschendes Gefühl sein. Doch dank der Regelung, dass die Börse Männern vorbehalten war, würde Lizzie es nie erfahren.

Endlich trat Robbie, der Mann, den sie engagiert hatte, aus der Eingangstür des Gebäudes. Sie hatten einander seit vor dem Schneesturm nicht mehr gesehen. Stattdessen hatte sie ihm Anweisungen telegrafiert und angedeutet, dass sie von ihrem Bruder stammten, aber nach der heutigen Karikatur schuldete sie ihm zweifellos eine Erklärung.

Sie eilte den Bürgersteig entlang, um ihn einzuholen. »Robbie«, rief sie seinem Rücken zu. »Robbie, bitte warten Sie!«

Er blieb stehen und drehte sich mit argwöhnischer Miene zu ihr um. Er musste die Karikatur gesehen haben. »Guten Tag, Mrs. Cavanaugh.«

»Hallo, Robbie. Könnten wir uns kurz unterhalten?«

Er nickte knapp, und bald darauf saßen die beiden in ihrer kleinen Kutsche. Sie legte ihre Aktentasche auf ihren Schoß. »Ich nehme an, Sie haben die *World* heute Morgen gesehen.«

»Ja, das habe ich.« Er sagte nichts weiter, die Mundwinkel missbilligend nach unten gezogen.

Sie seufzte. »Ich habe Sie nie angelogen, Robbie. Als wir uns zum ersten Mal trafen, nahmen Sie an, mein Bruder wäre beteiligt, und ich habe Sie nicht korrigiert.«

»Warum haben Sie mir nicht die Wahrheit gesagt?«

»Weil ich Angst hatte, Sie würden nicht für mich arbeiten wollen und dass Sie mich nicht ernst nehmen würden, wenn Sie wüssten, dass ich diejenige bin, die die Aufträge erteilt.«

Er schüttelte den Kopf. »Ich habe nichts gegen Frauen, die arbeiten, Mrs. Cavanaugh. Meine Mutter hat zwei Arbeitsstellen, seit mein Vater vor ein paar Jahren verletzt wurde. Und nach dem, was ich in den letzten paar Wochen gesehen habe, wissen

Sie wahrscheinlich mehr über Aktien als die meisten Männer an der Börse.«

»Danke, Robbie.« Bei dem Kompliment schwoll eine kleine Blase des Glücks in ihrer Brust an. »Ich habe Sie unterschätzt, und das tut mir leid. Ich hoffe, Sie verzeihen mir.«

Seine Augen weiteten sich ein wenig, und Röte stieg an seinem Hals empor. »Betrachten Sie es als bereits vergessen, Ma'am.«

»Ausgezeichnet. Wie Ihnen wohl mittlerweile bekannt ist, habe ich meine eigene Wertpapierfirma eröffnet. Mein Mann hat eingewilligt, mich zu unterstützen.«

»Nun, es wäre mir eine Ehre, weiterhin Aufträge für Sie zu erteilen, Ma'am, wenn Sie möchten.«

»Das möchte ich sehr gern. Ich kann allerdings nicht versprechen, dass Sie dafür keinen Spott werden einstecken müssen.«

Er zog eine Schulter hoch. »Das kümmert mich nicht. Ich kann jeden Spott der Welt einstecken, wenn wir Geld verdienen.«

»Das ist freilich meine Absicht. Wo wir schon davon sprechen, wie haben wir heute abgeschnitten? Ich habe den Börsenschreiber nicht verfolgt.« Sie war beschäftigt gewesen, zurückgezogen mit ihrem Mann für einen herrlichen Tag der Verruchtheit.

»Hier ist die Liste.« Er nahm einen kleinen Stapel Papiere aus seiner Aktentasche und reichte ihn ihr. »Das Glücksspiel mit Seneca hat sich ausgezahlt. Da haben Sie Ihre Investition verdreifacht.«

Lizzie lächelte, als sie an ihre Unterhaltung mit Emmett über das Textilunternehmen dachte. Sie konnte es nicht erwarten, ihm zu sagen, wie viel Geld sie ihnen eingebracht hatte.

»Danke.« Sie steckte die Papiere in ihre eigene Aktentasche und präsentierte ihm eine Liste mit Notizen. »Hier ist ein Plan für nächste Woche.«

»Wenn Sie heute das Geschehen nicht verfolgt haben, dann nehme ich an, ist Ihnen entgangen, was mit den Aktien Ihres Mannes passiert ist«, sagte Robbie. »Sie sind kräftig abgestürzt.«

Sie blinzelte erstaunt. »Wirklich?« War Emmett sich dessen bewusst? »Wie tief sind sie gefallen?«

»Ich habe die Zahlen zu meinen Notizen gesteckt.« Robbie deutete auf die Tasche, in der sie seine Papiere verstaut hatte. »Als die Märkte öffneten, wurde über laufende gerichtliche Ermittlungen gemunkelt. Ich konnte nicht herausfinden, wo das Gerücht herkam, aber die Händler haben verrückt gespielt. Etwas über eine Anzeige wegen Korruption.«

»Es gibt keine laufenden Ermittlungen«, sagte sie, obwohl sie sich nicht sicher sein konnte. Hätte Emmett sich ihr anvertraut?

»Wir wissen beide, dass Gerüchte nicht wahr sein müssen, um den Aktienkurs eines Unternehmens fallen zu lassen«, sagte Robbie. »Aber am Ende hat sich alles wieder eingependelt.«

»Haben Sie …?«

»Ja. Ich habe Ihre Anweisung genauestens befolgt. Einige Ihrer anderen Bestände liquidiert und den Rest von der New American Bank aufgenommen, wie Sie angewiesen hatten. Meinen Glückwunsch. Sie besitzen nun mehr als ein Viertel der Aktien von East Coast Steel.«

Die Büroräume der Northeast Railroad Company befanden sich in der Vesey Street, nicht weit von der City Hall und gleich nördlich der Börse. Obwohl das Licht des Nachmittags bereits schwächer wurde, brannte Emmetts Zorn heißer als hundert Sonnen, als er die Treppe zum ersten Stock erklomm. Seine Wut war greifbar, eine lebende, tobende Bestie in seinen Eingeweiden, die er nicht mehr so heftig gespürt hatte, seit er Five Points verlassen hatte.

Sloane war ein toter Mann.

Makellos weiße Buchstaben zierten die Tür des Büros und verkündeten seinen Besitzer. Emmett riss sie auf und trat ein, dicht gefolgt von Kelly.

Vier junge Männer saßen an Schreibtischen, Stifte in den Händen, und alle Augen richteten sich auf die Neuankömmlinge. Es gab zwei weitere Türen, keine davon gekennzeichnet. »Wo ist Sloane?«, knurrte er die Mitarbeiter des Unternehmens an.

Finger zeigten auf die hintere linke Seite des Zimmers, woraufhin Emmett auf das private Büro zustürmte. Er drehte den Türgriff und trat ein, um dort Sloane in einer Unterhaltung mit zwei Männern vorzufinden, die Emmett beide wohlbekannt waren. Der Bürgermeister Abram Hewitt und Richard Croker, der Vorsitzende von Tammany Hall. Gott, Sloane umgab sich mit schrecklicher Gesellschaft.

Ihr Blick flog zur Tür, wo Emmett sich drohend aufgebaut hatte. »Auf ein Wort«, knurrte er, und sein Blick bohrte sich in den Sloanes.

Hewitt und Croker erhoben sich und setzten ihre Derbys auf, Sloane erhob sich ebenfalls. Croker streckte Emmett die Hand entgegen. »Cavanaugh. Hörte, Sie haben Sloanes Schwester geheiratet. Meine Glückwünsche.«

Emmett bedankte sich knapp, dann schüttelte er dem Bürgermeister ebenfalls die Hand. Die Macht in New York City verschob sich alle paar Jahre, und im Moment befanden sich diese beiden Männer nah an der Spitze. Obwohl es Gerüchte gab, dass Hewitt nicht die Unterstützung für eine Wiederwahl besaß – nicht einmal die Crokers. Aber Emmett versuchte, sich aus der Politik herauszuhalten, soweit es jemand in seiner Position nur konnte. Sloane schien offensichtlich nicht so zu empfinden.

Hewitt und Croker verabschiedeten sich rasch, was Sloane und Emmett allein zurückließ. »Was zur Hölle ist los mit Ihnen?«, schnauzte Sloane mit finster gerunzelter Stirn. »Sie können nicht einfach so in mein Büro platzen und meine Besprechungen unterbrechen.«

Wie immer war Sloane makellos gekleidet, jedes Haar an seinem Platz. Emmett pochten die Schläfen vor Abneigung. »Ihre Besprechungen interessieren mich einen Dreck«, erwiderte er. »Ich will wissen, was zum Teufel Sie glauben, dass Sie da tun?«

Sloane ließ sich in seinen Sessel fallen und rieb sich die Augen. »Ich bin nicht in Stimmung für Ihre Spielchen, Cavanaugh. Kommen Sie verdammt noch mal zum Punkt.«

»Meine Aktien.«

Sloanes Miene veränderte sich nicht, sein Gesicht blieb eine undurchdringliche Maske. »Und?«

»Würden Sie mir vielleicht erklären, wie es zu einem Gerücht über eine laufende Ermittlung gekommen ist, das den Kurs von East Coast so tief fallen ließ, dass ein einziger Käufer einen Anteil von beinahe dreißig Prozent erwerben konnte?«

Sloanes Mundwinkel zuckten beinahe unmerklich, dennoch hatte Emmett es gesehen und die Genugtuung darin erkannt.

Keine Spur von Überraschung. »Nein. Ein Gerücht, sagen Sie? Wie schade, dass ich der Börse heute nicht mehr Beachtung geschenkt habe.«

Emmetts Hände umklammerten den Rand des Schreibtischs fester, um sich davon abzuhalten, über den Tisch zu springen und Sloane die Kehle zuzudrücken. »Nach allem, was ich für Sie getan habe, nach all unseren Geschäften, selbst nachdem ich Ihre Schwester geheiratet habe, besitzen Sie die gottverdammte Frechheit, mir ins Gesicht zu lügen.«

»Nennen Sie mich etwa einen Lügner?« Sloanes Kiefer verhärtete sich, und Emmett war die Wut willkommen. Wenn er Sloane aus der Fassung bringen konnte, würde er bereitwilliger zugeben, was er getan hatte.

»Verdammt richtig. Haben Sie wirklich geglaubt, jemand könnte mehr als ein Viertel meiner Aktien kaufen, ohne dass ich Himmel und Erde in Bewegung setze, um herauszufinden, wer?«

Sloane starrte Emmett einen Moment lang an. »Welchen Unterschied macht es schon, wenn alles in der Familie bleibt?«

»Was zum Teufel soll das heißen?«

»Das heißt, dass ich Ihre Aktien nicht gekauft habe.« Emmett wollte widersprechen, doch Sloane hob eine Hand. »Sie vergessen, dass ich nicht mehr der einzige Sloane bin, der an der Börse agiert – wie jeder inzwischen weiß, dank dieser verdammten Karikatur.«

Emmett versteifte sich, und der Schock raubte ihm den Atem. Elizabeth? Warum sollte seine Frau East-Coast-Steel-Aktien kaufen? Und mit welchem Geld? »Wollen Sie damit sagen, meine Frau hat diese Aktien gekauft?«

»Das muss sie wohl. Wer sonst?«

Sloane könnte die Wahrheit sagen ... Oder er könnte lügen. Emmett konnte es nicht sagen. Sloane hatte Emmett nur zu der Hochzeit gedrängt, um damit seine kostbare Schwester zu retten. Die Familie stand stets an erster Stelle – solange diese Familie von reiner niederländischer Abstammung war. Sloane machte kein Geheimnis aus seiner Abneigung gegen Emmett, aus seiner Meinung, seine Schwester sei zu gut für einen Mann, der in den Slums groß geworden war. Wie weit genau würde Sloane in diesem Hass gehen?

Und würde Elizabeth ihm helfen?

Dunkle Gedanken von Misstrauen und Argwohn wanden sich durch Emmetts Eingeweide, um ihm die Brust zuzuschnüren. Seine Frau war so aufmerksam gewesen, so empfänglich. Es war fast schon zu schön, um wahr zu sein gewesen – und vielleicht war es das auch. Hielt sie ihn zum Narren, während sie die ganze Zeit über hinter seinem Rücken Ränke schmiedete?

Elizabeth ist deine Frau. Warum sollte sie dich ruinieren wollen?

Weil sie ihn von vornherein nie hatte heiraten wollen. Weil sie auf eine Annullierung gedrängt hatte, selbst nachdem die Hochzeit stattgefunden hatte. Weil ihr Interesse an ihm von Anfang an rein finanzieller Natur gewesen war. Vielleicht hatte sie ihre Meinung bezüglich all dieser Dinge nie geändert.

Du hattest nie die geringste Chance, sie halten zu können.

Emmett richtete sich auf und holte tief Luft. Er hatte sich gewiss schon Schlimmerem gegenübergesehen und es überlebt. Er würde auch das hier überleben. Und er würde es nicht zulassen, dass ausgerechnet Will Sloane Zeuge wurde, wenn er sich wegen irgendetwas Sorgen machte.

»Sie können versichert sein, dass ich sie fragen werde, Sloane.

Denn falls ich herausfinde, dass Sie beide –«, Emmett verbiss sich die Worte, weil er zu wütend war, um sie auszusprechen.

»Dass wir beide was? Uns gegen Sie verschworen haben?« Sloane warf den Kopf in den Nacken und lachte, und Emmett sträubten sich die Nackenhaare. »Gott, Sie haben ja Wahnvorstellungen.«

Doch Emmett fiel auf, dass er es nicht abstritt. Und es war auch nicht so abwegig anzunehmen, dass Sloane und er gegeneinander konspirierten, wenn man bedachte, dass Emmett seit Wochen genau das tat. Und ohne Sloanes Wissen hatte Elizabeth Emmett dabei geholfen, die Schwachstelle der Eisenbahngesellschaft zu finden, als sie während des Schneesturms die Aktientransaktionen überprüft hatte.

»Gott, Sie glauben das wirklich, nicht wahr?«, sagte Sloane gerade. »Warum sollte Lizzie Ihrem Unternehmen schaden wollen?«

»Sie hat uns bei der Hochzeit belauscht. Sie weiß über die Erpressung Bescheid.«

»Das hat sie mir gesagt. Aber selbst wenn sie immer noch wütend über die Umstände Ihrer Hochzeit wäre, würde sie deshalb keinen Groll hegen oder etwas so Rachsüchtiges tun.«

Die Elizabeth der letzten paar Tage würde das nicht, aber waren nicht alle Frauen gerissene Schauspielerinnen? Genau aus diesem Grund hatte er die Gesellschaft von Damen der Bühne gesucht; wenigstens *wusste* man da, dass man angelogen wurde.

Aber wer auch immer das getan hatte, wer auch immer die East-Coast-Aktien gekauft hatte, hatte sie sich geschnappt, noch bevor Emmetts eigene Börsenmakler sich von dem Schock erholen konnten. Beinahe als hätte diese Person auf diese Möglichkeit gewartet. Als wäre sie darauf vorbereitet gewesen.

Und das wiederum deutete auf Sloane hin, der im Hintergrund gelauert hatte, bereit zuzuschlagen.

»Keine Sorge«, sagte Emmett dem anderen Mann. »Ich werde herausfinden, was passiert ist. Und Sie beten besser zu Gott, dass Sie nicht gelogen haben, als Sie sagten, dass Sie nichts damit zu tun haben.«

»Eine Drohung. Wie vorhersehbar von Ihnen. Werden Sie mir Kelly schicken, um mich zu vermöbeln, wenn ich mich weigere, brav nach den Regeln zu spielen?« Der selbstgefällige Bastard grinste süffisant, und Emmett musste sich erneut zurückhalten.

Stattdessen fuhr er auf dem Absatz herum und ging zur Tür. »Das ist keine Drohung. Und lassen Sie mich Ihnen einen Rat geben.« Mit der Hand auf dem Türknauf warf er einen bedeutungsvollen Blick über die Schulter. »Machen Sie es sich in Ihrem Sessel nicht zu gemütlich.«

Lizzie schreckte aus dem Schlaf hoch. Ein Geräusch hatte sie geweckt. Sie wartete, in der Hoffnung, es noch einmal zu hören. War es aus Emmetts Räumen gekommen?

Als sie zu Bett gegangen war, war Emmett noch unterwegs gewesen. Graham zufolge war Emmett am Nachmittag fortgegangen, kurz nachdem sie selbst das Haus verlassen hatte, und war noch nicht wieder zurückgekehrt. Also hatte sie mit Brendan und den Mädchen zu Abend gegessen und versucht, sich keine Sorgen um ihren Mann zu machen. Er war seit dem Schneesturm nicht mehr fort gewesen, sondern hatte es stattdessen vorgezogen, von seinem Arbeitszimmer aus zu arbeiten, aber er war ein wichtiger, vielbeschäftigter Mann. Natürlich würde er irgendwann das Haus verlassen müssen.

Diese Erkenntnis hatte sie jedoch nicht davon abgehalten, ihn zu vermissen.

Inzwischen war sie hellwach und beschloss nachzusehen, ob Emmett zu Hause war. Sie kroch unter ihren Satinlaken hervor und tappte barfüßig zur angrenzenden Tür. Als auf ihr Klopfen keine Antwort folgte, öffnete sie die Tür einen Spalt, um hineinzusehen. Der Geruch einer brennenden Zigarre stieg ihr in die Nase. Angestrengt spähte sie in die Dunkelheit, bis sie ihn entdeckte, eine einsame, dunkle Gestalt, reglos, in einem Sessel am Fenster. Beim Klang ihres Eintretens drehte er sich nicht um, und Besorgnis keimte in ihrem Bauch auf. »Emmett?« Ihre Füße führten sie tiefer in sein Schlafzimmer, der Teppich fühlte sich weich zwischen ihren Zehen an. »Du bist zu Hause.«

»Ja.« Er paffte an seiner Zigarre, als trotzte er der gesellschaftlichen Regel, die besagte, dass er sie in ihrer Gegenwart eigentlich ausmachen sollte.

Sie wartete, dass er noch etwas sagte, aber er konzentrierte sich weiter auf das Fenster. »Wie lange bist du schon hier? Ich dachte, du würdest …« Hitze stieg ihr in die Wangen, aber sie zwang die Worte heraus. »Ich dachte, du würdest zu mir kommen.«

»Hast mich vermisst, was?« Da lag etwas Unangenehmes in seinem Tonfall, es klang beinahe wie Spott, und sie runzelte die Stirn.

»Ist etwas nicht in Ordnung?«

Die harten Konturen seines Gesichts lagen im Schatten, wodurch sie seine Augen nicht deutlich erkennen konnte. Aber sie spürte, wie er sie musterte, die kalte Berechnung, mit der er sie abschätzte. Es sandte ihr einen Schauer über den Rücken. Was war heute passiert?

Oh, seine Aktien. Vielleicht machte er sich Sorgen wegen der Gerüchte, die in Umlauf waren. »Emmett –«

»Ich versuche, die beste Möglichkeit zu finden, dich zu fragen, aber mir fällt nichts anderes ein als eine unverblümte Herangehensweise.«

»Mich was zu fragen?«

»Hast du heute fast dreißig Prozent der Anteile von East Coast Steel gekauft?«

»Ja, das habe ich.«

Er schloss kurz die Augen, wie um die Information in sich aufzunehmen. »Also hast du, während du in meinem Bett warst und mich mit deinem köstlichen Körper abgelenkt hast, Anteile meines Unternehmens im Wert von mehreren zehntausend Dollar gekauft. Mit welchem Geld?«

Ihn abgelenkt? »Ich habe all meine diversen anderen Aktien verkauft, und ich hatte noch etwas Geld von unserer Wette übrig. Außerdem hatte Mr. Harpers Bank mir Kredit angeboten, falls nötig. Wirklich, Emmett, worum geht es hier?«

»Warum solltest du meine Aktien kaufen?«

»Um sicherzustellen, dass niemand sonst es kann.« Warum fühlte sich das hier wie eine Anklage und nicht wie Dankbarkeit an? Sie verschränkte die Arme vor der Brust. »Als du und ich geheiratet haben, gab ich Robbie den Auftrag, East Coast Steel ebenso zu beobachten wie die Aktien von Northeast Railroad. Falls die Kurse je abstürzen sollten, sollte er so viele wie möglich davon aufkaufen, bevor es ein anderer tut.«

»Robbie. Das war dein und Robbies Werk? Niemand sonst war daran beteiligt?«

»Wer genau sollte sonst daran beteiligt sein?«

Emmetts Miene war eine kühle Maske. Er paffte ein weiteres Mal an seiner Zigarre und blies langsam den Rauch aus. Sie konnte den Blick kaum von seinem Mund losreißen, von der Verlockung seiner vollen Lippen. Was diese Lippen mit ihrem Körper getan hatten ...

Aber nun war da keine Wärme. Kein neckendes Lächeln. Nur kaltes, ausdrucksloses Misstrauen. »Solltest du mir nicht danken?«, fragte sie ihn.

»Wenn jemand versucht, mich aufzukaufen und zu ruinieren, ist das nicht gerade ein Anlass für Dankbarkeit.«

»Dich zu ruinieren?« Schockiert versteifte sich jeder ihrer Muskeln. »Ich habe nicht versucht, dich zu ruinieren. Ich habe dich *gerettet*. Jemand hat dieses Gerücht über die Ermittlungen in die Welt gesetzt, aber das war nicht ich.« Sie konnte seine Gedankengänge kaum nachvollziehen, so verrückt waren sie. Gott, dachte er wirklich, sie wäre zu so etwas fähig?

»Ich war heute bei deinem Bruder.«

Er ließ diese Feststellung im Raum stehen, also fragte Lizzie: »Warum?« Dann hörte ihr Verstand auf zu wirbeln, und sie kam zu der Antwort. *Niemand sonst war daran beteiligt?* Er hatte diese Frage gestellt, weil er glaubte, Will habe dabei auch eine Rolle gespielt. Dass sie und ihr Bruder gemeinsame Sache gemacht hatten, um Emmetts Firma zu übernehmen.

»Ich finde, es trifft sich gut«, fuhr Emmett fort, »dass dieses Gerücht unmittelbar nach dem Schneesturm, nachdem ich schließlich mit dir geschlafen habe, in Umlauf kam. Hat dein Bruder dich gebeten, mich zu beschäftigen? Zu allem bereit zu sein, worum ich dich bitte, nur damit ich alles andere für eine weitere Runde zwischen deinen sinnlichen Schenkeln ignoriere?«

Ein Gewicht legte sich schwer auf ihre Brust und erstickte sie, als das junge, zarte Band zwischen ihr und Emmett zerriss. Zerstört von seinem Misstrauen.

Liebe war wie Aktien, erkannte Lizzie. Man setzte darauf, dass sie sich auf lange Sicht auszahlte – aber sie konnte einen ebenso leicht alles kosten.

Ihr stiegen Tränen in die Augen, aber sie drängte sie zurück. Sog Luft in ihre Lunge. »Glaubst du wirklich, ich würde bei so einem schändlichen Komplott mitmachen? Dass ich, als deine Frau, versuchen würde, dir deine Firma wegzunehmen – ob mein Bruder das will oder nicht?«

»Als ob du das könntest«, schleuderte er zurück. Seine Lippen verzogen sich spöttisch. »Du solltest wissen, dass das nie passieren könnte. Sag deinem Bruder, er wird nie die Aktienmehrheit bekommen – und selbst wenn, würde der Verwaltungsrat niemals auf jemand anderen hören als mich.«

Sie starrte ihn an, diesen völlig Fremden, der zufällig ihr Ehemann war. Genau deshalb hatte sie ihn nie heiraten wollen. Gab es denn zwischen ihnen keinerlei Vertrauen? Offensichtlich hatte Emmett sich bereits entschieden, er hatte Lizzies Erklärung abgetan und sie verurteilt.

Der Verrat und diese unverzeihliche Anschuldigung trafen sie tief. Selbst wenn er zugab, sich geirrt zu haben, würde das hier immer zwischen ihnen stehen. Dass er auch nur einen Augenblick lang in Betracht zog, dass sie sich an etwas so Schrecklichem beteiligen würde, war untragbar.

Doch obwohl ihr Herz in Stücke brach, hatte sie auch Mitleid für ihren Mann. So hart, so zynisch zu sein, verdiente ihrer Meinung nach Mitleid. Ja, seine Jugend war tragisch, aber im Leben ging es nicht um die Vergangenheit. Man musste nach vorne sehen, in die Zukunft, ob es einem gefiel oder nicht. Und stets das Schlechteste von den Menschen um einen herum anzunehmen, musste anstrengend sein.

»Du irrst dich, und du wirst noch alles bereuen, was du heute Abend gesagt hast«, erwiderte sie, ein beschämendes Beben in der Stimme. »Irgendwann in deinem Leben, Emmett, musst du jemandem vertrauen. Daran glauben, dass dieser Mensch dich vielleicht gernhat und dich nicht zerstören will. Alles, was ich weiß, ist, dass ich dieser Mensch nicht mehr sein werde.«

KAPITEL SIEBZEHN

Ein Gentleman sollte eine Dame nicht
auf respektlose Weise ansprechen.
AMERICAN ETIQUETTE AND RULES OF POLITENESS, 1883

Als die Morgendämmerung über dem East River hereinbrach, saß Emmett bereits seit mehreren Stunden an seinem Schreibtisch und arbeitete. Mit Zigarren und rechtschaffenem Zorn als Treibstoff hatte er sich durch Verträge, Finanzberichte, Geschäftsbriefe und Zeitungen gearbeitet. Alles, was er seit dem Schneesturm aufgeschoben hatte.

Man sollte nie die Arbeit aus dem Blick verlieren. Diese Lektion hatte er in den letzten Tagen vergessen. Ein Fehler, den er nicht noch einmal machen würde.

Die Tür öffnete sich, und Kelly schlenderte herein, eine Porzellantasse in den großen Händen. Emmett schenkte ihm keine Beachtung, sondern fuhr damit fort, seinen Brief an die Investoren von East Coast Steel zu schreiben – eine Versicherung, dass es keine laufenden Ermittlungen oder kriminelle

Aktivitäten gab, derentwegen man sich Sorgen machen müsste.

Kelly ließ sich in den Sessel vor dem Schreibtisch fallen und schlürfte seinen Kaffee. Die Stille dehnte sich aus, und Emmett konnte spüren, wie sich Kellys Missbilligung auf ihn herabsenkte wie der Dampf im türkischen Bad. Und diese Erinnerung trug wenig dazu bei, seine Stimmung zu versüßen.

»Was?«, schnauzte Emmett schließlich. »Was auch immer du zu sagen hast, spuck's verdammt nochmal aus.«

Colin wählte genau diesen Moment, um zur Arbeit zu kommen, und betrat den großen Raum. »Kommen Sie in fünfzehn Minuten wieder«, brüllte Emmett. Colin riss die Augen hinter seinen Brillengläsern auf und trat hastig den Rückzug an.

»Ich schätze, ich brauche dich nicht zu fragen, wie dein Abend gelaufen ist«, meinte Kelly gedehnt, als sich die Tür wieder geschlossen hatte. »Wie lange bist du schon am Arbeiten? Seit dem Morgengrauen?«

Emmett antwortete nicht, weil Kelly kein Mitleid empfinden würde. Er hatte Emmett gesagt, er solle Elizabeth mit Nachsicht behandeln, sie anhören. Keine voreiligen Schlüsse ziehen. Soweit es Emmett betraf, hatte er den einzigen Schluss gezogen, der möglich war.

»Du hast dich geirrt«, sagte er zu Kelly. »Sie hat es gestanden.«

Kelly klappte die breite Kinnlade herunter. »Dass sie mit Sloane gemeinsame Sache gemacht hat?«

»Nein. Das hat sie geleugnet. Sie hat zugegeben, die Aktien gekauft zu haben. Sagte, um mich zu beschützen, um zu verhindern, dass jemand anders sie kauft.«

»Na bitte.« Kelly nickte, als löste sich durch diese Erklärung alles in eitel Wohlgefallen auf. »Das ist wohl kaum ein Verbrechen. Regelrecht rücksichtsvoll, wenn du mich fragst.«

»Dich hat aber keiner gefragt«, schoss Emmett zurück. »Und ich hätte es nicht zu dem gebracht, was ich heute bin, wenn ich nicht auf mein Bauchgefühl vertraut hätte – und mein Bauchgefühl sagt mir, dass sie und ihr Bruder in der Sache zusammengearbeitet haben.«

»Und ich denke, der Gin ist dir letztendlich zu Kopf gestiegen, Bish.« Kelly tippte sich mit zwei Fingern an die Schläfe. »Diese Frau betet dich an, oder zumindest hat sie das getan, bis du es verbockt hast. Sie würde so was, wie du es ihr zutraust, nie tun.«

»Jeder ist zu Verrat und Grausamkeit fähig, wenn er dazu gedrängt wird, Kelly. Gerade wir sollten das doch wissen.«

»Das mag stimmen, aber deine Frau ist anders. Sie ist loyal. Und ehrlich. Wie viele Frauen hätten dein Bett gemieden, nur damit sie nicht lügen müssten, um eine Annullierung zu bekommen?«

»Und sieh nur, was passiert ist, als das nicht funktioniert hat.«

Kelly schüttelte den Kopf. »Da gibt es ein größeres Problem, dem du dich einfach nicht stellen willst.«

Emmett seufzte. »Und das wäre?«

»Jemand hat dieses Gerücht über die Ermittlungen in die Welt gesetzt. Und das waren weder Sloane noch deine Frau. Also, wer war es?«

»Ich denke, du irrst dich, aber ich schätze, die Zeit wird es zeigen.«

Der andere Mann nippte an seinem Kaffee, setzte die Tasse wieder auf die Untertasse und stellte dann beides auf Emmetts

Schreibtisch. »Also, was wirst du tun, um ihre Schuld zu beweisen?«

Emmett rieb sich mit den Handballen die Augen. In all der Wut und Verletztheit der letzten Nacht war er nicht so weit gekommen. Törichterweise hatte er geglaubt, sie würde ihre Missetat gestehen, woraufhin er sie hinauswerfen und sich dann von ihr scheiden lassen konnte. Herrgott.

»Lass sie beschatten«, sagte er unvermittelt. »Beauftrage Sheridan damit. Wann immer sie das Haus verlässt, will ich wissen, wohin sie geht und mit wem sie sich trifft.«

Kellys Kiefer mahlte hin und her, ein Zeichen, dass er sich bemühte, seine Verärgerung in Zaum zu halten. »Das ist der verflucht noch mal dümmste –«

Emmett schlug mit der Hand auf den Tisch, dass es von den Wänden widerhallte. »Tu, was ich dir sage, sonst mache ich es selbst – nachdem ich dich aus dem gottverdammten Haus geworfen habe!«

Die beiden starrten sich an, die Blicke in stummem Kräftemessen ineinander gebohrt. Emmett wusste, dass Kelly nicht seiner Meinung war, dass er besser von Elizabeth dachte ... und das war Emmett egal. Das Problem würde auf seine Weise geregelt werden – nicht auf Kellys. Seine Muskeln spannten sich an. »Kümmere dich darum, Kelly«, stieß er zwischen zusammengebissenen Zähnen hervor.

Kelly erhob sich langsam. Mit übertriebenem Schwung verbeugte er sich. »Natürlich, Euer Hoheit.« Er schlug die Hacken zusammen und marschierte zur Tür. »Hab sie sagen hören, dass sie Edith Rutlidge besuchen will. Willst du, dass ich ihr dorthin folge?«

Wo Henry Rutlidge zufällig ebenfalls wohnte. Das hatte ja

nicht lange gedauert. Zweifellos würde sie sich an der Schulter ihres ehemaligen Verehrers ausweinen, umgeben von ihren hochwohlgeborenen Freunden.

»Ja«, knurrte er. »Bleib heute Vormittag an ihr dran, dann beauftragst du heute Nachmittag Sheridan damit. Und schick Colin herein – es ist höchste Zeit, an die Arbeit zu gehen.«

Lizzie betrachtete die fröhlich gekleidete Menge, die sich im elegant eingerichteten Salon der Rutlidges versammelt hatte, eine Gruppe von Menschen, die sie schon von Geburt an kannte. Eine vertraute Umgebung, dennoch hatte sie sich nie einsamer oder isolierter gefühlt. Um die Wahrheit zu sagen hatte sie in der New Yorker Gesellschaft noch nie dazugepasst. Die Dinge, die sie wollte, waren für Frauen ihres Standes unerhört – eine Karriere, Unabhängigkeit –, und je älter sie wurde, desto weniger kümmerte es sie, ihr wahres Selbst zu verheimlichen.

Der heutige Schmerz hatte allerdings wenig mit den Einschränkungen der Gesellschaft zu tun. Das Herz tat ihr weh, und das Gewicht von Emmetts Anschuldigungen erfüllte sie mit Kummer. Wie konnte er nur das Schlimmste von ihr annehmen?

Weil er das schon immer getan hat, schon seit dem Moment, als ihr euch begegnet seid.

Ganz gleich, wie nah sie sich seit dem Schneesturm gekommen waren, Emmett vertraute ihr nicht. Was konnte sie denn noch tun? Sie hatte sich diesem Mann geschenkt, sogar eingestanden, dass sie nicht länger vorhatte, eine Annullierung zu erwirken, und was hatte ihr all das eingebracht? Gewiss nicht sein Vertrauen oder seine Liebe.

Was bedeutete, dass sie gar nichts hatte.

Unsicher sog sie den Atem ein. Ein Teil von ihr wollte bleiben und kämpfen, Emmett beweisen, dass er sich in ihr täuschte, wenn auch nur, um sein Gesicht zu sehen, wenn er die Wahrheit erfuhr. Schließlich war er an jenem Abend ins Sherry's gekommen, um sich mit ihr zu treffen und hatte ein Séparée für sie reserviert. Damals hatte er sie gewollt. Es musste einen Teil von ihm geben, der sie gernhatte, der eines Tages lernen könnte, sie zu lieben. Sie so sehr zu lieben, wie sie ihn liebte.

Der andere Teil von ihr wollte ihm ihren Hochzeitsring ins Gesicht schleudern, gehen und nie mehr zurückblicken. Denn selbst wenn sie blieb, wie könnte sie ihm je verzeihen?

Edith erschien und hakte sich bei Lizzie unter. »Es ist absolut ungerecht, dass du sogar mit gebrochenem Herzen noch so schön bist.«

Lizzie hatte ihrer Freundin vorhin bereits die ganze traurige Geschichte gestanden. Natürlich war Edith außer sich gewesen, bereit, sich an Lizzies Stelle mit Emmett anzulegen. Der gesunde Menschenverstand hatte allerdings gesiegt, und sie hatten beschlossen, Lizzies Kummer stattdessen mit Kuchen zu ertränken.

Lizzie versuchte sich an einem Lächeln. »Entschuldige. Ich ruiniere deine Party.«

»Oh, hör schon auf. Das letzte, was du gebrauchen kannst, ist es, dich in dieser Monstrosität von einem Haus zu verkriechen. Du musst von Menschen umgeben sein, die dich lieben, die dich verstehen.«

Die Andeutung war klar: Emmett war keiner ›von ihresgleichen‹, und diese Vorstellung wurmte sie. Lizzie war es leid, zu hören, was man tun sollte oder nicht, als minderwertig beurteilt zu werden, nur weil man eine andere Abstammung hatte. Unter seiner schroffen Schale war Emmett ein guter Mann – ein guter, fehlgeleiteter, zynischer, völlig falschliegender Mann.

»Ich bin mir nicht sicher, ob das stimmt, aber ich wollte dich nicht enttäuschen«, erwiderte sie.

»Sei nicht albern, natürlich ist es das, was du brauchst. Heute Abend wollen wir diese dumme Karikatur und deinen Mann vergessen. Lass uns stattdessen Spaß haben.«

Lizzie nippte an ihrem Champagner und wünschte sich, dass das so einfach wäre. Wie konnte sie einen Mann vergessen, der sie so tief berührt hatte, als wäre er zu einem Teil von ihr geworden?

Ediths Bruder Henry kam näher, ein Whiskeyglas aus Kristall lässig in der Hand. Er sah elegant aus in seinem Abendanzug, jedes Haar an seinem Platz, obwohl seine Augen eine andere Sprache sprachen. Sie waren rot gerändert, als hätte er ununterbrochen getrunken. »Guten Abend, Lizzie.«

»Henry«, begrüßte sie ihn mit aufrichtiger Zuneigung. Er war ihr in Newport aus dem Weg gegangen und hatte sich geweigert, an ihrer Hochzeitsfeier teilzunehmen. Sie war besorgt gewesen, dass der heutige Abend unangenehm werden würde, deshalb freute es sie, dass er sich bemühte, ihre Freundschaft aufrechtzuerhalten. »Wie geht es dir?«

Edith entschuldigte sich, und Henry nahm stattdessen Lizzies Arm. »Gehst du ein Stück mit mir?« Ohne auf eine Antwort zu warten, führte er sie ans gegenüberliegende Ende des Salons. Er lehnte sich an die Wand und nahm einen großen Schluck von seinem Drink. »Du siehst wunderschön aus.«

»Danke.« Das cremefarbene Satinkleid von Worth war für ihre nie genutzte Flitterwochenausstattung gekauft worden, und Lizzie liebte es. Rosen aus schwarzen Saatperlchen schmückten das mit Fischbein verstärkte Oberteil, und noch mehr Rosen zierten die Vorderseite des bodenlangen Rocks. Über der Tournüre bauschte sich schlichter Satin und fiel dann zu einer einfachen Schleppe herab.

»Ich hörte, in Schloss Cavanaugh steht nicht alles zum Besten.«

Sie versteifte sich. Hatte irgendjemand Henry von Lizzies ehelichem Zerwürfnis erzählt? Edith würde das niemals wagen. »Ich bin mir nicht sicher, ob ich weiß, was du meinst.«

Seine Mundwinkel hoben sich leicht. »Komm schon, Lizzie. Ich weiß das von seinen Aktien. Jeder weiß es, um genau zu sein. Hässliches Gerücht, das diese Talfahrt ausgelöst hat. Was ich mir nicht zusammenreimen konnte, ist, wer die Aktien erworben hat. Sie wurden so schnell aufgekauft, wie sie verkauft wurden.«

Lizzie entspannte sich, dankbar dafür, dass es keine persönliche Bemerkung gewesen und Robbie offenbar diskret geblieben war. Der junge Aktienhändler hatte geschworen, keine Informationen über ihre Verkäufe oder Kunden an andere preiszugeben. Auch wenn Emmett irgendwie in Erfahrung gebracht hatte, wer der Käufer seiner Aktien war, würde es wahrscheinlich sonst niemand tun.

Sie zog eine Schulter hoch und behielt eine ruhige Miene. »Ich habe keine Ahnung, aber mein Mann war nicht übermäßig besorgt.«

»Nicht besorgt? Jemand hat ein Viertel seiner Firma aufgekauft, und er war nicht besorgt? Dann wäre er ein Narr.«

Ja, Emmett war ein Narr – aber nicht wegen seiner Sorgen um East Coast Steel. Und ihr stand nicht der Sinn danach, gerade jetzt ein so sensibles Thema zu diskutieren. »Das kann ich nicht sagen. Wenn du mich bitte entschuldigen würdest.« Sie machte Anstalten, an Henry vorbeizutreten, doch er streckte eine Hand aus, um sie aufzuhalten.

»Warte, geh nicht«, stieß er leise hervor. »Verdammt, Lizzie. Ich muss mit dir reden, jetzt wo ich dich endlich alleine erwischt habe.«

Sie entwand sich seinem Griff. »Was ist los, Henry?«

Er trat einen kühnen Schritt näher. »Ich will dich immer noch. Ich liebe dich, ganz egal, mit wem du verheiratet bist.«

Lizzie erstarrte angesichts der blanken Unverfrorenheit, der völligen Unangemessenheit ... Als sie nicht sofort auf Abstand ging, platzte Henry heraus: »Ich kann dich glücklich machen. Es ist offensichtlich, dass du leidest. Ich wusste es schon in Newport, und jetzt bin ich von deinem Kummer noch überzeugter. Du hast etwas Besseres verdient als Cavanaugh.«

Sie litt tatsächlich, aber ihre Gefühle waren ganz allein ihre Angelegenheit. Dass Henry ein solches Thema auch nur ansprach – noch dazu in halböffentlicher Gesellschaft –, machte sie wütend. »Meine Ehe geht dich nichts an, und auch sonst niemanden. Meine Loyalität gilt meinem Ehemann. Falls du etwas anderes gedacht hast, dann hast du dich geirrt.«

»Kümmert es dich überhaupt, was man über dich sagt? Über diese Wertpapierfirma, die du eröffnest?« Er sprach das Wort ›Wertpapierfirma‹ mit dem gleich Maß an Verachtung aus, wie man ›Bordell im Tenderloin-District‹ sagen würde.

»Henry –«

»Man sagt, du wirst gewöhnlich, Lizzie, nur eine gewöhnliche Arbeiterin, deren Hände genauso schmutzig sind wie die ihres Mannes.«

Ihre Muskeln zitterten vor Schock und Empörung, eine schnelle und heftige Reaktion. Zweifellos würden die Worte Emmett nicht stören, aber sie konnte nicht anders, als ihn zu verteidigen. »Alles, was mein Mann besitzt, hat er durch harte Arbeit und Wagemut erreicht. Wenn du denkst, mich mit ihm zu vergleichen wäre beleidigend, dann könntest du nicht falscher liegen.«

Henrys Mund zuckte. Wut und das Gefühl der Niederlage verzerrten sein jungenhaftes Gesicht. »Hast du nicht bemerkt, dass Mrs. Van de Berg und die anderen Matronen dich heute Abend meiden? Wie sie dir den Rücken zugekehrt haben, anstatt dich zu begrüßen?« Er deutete zur anderen Seite des Raums, wo eine Gruppe aus drei älteren Frauen flüsternd beieinanderstand. Lizzie hatte die kränkende Missachtung tatsächlich nicht bemerkt, da an diesen Abend der Kummer ihre Wahrnehmung getrübt hatte.

»Diese Karikatur hat dich zu einer Witzfigur gemacht. Sie zerreißen sich schon den ganzen Abend das Maul über dich und deinen Mann. Fragen sich, wie die mächtigen Sloanes so tief sinken konnten, ihren ganzen Stolz in die Hände eines ungehobelten Barbaren wie –«

»Genug«, schnitt Lizzie ihm zischend das Wort ab. »Ich werde nicht hier stehen und erlauben, dass du mich oder meinen Ehemann beleidigst.«

Du bist kein Feigling, und du besitzt zwei Dinge, die die Gesellschaft nie begreifen wird: Intelligenz und Talent.

Emmetts Worte stärkten ihr Selbstvertrauen, und leidenschaftlich sprudelten die Worte aus ihrem Mund. »Ich bin es leid, mich darum zu scheren, was die Leute über mich sagen. Zuerst haben sie mich kritisiert, weil ich während meines Debüts nicht sittsam genug war, dann haben sie sich beschwert, weil ich kein Interesse an der Ehe hatte. Ich habe den unverzeihlichen Fehler begangen, meine Kleider nicht eine Saison lang ruhen zu lassen, bevor ich sie trage. Oh, und wie konnte ich es nur wagen, das Hayes-Mädchen nicht zu schneiden, als alle anderen es getan haben? Ich habe mir auf Schritt und Tritt Tadel eingehandelt, und ich habe es satt. Von jetzt an werde ich mein Leben für niemand anderen leben als für mich.«

Lizzie kehrte seiner verblüfften Miene den Rücken, stellte ihr Champagnerglas auf einen Beistelltisch und marschierte zur anderen Seite des Raumes. *Wenn sie schon einmal hier war, konnte sie ihren Entschluss gleich in die Tat umsetzen.* »Meine Damen«, grüßte sie mit fester, entschlossener Stimme.

Überrascht von Lizzies plötzlichem Auftauchen fuhren Mrs. Van de Berg und die beiden anderen Damen herum. »Oh, Mrs. Cavanaugh«, sagte Mrs. Van de Berg gedehnt. »Wie reizend, Sie heute Abend zu sehen. Und wo ist Ihr Gatte?« Sie sah sich dramatisch um. »Hat er Sie begleitet?«

Falls die Bemerkung sie aus dem Konzept bringen sollte, hatte das keinen Erfolg. Lizzie war auf jede Beleidigung vorbereitet, die diese Damen ihr entgegenschleudern konnten. »Das hat er nicht, da er sich heute Abend um andere Angelegenheiten kümmern muss.«

Die Matronen nickten mitfühlend. »Ja, wir haben gehört, wie lange er immer arbeitet. Das muss ziemlich ermüdend für Sie sein, einen Mann zu haben, der so besessen vom Geschäft ist – oh, aber Sie sind ja auch geschäftstüchtig, wie es scheint.

Vielleicht sind Sie beide kein so ungleiches Paar, wie wir befürchtet hatten.«

Ein nicht gerade verhohlener Seitenhieb auf die Umstände von Emmetts Geburt, dass er nicht das müßige Leben eines anständigen Gentlemans führte, und auf Lizzies skandalöse Ambitionen. Aber Lizzie navigierte schon ihr ganzes Leben lang in diesen Gewässern, und sie hatte nicht die Absicht, die Ruder jetzt über Bord zu werfen. Schließlich gaben Sloanes niemals auf.

»Ja, ich habe meine eigene Wertpapierfirma gegründet. Ich hoffe wirklich, dadurch weniger wohlhabenden Damen helfen zu können, fürs Alter vorzusorgen. Stellen Sie sich nur vor, wenn sich die Umstände ein wenig anders verhielten, wie hart diese Zeiten für Sie wären.«

Drei Münder kniffen sich bei der Erwähnung ihres fortgeschrittenen Alters zu dünnen, empörten Strichen zusammen, und Lizzie genoss einen Moment des Hochgefühls, bevor sie fortfuhr. »In diesem Sinne, falls eine von Ihnen sich entschließen sollte, ihr Taschengeld verdoppeln zu wollen, wenden Sie sich bitte an mich.«

Mit diesen Worten entschuldigte sie sich, und eine eigenartige Euphorie durchströmte sie. Es war, als wäre ihr eine Last von den Schultern genommen worden, eine, die sie seit einundzwanzig Jahren mit sich herumtrug. Sie würde es tun. Sie würde die Wertpapierfirma in ihrem eigenen Namen führen, zur Hölle mit den Klatschmäulern. Warum sollte man sich über die Zukunft Sorgen machen, wenn man stattdessen auf sie spekulieren konnte?

Sie fand Edith und nahm ihre Freundin beiseite. »Es tut mir leid, aber ich kann nicht zum Abendessen bleiben.« Edith wollte protestieren, deshalb beugte Lizzie sich vor, um sie auf die Wange zu küssen. »Alles Gute zum Geburtstag, Liebes.« Sie rauschte aus dem Zimmer, entschlossen, aber keineswegs beschämt flüchtend.

Als sie ihre Sachen nahm, fühlte sie sich erschöpft von dem plötzlichen Stimmungsumschwung. Sie freute sich auf ein heißes Bad in der Wanne. Oder vielleicht würde sie dem türkischen Bad einen Besuch abstatten. In Gedanken versunken ging sie die Stufen zur Kutsche der Cavanaughs hinunter – doch eine Hand, die auf ihrer Schulter landete, ließ sie aufschrecken.

»Lizzie, warte«, sagte Henry leicht außer Atem, als er an ihre Seite kam. »Bitte, geh nicht verärgert fort.« Er nahm ihren Ellbogen und führte sie die restlichen Stufen hinunter. »Ich musste dich wissen lassen, was ich empfinde.«

»Warum hast du mir dann von diesen Gefühlen nicht schon vor Ewigkeiten erzählt, Henry? Alle haben angenommen, dass es zwischen dir und mir ernst wäre, aber du hast deine Absichten nie deutlich gemacht. Jetzt, wo ich mit einem anderen verheiratet bin, soll ich glauben, dass du mich liebst?«

»Ja! Ich liebe dich. Das tue ich schon von dem Moment an, als wir uns zum ersten Mal begegnet sind.«

Er klang aufrichtig, und sie konnte ihn nur anstarren. Henry war perfekt – gutaussehend, reich, aus ähnlichen Verhältnissen wie sie –, also sollte sie eigentlich wahnsinnig verliebt in ihn sein. Dennoch hatte sie nie stärkere Gefühle als Freundschaft für ihn empfunden. Kein heißes Rauschen in ihrem Blut oder alles verzehrendes Verlangen, in seiner Nähe zu sein, nicht so wie bei Emmett. Ihre Gefühle für Emmett waren so stark, so gewaltig, dass es sich anfühlte, als könnte ihre Haut ihnen kaum standhalten.

»Du warst nie der Richtige für mich, Henry, und ich bin nicht die richtige Frau für dich. Irgendwo tief in dir weißt du das auch.«

Sie standen nun bei ihrer Kutsche, und der Kutscher wartete in ein paar Schritten Entfernung. »Nein.« Henry ergriff ihren Unterarm, um seinen Worten Nachdruck zu verleihen. »Du warst immer die richtige Frau für mich. Ich hatte nur angenommen, mehr Zeit zu haben. Dann drehe ich mich eines Tages um, und du heiratest Emmett Cavanaugh. Aber ich weiß, dass du nicht verheiratet sein willst mit diesem –«

»Halt. Sprich diesen Satz nicht zu Ende.«

Er seufzte und starrte über die Straße zum Gramercy Park. »Ich werde nicht mehr sagen als das: Denk darüber nach, Lizzie. Das ist alles, worum ich dich bitte. Ich werde auf dich warten, ganz gleich, wie lange es dauert.«

Schatten, dunkel und bedrückend, hüllten das Arbeitszimmer ein, während Emmett arbeitete. Irgendwann hatte er Jackett und Weste abgelegt und saß nun hemdsärmelig und in Hosenträgern an seinem Schreibtisch, an dessen Rand unberührt sein Abendessen wartete, während eine halbleere Flasche Gin in Reichweite stand. Seine Augen klebten allerdings auf dem Bericht des Detektivs, der an diesem Nachmittag angekommen war. Bisher gab es drei Mitglieder des Verwaltungsrates von Northeast Railroad, die Emmett, in Verbindung mit einem ansehnlichen Schmiergeld, dabei unterstützen würden, die Firma zu übernehmen.

Ausgezeichnet. Noch ein paar Männer mehr, dann konnte er

Sloane die Firma wegnehmen und diesem eingebildeten Bastard genau das geben, was er verdiente.

Die Tür seines Arbeitszimmers öffnete sich, doch er blickte nicht hoch. Seine Frau war vor einer Viertelstunde zurückgekommen, deshalb wusste er sofort, wer sein Besucher war. »Wo war sie?«

Kelly antwortete nicht sofort, sondern zog es vor, in dem Sessel vor dem Schreibtisch Platz zu nehmen. Als die Stille sich ausdehnte, schaute Emmett hoch, um seinen Freund mit festem Blick zu durchbohren. »Nun?«

Kelly kratzte sich am Kinn. »Sie ... äh, sie war wieder bei Edith Rutlidge, diesmal für ein elegantes Abendessen gekleidet.«

»Und?«

»Sie ist früh wieder gegangen. Wirkte ein wenig aus der Fassung. Dann ist ihr Henry Rutlidge zur Kutsche gefolgt. Ich konnte natürlich nich' hören, was sie gesagt haben, aber ich hatte den Eindruck, dass er sie eindringlich um etwas gebeten hat.«

Weißglühende Wut explodierte in Emmett, spannte seine Muskeln an und machte jede Vernunft zunichte. Er schoss hoch und stürmte zur Tür. »Warte!«, rief Kelly. »Sie ist nach Hause gekommen. Allein.«

Mit der Hand am Türknauf hielt Emmett inne. Dass sie zurückgekommen war, besänftigte seine Wut nicht. Weit gefehlt. Also war sie wieder zu Rutlidge gelaufen. Herrgott im Himmel, würden sie diesen Hundesohn denn nie loswerden? »Wie lange hat Rutlidge mit ihr gesprochen? Und hat er sie angefasst?«

»Ein paar Minuten. Hat kurz ihren Arm gehalten –«

Verdammt. Emmett stürmte in den Flur und rannte zur Treppe. Er hatte keine Ahnung, was er zu Elizabeth sagen würde, aber er würde nicht zulassen, dass Rutlidge sie bekam. Nicht solange Emmett noch einen Atemzug tat. Wenn Rutlidge und Elizabeth dachten, sie könnten hinter seinem Rücken ein Techtelmechtel haben, dann irrten sie sich gewaltig.

Er hörte Kelly seinen Namen rufen, aber er schenkte ihm keine Beachtung, als er zwei Stufen auf einmal nehmend die Treppe hochlief und zu ihrem Ankleidezimmer stürmte. Ohne sich damit aufzuhalten, anzuklopfen, stieß er die Tür auf und trat ein. Elizabeths Zofe schnappte erschrocken nach Luft, doch Emmett ignorierte sie und richtete den Blick stattdessen auf die schöne, betrügerische Frau, die ihn trotz ihres Größenunterschieds hochmütig von oben herab ansah.

Blondes Haar umfloss sie, die Locken soeben erst aus irgendeiner komplizierten Frisur gelöst, und ein seidener Morgenmantel hing von ihren Schultern. Nackte Haut blitzte unter weißer Baumwolle und Spitze hervor und tanzte vor seinen Augen, bevor sie energisch den Mantel schloss und fest zuband. Ringe unter ihren Augen ließen sie müde aussehen, und kein warmes Leuchten des Willkommens erhellte die grauen Tiefen, als sie ihm ins Gesicht starrte. »Danke, das wäre alles«, entließ sie die Zofe.

Die Tür schloss sich, und die beiden blieben allein zurück. Eine Vielzahl von Emotionen durchströmte ihn. Angst, Empörung, Eifersucht … aber hauptsächlich das wahnsinnige Verlangen, das ihn jedes Mal packte, wenn er in ihrer Nähe war. Sie war atemberaubend, besonders so unbekleidet wie jetzt, und er konnte sich lebhaft an ihre Bereitwilligkeit erinnern, an die Leidenschaft, die sie jedes Mal gezeigt hatte, wenn er sie genommen hatte. Sein Glied regte sich in seiner Hose, und er ignorierte es entschlossen.

»Ja, Emmett? Ich nehme an, du hast einen Grund dafür, heute Abend hier hereinzuplatzen.«

»Was will er von dir?«

Verwirrung trübte ihre Miene. »Ich weiß nicht, wovon du sprichst.«

»Ach, wirklich nicht?«, höhnte er. »Henry Rutlidge. Obwohl ich nicht sagen kann, ich wäre überrascht, dass du gleich zu ihm gerannt bist.«

Sie verdrehte die Augen. »Ja, ich bin zu ihm gerannt. Genau das ist es, was ich getan habe. Was für ein Glück, dass meine Flucht zufällig mit Ediths alljährlichem Geburtstagsdinner zusammentraf.«

Eine Spur des Zweifels durchzuckte Emmett, aber er ließ nicht locker, weil er irgendeine Reaktion von ihr bekommen wollte. »Wie praktisch, dass er dich alleine erwischen konnte, um seinen Standpunkt vorzubringen. Lass mich raten, er denkt, du könntest etwas Besseres haben als einen dreckigen, gewöhnlichen Flegel wie mich.«

»Es ist wohl kaum von Bedeutung, was Henry denkt. Wenn du mir auch nur ansatzweise vertrauen würdest, dann würden wir diese Unterhaltung nicht führen. Aber du vertraust mir nicht. Das hast du noch nie, und ich finde mich allmählich damit ab, dass du es auch nie tun wirst.« Sie griff nach ihrer Haarbürste. »Und jetzt verschwinde, Emmett.«

Mit hämmerndem Herzen trat er ein paar Schritte näher. Seine Finger krümmten sich unter dem Bedürfnis, ihre weiche Haut zu berühren, ihre prallen Brüste zu umfassen, die Feuchtheit ihrer Spalte zu prüfen … Dann bemerkte er, dass ihr Puls am Ansatz ihres Halses heftig flatterte, und er erkannte, dass sie nicht so unempfänglich war, wie sie vorgab. Ihre Reaktion löste etwas in ihm aus, einen Drang, sie zu kosten, sie noch ein weiteres Mal flehend unter ihm zu haben, ein Verlangen, das so stark war, dass ihm beinahe die Knie nachgaben.

Er hasste diesen Hunger, die unstillbare Lust, die ihn verzehrte, wann immer Elizabeth in der Nähe war. Er war wie ein Trinker, der bereit war, alles für eine weitere Flasche zu tun. Verzweifelt vor Sehnsucht. Aber er konnte das pulsierende Verlangen nicht aufhalten, konnte nicht verhindern, dass seine Beine ihn vorwärts trugen.

Mit zwei langen Schritten hatte er sie rückwärts gegen den Ankleidetisch gedrängt. Sie legte ihm die Hände auf die Brust, zweifellos sowohl um das Gleichgewicht zu behalten wie um ihn abzuwehren. Mit einer schnellen Bewegung hob er sie auf den Tisch, dann fing er ihre Handgelenke ein und hielt sie mühelos hinter ihrem Rücken mit einer Hand fest.

Sie wehrte sich ein wenig, die Wangen gerötet, die Pupillen groß und schwarz. »Lass mich los«, stieß sie zwischen zusammengebissenen Zähnen hervor.

»Ich denke gar nicht dran«, flüsterte er, während er mit der Nase an ihrer weichen Wange entlangstrich. Gott, sie duftete köstlich, nach Vanille und Seife und Sturheit. »Sag mir, was er will, Elizabeth. Sag mir, warum Rutlidge *meiner* Frau zu *meiner* Kutsche gefolgt ist und es gewagt hat, sie zu berühren.«

Neben seinem Ohr sog sie scharf den Atem ein. »Du lässt mich beschatten.«

Als er mit den Zähnen an ihrem Kiefer knabberte, spürte er sie erschauern. Er weidete sich an der Reaktion, und sein Glied wuchs. »Da hast du verdammt recht, ich lasse dich beschatten.«

Mit der freien Hand schob er die hauchzarten Schichten, die sie trug, zu ihrer Taille hoch, dann trat er zwischen ihre Schenkel, weil er ihr näherkommen musste. Ihre Brüste berührten sein Hemd, als er mit den Fingerspitzen über die glatte Haut an der Innenseite ihres Schenkels strich. Er war steif unter seiner Kleidung, sein Glied schrie nach Reibung, aber er widerstand dem Drang, sich gehen zu lassen und in sie zu stoßen.

Sie atmete nun schwer, die Augenlider geschlossen. »Du hast kein Recht, mir nachzuspionieren.«

»Den Teufel hab ich nicht.« Mit geöffneten Lippen drückte er heiße Küsse auf ihren Hals, grub die Zähne in die zarte Stelle, wo Hals und Schulter sich trafen. Als sie sich ihm entgegenwölbte, flüsterte er: »Du gehörst mir.«

»Oh Gott«, wimmerte sie, und ihre Finger hinter ihrem Rücken krümmten sich zu Fäusten. »Dann vergiss nicht, dass du mir ebenfalls gehörst, Gemahl.«

Er löste den Gürtel ihres Morgenmantels und ließ ihn aufklaffen. Der Gedanke an eine andere Frau war ihm nicht einmal in den Sinn gekommen. Er war zu besessen von der vor ihm. »Wie könnte ich das je vergessen?«

Er wanderte tiefer, mit Zunge, Zähnen und Lippen, bis sie ihm ihre Brust beinahe in den Mund drängte. Durch den Stoff hindurch leckte er die hervortretende Spitze, bis sie sich unter ihm wand, dann legte er die Lippen um ihre Brustwarze und sog sie in seinen Mund. Ihr darauffolgendes Stöhnen hallte in seinem Blut wider und ließ ihn noch härter werden.

Das Bedürfnis, ihre Feuchtheit auf seiner Zunge zu spüren, drängte ihn tiefer. Er ließ ihre Handgelenke los und ging auf die Knie. Ihre Finger gruben sich in sein Haar und hielten ihn fest, als er den Stoff ihrer Unterhose teilte. Er konnte sie riechen, den weiblichen Moschusduft, der ihre Erregung signalisierte, und dann war sie entblößt vor ihm. Glänzend, geschwollen ... Beinahe wäre er auf der Stelle gekommen. Gott, diese Frau.

Er küsste den äußeren Bereich, saugte sanft an den prallen Lippen, die ihre Pforte bewachten, ohne ihr das zu geben, wovon er wusste, dass sie es wollte. Als sie sich wand und versuchte, noch näher zu kommen, verlangte er: »Sag es mir. Ich werde alles tun, was du brauchst, aber zuerst musst du es mir sagen, Elizabeth.«

»Bitte, Emmett.«

»Bitte was?«

»Küss mich dort.«

»Hier?«, fragte er und presste die Lippen auf die Sehne an der Innenseite ihres Oberschenkels. Er schaute kurz hoch und sah, dass sie ihn beobachtete, ihr silbriger Blick glasig und dunkel.

Ihre rosige Zunge schnellte zwischen den geteilten Lippen hervor, um sie zu befeuchten. »Innendrin«, flüsterte sie. »Mit deiner Zunge.«

Er war hart und schwer vor Sehnsucht nach ihr, und ihre Worte durchzuckten ihn, als wäre er von einem Stromkabel getroffen worden. »Ja«, zischte er, bevor er sie teilte, um sie mit flacher Zunge in langen Zügen zu lecken. Er liebte ihren Geschmack, würde nie genug davon bekommen, sie mit seinem Mund zum Gipfel zu bringen. Mit der Zungenspitze umkreiste er ihre Klitoris, bevor er sich zurückzog, um zu fragen: »Wer macht das hier mit dir?«

»Emmett«, seufzte sie, die Finger schmerzhaft in sein Haar gekrallt, als sie den Kopf in den Nacken warf.

Er brummte zustimmend an ihrer Haut, und die Vibration

arbeitete sich durch ihr empfindsames Gewebe. Sie keuchte auf und wiegte sich vor. Er entschied, sie zu belohnen, und begann, erbarmungslos an ihrer geschwollenen Perle zu saugen. Als ihre leisen Schreie sich in drängendes Flehen verwandelten, knöpfte er schnell seine Hose auf und holte seine Erektion heraus. Blitzschnell stand er auf und drang mit einem einzigen Stoß in sie ein.

So warm und eng. Gott im Himmel, sie fühlte sich absolut perfekt an, wie sie ihn umgab. Er nahm ihren Mund in Besitz und begann, sich zu bewegen, die Hüften hart und schnell zu stoßen, ohne jegliche Raffinesse. Der winzige Ankleidetisch wackelte unter ihnen, Kristall und Porzellan fielen zu Boden, aber Emmett behielt das Tempo bei und trieb sie beide immer höher.

Sie küsste ihn voller Hingabe, mindestens ebenso wild wie er, und als er spürte, wie sich ihre Wände um ihn herum zusammenzogen, griffen seine Finger zwischen sie und brachten sie über den Rand des Abgrunds. Sie krampfte sich zusammen, ihre Nägel gruben sich in seine Arme, ihre Schreie gellten in seinen Ohren, und er konnte sich nicht länger zurückhalten. Lust breitete sich in seinen unteren Rücken aus, in seine Beine … bis in seine verdammten *Zehenspitzen*. Mit einem Schrei ließ er los und erschauderte, als sein Samen sich aus der Spitze seines Glieds entlud.

Langsam kam er wieder zur Besinnung, als die Wellen endlich verebbten. Sie waren ineinander verschlungen, heftig atmend, auf einem Tisch in ihrem Ankleidezimmer. Was hatte diese Frau nur an sich? Er vertraute ihr nicht, egal, was Kelly und Brendan glaubten. Warum also hatte er sich gerade auf sie gestürzt wie ein Verdurstender?

Er zog sich zurück und begann, sich wieder in Ordnung zu bringen, wobei er entschieden ihrem Blick auswich. Er sollte sich bei ihr entschuldigen, sie auf diese Weise genommen zu haben, aber die Worte wollten nicht herauskommen. Sie war seine Frau – nicht die von Rutlidge. »Ich will nicht, dass du ihn wiedersiehst«, sagte er schroff. »Ist das klar?«

Elizabeth rutschte vom Tisch und zog ihren Morgenmantel zu. »Sei nicht lächerlich. Er ist der Bruder meiner besten Freundin. Es ist unmöglich, ihm aus dem Weg zu gehen, Emmett.«

»Ich will nicht, dass du mit ihm allein bist.«

»Warum?«, fragte sie, aufrichtig verwirrt. Dann entschlüpfte ihr ein bitteres Lachen. »Weil du mir nicht vertraust. Natürlich, wie konnte ich das vergessen?«

Er erwiderte nichts, sondern sah nur zu, wie eine Vielzahl von Emotionen über ihr Gesicht huschte. Schließlich fragte sie: »Sag mir, wie soll ich dein kostbares Vertrauen zurückgewinnen?«

Ihm fiel keine andere Antwort ein als die, dass er wollte, dass sie zugab, was sie getan hatte. Es war die einzige Möglichkeit, wie er je sicher sein konnte. Aber Vertrauen hin oder her, er wollte sie immer noch. Sehnte sich schmerzhaft nach ihr. Und er hatte nicht die Absicht, einem anderen Mann zu erlauben, Anspruch auf sie zu erheben.

»Fürs Erste halt dich verdammt nochmal von Rutlidge fern.«

KAPITEL ACHTZEHN

Man sollte niemals unverschämte Fragen stellen.
AMERICAN ETIQUETTE AND RULES OF POLITENESS, 1883

»Guten Morgen, Lizzie«, sagte Brendan, als er das Frühstückszimmer betrat. »Es freut mich, dass du heute so gut aussiehst.«

Lizzie zog den Kopf ein und wich dem abschätzenden Blick ihres Schwagers aus. Wusste jeder von dem Streit gestern Abend und von … dem danach? »Guten Morgen«, murmelte sie in ihre Tasse, unmittelbar bevor sie einen großen Schluck Kaffee trank.

Brendan musste ihre Reaktion bemerkt haben, denn er hob eine Hand. »Alles, was ich weiß, ist, dass Emmett außer sich vor Wut war. Wenn er im Haus herumstampft, ist es, als stürmte eine Horde Angreifer die Schlossmauern. Er würde dir nie wehtun, aber ich weiß auch, wie unversöhnlich er sein kann.«

Das war noch untertrieben. Brendan konnte nicht von den Einzelheiten bezüglich des Kaufs der East-Coast-Aktien erfahren haben, nur dass Lizzie und Emmett über irgendetwas verschiedener Meinung waren. Und obwohl sie Edith ihren Kummer gestanden hatte, erschien es ihr illoyal, sich bei Emmetts Bruder zu beschweren. »Ja, er war wirklich aufgebracht.«

Brendan stellte einen Porzellanteller voll Essen auf die Leinentischdecke, dann ließ er sich vorsichtig auf einem Stuhl nieder. »Bleibst du noch und trinkst Kaffee mit mir?« Mit einem Nicken wies er auf ihre leere Tasse.

Sie willigte ein und schenkte ihnen beiden Kaffee ein. Sie unterhielten sich ein, zwei Minuten lang müßig, bevor Brendan den Diener, der wartend in der Nähe stand, fortschickte. Als sie allein waren, sagte er: »Mein Bruder macht dich unglücklich, nicht wahr?«

»Ja, das tut er.« Es hatte keinen Sinn, ihm etwas vorzuspielen.

»Ich hatte so große Hoffnungen nach dem Schneesturm. Ich dachte ... Nun, ich dachte, er hätte sich geändert.«

»Das dachte ich auch.« Sie erinnerte sich an den vergangenen Abend, angefangen bei Emmetts Wut und Anschuldigungen. Henrys Flehen. Den Frauen, die sie geschnitten hatten, weil sie es gewagt hatte, ihren Verstand für etwas anderes als die Planung von Partys zu benutzen. Hatte Will recht? War sie eine Närrin, alles, was sie hatte, für diese Idee zu riskieren?

»Brendan, was wird passieren, wenn meine Wertpapierfirma dafür sorgt, dass ich meine Stellung in der Gesellschaft verliere? Werden Katie und Claire schrecklich enttäuscht sein?«

»Schrecklich enttäuscht, dass du nicht länger ihren Erfolg garantieren kannst?«

»Ja.«

»Lizzie, es gibt im Leben nur wenige Garantien. Niemand

erwartet, dass du dein Glück für Claire und Katie zurückstellst. Außerdem behauptet Emmett, dass ihre großzügige Mitgift genug sein wird.« Lachend griff Brendan zu Messer und Gabel. »Obwohl ich zugeben muss, dass ich ihm das nicht geglaubt habe, weshalb ich törichterweise an eurem Abendessen im Sherry's in jener Nacht herumgepfuscht habe.«

»Was meinst du damit, herumgepfuscht?«

Ein eigenartiger Ausdruck huschte über sein Gesicht. »Er hat es dir nie erzählt?«

»Mir was erzählt?«

»Ach, nichts.« Angestrengt konzentrierte er sich auf seinen Teller und zerschnitt sorgfältig sein Würstchen.

Brendan war ein miserabler Lügner. »Was hat Emmett mir nicht erzählt?«

Brendan verzog das Gesicht zu einer Grimasse und legte Messer und Gabel auf den Teller. »Er wird mich umbringen«, murmelte er.

»Brendan.«

»Das mit diesem zweiten Dinner, das im Sherry's.« Als sie ihn nur ausdruckslos anstarrte, fuhr er fort. »Dass ich ihn mit einem Trick dazu gebracht habe, dort aufzutauchen.«

Ihre Ohren begannen zu klingeln, aber sie zwang sich zu fragen: »Mit einem Trick, wie?«

»Ich dachte, du wüsstest es. Dass ich ihm gesagt hatte, er würde sich mit seiner Gelie–« Brendan räusperte sich. »Mit jemand anderem in diesem Séparée treffen.«

»Aber er hatte mich gebeten, an jenem Abend mit ihm Essen zu gehen. Wir hatten geplant, uns zu treffen.«

Brendan zuckte zusammen und sagte nichts.

Ihr Verstand wälzte diese Information herum, und sie fügte

die Fakten zusammen. »Er wollte absagen, aber du hast die Nachricht nie weitergeleitet«, mutmaßte sie, und Brendans schwerer Seufzer bestätigte es.

Sie sackte in ihrem Stuhl zurück. Emmett hatte ... versucht, ihr abzusagen. Stattdessen hatte er geplant, seine Geliebte zum Abendessen zu treffen, weshalb das Zimmer auf diese Weise vorbereitet gewesen war. So intim. Für jemand anders. Scham und Kummer schnürten ihr die Kehle zu. War denn irgendetwas zwischen ihnen *keine* Lüge? Zuerst die Erpressung, sie zu heiraten, und nun das ...

»Lizzie, es tut mir leid. Ich wollte dir nie wehtun. Ich dachte, die Verbindung würde Emmett guttun. Aber ich hätte nie gedacht, dass er versuchen würde, dich dort zu verführen, oder dass dein Bruder euch zusammen erwischen würde.«

Lizzie rieb sich die Stirn. Emmett war dazu überlistet worden, sich mit ihr zu treffen. Emmett Cavanaugh und seine vornehme Gemahlin, eine Frau aus einer der ältesten Familien New Yorks, aber naiv genug, zu glauben, dass er sie wirklich wollte. Selbst nachdem sie von der Erpressung erfahren hatte, hatte jene Nacht im Sherry's sie stets getröstet. Das Wissen, dass er sie verführt, dass er ihr nachgestellt hatte.

Aber er hatte ihr nicht nachgestellt. Er hatte versucht, ihr aus dem Weg zu gehen.

Ein faustgroßer Kloß bildete sich hinter ihrem Brustbein. Zweifellos war sie ein praktisches Ventil während des Schneesturms gewesen, ein warmer, williger Körper, um die vielen Geliebten zu ersetzen, die er immer noch unterhielt.

Sie stieß sich vom Tisch ab und erhob sich rasch. Sie hatte keine Ahnung, wohin sie wollte, aber sie musste sich bewegen, fortgehen. An irgendeinen zurückgezogenen Ort, wo sie versuchen konnte, sich einen Reim auf all das zu machen, was sie erfahren hatte.

»Lizzie, warte!« Brendan umfasste ihren Arm. »Bitte. Ich weiß, eure Ehe mag nicht gerade unter idealen Bedingungen begonnen haben, aber es ist offensichtlich, dass ihr beide Gefühle füreinander habt. Lass dich von dem, was ich dir erzählt habe, nicht dazu bringen, schlechter von ihm zu denken. Er hat dich gern, das weiß ich.«

Lizzie wusste nichts dergleichen. Kein Wunder, dass Emmett sie bei jeder Gelegenheit bekämpfte. Sie konnte es ihm schwerlich übelnehmen, wenn man bedachte, dass sie ihn an all das erinnerte, was er sich nicht gewünscht hatte. All das, wozu er erpresst worden war. Eis legte sich um ihr Herz, eine erstarrte Hoffnungslosigkeit, das Ergebnis der kalten, nüchternen Realität ihrer Ehe.

»Keine Sorge«, sagte sie zu ihrem Schwager. »Ich gebe dir nicht die Schuld. Ich gebe mir die Schuld.«

Obgleich Züge praktisch waren, waren sie doch auch schmutzig und laut. Sie spien Asche und brennenden Zunder in die Luft. Die Räder drehten sich ratternd, und das Fahrgestell ruckelte und quietschte mit einem Heidenlärm. Dennoch trugen sie einen fort – von Orten, an denen man lieber nicht bleiben wollte.

Lizzie sah zu, wie die Landschaft am Zugfenster vorbeiflog. Sie hatte fliehen müssen, aus dem Haus, aus New York, und das so schnell wie möglich. Das Ziel war nicht groß von Bedeutung gewesen. Dieser Zug war unterwegs nach Westen, fort von einem prächtigen Haus voller Misstrauen und Lügen, und das war alles, was sie interessierte. Natürlich konnte sie aussteigen und einen Zug zurück nach Osten nehmen, wann immer sie bereit dazu war ... Aber würde sie je bereit sein, Emmett wieder gegenüberzutreten?

Seufzend ließ sie sich tiefer in die mit flauschigem Samt bezogene Bank sinken. Züge wirkten beruhigend auf sie, eine Erinnerung an das Vermächtnis ihrer Familie. Ihr Vater und ihr Bruder hatten die Konstruktion dieser Waggons, dieser Schienen überwacht. Im Lauf der Jahre hatte Lizzie an Einweihungsfeiern von Bahnhöfen teilgenommen, dabei geholfen, neue Lokomotiven zu taufen, sogar Einfluss auf die Auswahl der Teppiche und Stoffe des Interieurs genommen. Northeast Railroad steckte auch ihr im Blut.

Heute allerdings reiste sie nicht als Mrs. Elizabeth Cavanaugh, geborene Sloane, in einem privaten Pullmanwagen, wie ihr Bruder es sonst verlangte. Sie war einfach nur Lizzie, die zusammen mit den übrigen Passagieren reiste, nur eine einzelne verlorene Seele unter hunderten von Fremden. Vielleicht würde die Reise ihr die Zeit und den Abstand geben, sich selbst wieder zu finden.

»Es ist fast Zeit für das Mittagessen, Madam«, durchbrach Pauline vom anderen Ende der schmalen Bank Lizzies Versunkenheit. »Soll ich gehen und uns Plätze im Speisewagen reservieren?«

Essen klang nicht im Mindesten verlockend, aber Lizzie wusste, ihre Zofe machte sich im Lauf der Reise zunehmend Sorgen wegen der Schweigsamkeit ihrer Dienstherrin. Ganz abgesehen davon, dass die arme Frau nicht einmal mit der Wimper gezuckt hatte, als Lizzie ihr eröffnet hatte, dass sie auf unbestimmte Zeit verreisten. Deshalb schien es grausam, kleine Aufmerksamkeiten zurückzuweisen. »Ja, danke, Pauline. Hast du das Telegramm an Miss Grayson geschickt und ihr gesagt, dass ich fort sein werde?«

»Jawohl. Ich habe allerdings nicht gesagt, wann Sie wieder zurückkommen.«

Der Versuch, ihr Informationen zu entlocken, entging Lizzie nicht. »Ausgezeichnet, danke. Ich rechne nicht damit, dass ich lange brauchen werde. Ich brauche einfach nur Zeit zum Nachdenken, Pauline.«

Die andere Frau nickte und erhob sich von der Bank. Lizzie blieb zurück, um aus dem Fenster zu starren. Ein paar Minuten später spürte sie jemanden neben sich. »Hast du uns Plätze reserviert?«, fragte die Person, erhielt jedoch keine Antwort. Sie warf einen Blick hinüber, und fand einen Mann dort vor –

»Henry!« Sie richtete sich auf und sah ihn verdutzt an. »Gütiger Himmel. Was machst du denn hier?«

Henry Rutlidge nahm seinen Derby ab und rückte näher. »Ich bin natürlich gekommen, um dich zu finden.«

»Das verstehe ich nicht. Woher wusstest du, dass ich hier sein würde, in diesem Zug?«

Er streckte den Arm aus und nahm ihre Hand. »Ich weiß, du läufst von ihm fort.« Sofort versuchte Lizzie, ihre Hand aus seinem Griff zu ziehen, aber Henry hielt sie fest. »Nein, warte«, sagte er mit flehendem Blick. »Lass mich mit dir kommen. Ich werde dir helfen. Wir können nach New York zurückkehren, und ich werde meinen Einfluss geltend machen, deine Annullierung zu beschleunigen.«

»Henry, ich habe nichts geplant, was darüber hinausgeht, in diesen Zug zu steigen. Bitte zwing mich nicht dazu, jetzt sofort Entscheidungen zu treffen.«

»Lizzie, in deinem Herzen weißt du, was du tust. Du verlässt ihn. Endgültig. Und das ist auch höchste Zeit, möchte ich hinzufügen.«

»Hör auf.« Sie riss ihre Hand zurück, und diesmal ließ er sie los. »Du hast deutlich gemacht, dass du meine Ehe nicht gutheißt, aber du darfst keine Mutmaßungen anstellen. Wie kannst du glauben, meine Absicht zu kennen, wenn ich sie selbst kaum kenne?«

Er sprang auf die Füße. »Wenn das wahr wäre, dann wärst du nicht so übereilt aufgebrochen. Du würdest außerdem wissen, wann du wieder zurückzukommen gedenkst. Warum machst du dir die Mühe, mich anzulügen? Du vergisst, wie gut ich dich kenne.«

Im Gegenteil, in den vergangenen Wochen war ihr bewusst geworden, wie völlig ungeeignet sie beide füreinander gewesen wären. »Du kennst mich nicht annähernd so gut, wie du denkst. Wenn du das tätest, würdest du sehen, warum deine Anwesenheit in diesem Zug reiner Wahnsinn ist, Henry.«

»Falsch.« Er marschierte auf und ab, soweit das in dem kleinen Sitzbereich des Waggons möglich war. »Ich kenne dich schon, seit wir Kinder waren, Lizzie. Cavanaugh kennt dich wie lange, drei Monate? Du und ich, wir sind uns so ähnlich. Wir ergeben Sinn. Cavanaugh ist nichts als ein niedrig geborener Arbeiter. Er ist –«

»Das reicht«, fuhr sie ihn an, dann sah sie sich um. Zum Glück war der Waggon nicht überfüllt und die anderen Passagiere weit genug weg, dass sie sie nicht belauschen konnten. Dennoch senkte sie die Stimme. »Sprich nicht weiter. Du klingst wie ein aristokratischer Snob, Henry. Mein Gatte arbeitet hart und ist ein guter Mann.«

Der Zug schwankte, und Henry musste sich an einem Sitz festhalten. »Sag mir nicht, dass du tatsächlich Gefühle für diesen Affen hast.«

»Wenn du ihn mit einem weiteren Schimpfwort belegst, werde ich beim nächsten Halt die Züge wechseln – nachdem ich dein Gepäck in die Wildnis Pennsylvanias geworfen habe.«

»Rührend, aber du solltest wissen, dass dein Gatte deine zarten Gefühle nicht erwidert. Wenn er es täte, hätte er mir sicher nicht gesagt, wo ich dich finde. Wie sonst hätte ich erfahren, welchen Zug du genommen hast?«

Lizzie stockte der Atem. »Er hat *was?*«

Henry zuckte die Schultern. »Selbst er hat erkannt, dass ich der Mann bin, den du hättest heiraten sollen. Also denk nicht, dass er zu Hause sitzt und sich nach dir verzehrt. Er treibt sich wahrscheinlich genau in diesem Moment in den Varietétheatern herum, auf der Suche nach einer Schauspielerin, um –«

»Sag es nicht«, stieß sie hervor, obwohl es gut möglich war, dass Henry recht hatte. Hatte Emmett wirklich Henry zu ihr geschickt? Erst letzte Nacht hatte er ihr verboten, auch nur mit dem anderen Mann allein zu sein. Sie schloss die Augen, Schmerz und Verwirrung erstickten sie nun innerlich.

Er will dich nicht, Lizzie. Das wollte er nie.

Ein schrecklicher Druck baute sich hinter ihren Lidern auf, ein Zeichen, dass ihre Gefühle kurz davor waren, sich Bahn zu brechen. Sie biss sich auf die Lippe und versuchte, sie zurückzuhalten, bis sie allein sein konnte.

Henry rückte näher. »Na schön. Aber du solltest auch wissen, dass Cavanaugh vorhat, deinem Bruder die Firma wegzunehmen. Ich habe aus sicherer Quelle erfahren, dass er versucht, die

Verwaltungsratsmitglieder von Northeast zu bestechen, um die Aktienmehrheit zu bekommen.«

Ungläubig blinzelte sie Henry an. »*Was?* Warum sollte Emmett Wills Firma übernehmen wollen?«

»Als Rache dafür, die Hochzeit zwischen euch erzwungen zu haben, offensichtlich.«

Ihre Brust brannte, eine Mischung aus bitterem Schmerz und Wut. Verdammter Emmett Cavanaugh. Sie wusste, dass er Will hasste, aber würde er wirklich versuchen, ihnen das Familienvermächtnis wegzunehmen? Zugegeben, es hatte in letzter Zeit finanzielle Schwierigkeiten gegeben –

Oh, du lieber Himmel. Die Bilanzen während des Schneesturms ... Es hatte sich eindeutig um eine Eisenbahngesellschaft gehandelt. Hatte Lizzie die Bücher von Northeast Railroad durchgesehen? Falls ja, dann hatte Will Investoren betrogen, indem er mehr Aktien verkauft hatte, als er sollte, was bedeutete, dass man gegen ihn ermitteln konnte. Ihn womöglich wegen Betrugs anklagen.

Nur ein Mensch konnte diese Fragen beantworten, und er befand sich nicht an Bord dieses Zugs. Und all die Spekulationen bewirkten nichts als ein Pochen in ihren Schläfen.

»Henry, du musst damit aufhören.«

»Na schön, aber lass mich dich eines fragen: Wer ist jetzt hier? Wer ist an deine Seite geeilt, um dir zu helfen? Ich will dich schon seit Jahren.«

»Und doch hast du nichts unternommen. Das ist nicht die Weise, wie ich von meinem Gatten gewollt werden möchte.«

Seine Miene umwölkte sich. Sie wusste, dass er es nicht verstand, aber wie konnte sie auch nur annähernd beschreiben, welche verzweifelte Sehnsucht sie jedes Mal überkam, wenn

Emmett sie berührte? Das Bedürfnis nach ihm war essentiell, so notwendig wie Luft und Wasser.

Sie zog es nicht vor, von einem Mann aus der Ferne verehrt zu werden, während er auf den richtigen Zeitpunkt wartete. Sie wollte lieber von einem Mann erobert und verschlungen werden, der sich nahm, was er wollte, und sich einen Teufel um die Konsequenzen scherte.

»Ich will dich wirklich, Lizzie. Das schwöre ich.«

»Warum bist du dann letztes Jahr nach Maine gefahren, anstatt zu meiner Geburtstagsfeier zu kommen? Warum hast du andere Frauen zum Abendessen begleitet? Oder bist mit ihnen Segeln gegangen?«

»Weil ich zuerst *leben* musste, bevor ich mich häuslich niederlasse. Ich war damals noch nicht bereit, dich zu heiraten.«

»Aber jetzt bist du es?«, fragte sie in skeptischem Ton.

»Ja!«, schrie er beinahe. »Und wenn dich diese Dinge aufgebracht haben, warum hast du sie bis jetzt nicht angesprochen?«

»Sie haben mich nicht aufgebracht. Ich war nie eifersüchtig, nur überrascht.« Was der Wahrheit entsprach. Es hatte sie nie gekümmert, was Henry tat oder mit wem er zusammen war. Nicht wie bei Emmett, wo schon der bloße Gedanke an ihn mit einer anderen Frau dafür sorgte, dass ihr die Galle hochstieg.

Henry runzelte die Stirn, und sein jungenhaft attraktives Gesicht wirkte unglücklich. »Ich verstehe nicht, warum du mit mir streitest. Dein Mann hat dir den Rücken gekehrt, aber ich bin hier. Ich liebe dich und will dich heiraten.«

Plötzlich begriff sie. Alles, was Henry je gewollt hatte, war ihm in den Schoß gefallen. Er hatte nie arbeiten müssen, sich anstrengen oder um etwas kämpfen. Frauen, Geld, Freunde … Das war alles so einfach für ihn. Und er konnte nicht verstehen, warum sie ihm verweigerte, wovon er annahm, dass es ihm zustand.

Wie konnte sie ihm das begreiflich machen?

»Henry, du solltest nach New York zurückkehren. Wir werden immer Freunde sein, aber das ist alles.«

Seine Lippen wurden schmal vor Unmut, und der sture Zug um sein Kinn verriet ihr, dass er ihr nicht glaubte. »Das meinst du nicht so. Die Reise hat dich offensichtlich durcheinandergebracht, und du kannst nicht klar denken. Ich gönne dir ein wenig Ruhe, und dann sehen wir uns zum Abendessen.«

Mit ein paar Schritten erreichte er die Tür. Bevor er die Klinke drückte, warf er einen Blick über seine Schulter. »Du liegst mir am Herzen, Lizzie. Ich möchte dich nur glücklich sehen.« Mit diesen Worten verschwand er im Vorraum, der zu einem anderen Waggon führte.

Emmett marschierte die ganze Länge seines Schlafzimmers auf und ab, und Unsicherheit nagte an seinen Eingeweiden, während seine Beine die Strecke zurücklegten. Schritt, Schritt, Schritt, drehen, Schritt, Schritt. Und wieder zurück. Dieser verdammte Brief. Er bekam ihn nicht aus dem Kopf. Er hatte das Ding so oft gelesen, dass sich die Worte in sein Gedächtnis eingebrannt hatten.

Emmett,

ich breche heute zu einer Reise auf. Ich bin nicht sicher, wann ich zurückkomme.

Hochachtungsvoll, Elizabeth

Die Nachricht war vollkommen kalt und unpersönlich, aber er wusste, was sie bedeutete. Brendan hatte geschworen, dass Emmett sich irrte, dass sie vorhatte zurückzukommen. Aber Emmett hatte das schon einmal durchgemacht. Eine andere Frau, eine andere Nachricht ... und ihre Mutter war auch nie zurückgekommen.

Brendan hatte gestanden, dass er sich mit Elizabeth unterhalten und den wahren Grund ausgeplaudert hatte, warum Emmett zu dem Dinner im Sherry's gekommen war. Die Schuldgefühle lasteten schwer auf ihm, und er hatte sich übermäßig entschuldigt. Dennoch konnte Emmett nicht wütend auf seinen Bruder sein. Emmett allein war der Grund, warum seine Frau fortgegangen war.

Fort. Sie war *fort*.

Selbst in all dem Aufruhr seit dem Kauf der Aktien hatte er nie geglaubt, dass sie einfach so fortgehen würde. Er war wütend gewesen, ja, aber er hatte angenommen, dass sie ihm Paroli bieten würde. Ihn anschreien würde. Ihm zusetzen, bis er weich wurde. Er hatte *gewollt*, dass sie ihm bewies, dass er sich irrte. Aber sie hatte nichts von alledem getan, und jetzt war sie gegangen.

Er hatte jedoch nicht die Absicht, sie gehen zu lassen.

Sobald er ihren Brief gelesen hatte, hatte er angefangen zu packen. In der Zwischenzeit hatte er Kelly zum Grand Central Depot geschickt, um ihr Reiseziel herauszufinden. Das war vor über einer Stunde gewesen. Also wo zur Hölle blieb Kelly mit den Antworten?

Nachdem das Packen erledigt war, zog sich das Warten unerträglich hin. Emmett marschierte zum Bett und schloss seine kleine Tasche. Er würde zum Bahnhof fahren und selbst in Erfahrung bringen, welchen Zug sie genommen hatte.

Gerade, als er die Hand nach dem Türgriff ausstreckte, platzte Kelly herein, außer Atem und die Wangen von der Kälte rau und gerötet.

»Wurde verdammt noch mal auch Zeit«, blaffte Emmett, während er um Kelly herum in den Flur trat. Er eilte die Treppe hinunter, und Kelly holte ihn ein. »Was hast du herausgefunden?«

»Sie hat den Cuyahoga-Express um 10:49 Uhr genommen.«

»Das ist ein Northeast-Zug, nicht wahr?«

»Ja«, antwortete Kelly, während sie nebeneinander die Treppe hinunterliefen. »Aber da ist noch mehr.« Kelly legte Emmett eine Hand auf die Schulter, um ihn aufzuhalten. Emmett sah das Unbehagen auf dem Gesicht seines Freundes, die Besorgnis.

»Was?«

»Da war noch eine weitere Person im Zug.«

Ein Augenblick verstrich, während Emmett zu verstehen versuchte, was Kelly sagte. Eine weitere Person, deren Identität Kelly beunruhigte. Die Teile fügten sich zusammen, und Emmetts freie Hand klammerte sich an das Geländer. Rutlidge. »Verdammter Hundesohn.«

Emmett knirschte mit den Zähnen, ein dürftiges Ventil für die Raserei, die im Moment in ihm tobte. Sie war mit ihrem ehemaligen Verehrer durchgebrannt. Himmelherrgott. Wieso hatte er das nicht kommen sehen? Dumm, so verdammt dumm. Am liebsten hätte Emmett über die Absurdität gelacht. Hier war er, bereit, hinter ihr herzustürmen und sie zurückzuholen … während sie ihn für einen anderen Mann verlassen hatte.

Du hast doch nicht wirklich geglaubt, dass du sie halten könntest, oder?

Emmett drückte Kelly seine Tasche in die Arme. »Bring das zurück in mein Zimmer.« Er polterte die Treppe hinunter, wobei er sich bemühte, nicht auf irgendetwas einzuschlagen.

»Bish, warte. Wo gehst du hin?«, rief Kelly hinter ihm her. »Ich komme mit –«

»Lass mich in Ruhe. Ich gehe schwimmen«, schnauzte Emmett. »Ich brauche kein verdammtes Kindermädchen.«

Die Bediensteten wichen sichtlich vor Emmett zurück, als er durchs Haus stapfte. Zweifellos verriet sein Gesicht genau, was er fühlte, dass ihm die straffen Zügel seiner Beherrschung zu entgleiten drohten. Als er sich ausgezogen hatte und in das beheizte Wasser des Schwimmbeckens gesprungen war, konnte er kaum atmen. So hatte er sich schon lange, lange Zeit nicht mehr gefühlt, so wund und verletzlich. So leer.

Stille hüllte ihn ein, während seine Arme das Wasser durchschnitten und seine Beine hart schlugen. Er schwamm oft zur körperlichen Ertüchtigung, aber hauptsächlich, um einen freien Kopf zu bekommen. Die Einsamkeit und Ruhe halfen ihm beim Denken. Er hatte sich das Schwimmen vor vielen Jahren selbst beigebracht, als kleiner Junge. Nachdem er von rivalisierenden Banden einmal zu oft in den East River geworfen worden war, blieb ihm nichts anderes übrig, wenn er nicht ertrinken wollte. Noch ein Beweis, dass er sich auf niemand anderen verlassen durfte. Der einzige Mensch, auf den man zählen konnte, war man selbst.

Als er zum Beckenrand zurückkam, entdeckte er die Stiefel seines Bruders auf den Fliesen. Emmett schenkte ihm keine Beachtung, sondern machte einfach weiter, mit pflügenden Armen und schlagenden Beinen. Brendan würde versuchen, vernünftig mit ihm zu reden, und Emmett fühlte sich im Augenblick völlig unvernünftig. Es gab nichts zu sagen. Zumindest nichts, was er hören wollte.

Also ignorierte er Brendan und schwamm, bis seine Muskeln erlahmten. Als er die Arme nicht mehr heben konnte, klammerte er sich an den Beckenrand. Seine Lungen blähten sich, während er um Atem rang, und er beschloss, dass er es genauso gut hinter sich bringen konnte. »Nun?«

»Du musst ihr hinterherfahren.«

Emmett gab einen Laut von sich. »Den Teufel muss ich.«

»Sei kein Narr«, schnaubte Brendan gereizt. »Du hast ihr Gesicht heute Morgen nicht gesehen, Em. Diese Frau empfindet etwas für dich. Sie war niedergeschmettert, als sie erfahren hat, dass du dich nicht aus eigenem freien Willen mit ihr getroffen hast.«

»Ja, niedergeschmettert genug, um mit Rutlidge durchzubrennen«, murmelte Emmett.

»Das ist es ja. Ich glaube nicht, dass sie mit ihm durchgebrannt ist. In der Nachricht, die sie den Mädchen hinterlassen hat, steht, dass sie sich ein wenig Zeit für sich nehmen will –«

»Ist ja nicht so, dass sie den Mädchen von Rutlidge erzählen könnte.« Brendan wollte widersprechen, darum hob Emmett abwehrend die Hand. »Warum sollte ich mir die Mühe machen? Nenn mir einen einzigen guten Grund, ihr hinterherzujagen.«

»Weil du sie liebst. Und weil ich vermute, dass sie dich liebt, aber ihr seid beide zu stur, es zuzugeben.«

Emmett sagte nichts, sondern starrte nur an die gegenüberliegende Wand. Liebte er sie?

»Zumindest musst du ihr die Gelegenheit geben, es zu erklären. Em, denk nach. Tu ausnahmsweise mal so, als wäre es ein Unternehmen, das du vielleicht aufkaufen möchtest – und nicht deine Frau. Sie hatte jahrelang Zeit, um mit Rutlidge zu fusionieren, und hat ihm widerstanden. Du kennst sie. Das ist die Frau, die von der Straße hereingeschneit kam und dich gebeten hat, ihre Wertpapierfirma zu unterstützen. Wenn sie Rutlidge gewollt hätte, dann hätte sie ihn schon vor langer Zeit geheiratet.«

Das ergab durchaus in gewisser Weise Sinn. Wenn Elizabeth etwas war, dann einfallsreich. *Elizabeth klingt nach einer Frau, die stark genug ist, die Geschichte zu verändern, jeden Kurs einzuschlagen, den sie will.* Seine eigenen Worte kamen ihm in den Sinn und brachten Zweifel mit sich.

Er stieß sich vom Beckenrand ab und ließ sich auf dem Rücken treiben, Hades und Persephone direkt über ihm. Er hatte immer mit Hades gefühlt, dem missverstandenen Rohling, der auf List zurückgegriffen hatte, um eine Frau zu halten. *Und war das nicht genau das, was du mit Elizabeth gemacht hast, indem du ihr nie die Wahrheit gesagt hast?*

»Außerdem«, fuhr Brendan fort, »wenn sie dich nicht lieben würde, dann wäre sie nie so aufgebracht über das gewesen, was ich gesagt habe.«

Emmett wusste nicht, ob das stimmte oder nicht. Frauen waren komplizierte Wesen, was der Grund war, weshalb er bisher alles Emotionale vermieden hatte.

»Ich weiß, es ist einfacher, das Schlimmste von den Menschen zu glauben, Em. Geringere Chance, von jemandem enttäuscht zu werden. Aber du musst ihr vertrauen. Wenn sie meine Frau wäre, dann wäre ich inzwischen schon halb in Ohio.«

Da war dieses Wort wieder, *Vertrauen*. Hatte Elizabeth ihm nicht genau das vorgeworfen, dass er nie jemandem vertraute?

»Also, was soll ich deiner Meinung nach tun?«, fragte Emmett an Hades gerichtet. »Ihr hinterherjagen und sie Rutlidge wegnehmen?«

»Nun, fürs Erste aus dem Schwimmbecken steigen, dich anziehen und dann eine Möglichkeit finden, ihren Zug anzuhalten.«

»Das kann ich mit einem einzigen Telegramm erreichen. Die Frage ist, warum sollte ich mir die Mühe machen?«

Brendan schwieg eine lange Minute. Als er wieder sprach, war seine Stimme brüchig vor Emotion. »Wir waren zu jung, um hinter ihr herzujagen, Emmett. Keiner von uns hatte die Fähigkeit, sie aufzuhalten, und dann war sie fort.« Emmett hörte ihn schlucken, und unvermittelt ließ ein Kloß auch seine Kehle eng werden. »Vergeude diese Gelegenheit nicht. Du bekommst sie vielleicht nicht wieder. Selbst wenn du scheiterst, wirst du es wenigstens versucht haben. Ist Lizzie es denn nicht wert, um sie zu kämpfen?«

Brendans Schritte verklangen, und Emmett blieb im Becken treibend zurück. Hatte sein Bruder recht? Liebte Elizabeth ihn? Falls ja, warum war sie dann fortgegangen?

»Harvard hat den Nagel auf den Kopf getroffen, weißt du«, erklang Kellys Stimme vom anderen Ende des Raumes, wo er offensichtlich gelauscht hatte.

»Ich hatte mich schon gefragt, wann du dich zeigen würdest«, sagte Emmett. »Du konntest es nicht gut sein lassen, was?«

»Konntest du es gut sein lassen, als die Dead Rabbits mich niedergestochen haben? Hast du es gut sein lassen, als Rebecca starb und ich mich beinahe totgesoffen hätte? Oder als ich wieder mit dem Kämpfen angefangen und in finsteren Seitengassen mein Leben riskiert hab?«

Emmett sagte nichts. Er hatte diese Dinge aus demselben Grund getan, aus dem sein Freund Emmett zum Schwimmbecken herunter gefolgt war: weil sie eine Familie waren.

»Bish, ich weiß, warum du sie ständig von dir stößt. Du denkst, dass du ihrer nicht würdig bist, dass du kein Glück verdient hast. Erinnerst du dich noch, was du zu mir gesagt hast, als Rebecca starb?«

Die Krankheit und das langsame Dahinsiechen seiner Frau hatten Kelly beinahe zerstört. Als Rebecca schließlich gestorben war, war Emmett wochenlang bei Kelly geblieben und seinem Freund nicht von der Seite gewichen, aus Angst davor, was Kelly womöglich tun könnte.

»Ich habe meine Vergangenheit nie vor Rebecca verheimlicht. Sie wusste, wo ich herkam und was ich in Five Points getan hatte. Sie sagte, sie liebt mich nur umso mehr, weil ich meine Vergangenheit überwunden habe. Aber als sie starb ...« Kellys Stimme brach ab, und er räusperte sich.

»Du hast gesagt, es wäre die Strafe für deine Sünden«, sagte Emmett sanft. »Dass es deine Schuld sei, dass sie krank wurde und starb.«

»Und du hast mir gesagt, dass ich mich irre. Dass meine Zeit mit Rebecca, so kurz sie auch gewesen sein mochte, meine Belohnung dafür war, es aus den Elendsvierteln herausgeschafft zu haben.«

»Worauf willst du hinaus?«

Kelly kam an den Beckenrand und starrte auf Emmett hinunter. »Du hasst es, zuzugeben, dass du falschliegst, das hast du schon immer. Aber deine Frau ist kein Dummkopf. Wenn du glaubst, dass sie dich nicht kennt, dass sie nicht weiß, was für ein Mann du bist, dann irrst du dich. Sie weiß es, und sie liebt dich trotzdem.«

»Sie weiß nicht alles. Nicht über Five Points.«

»Falsch. Brendan hat sie über vieles davon ins Bild gesetzt. Sie weiß mehr, als du denkst, und sie war immer noch bereit, es mit dir auszuhalten.«

Emmett runzelte die Stirn. Brendan hatte kein Recht, Elizabeth irgendetwas davon zu erzählen, nicht ohne zuerst mit ihm darüber zu sprechen. Wie viel hatte sein Bruder ihr gegenüber preisgegeben?

»Sie ist gegangen, weil sie glaubte, dass du sie nie wolltest – nicht, weil sie dich nicht will«, sagte Kelly. »Du musst raus aus dem Wasser, Emmett. Dich anziehen und dir deine Belohnung holen, bevor es zu spät ist.«

KAPITEL NEUNZEHN

Eine junge Dame sollte ihre Reisebekanntschaften
mit äußerster Sorgfalt wählen …
AMERICAN ETIQUETTE AND RULES OF POLITENESS, 1883

»Darf ich dir beim Frühstück Gesellschaft leisten?«

Als Lizzie aufblickte, fand sie einen gut gekleideten Henry Rutlidge neben ihrem Tisch vor. Da der Speisewagen beinahe voll war, wäre es unhöflich gewesen, abzulehnen, obwohl sie wirklich keine Gesellschaft wollte. Besonders nicht die von Henry.

Die Manieren siegten. »Natürlich.« Sie deutete auf den Platz gegenüber. Henry ließ sich darauf fallen, ein breites Lächeln auf dem Gesicht.

»Guten Morgen«, sagte er fröhlich, dann wandte er sich an den Kellner, um zu bestellen.

Sie fühlte sich an diesem Morgen nicht annähernd so heiter. Obwohl sie das Abendessen hatte ausfallen lassen, um Henry aus dem Weg zu gehen, hatte sich der Schlaf nicht vor den frühen Morgenstunden eingestellt. Stattdessen hatte sie in ihrer

Schlafkoje gelegen, aus dem Fenster gestarrt und sich gefragt, warum Emmett Henry gesagt hatte, wo sie zu finden war. Warum war Emmett nicht einfach ehrlich zu ihr gewesen? Und warum vermisste sie ihren Mann trotz allem, was passiert war, immer noch?

»Ich dachte letzte Nacht wirklich, der Zug wäre kaputtgegangen«, bemerkte Henry, nachdem der Kellner gegangen war, und riss sie damit aus ihren Gedanken.

»Kaputtgegangen? Warum?«

Er runzelte die Stirn. »Hast du nicht bemerkt, wie lange wir in Martinsburg gehalten haben? Das waren bestimmt ein paar Stunden.«

Sie hatte es nicht bemerkt. Kummer neigte dazu, die Umgebung auszulöschen. »War etwas nicht in Ordnung?«

»Niemand wollte es mir sagen. Wir haben einfach angehalten und gewartet. Und als der Zug sich endlich wieder in Bewegung setzte, schlichen die Räder regelrecht nach Ohio.«

Nun, da er es erwähnte, fiel ihr auf, dass der Zug wirklich ziemlich langsam zu fahren schien. Lizzie war noch nie so weit nach Westen gereist, deshalb hatte sie angenommen, dass das die normale transkontinentale Geschwindigkeit war. Aber wenigstens bewegten sie sich.

»Bist du schon einmal in diese Richtung gefahren?«, fragte sie Henry.

»Nein. Die Unterbringung lässt meiner Meinung nach sehr zu wünschen übrig. Und wo bleibt mein Frühstück?« Er warf einen Blick über die Schulter und suchte den Wagen ab. »Warum es Menschen gibt, die sich dafür entscheiden, in einem öffentlichen Waggon zu reisen, ist mir schleierhaft. Es ist barbarisch.«

Er war ein noch größerer Snob als ihr Bruder. »Mir macht es nichts aus. Ich mag die Anonymität und das Gefühl von Abenteuer.«

Henry sah sie an, als hätte sie ihm gerade geraten, teuer zu kaufen und billig zu verkaufen. »Ich nehme es an«, murmelte er. »Aber sobald eure Annullierung bewilligt ist, werden wir in New York bleiben.«

Ihre Augen weiteten sich. Das hatte besitzergreifend geklungen, als hätte Henry ein Recht, Entscheidungen für sie zu treffen – das er definitiv nicht besaß.

»Henry –«

Der Kellner stellte einen Porzellanteller und eine Tasse Kaffee vor Henry auf den Tisch und schnitt ihr damit das Wort ab. Henry nahm einen Bissen von dem Essen und verzog das Gesicht. »Das ist schlimmer als das, was sie gestern Abend ein Dinner nennen wollten.«

»Du kannst an jeder Haltestelle aus dem Zug aussteigen und zurück nach New York fahren. Niemand zwingt dich, mich zu begleiten.« Es hatte ihn nicht einmal jemand darum gebeten, um genau zu sein.

»Lizzie.« Er schenkte ihr ein gönnerhaftes, schiefes Lächeln. »Ich kann nicht zulassen, dass du dich dem hier allein stellst. Wir sind Freunde. Außerdem ist diese Reise nicht sicher für eine Frau ohne Begleitung, besonders nicht für eine Frau wie dich.«

»Was soll das heißen, eine Frau wie mich?«

Er kratzte sich die Koteletten. »Du weißt schon, für eine Frau aus deinen Verhältnissen. Aus *unseren* Verhältnissen. Das hier ist gefährlich für eine sanftmütige Frau wie dich.«

Sanftmütig? Beinahe hätte sie geschnaubt. Wenn Emmett gehört hätte, dass sie mit diesem Wort beschrieben wurde, hätte er gelacht. Ein weiterer Beweis, dass Henry und sie nicht zueinander passten. Er kannte sie überhaupt nicht, wenn er wirklich glaubte, dass sie ›sanftmütig‹ war.

»Und diese Idee mit der Wertpapierfirma ... Ich fürchte, du wirst unsere Familie an erste Stelle setzen müssen, Lizzie.«

»Es ist mehr als nur eine ›Idee‹, und ich habe vor, sie weiterzuverfolgen, Henry.«

Ein Muskel zuckte an seinem Kiefer, und er blähte die Nasenflügel, bevor er herauspresste: »Natürlich, meine Liebe.«

Obwohl seine Unaufrichtigkeit offensichtlich war, ließ sie das Thema fallen und widmete sich ihrem Frühstück. Sie und Henry hatten keine gemeinsame Zukunft, keine, in der er irgendeine Kontrolle über ihr Leben haben würde.

Sobald das Frühstück beendet war, kehrten sie in den Salon der ersten Klasse zurück, wo sie bemerkte, dass der Zug in einen Bahnhof einfuhr. Gut. Vielleicht konnte sie kurz hinaustreten, um frische Luft und Abstand von unerwünschten Begleitern zu bekommen. Außerdem vermisste sie seltsamerweise Emmett. Die Zeit mit Henry hatte nur dazu beigetragen, sie daran zu erinnern, wie sehr.

Offensichtlich musste sie den Kopf freibekommen.

»Ich denke, ich vertrete mir ein wenig auf dem Bahnsteig die Beine, Henry. Vielleicht sehen wir uns heute Nachmittag.«

Sie machte sich auf den Weg zum Vorraum, aber seine Hand hielt sie auf. »Warte, Lizzie. Ich möchte mit dir reden.«

»Haben wir das nicht schon den ganzen Morgen getan?«, fragte sie spitz. »Ich brauche ein wenig frische Luft, Henry.«

»Bitte, Lizzie. Mir zuliebe?«

Warum bedrängte er sie so? Sie wäre viel lieber allein gewesen. Seufzend fand sie sich damit ab. Vielleicht würde er ihr ein wenig Raum lassen, wenn sie ihn anhörte. Sie nickte, und er führte sie zum Sofa, wo sie sich beide auf die weichen Kissen setzten.

»Hast du über das nachgedacht, was ich gestern gesagt habe?«

»Über welchen Teil genau?«

»Darüber, dass ich dich heiraten will.« Forschend musterte er ihr Gesicht, bevor er sich näher zu ihr lehnte, als schicklich war. »Glaubst du mir?«

Sie rückte ein wenig von ihm fort. »Es macht wohl kaum einen Unterschied, ob ich dir glaube oder nicht, Henry. Ich denke, du hast aufgrund unserer Freundschaft Annahmen getroffen, Annahmen, die ich nicht teile.«

»Das sind keine Annahmen. Aber mir ist bewusst, dass du deshalb an mir zweifelst, weil ich zu zögerlich bei dir war. Ich hätte dir schon lange vorher zeigen sollen, wie ich empfinde.«

In ihrem Nacken kribbelte es. Das eigenartige Leuchten in seinen Augen gefiel ihr nicht. »Nein, das ist es nicht, warum –«

»Natürlich ist es das.« Er streckte die Hand aus und umklammerte ihren Unterarm mit festem Griff. »Lass es mich dir zeigen. Lass mich dir beweisen, wie sehr ich dich will.«

»Das ist nicht nötig«, erwiderte sie rasch, während sie versuchte, ihren Arm wegzuziehen, und sich fieberhaft im Waggon umsah. Es war niemand sonst in der Nähe, niemand, der ihr helfen konnte. Die anderen Passagiere der ersten Klasse mussten draußen auf dem Bahnsteig oder immer noch im Speisesaal sein. Wo waren die Schaffner? »Wirklich, Henry. Du brauchst nicht zu demonstrieren –«

Ohne Vorwarnung riss er sie an sich und presste seinen

Mund auf ihren. Vor Überraschung war sie wie angewurzelt, völlig erstarrt, während seine kalten, entschlossenen Lippen sich gewaltsam auf ihren bewegten. Sie hatten sich schon ein- oder zweimal geküsst, aber dieser Austausch war ohne Leidenschaft gewesen. Ohne Aufregung. Dieses Mal war nicht anders – und sie war *verheiratet*.

Mit aller Kraft stieß sie ihn fort. »Henry, hör auf. Wir sollten das nicht tun. Ich bin verheiratet.«

»Dein Mann ist nicht hier«, erwiderte Henry. »Er will dich nicht so, wie ich es tue.«

»Das ändert nichts an der Tatsache, dass ich mit ihm verheiratet bin. Ich kann das nicht tun.«

»Natürlich kannst du das.« Seine Augenbrauen wurden zu einer ungläubigen Linie. »Lass mich dir zeigen, wie sehr ich dich will.«

Er beugte sich vor, und sie bog sich weg, während sie versuchte, auf die Füße zu kommen, aber er packte sie mit beiden Händen an den Schultern, drückte sie in die Ecke des Sofas und versperrte ihr mit seinem Körper den Weg. Ein Schauer der Angst lief ihr über den Rücken. Wie weit würde Henry gehen, um ihr seine Gefühle für sie zu ›beweisen‹?

»Du musst mich loslassen. Das hier ist nicht richtig, Henry.«

»Du irrst dich.« Er beugte den Kopf und drückte sein Gesicht an ihren Hals. »Das ist genau richtig. Du brauchst mich, Lizzie.«

Eine Hand umfasste ihre Brust, und nun begann sie sich ernsthaft zur Wehr zu setzen. »Hör auf, Henry!«

»Schh«, befahl er ihr. »Ich bin ein sehr großzügiger Liebhaber. Das sagen alle. Lass uns hier aussteigen, und ich suche uns ein Hotelzimmer. Erlaube mir, dir Vergnügen zu bereiten. Du wirst es genießen, das schwöre ich.«

Sie stemmte sich weiter gegen ihn und versuchte, aufzustehen. Als das nicht funktionierte, trat sie ihm ans Schienbein. Er zuckte nicht einmal zusammen. »Hör auf! Lass mich los. Hör auf, Henry!«

Er ließ nicht einmal erkennen, dass er sie gehört hatte. Panik erfasste sie, und sie tat das Einzige, was ihr einfallen wollte: Sie ballte die Faust und versetzte ihm einen schnellen Kinnhaken. Seine Zähne schlugen krachend aufeinander, und vor Überraschung lockerte sich sein Griff weit genug, dass sie von ihm fortrutschen konnte.

Sie stürzte zum Vorraum, um zu entkommen oder nach einem Schaffner zu rufen. Als sie die schwere Tür aufriss, öffnete sie den Mund, um zu schreien, schloss ihn jedoch sofort wieder.

Emmett Cavanaugh kam auf sie zugestürmt, mörderische Wut im Gesicht.

Emmetts Blick glitt über seine Frau, die vor Angst bebend in der Tür stand, Haar und Kleidung in Unordnung. Er hatte ihre Schreie gehört, als er näher gekommen war, und die Panik in ihrer Stimme hatte ihm das Blut in den Adern gefrieren lassen. Gott sei Dank schien sie unversehrt, zumindest körperlich.

Also würde Rutlidge am Leben bleiben. Mit knapper Not.

»Emmett«, hauchte sie und blickte aus großen Augen zu ihm hoch.

»Hallo, Elizabeth.« Er wollte sie in die Arme nehmen und sie fest an sich drücken. Sie um den Verstand küssen. Auf die Knie fallen und sie um Vergebung bitten. Aber er tat nichts davon, sondern starrte sie einfach nur an. Wie würde sie auf seine Anwesenheit reagieren, sobald die Überraschung verebbt war?

Emmett vermutete, dass Brendan vielleicht recht gehabt hatte. Dem, was er vor wenigen Momenten gehört hatte, nach zu schließen war Rutlidge nicht Elizabeths Liebhaber. Also was war er dann?

»Was machen *Sie* denn hier?« Rutlidge stand mit äußerst finsterer Miene mitten im Salon der ersten Klasse.

»Ich bin gekommen, um meine *Frau* zu holen«, sagte Emmett langsam, mit einem Maß von Drohung, wie er es seit Jahren nicht mehr getan hatte.

Elizabeth versteifte sich, was, wie er hoffte, von Überraschung und nicht Enttäuschung herrührte. Dennoch, um sie würde er sich später kümmern, nachdem er Rutlidge ein oder zwei Gliedmaßen ausgerissen hatte.

Zwei Schaffner erschienen am anderen Ende des Waggons, dicht gefolgt von Passagieren, deshalb rief Emmett: »Dieser Wagen ist für die nächsten fünfzehn Minuten geschlossen.«

»Ja, Sir«, antwortete einer der Schaffner, bevor er alle aus dem Waggon scheuchte.

Emmett nahm seine Frau bei den Schultern und drehte sie zu sich um. Seine Daumen verweilten, um die zarten Knochen unter ihrer Kleidung zu streicheln, während er ihr Gesicht musterte. Strahlend graue Augen leuchteten zu ihm hoch, und ein Stich traf ihn mitten in die Brust. Verdammt, er liebte diese Frau. »Ich habe dir viel zu sagen, aber zuerst muss ich wissen, ob er dir wehgetan hat.«

»Es geht mir gut. Aber was machst du –?«

»Alles zu seiner Zeit, Elizabeth.« Er nahm ihren Arm und führte sie zu einem Sessel. »Warte hier.«

Als hätte er einen Vorhang zugezogen, sperrte er all die Erleichterung und Zärtlichkeit in ihm entschlossen fort und ersetzte sie durch kalte, harte Entschlossenheit, als er auf Rutlidge zuging. Der jüngere Mann hatte wenigstens so viel Vernunft, zurückzuweichen, sobald er den Ausdruck auf Emmetts Gesicht sah. »Habe ich richtig gehört, dass Sie meine Frau gegen ihren Wunsch angerührt haben, Rutlidge?«

Der Mann hob abwehrend die Hände, und das Blut wich ihm aus dem Gesicht, als er mit dem Rücken auf die Wand traf. »Hören Sie, Cavanaugh. Es ist nichts passiert. Wir haben uns nur unterhalten.«

»Selbst wenn ich ihr Protestieren nicht mit eigenen Ohren gehört hätte, würde ich Ihnen nicht glauben.« Er legte eine Hand um Rutlidges Hals und drückte zu. »Kelly!«

»Ja, Bish?« Kelly stiefelte in den Waggon und lüpfte grüßend den Hut in Elizabeths Richtung. »Mrs. Cavanaugh.«

»Hallo, Kelly«, sagte sie mit einem Lächeln.

»Kelly, bring Mrs. Cavanaugh zurück zu meinem Privatwagen.«

»In Ordnung.« Er bot ihr die Hand an. »Kommen Sie mit mir, Ma'am. Ich sorge dafür, dass Sie es bequem haben.«

Elizabeth schüttelte den Kopf. »Emmett, ich denke, ich sollte bleiben.«

»Auf keinen Fall. Geh mit Kelly.« Er warf ihr einen Blick über die Schulter zu und milderte seinen Tonfall. »Bitte, Elizabeth.«

Einen Herzschlag lang starrte sie ihn an, die Miene unergründlich. Die Dinge zwischen ihnen waren noch nicht geregelt, und er konnte es ihr nicht vorwerfen, dass sie zögerte. Er konnte sie hier jedoch nicht gebrauchen.

»Ich bleibe. Ich glaube, du hast missverstanden –«

Er hob seine freie Hand. »Hat er dich ohne deine Erlaubnis angerührt?«

Sie biss sich auf die Unterlippe. »Ja.«

»Hast du ihn gebeten, aufzuhören?«

»Jetzt warten Sie mal –«, setzte Rutlidge an, doch Emmett krümmte die Finger, um dem Mann die Luftzufuhr abzuschneiden.

»Elizabeth?«, sagte Emmett. »Hast du ihn gebeten, aufzuhören?«

Vorsichtig nickte sie. »Das habe ich, aber –«

»Dann habe ich nichts missverstanden. Du und ich werden uns unterhalten, wenn ich mit Rutlidge fertig bin.« Er nickte Kelly zu.

»Kommen Sie jetzt, Mrs. Cavanaugh. Er wird sich Sorgen machen, wenn Sie nich' friedlich mitkommen.« Kelly nahm ihren Ellbogen und zog sie aus dem Waggon hinaus in den Vorraum. Sie wirkte besorgt, widersprach aber nicht weiter.

Als die hölzerne Tür wieder ins Schloss fiel, löste Emmett seinen Griff, um Rutlidge atmen zu lassen. Der andere Mann sackte gegen die Wand und atmete pfeifend ein und aus.

Emmett ließ sich in einen Sessel fallen und wischte sich ein Staubkorn von der Hose. »Ich gebe Ihnen genau eine Gelegenheit für eine Erklärung, Rutlidge, und ich hoffe für Sie, dass sie gut ist.«

»Sie hat Sie verlassen«, keuchte Rutlidge. »Jeder kann sehen, dass Sie sie unglücklich machen. Sie ist unterwegs nach Kalifornien, um eine Scheidung zu erwirken.«

Die Nachricht zerschnitt Emmetts Brust mit der Präzision einer scharfen Rasierklinge, aber er verzog keine Miene. Konnte es sein, dass Rutlidge log? »Dann frage ich mich aber immer noch, was *Sie* mit der Sache zu tun haben.«

Bebend vor Wut stieß Rutlidge sich von der Wand ab. »Sie ist zu gut für Sie. Das sagen alle. Ich gehöre zu ihr; ich habe schon immer zu ihr gehört.«

Emmett faltete die Hände im Schoß. »Ach wirklich? Dann erklären sie mir doch einmal, warum sie mich geheiratet hat und nicht Sie?«

»Weil ihr törichter Bruder es ihr nicht verboten hat, Sie zu sehen, wie ich gehofft hatte!«

Wie er gehofft hatte? »Ah, dann haben Sie also Sloane die Nachricht geschickt, die ihm verriet, dass Elizabeth und ich in dem Séparée im Sherry's zu Abend aßen.«

»Ja! Ich habe versucht, ihn dazu zu bringen, einzuschreiten, dieser lächerlichen Vorstellung von Ihnen und Lizzie ein Ende zu machen.«

»Und wie hat dieser Plan funktioniert?«, fragte Emmett trocken.

»Er hätte funktionieren sollen«, knurrte Rutlidge. »Lizzie gehört mir.«

Emmett seufzte. Rutlidge war nichts als ein verwöhnter, behüteter kleiner Mistkerl, der kaum Emmetts Zeit wert war. Wenn der Mann Elizabeth nicht angegriffen hätte, dann wäre Emmett beinahe versucht gewesen, ihn ungeschoren davonkommen zu lassen.

Aber er hatte Elizabeth angegriffen, was absolut unverzeihlich war.

»Rutlidge«, setzte Emmett an. »Wissen Sie, warum man

mich damals Bishop nannte, als ich mit den Popes unterwegs war?«

Rutlidge schluckte, wich aber nicht zurück. Er reckte das Kinn. »Warum?«

Emmett erhob sich zu voller Größe und stemmte die Hände in die Hüften, um so viel Raum wie möglich einzunehmen. »Weil es meine Aufgabe war, über die Strafen zu entscheiden, die verhängt wurden. Jeder, der uns Unrecht tat, jeder, der versuchte, uns zu betrügen oder unser Revier zu übernehmen, musste sich vor mich knien und seine Verteidigung vorbringen. Dann gab ich ihm zwei Möglichkeiten zur Wahl. Daraufhin stellte ich ihm eine Frage, bevor ich meine Entscheidung traf.«

»W-wie lautete die Frage?«, stotterte Rutlidge mit großen, runden Augen.

»Vielleicht sollten Sie sich erst Ihre Wahlmöglichkeiten anhören. Die eine ist ein gebrochener Arm, weil Sie es gewagt haben, etwas anzurühren, was mir gehört. Die zweite ist, aus dem Zug geworfen zu werden, weil Sie es gewagt haben, ihr zu folgen.« Emmett ging auf ihn zu, die Hände zu Fäusten geballt. »Und jetzt werde ich Ihnen die Frage stellen. Welche Strafe, denken Sie, haben Sie verdient?«

»Keine davon!«, kreischte Henry und wich die Hände abwehrend von sich gestreckt zurück. »Sie sind verrückt. Sie dürfen mir keines von diesen Dingen antun. Wissen Sie denn nicht, wer ich bin?«

»Ich weiß ganz genau, wer Sie sind, Sie eingebildeter, überprivilegierter Sack voll Scheiße.« Emmett beugte sich vor und knurrte: »Sie ist meine gottverdammte Frau, und Sie haben kein Recht, dieselbe Luft wie sie zu atmen. Wählen Sie, Rutlidge.

Entweder ich breche Ihnen den Arm, oder ich werfe Sie aus diesem Zug.«

Mit unerwarteter Geschwindigkeit schlüpfte Rutlidge an Emmett vorbei und hastete zur Tür. Emmett fuhr herum, um die Verfolgung aufzunehmen, stolperte jedoch über das Bein eines Armsessels. Verdammte vollgestopfte Waggons.

Darauf konzentriert, Rutlidge zu packen, rannte er auf den Vorraum zu und war dankbar dafür, dass der Waggon leer blieb und seine langen Beine den Abstand schnell überbrückten. Rutlidge schaffte es in den geschlossenen Vorraum, aber Emmett war unmittelbar hinter ihm. Gerade als Rutlidge die Tür zum nächsten Waggon öffnete, holte Emmett ihn ein und packte den Mann am Hemdkragen.

Kelly kam aus dem anderen Waggon. »Hast versucht, wegzulaufen, was?«, sagte er kopfschüttelnd zu Rutlidge. »Das war ein Fehler. Der Bishop ist vielleicht groß, aber er ist schnell.«

Rutlidge wehrte sich zappelnd. »Lassen Sie mich los!«

Emmett holte mit dem rechten Arm aus, dann schlug er mit einem mächtigen Haken zu – und Rutlidge prallte gegen die Wand des kleinen Raums. »Kelly, sag ihnen, dass ich bereit bin, den Zug losfahren zu lassen. Rutlidge wird sich entscheiden, ob er jetzt hinausspringt, oder ob ich ihn mit einem gebrochenen Arm hinauswerfe, sobald die Räder anfangen, sich zu bewegen.«

Rutlidge hielt sich stöhnend die Wange, als Kelly zurück ins Innere des Waggons eilte. »Das können Sie nicht tun«, keuchte Rutlidge pfeifend. »Wir sind mitten im Nirgendwo. In irgendeinem gottverlassenen, kleinen Bauernkaff –«

»Genau. Es wird Ihnen guttun, herausfinden zu müssen, wie

Sie wieder nach New York zurückkommen. Das heißt, wenn der Sturz Sie nicht umbringt.«

»Sie sind ein Verbrecher«, spuckte Henry aus. »Sie sind nichts weiter als der Abschaum, in dem Sie geboren wurden. Sie wird niemals bei Ihnen bleiben.«

»Das ist zu bedauerlich, denn ich habe nicht die Absicht, sie gehen zu lassen. Sie bedeutet mir alles.«

Rutlidges Lippen verzogen sich zu einem selbstgefälligen Lächeln. »Falsch. Geld bedeutet Ihnen alles. Jeder weiß das. Und wenn es mir gelungen wäre, Ihnen das zu nehmen, dann hätte sie das auch eingesehen.«

Emmett blinzelte. »Gott. Sie haben dieses verdammte Gerücht in die Welt gesetzt, das den Aktienkurs von East Coast Steel hat abstürzen lassen.«

Hinter ihm erklang ein Aufkeuchen. Elizabeths schönes, aber überraschtes Gesicht lugte aus dem angrenzenden Waggon hervor. »Henry! Wie konntest du so etwas tun?«

KAPITEL ZWANZIG

Eine der größten Disziplinen menschlichen Lebens ist die,
die uns lehrt, unseren Willen anderen zu beugen.
AMERICAN ETIQUETTE AND RULES OF POLITENESS, 1883

In diesem Moment durchschnitt das Pfeifen des Zugs lang und schrill die Luft, und die Räder setzten sich mit einem Ruck in Bewegung. Emmett sah seine Frau aus dem Waggon treten. Ihre Augen sprühten Henry Rutlidge Feuer entgegen. Er hätte sich denken können, dass sie nicht tun würde, was er ihr gesagt hatte.

Rutlidge versuchte, sie zu überreden. »Ich wollte es dir zeigen, Lizzie. Wenn er sein Geld verlieren würde, dann würdest du ihn verlassen. Dann könnte ich für dich sorgen.«

»Emmetts Geld ist mir egal. Sein Reichtum hat nichts damit zu tun, warum ich ihn geheiratet habe. Wie kannst du mich nur für so oberflächlich halten?«

»Es muss doch einen Grund geben, warum du ihn willst anstatt mich!«

Emmett hatte sich oft dasselbe gefragt. Er hielt den Atem an und wartete darauf, was Elizabeth sagen würde.

Groß und kerzengerade aufgerichtet stemmte sie die Hände in die Hüften, respekteinflößend wie eine Königin. »Weil er ein guter Mann ist, einer, der seinen eigenen Weg in der Welt gemacht hat. Einer, der Ehrgeiz besitzt und es einer Frau nicht übelnimmt, wenn sie diese Eigenschaft mit ihm teilt. Er behandelt mich wie eine Ebenbürtige, nicht wie ein dummes, kleines Weibchen, das untätig zu Hause sitzen soll.«

Das letzte Stück Eis um Emmetts Herz splitterte und zerschmolz. Er hatte nichts getan, um diese Frau zu verdienen, aber er würde alles tun, was in seiner Macht stand, um sie für den Rest seines Lebens glücklich zu machen.

»Ja, eine Ebenbürtige«, höhnte Rutlidge. »Genauso, wie er dich zweifellos von seinen Plänen informiert hat, Northeast Railroad zu übernehmen.«

Elizabeths Gesichtsausdruck veränderte sich nicht, und Emmett erkannte, dass sie nicht überrascht war. *Verflucht.* Wie hatte Rutlidge davon erfahren?

»Ja, er hat mir gewisse Informationen vorenthalten – und dafür schuldet er mir eine Erklärung und eine Entschuldigung. Aber er ist mein Ehemann, Henry.«

Sie hatte Emmett nicht angesehen, und seine Eingeweide krampften sich bei der Vorstellung zusammen, sie vielleicht endgültig zu verlieren. Er wollte ihr die Dinge erklären, ihr sagen, was er fühlte, aber das konnte er nicht vor Rutlidge tun.

Dennoch musste er etwas sagen. Er beugte sich vor und brachte seine Lippen dicht an ihr Ohr. »Ich habe dich nie angelogen. Ganz gleich, was du ansonsten glaubst, was auch immer dieses Stück Dreck dir gesagt hat, glaub mir das.« Sie senkte das

Kinn mit einem kaum wahrnehmbaren Nicken, und der Knoten in seiner Brust löste sich leicht.

Die Räder begannen, Geschwindigkeit aufzunehmen, und der Vorraum schwankte, als der Zug schneller über die Schienen rollte. »Hör nicht auf ihn, Lizzie!«, kreischte Rutlidge und hielt sich stützend an der Wand fest. »Er ist –«

»Kurz davor, Sie aus dem Zug zu werfen, wenn Sie nicht die Klappe halten«, sagte Emmett. »Und wenn man bedenkt, dass Sie es waren, der William Sloane an jenem Abend im Sherry's die Nachricht geschickt hat, dann würde ich an Ihrer Stelle kein Wort mehr über das Hüten von Geheimnissen verlieren.«

»Henry!«, schrie sie auf. »Warum solltest du so etwas Grausames tun?«

»Dein Bruder weiß, mit welcher Sorte Leute man verkehren sollte. Ich hatte angenommen, er würde dir verbieten, Cavanaugh wiederzusehen.« Henry fuhr sich mit der Hand übers Gesicht. »Ich hatte keine Ahnung, dass er dich zwingen würde, so weit unter deinem Stand zu heiraten.«

»Die ganze Zeit über dachte ich, du wärst ein Freund. Aber in Wahrheit bist du hinterhältig und bewusst bösartig. Es ist, als würde ich dich nicht einmal mehr kennen.«

»Lass nicht zu, dass er«, Rutlidge zeigte auf Emmett, »dich gegen mich aufbringt. Ich liebe dich, Lizzie. Ich habe dich immer geliebt.«

»Nein, tust du nicht. Du glaubst, du hast etwas verloren, aber ich habe dir von Anfang an nie gehört. Und das werde ich auch nie.«

Mit geballten Fäusten machte Henry einen drohenden Schritt auf Emmett zu, und Elizabeth überraschte alle, indem sie sich zwischen die beiden Männer stellte. »Wag es ja nicht, Henry. Lass meinen Mann in Ruhe.«

Emmett musste sich ein Lächeln verkneifen. Er hatte noch nie beschützt werden müssen ... Noch nie. Und doch glaubte sein winziges Ding von einer Ehefrau, sich für ihn einsetzen zu müssen, wofür er sie nur noch mehr liebte und respektierte.

»Ihr seid beide abstoßend«, spuckte Rutlidge aus. »Ich werde dafür sorgen, dass alle dich schneiden, Lizzie. Deine Einladungen werden ausbleiben –«

»Halten Sie den Mund.« Weißglühende Wut durchzuckte Emmett, und er stürzte sich auf Rutlidge, um ihm den perfekt frisierten Kopf abzureißen.

Der andere Mann erbleichte und riss vor Angst die Augen auf. Er packte den Griff der Tür, die nach draußen führte, und riss sie auf. Wind rauschte herein, während die Landschaft vorbeizog, und das Geräusch war in dem geschlossenen Raum beinahe ohrenbetäubend. Rutlidge zögerte nicht. Er trat ins Leere und sprang aus dem fahrenden Zug.

Emmett erreichte den Rand gerade noch rechtzeitig, um zu sehen, wie Rutlidge auf den Boden aufprallte und eine Böschung hinunterrollte.

Elizabeth spähte über Emmetts Schulter. »Wird er verletzt sein?«, rief sie.

Emmett riss die Tür wieder zu. »Um den kümmere ich mich nicht länger. Und du?«

»Nein.« Mit argwöhnischen grauen Augen sah sie ihn an. »Du bist der Grund, warum der Zug gestern Nacht angehalten hat, damit du uns einholen konntest. Warum bist du hinter mir hergekommen, Emmett?«

Er gab ihr die ehrliche Antwort, die ihm auf der Zunge lag. »Ich musste es tun. Ich konnte dich nicht gehen lassen.«

»Ja, aber warum? Lass mich raten. Du hast erfahren, dass Henry im Zug ist, und hast mir nicht vertraut.«

Emmett schluckte, nervös darüber, wie nah sie der Wahrheit gekommen war. »Ich habe dir vertraut. Rutlidge war es, dem ich nicht vertraut habe, und das offensichtlich aus gutem Grund.« Als ihre Miene sich nicht veränderte, fuhr er sich mit der Hand übers Gesicht. Der Zeitpunkt war gekommen, ehrlich zu ihr zu sein.

»Es fällt mir nicht leicht, Menschen zu vertrauen. Die Dinge waren so perfekt zwischen uns nach dem Schneesturm, dass ich nicht glauben konnte, dass es anhalten würde. Als ich also von dem Aktienkauf erfuhr, nahm ich an, du hättest mich zum Narren gehalten und so getan, als gefiele es dir, meine Frau zu sein, nur um mich unvorbereitet zu erwischen. Es tut mir sehr leid, Elizabeth, alles davon. Das Misstrauen, und auch alles, was ich gesagt habe.«

Sie verschränkte die Arme vor der Brust und starrte für einen langen Moment an die Wand des Vorraums. Emmett begann, sich Sorgen zu machen, dass sie seine Entschuldigung nicht annehmen würde, dass er alles zwischen ihnen endgültig ruiniert hatte. Schweißperlen bildeten sich auf seiner Stirn, dennoch zwang er sich, ruhig zu bleiben und ihr Gelegenheit zu geben, nachzudenken.

Endlich sah sie ihm in die Augen. »Anderen zu vertrauen fällt mir auch nicht leicht. Mein ganzes Leben lang habe ich gelernt, mein wahres Ich zu verstecken, nicht zu viel preiszugeben, um nicht den Zorn der Gesellschaft auf mich zu ziehen. Du …« Zitternd sog sie den Atem ein. »Du warst der erste

Mensch, der alles von mir gesehen und mich nie verurteilt hat. Du hast alles, was ich bin, alles, was ich sein will, wie das Normalste der Welt wirken lassen, selbst Dinge, die es für eine Frau nicht sind. Aber du hast mich nicht wirklich gesehen, denn wenn du es getan hättest, dann hättest du gewusst, dass ich dir niemals wehtun könnte.«

»Ich habe dich gesehen«, stieß er rau hervor, und ihm wurde die Brust eng. »Ich habe eine Frau gesehen, die anders ist als alle anderen, eine Frau, die in den dunkelsten, tiefsten Teil von mir geblickt und es irgendwie geschafft hat, dort etwas Lohnenswertes zu finden.«

Unfähig, sich davon abzuhalten, sie zu berühren, überbrückte er den Abstand zwischen ihnen und streichelte mit den Fingerspitzen ihre weiche Wange.

»Du hast mir wehgetan, Emmett.«

»Ich weiß, Liebling, und ich werde nie aufhören, mich dafür zu entschuldigen.« Er legte ihr die Hände auf die Schultern und hielt sie fest. »Ich habe in meinem Leben viele schreckliche Dinge getan, Elizabeth. Die Flecken auf meiner Seele sind groß und dauerhaft. Ich habe eine Frau wie dich nicht verdient – eine kluge, anständige Frau mit Ehrgefühl und Mumm –, aber ich will verdammt sein, wenn ich dich aufgebe. Was ich auch immer tun oder sagen muss, wie auch immer ich mich für dich ändern soll, ich bin bereit, es zu tun. Ich ... Ich darf dich nur nicht verlieren.«

Ungeweinte Tränen schwammen in ihren Augen, und sie biss sich auf die Lippe. »Warum? Du wolltest mich nie heiraten. Du dachtest, du würdest dich an jenem Abend im Sherry's mit deiner Geliebten treffen. Mein Bruder –«

»Hat uns beiden einen Gefallen getan.«

Bei seiner Feststellung blieb ihr der Mund offen stehen, und Emmett gab ein trockenes Lachen von sich. »Ich hätte auch nie gedacht, dass ich das mal sagen würde, glaub mir. Aber Sloane könnte mich nie gegen meinen Willen zu etwas zwingen, Elizabeth, ganz gleich womit er droht. Ich wollte dich, und das wusste er. Ich wollte dich vom ersten Augenblick an, als du in mein Arbeitszimmer marschiert kamst.«

»Meinst du das ernst?«

»Jedes Wort.« Als sie sich leicht zu ihm neigte und ihre Schultern sich entspannten, loderte Hoffnung in seiner Brust auf. Vielleicht drang er zu ihr durch. Er konnte ihr ebenso gut alles erzählen.

Er nahm ihr Gesicht in die Hände und beugte sich vor, um zu flüstern: »Verlass mich nicht. Weder jetzt noch später. Ich werde das wiedergutmachen, das schwöre ich bei meinem Leben. Ich werde dir beweisen, wie sehr ich dich liebe.«

Sie stieß ein leises Keuchen aus. »Du liebst mich?«

»Mehr als ich je für möglich gehalten hätte.« Dann küsste er sie, lang und tief, sog ihre sanften Seufzer und warmen Atemzüge in seinen Mund. »Ich fürchte, du hast mich am Hals.«

»Das ist beruhigend, weil ich dich wahnsinnig liebe. Ich fürchte, du hast mich auch am Hals.«

Glück durchflutete Emmetts Brust, ein unvertrautes Gefühl der Richtigkeit, das er noch nie zuvor erlebt hatte. Niemand hatte ihn je geliebt, nicht auf eine dauerhafte, reale Weise. Seine Mutter hatte ihn angeblich geliebt, aber ihn trotzdem verlassen. Und sein Vater ... Emmett würde das kaum als Liebe bezeichnen. Die Mädchen und Brendan waren seine Familie, seine Verantwortung, und sie würden eines Tages alle heiraten und ihre eigenen Familien gründen. Elizabeth allerdings gehörte Emmett, weil sie bleiben wollte.

Was ihn an Rutlidges Worte erinnerte. »Heißt das, du fährst nicht nach Kalifornien, um eine Scheidung zu erwirken?«

Entgeistert zog sie sich zurück. »Wer um alles in der Welt hat dir das gesagt? Ich war nie unterwegs nach Kalifornien, um mich von dir scheiden zu lassen.«

»Dieser verlogene Bastard.«

»Ich nehme an, du meinst Henry. Was vermutlich bedeutet, dass du ihm nicht gesagt hast, in welchem Zug ich bin, nicht wahr?«

»Das hat er dir erzählt?« Mit zusammengebissenen Zähnen wandte sich Emmett zur Tür des Vorraums. Gott, er wollte Rutlidge gleich noch einmal fertigmachen.

Elizabeth legte Emmett eine Hand auf die Schulter, um ihn aufzuhalten. »Beruhige dich. Es ist offensichtlich, dass Henry diesbezüglich auch gelogen hat.« Sie seufzte. »Ich hatte keine Ahnung, dass er sich als so schwierig erweisen würde.«

»Er hat dich verloren.« Emmett senkte den Kopf und lehnte seine Stirn an ihre. »Ich kann es Rutlidge kaum vorwerfen, dass er gelogen hat, um dich zurückzubekommen. Aber das wird nie passieren. Du gehörst jetzt mir.«

»Bedeutet das, du vertraust mir?«

»Ja, ich vertraue dir – und ich bedauere es mehr, als du je ahnen wirst, dass ich an dir gezweifelt habe. Wie ich mich verhalten habe …« Ein Stich des Bedauerns bohrte sich in seine Eingeweide. »Ich hoffe, du verzeihst mir.«

Sie hob den Kopf, um ihn zu küssen, ein allzu kurzes Berühren ihrer Lippen. »Ich verzeihe dir. Keine Zweifel mehr, für keinen von uns. Und es tut mir leid, dass ich weggelaufen bin.«

»Das werfe ich dir nicht vor. Ich hätte dich nie verdächtigen sollen, dass du versuchst, mein Unternehmen zu sabotieren.«

»Stimmt, das hättest du nicht tun sollen.« Sie packte Emmetts Jackenaufschläge und begann, ihn zur Innentür des Waggons zu ziehen. »Und du wirst auf der Stelle anfangen, es wiedergutzumachen, nackt, im Schlafzimmer deines Privatwagens.«

Washington Square, New York City
Zwei Wochen später

Emmett faltete die Zeitung zusammen, als er seine Frau aus der Eingangstür treten sah, und sog ihren Anblick vom Innern der Kutsche aus in sich auf. Gott, war sie schön. Vor drei Tagen waren sie aus Chicago zurückgekehrt, wo er Lizzie die Chicagoer Börse gezeigt und sie eine Woche lang ganz für sich gehabt hatte – doch selbst das war nicht genug gewesen. Er wollte sie stundenlang betrachten, jede Regung, jede Nuance kennenlernen, die über ihr Gesicht zuckte. Sie war die Sonne, die Luft, das Wasser – alles, was er zum Leben brauchte. Und nun die zukünftige Mutter seines Kindes.

Die Brust wurde ihm eng, als Stolz in ihm emporschwellte. Gott sei Dank war sie auf seiner Türschwelle erschienen und hatte ihm anstelle von Cabot oder Harper die Idee ihrer Wertpapierfirma verkauft. Und er war sogar noch dankbarer dafür, dass sie ihm sein Misstrauen verziehen hatte. *Schau mich jetzt an, du elender Bastard*, sagte er stumm zu seinem längst verstorbenen Vater. *Du hast gesagt, dass ich es nie zu etwas bringen würde, dass ich auf den Straßen von Five Points sterben würde. Und schau nur, wie sehr du dich geirrt hast.*

Kelly sprang vom Kutschbock und öffnete die Tür für sie, was ihm ein dankbares Lächeln einbrachte, das den ehemaligen Faustkämpfer erröten ließ. Emmett konnte es ihm nachfühlen; er wusste sehr gut, welche Macht dieses Lächeln besaß.

Sie rutschte auf den Sitz ihm gegenüber, dabei raschelten ihre seidenen Röcke über seine Hosenbeine. Er wünschte sich, sie wären bereits zu Hause, wo er sie entkleiden konnte, um ihre weiche, wundervolle Haut zu berühren. Jede Stelle ihres Körpers zu küssen. Ihr zu huldigen.

Er war vorsichtig gewesen, seit er erfahren hatte, dass sie ihr Kind trug. Aber alle drei Ärzte, die er zu Rate gezogen hatte – sowie Brendan –, hatten ihm versichert, dass Intimität während der Schwangerschaft normal war. Dass er weder ihr noch dem Baby schaden würde. Also konnte er sie vielleicht jetzt auf seinen Schoß ziehen und –

»Emmett, hör auf. Du musst warten, bis wir zu Hause sind.«

Seine Mundwinkel hoben sich leicht. »Woher wusstest du, was ich denke?«

»Ich kenne diesen speziellen Ausdruck in deinen Augen.« Sie fuhr mit der Spitze ihres Schuhs an seiner Wade entlang, während die Kutsche sich in Bewegung setzte. »Und ich denke zufällig dasselbe.«

Er knurrte tief in der Kehle, und sie warf lachend den Kopf in den Nacken, was die Spitze an ihrem kleinen Hütchen wippen ließ. Er hatte festgestellt, dass sie es genoss, ihn zu foltern.

Nun, er genoss es ebenfalls, sie zu foltern.

»Was hat dein Bruder gesagt?«, fragte Emmett, als er ihr Bein nahm und es auf seinen Oberschenkel legte. Dann begann er, an den Schnürsenkeln ihres Halbstiefels zu zupfen.

Sie hatte die Aufmerksamkeit auf seine Hände gerichtet und antwortete nicht, deshalb drängte er: »Nun?«

»Er hat Ja gesagt«, murmelte sie.

Emmett zog ihr den Stiefel aus und legte ihn auf den Sitz neben ihm. Dann nahm er ihren bestrumpften Fuß in die Hände und begann, ihre Fußsohle zu kneten.

Sie stöhnte, und ihre Finger gruben sich in den Rand des samtbezogenen Sitzes. Er lächelte. »Ja wozu, meine Liebe?«

»Taufpate zu sein. Gütiger Himmel, fühlt sich das gut an.«

»Und was ist mit dem Rest?« Er bewegte die Finger zu ihrem Fußballen. Ihr Seidenstrumpf fühlte sich glatt und rutschig an. »Was ist mit den Aktien?«

»Sein«, sie räusperte sich, »ehemaliger Anlagebankier hat ihn bestohlen. Aktien erzeugt und das Geld in die eigene Tasche gesteckt. Will hat seinen Gürtel enger geschnallt, um die ausstehenden Aktien zurückzukaufen.«

»Das ist bedauerlich. Aber das hatte ich vermutet.«

»Wirklich?«, hauchte sie. Ihre Brust hob und senkte sich rasch. »Warum hast du nichts gesagt?«

»Weil ich mich irren wollte. Ich hatte gehofft, dein perfekter Bruder hätte sich entschieden, eine kriminelle Laufbahn einzuschlagen.«

»Das ist ja schrecklich.«

»Ja, das ist es. Ich bin ein schrecklicher, schrecklicher Mann, in der Tat.« Seine Finger glitten zu ihren Zehen und zogen an jeder einzelnen, um die Anspannung in den Gelenken zu lösen. »Das solltest du inzwischen wissen.«

Sie runzelte die Stirn, und ihre Mundwinkel sanken missbilligend herab. »Ich weiß nichts dergleichen. Du willst alle nur glauben machen, du wärst schrecklich.«

»Elizabeth, bitte. Wenn die Leute hören, dass ich nicht so kaltherzig bin, wie sie glauben, dann werde ich nie wieder erfolgreich ein Geschäft aushandeln.« Schockierend, aber irgendwie gelang es seiner Frau immer wieder, etwas Gutes in ihm zu sehen.

»Im Leben geht es nicht nur ums Geschäft, Emmett. Oh ja, genau da«, stöhnte sie auf, als er ihren Rist streichelte.

Da seine Gattin die klügste Frau war, der er je begegnet war, lernte er, sie nicht anzuzweifeln. Durch Elizabeth hatte er Lachen und Liebe entdeckt, wie man die kleinen Momente genoss – und er freute sich auf ein ganzes Leben voll von ihnen.

»Du wirst dich freuen zu erfahren, dass Will meine Wertpapierfirma ebenfalls beauftragt hat. Ein weiterer Kunde zu den bestehenden fünf.«

»Meinen Glückwunsch. Ich habe dir gesagt, dass der Artikel eine kluge Idee sein würde.« Die Reportage über Elizabeths Wertpapierfirma war tags zuvor im *New York Mercury* veröffentlicht worden, und sie wurde seitdem mit Interesse überschüttet. »Also, wie hast du deinen kostbaren Bruder dazu gebracht, einzuwilligen?« Emmett hielt ihre Ferse in seinen Handflächen und strich mit den Daumen über ihren Spann.

Sie biss sich auf die Lippe und schloss flatternd die Lider, während sie seine Zuwendungen genoss. Er liebte diesen Ausdruck von ungezügelter Wonne. Wenn er seinen Finger zwischen ihre Beine schieben würde, wäre sie zweifellos feucht. Sein Glied wurde schwer bei der Vorstellung. Die Kutsche konnte gar nicht schnell genug fahren.

»Ich habe ihm versprochen, dass ich dir verbieten würde, die Informationen zu benutzen, die du gegen Northeast Railroad zusammengetragen hast.«

Seine Finger verharrten. »Du wirst es mir *verbieten?*«

Sie sah ihn durch ihre Wimpern hindurch an. »Ja. Ich verbiete dir offiziell, Wills Unternehmen zu ruinieren.«

Die Luft wurde dicker, und ein langer Augenblick verstrich, während sie einander herausfordernd anstarrten und Hitze wie Funken an einem Stromkabel zwischen ihnen übersprang. Ihre Kühnheit ließ ihn sich nach einem Bett sehnen, wo er diese Frechheit und dieses Feuer unter sich haben konnte, um ihn herum. Bei diesem Gedanken wurde er vollständig hart, und er musste seine Haltung verlagern, um die plötzliche Unbequemlichkeit zu lindern.

Elizabeths Mundwinkel zuckten. »Du magst es, wenn ich forsch bin.«

Oh ja, das tat er. Er begann, ihren Knöchel zu streicheln, ihr Schienbein. »Damit das klar ist, ich hatte nie vor, Northeast Railroad zu ruinieren. Ich wollte die Firma übernehmen und selbst leiten.«

»Du weißt, dass das meinen Bruder umbringen würde.«

»Ich denke nicht, dass es ihm viel ausmachen würde. Es gibt Gerüchte, dass er sich vielleicht an der Politik versuchen möchte.«

Sie setzte sich etwas aufrechter, und ihr ganzer Körper versteifte sich. »Was? Wo hast du das gehört?«

»Meine Liebe, ich kann nicht all meine Tricks preisgeben. Wo bliebe denn da der Spaß?«

Sie entspannte sich wieder und lehnte sich zurück in die Samtpolster, während sie weiter die Fifth Avenue entlangfuhren. »Wenn wir nach Hause kommen, zeige ich dir vielleicht den einen oder anderen. Nur um die Zeit zwischen Abschlüssen und Verhandlungen zu überbrücken.«

Seine Finger wanderten höher an ihrem Schenkel empor. »Ich kann mir keine bessere Weise vorstellen, einen Nachmittag zu verbringen, als mit dir, meiner bezaubernden und fordernden Ehefrau. Die Abschlüsse und Verhandlungen können warten.«

DANKSAGUNGEN

Das Gilded Age, das »Vergoldete Zeitalter«, das sich ungefähr von 1870 – 1900 erstreckt, war eine faszinierende Zeit von Innovation, Umbruch und neuer Ideale. Diese Epoche brachte in Amerika mächtige Industrie, unglaubliche Korruption und extremen Reichtum hervor. Es gab gesellschaftliche Kämpfe, als Wellen neuer Immigranten, die Mittelklasse und kürzlich befreite Sklaven versuchten, ihren Platz in diesem Land zu finden. Darüber hinaus versuchten die ›Knickerbocker‹, die alteingesessenen Familien der New Yorker Oberschicht, ihre Regeln und Traditionen aufrechtzuerhalten, während die Neureichen danach strebten, in der Oberschicht Fuß zu fassen.

Ich habe *Hart wie Stahl* aus einem bestimmten Grund Anfang des Jahres 1888 angesiedelt. Im März jenes Jahres erlebte die Ostküste einen der schlimmsten Schneestürme, den sie je gesehen hatte und der New York City unter mehr als einem halben Meter Schnee begrub. Ich konnte nicht widerstehen, diese Naturkatastrophe als Handlungselement zu verwenden. Ich habe Stunden damit verbracht, mir Bildmaterial von den Nachwirkungen des Sturms anzusehen und die Zeitungsberichte zu lesen, die erschütternd und in vielen Fällen herzzerreißend waren.

Ein großer Anteil gebührt Victoria Woodhull und Tennessee Clafin, die als Inspiration für Lizzie, die Heldin in *Hart wie Stahl*, dienten. Diese beiden Schwestern eröffneten 1870 das erste von Frauen geführte Börsenmaklerbüro. Unterstützt von Cornelius Vanderbilt stürmten die Frauen die Wall Street und waren augenblicklich erfolgreich. Interessanterweise besaßen ihre Büroräume einen privaten Salon im Hinterzimmer, der nur Frauen vorbehalten war, ein System, das es Frauen erlaubte, selbst die Kontrolle über ihre Finanzen zu übernehmen. Leider hielt sich ihr Maklerbüro nur drei Jahre lang, und es sollte noch bis 1967 dauern, bis die erste Frau einen Händlersitz an der New Yorker Börse erwarb.

Viele Menschen haben zu der Entstehung dieses Buches beigetragen. Zuerst einmal darf ich mich glücklich schätzen, die Dekanin einer Wirtschaftsschule sowie einen Wirtschaftsprofessor in der Familie zu haben. Danke also an Denise und Joel, die geduldig all meine Fragen zu Aktien und Finanzwesen beantwortet und durch das Bereitstellen von Informationsquellen zur Genauigkeit einiger Aktiendetails beigetragen haben. Außerdem ein gewaltiges Dankeschön an meinen Mann Rich, der mir dabei geholfen hat, einen großen Teil der Handlung auszuarbeiten und dann wieder umzuarbeiten, als die Sache nicht funktionierte und mir der Kopf rauchte.

Unendlichen Dank schulde ich meinen Freunden Lin Gavin, Michele Mannon, JB Schroeder und Diana Quincy, die mir beim Brainstorming für diese Geschichte geholfen, frühe Fassungen des Manuskripts gelesen und mich auf Kurs gehalten haben, als ich ins Stocken kam. Danke an Chris Gavin, der mir bei einem Ausflug zum Strand geduldig meine Aktienfragen beantwortet hat. Danke an Megan Frampton und Sonali Dev für ihre Anmerkungen zum Manuskript und die allgemein fantastische schriftstellerische Unterstützung. Und Danke an die anderen Violet Femmes – Tina, Jaye, Maria, RoseAnn – dafür, dass ihr das erste Kapitel so kurzfristig gelesen habt! Ihr seid der Hammer!

Außerdem Danke an Peter Senftleben (der mich angespornt hat, bei diesem Manuskript noch eine Schippe draufzulegen), an Jane Nutter und das ganze Team von Kensington, dafür dass sie meine Geschichten unterstützen, ganz gleich in welcher Zeitperiode ich schreibe. Danke an Laura Bradford, dafür, dass sie einfach eine umwerfende Agentin ist, und für ihr kritisches Feedback zu den Charakteren nach dem Lesen der Rohfassung von *Hart wie Stahl*.

Meinen Dank an Greg Young und Tom Meyers, besser bekannt als die Bowery Boys, für ihren fantastischen Podcast, ihre Webseite (www.boweryboyshistory.com) und ihre Bereitschaft, meine Fragen zum Washington Square zu beantworten. Wenn ihr euch für die Geschichte New Yorks interessiert, schaut mal bei ihnen rein!

Vor allem Danke an meine Leser! Ich bin so dankbar für all die Unterstützung und das Feedback, das ich von euch bekomme. Ich hoffe, ihr genießt die Serie *Gentlemen of New York* ebenso sehr, wie ich es genossen habe, sie zu schreiben. Alle Fehler darin sind meine eigenen.

Mon

année en fiches

La compil' 5e

Français

Malika Behlouli

Inès Corbet

Maths

Corinne De Reggi

Marie Brigitte Goiffon-Jacquemont

Sonia Quinton

Agnès Vellay-Candiago

Anglais

Nada Prévot

Hatier

Maquette de principe : studio Favre & Lhaïk
Mise en pages et schémas : Soft Office, Grafatom
Illustrations : Juliette Baily, Sylvain Frécon, Dorothée Jost
Iconographie : Hatier Illustrations
Édition : Catherine de Bernis, Stéphanie Herbaut, Gwendoline Rousseau, assistées d'Anne Quesney

ISBN 978-2-401-08691-3

SOMMAIRE GÉNÉRAL

Pour trouver une fiche précise dans une matière, reporte-toi au sommaire détaillé de chaque partie.

Français

Maths

Anglais

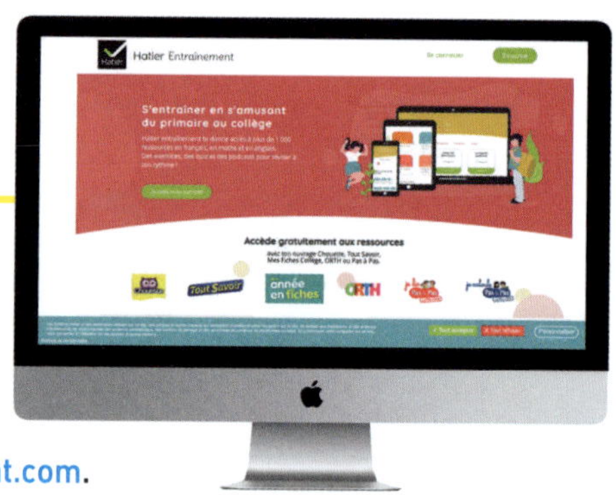

Complète tes révisions sur hatier-entrainement.com.

Tu y trouveras :

- des résumés de cours
- des exercices interactifs
- des dictées sonorisées